MARIO PUZO (1920-1999) nació en Nueva York en el seno de una familia de origen italiano. Sus dos primeras novelas, *La arena sucia* (1955) y *La Mamma* (1965), gozaron de una excelente acogida, y a ellas siguió *Seis tumbas en Múnich* (1967) publicada con el seudónimo Mario Cleri.

Su consagración definitiva llegó con la publicación de *El Padrino* en 1969, novela con la que consiguió situarse durante 67 semanas en la lista de libros más vendidos de *The New York Times* y que se ha convertido en un long seller desde entonces. La novela fue llevada al cine por Francis Ford Coppola en 1972. Puzo participó como guionista de la película, así como de las dos secuelas posteriores, *El Padrino II* (1974) y *El Padrino III* (1990), lo que le valió la obtención de dos Oscar.

Como guionista, además de la trilogía de *El Padrino* sobresale su participación en las películas *Terremoto* (1974), *Superman* (1978), *Superman II* (1980), *Cotton Club* (1984) y *El siciliano* (1987).

Entre sus libros más destacados se encuentran *Los tontos mueren* (1978) y los que continúan la serie sobre la mafia: *El siciliano* (1984), *El último Don* (1996) y *Omertà* (1999), publicado póstumamente.

El siciliano

MARIO PUZO

Traducción de Mª Antonia Menini

El siciliano

Título original: *The Sicilian*

Primera edición con esta cubierta en España: enero, 2019
Primera edición en México: mayo, 2019

ISBN: 978-607-317-818-1

Impreso en México – *Printed in Mexico*

El papel utilizado para la impresión de este libro ha sido fabricado a partir de madera procedente de bosques y plantaciones gestionadas con los más altos estándares ambientales, garantizando una explotación de los recursos sostenible con el medio ambiente y beneficiosa para las personas.

Penguin
Random House
Grupo Editorial

A Carol

Índice

Libro Primero

Michael Corleone
1950

1

Michael Corleone se encontraba de pie en un largo muelle de madera de Palermo, contemplando el gran trasatlántico que acababa de zarpar rumbo a Estados Unidos. Hubiera tenido que embarcar en aquel buque, pero su padre le había enviado nuevas instrucciones.

Saludó con la mano a los hombres de la pequeña embarcación de pesca que le había trasladado hasta el muelle, los hombres que le habían protegido en los últimos dos años. La embarcación de vela navegaba en la blanca estela del trasatlántico como un patito valiente nadando en pos de su madre. Los tripulantes del pesquero le devolvieron el saludo. Jamás volvería a verles.

En el muelle, unos hombres tocados con gorros y metidos en unas prendas ensanchadas por el uso, corrían de un lado para otro, descargando otros barcos y cargando camiones estacionados en el largo muelle. Eran hombrecillos nervudos de aspecto más árabe que italiano, cuyos rostros quedaban oscurecidos por la sombra de los gorros de pico que llevaban. Entre ellos estarían los nuevos guardaespaldas, cuidando de que no sufriera ningún daño antes de su encuentro con Don Croce Malo, *capo di capi* de los «amigos de los amigos», tal como les llamaban allí, en Sicilia. Los periódicos y el mundo exterior les llamaban la Mafia, pero en Sicilia los ciudadanos corrientes jamás pronunciaban esa palabra, de la misma manera que nunca hubieran llamado a Don Croce Malo *capo di capi* sino tan sólo el «alma buena».

En sus años de exilio en Sicilia, Michael había oído muchos relatos acerca de Don Croce, algunos de ellos tan fantásticos que casi le hicieron dudar de la existencia de aquel hombre. Sin embargo, las instrucciones transmitidas por su padre eran muy explícitas: le había ordenado que almorzara aquel mismo día con Don Croce. Y juntos tenían que organizar la huida de Sicilia del mayor bandido del país, Salvatore Giuliano. Michael Corleone no podía abandonar Sicilia sin Salvatore Giuliano.

Hacia el fondo del muelle, a no más de unos cincuenta metros de distancia, un enorme automóvil oscuro se encontraba estacionado en la callejuela. De pie frente al mismo había tres hombres, oscuros rectángulos perfilados sobre la cegadora sábana de luz que caía como una muralla de oro desde el sol meridiano. Michael se acercó a ellos. Se detuvo un instante, para encender un cigarrillo y contemplar la ciudad.

Palermo se asentaba en el fondo de la cuenca de un volcán apagado, cercada de montañas por tres lados y escapando por el cuarto hacia el azul deslumbrador del Mediterráneo. La ciudad resplandecía bajo los rayos dorados del sol siciliano. Vetas de luz roja golpeaban la tierra como un reflejo de la sangre derramada sobre el suelo de Sicilia a lo largo de incontables siglos. Los rayos dorados bañaban las majestuosas columnas de mármol de los templos griegos, los afilados minaretes musulmanes y las enrevesadas fachadas de las iglesias españolas; en una lejana colina se levantaban las amenazadoras torres de un antiguo castillo normando. Eran las huellas de los distintos y fieros ejércitos que habían dominado Sicilia desde antes del nacimiento de Cristo. Más allá, unas montañas de configuración cónica estrechaban con abrazo de estrangulador la ciudad suavemente afeminada de Palermo, como si montañas y urbe hubieran caído de hinojos y una soga comprimiera con fuerza el cuello de ésta. Allá en lo alto, gran número de pequeños halcones rojos cruzaban raudos como saetas el brillante cielo azul.

Michael se dirigió hacia los tres hombres que le aguardaban al final del muelle. Los rectángulos oscuros adquirieron facciones y contornos. A cada paso les podía ver con más claridad y le pareció que se deslindaban, se separaban el uno del otro como para rodearle en su saludo.

Los tres conocían la historia de Michael. Que era el hijo menor del gran Don Corleone de América, el Padrino cuyo poder se extendía incluso a Sicilia. Que había asesinado a un alto funcionario de la policía de Nueva York al ejecutar a un enemigo del Imperio Corleone. Que había permanecido oculto y exiliado en Sicilia a causa de aquellos asesinatos y que ahora, por fin, una vez «arreglados» aquellos asuntos, volvía a su país para ocupar de nuevo su lugar de príncipe heredero de la Familia Corleone. Estudiaron a Michael, aquella manera suya de moverse rápidamente y sin esfuerzo, su vigilante cautela, las mejillas hundidas propias de un hombre que ha soportado el sufrimiento y el peligro. Era, de toda evidencia, un hombre de «respeto».

Cuando Michael abandonó el embarcadero, el primer hombre que se adelantó a saludarle fue un sacerdote de rechoncho cuerpo enfundado en una sotana y cabeza coronada por un sombrero en forma de murciélago. El blanco alzacuello aparecía salpicado de roja tierra siciliana y el rostro que lo dominaba era carnalmente mundano.

Se trataba del padre Benjamino Malo, hermano del gran Don Croce. De modales tímidos y gazmoños, era, sin embargo, muy fiel a su célebre pariente, y no le inquietaba lo más mínimo tener al diablo tan cerca. Los maliciosos murmuraban incluso que transmitía a Don Croce los secretos del confesionario.

El padre Benjamino sonrió nerviosamente mientras estrechaba la mano de Michael, y pareció sorprenderse y lanzar un suspiro de alivio al ver la asimétrica y amistosa sonrisa del joven, tan impropia de un famoso asesino.

El segundo hombre no era tan cordial, aunque sí muy correcto. Se trataba del inspector Federico Velardi, jefe de la Policía de Seguridad de toda Sicilia. Era el único de los tres que no esbozaba una sonrisa de bienvenida. Delgado y vestido con un traje a la medida demasiado elegante para podérselo costear con un sueldo del gobierno, sus fríos ojos azules parecían dos dardos genéticos disparados varios siglos atrás por los conquistadores normandos. El inspector Velardi no podía sentir ningún aprecio por un americano que mataba a altos funcionarios de la policía. Le creería capaz de repetir la hazaña en Sicilia. El apretón de manos de Velardi fue como un cruce de espadas.

El tercer hombre, más alto y fornido, parecía un gigante al lado de los otros dos. Aprisionó la mano de Michael y después, atrayéndole hacia sí, le estrechó en un afectuoso abrazo.

—Primo Michael —dijo—, bienvenido a Palermo —retrocedió un paso y estudió a Michael con simpatía no exenta de cautela—. Soy Stefan Andolini, tu padre y yo nos criamos juntos en Corleone. Te vi en América cuando eras un chiquillo. ¿Te acuerdas de mí?

Curiosamente, Michael se acordaba. Porque Stefan Andolini era el más insólito de los sicilianos: un pelirrojo. Lo cual resultaba su cruz puesto que los sicilianos creen que Judas era pelirrojo. También su rostro era inolvidable. La boca, grande e irregular, y los abultados labios sugerían una sanguinolenta masa de carne picada y, por encima de ellos, se abrían unas vellosas fosas nasales y unos ojos hundidos en profundas cuencas. A pesar de la sonrisa, era un semblante que evocaba imágenes de asesinato.

Michael comprendió inmediatamente la conexión del sacerdote. En cambio, el inspector Velardi era una sorpresa. Andolini, asumiendo toda la responsabilidad del parentesco, le explicó cuidadosamente a Michael el cometido oficial del inspector. Michael no las tenía todas consigo. ¿Qué hacía allí aquel hombre? A Velardi se le consideraba uno de los más implacables perseguidores de Salvatore Giuliano. Resultaba evidente, por otra parte, que el inspector y Stefan Andolini no se tenían la menor simpatía, y se comportaban con la mortífera cortesía de dos hombres que se disponen a batirse en un duelo a muerte.

El chófer mantenía abierta la portezuela del automóvil. El padre Benjamino y Stefan Andolini le indicaron a Michael el asiento de atrás, dándole unas deferentes palmadas. El padre Benjamino insistió con cristiana humildad en que Michael se acomodara junto a la ventanilla mientras él se sentaba en medio, porque Michael tenía que ver las bellezas de Palermo. Andolini ocupó el otro espacio libre. El inspector ya se había sentado al lado del chófer. Michael observó que el inspector Velardi mantenía la mano apoyada en al tirador de la portezuela, para poderla abrir con rapidez. Dio en pensar que, a lo mejor, el padre Benjamino se había sentado en medio para no resultar un blanco tan fácil.

El automóvil avanzó lentamente, como un enorme dragón negro, por las calles de Palermo. En una avenida había elegantes casas de estilo moruno, edificios públicos con impresionantes columnas griegas y varias iglesias españolas. Las casas particulares, pintadas de blanco, azul y amarillo, tenían balcones llenos de flores que formaban como otra calle en lo alto. Hubiera sido un espectáculo precioso sin la presencia de los *carabinieri*, la policía nacional italiana, que patrullaban por todas las esquinas con los rifles en posición de apresto. Los había incluso en los balcones.

El automóvil en el que viajaban empequeñecía a todos los vehículos de alrededor, sobre todo a los carros de los campesinos, tirados por mulas, que transportaban a la ciudad los productos frescos del campo. Los carros estaban enteramente pintados de alegres y brillantes colores, incluso los radios de las ruedas y los varales de las mulas. En los costados de muchos carros había pasquines que representaban a caballeros con yelmos y reyes coronados en dramáticas escenas de la leyenda de Carlomagno y Roldán, los antiguos héroes de la tradición europea. En algunos carros, sin embargo, Michael vio la figura de un apuesto joven con pantalones de pana y camisa blanca de manga corta, armas al cinto y otras colgadas del hombro, y debajo de la estampa un par de frases terminadas siempre en grandes letras en rojo que formaban el nombre de GIULIANO.

Durante su exilio en Sicilia, Michael había oído hablar mucho de Salvatore Giuliano. Su nombre se mencionaba a menudo en los periódicos. Todo el mundo hablaba de él. Appolonia, la novia de Michael, había confesado que todas las noches rezaba por la seguridad de Giuliano, tal como hacían casi todos los niños y jóvenes de Sicilia. Le adoraban porque era uno de ellos, el hombre que todos hubieran deseado ser. A los veintitantos años le aclamaron como a un gran general porque había logrado burlar a los ejércitos de *carabinieri* enviados contra él. Era apuesto y generoso y entregaba a los pobres casi todo el producto de sus actividades delictivas. Era virtuoso en extremo y jamás permitía que sus bandidos incomodaran a las mujeres ni a los religiosos. Cuando ejecutaba a un confidente o a un traidor, siempre concedía a la víctima tiempo para rezar y purificar su alma, de modo que pudiera estar en inmejorables relaciones con los amos del otro mundo. Todo eso Michael lo sabía sin que nadie se lo hubiera contado.

Al doblar la esquina, un enorme cartel de letras negras y fijado a la pared de una casa llamó la atención de Michael. Sólo le dio tiempo a leer el nombre de «Giuliano» en la primera línea. El padre Benjamino se inclinó hacia la ventanilla y dijo:

—Es una de las proclamas de Giuliano. A pesar de todo, aún manda en Palermo por la noche.

—¿Y qué es lo que dice?

—Autoriza a los habitantes de Palermo a volver a utilizar los tranvías —contestó el padre Benjamino.

—¿Que les autoriza? —preguntó Michael con una sonrisa—. ¿Un forajido autoriza?

Al otro lado del asiento, Stefan Andolini se echó a reír.

—Los *carabinieri* viajan en tranvía y por eso Giuliano los hace volar por los aires. Pero, antes, avisó al público para que no los utilizara. Ahora promete que ya no volará más tranvías.

—¿Y por qué razón Giuliano vuela tranvías llenos de guardias? —preguntó Michael en tono cortante.

El inspector Velardi volvió la cabeza y sus ojos azules miraron a Michael con furia.

—Porque Roma cometió la estupidez de detener a sus padres por complicidad con un delincuente notorio: su propio hijo. Una ley fascista todavía no derogada por la República.

—Mi hermano Don Croce consiguió que los liberasen —terció el padre Benjamino con sereno orgullo—. Oh, mi hermano se enojó muchísimo con Roma.

Santo Cielo, pensó Michael. ¿Que Don Croce se enojó con Roma? Pero, ¿quién demonios era el tal Don Croce, aparte de un *pezzonovanta*, un pez gordo de la Mafia?

El automóvil se detuvo frente a un edificio pintado de rosa que ocupaba toda la manzana. Junto a la entrada, protegida por un toldo extraordinariamente largo, a rayas verdes, en el que figuraban las palabras «Hotel Umberto», montaban guardia dos porteros vestidos con libreas de relucientes botones dorados. Pero a Michael no le distrajo todo aquel esplendor.

Su experta mirada fotografió la calle del hotel y descubrió por lo menos diez guardaespaldas, unos paseando en parejas, otros adosados a las verjas. Aquellos hombres no disimulaban su condición. Las chaquetas desabrochadas permitían ver las armas que llevaban sujetas con correas al torso. Dos de ellos, que fumaban panetelas, cerraron el paso a Michael un instante al descender éste del vehículo y le estudiaron detenidamente... como si le tomaran medidas para el ataúd. Hicieron caso omiso del inspector Velardi y de los demás.

Al penetrar el grupo en el hotel, los guardaespaldas cerraron con su cuerpo la entrada. En el vestíbulo aparecieron otros cuatro y les escoltaron a lo largo de un interminable pasillo. Tenían el orgulloso porte de mayordomos de un emperador.

Al final del pasillo había una puerta de roble macizo. Un hombre sentado en una alta silla que parecía un trono se levantó y la abrió con una llave de bronce. Después se inclinó en reverencia, dirigiendo al padre Benjamino una sonrisa de complicidad.

La puerta daba acceso a un soberbio apartamento en el cual una puerta vidriera abierta permitía ver un espléndido jardín y aspirar el perfume de sus limoneros. Al entrar, Michael vio a dos hombres en la estancia. Se preguntó por qué razón estaría Don Croce tan custodiado. Era amigo de Giuliano y el confidente del ministro del Interior en Roma, y por tanto estaba a salvo de los *carabinieri* que llenaban la ciudad de Palermo. Por consiguiente, ¿qué o a quién temía el gran Don? ¿Quién era su enemigo?

El mobiliario del salón, procedente de un palacio italiano, constaba de sillones gigantescos, sofás tan largos y anchos como pequeñas embarcaciones y mesas de mármol macizo que parecían robadas de algún museo. Todo ello constituía un marco perfecto para el hombre que a continuación llegó del jardín para saludarles.

El recién llegado extendió los brazos para abrazar a Michael Corleone. De pie, Don Croce era casi tan ancho como alto. Su abundante cabello gris, rizado como el de un negro y esmeradamente peinado, coronaba una poderosa cabeza leonina. Sus ojos, negros como los de un lagarto, parecían dos uvas pasas incrustadas por encima de las carnosas mejillas que semejaban dos costeros de caoba, el lado izquierdo suave y liso y el otro arrugado a causa de un exceso de carne. La boca era sorprendentemente delicada y, por encima de ella, crecía un fino bigotito de lechuguino. La gruesa y majestuosa escarpia que tenía por nariz mantenía ensamblado el conjunto.

Sin embargo, por debajo de aquella cabeza de emperador, era un campesino en toda regla. Unos anchos pantalones que le caían muy mal rodeaban su amplia cintura sostenidos por tirantes de color blanquecino. La enorme camisa blanca estaba recién lavada, pero sin planchar. No llevaba corbata ni chaqueta y sus pies avanzaban descalzos por el suelo de mármol.

No parecía un hombre que se «mojaba el pico», es decir que cobraba obligatoriamente un impuesto a todas las empresas comerciales de Palermo, sin descuidar siquiera los humildes tenderetes de la plaza del mercado. Resultaba increíble que fuera el responsable de miles de muertes. Que mandara en la Sicilia occidental mucho más que el gobierno de Roma. Y que fuera más rico que los duques y barones propietarios de las grandes haciendas sicilianas.

—Tu padre y yo nos conocimos de niños —le dijo a Michael, dándole un rápido y ligero abrazo—. Me alegro de que tenga un hijo tan estupendo.

Después le preguntó si había tenido buen viaje y si le apetecía tomar algo. Michael contestó con una sonrisa que le agradecería un trozo de pan y un poco de vino. Don Croce le acompañó inmediatamente al jardín porque, como todos los sicilianos, comía al aire libre siempre que le era posible.

Junto a un limonero había una mesa en la que brillaban unas copas de cristal y un blanco mantel de lino. Unos criados les apartaron las anchas sillas de mimbre. Don Croce atendió al acomodo de los invitados con la cortés agilidad de un hombre más joven; tenía en ese momento sesenta y tantos años. Sentó a Michael a su derecha y a su hermano el cura al lado contrario. Al inspector Velardi y a Stefan Andolini los colocó enfrente y les miró con cierta frialdad.

Los sicilianos son muy aficionados a la comida cuando tienen algo que comer, y uno de los pocos comentarios jocosos que la gente se permitía a propósito de Don

Croce era el de que prefería comer bien a matar a un enemigo. El anfitrión tomó asiento con una sonrisa de benigno placer en el rostro, armándose de cuchillo y tenedor mientras los criados servían la comida. Michael contempló el jardín que le rodeaba. Estaba cercado por un alto muro de piedra y había en él por lo menos diez guardaespaldas diseminados alrededor de pequeñas mesas, pero no más de dos hombres a cada una de ellas, y bien apartados de la mesa principal, para que Don Croce y sus invitados pudieran disfrutar de intimidad. En el jardín flotaba la fragancia de los limoneros y del aceite de oliva.

Don Croce sirvió a Michael personalmente. Le puso en el plato pollo asado con patatas, vigiló al criado que espolvoreaba queso rallado sobre la pequeña fuente de espaguetis y llenó su copa con un turbio vino del país. Lo hizo todo con profundo interés y sincera preocupación, esmerándose en que su nuevo amigo comiera y bebiera bien. Michael estaba hambriento porque no había probado bocado desde el amanecer, y el Don tuvo que volver a servirle varias veces, sin dejar de vigilar los platos de los demás invitados y, en caso necesario, indicando por señas a un criado que volviera a llenar una copa o a servir una nueva ración en un plato.

Cuando terminaron, el Don se dispuso a hablar de negocios mientras tomaba unos sorbos de su taza de *espresso*.

—Conque tú vas a ayudar a nuestro amigo Giuliano a huir a América —le dijo a Michael.

—Ésas son mis instrucciones —contestó Michael—. Tengo que cuidar de que entre en los Estados Unidos sin contra tiempos.

Don Croce asintió, según en su mofletudo rostro de caoba aparecía la adormilada y plácida expresión propia de los obesos. Tenía una vibrante voz de tenor, muy poco acorde con su fisonomía y complexión.

—Todo se concertó entre tu padre y yo; yo tenía que entregarte a Salvatore Giuliano. Pero en la vida nada discurre con suavidad, siempre surge lo inesperado. Ahora me es difícil cumplir la parte del trato que me corresponde —levantó la mano, para indicar a Michael que no le interrumpiera—. Aunque no por culpa mía. Yo no he cambiado. Sin embargo, Giuliano ya no se fía de nadie, ni siquiera de mí. Durante años, casi desde el día en que se convirtió en forajido, yo le ayudé a sobrevivir; éramos socios. Con mi ayuda pasó a ser el hombre más grande de Sicilia, pese a que aun hoy es sólo un muchacho de veintisiete años. Pero se le ha acabado el tiempo. Cinco mil soldados y policías italianos están batiendo las montañas. Y él sigue negándose a ponerse en mis manos.

—En tal caso, nada puedo hacer por él —dijo Michael—. A mí me han ordenado que no espere más de siete días; después tendré que regresar a Norteamérica.

Mientras hablaba, se preguntó en su fuero interno por qué tenía su padre tanto empeño en que Giuliano escapara. Estaba deseando con toda el alma regresar a casa después de tantos años de exilio. Le preocupaba la salud de su padre. Cuando él huyó de los Estados Unidos, su padre yacía gravemente herido en el hospital. Después de su huida, asesinaron a Sonny, su hermano mayor. La Familia Corleone estaba librando una encarnizada batalla por la supervivencia contra las Cinco Familias de Nueva York. Una batalla que había rebasado los confines de Norteamérica, llegando al mismo corazón de Sicilia, para matar a la joven prometida de Michael. Los mensajeros de su padre le transmitieron la noticia de que el viejo Don se había recuperado de sus heridas, había hecho las paces con las Cinco Familias y había conseguido que fueran sobreseídas todas las causas incoadas contra él. Pero Michael sabía que su padre aguardaba su regreso para convertirle en su mano derecha. Y que toda su familia estaría deseando verle: su hermana Connie, su hermano Freddie, su hermano adoptivo Tom Hagen y su pobre madre, que aún debía de llorar la muerte de Sonny. Sin embargo, la cuestión crucial era: ¿por qué retrasaba su padre su regreso a Norteamérica? Seguramente ello se debía a algún asunto de la mayor importancia relacionado con Giuliano.

De repente se percató de que los fríos ojos del inspector Velardi le observaban. El fino rostro aristocrático mostraba una expresión despectiva, como si Michael fuera un cobarde.

—Ten paciencia—dijo Don Croce—. Nuestro amigo Andolini sigue actuando de contacto entre yo y Giuliano y su familia. Juntos, usaremos la cabeza. Cuando salgas de aquí, visitarás a los padres de Giuliano en Montelepre, te viene de paso, camino de Trapani —se detuvo un instante y esbozó una son risa que no quebró la solidez de sus mejillas—. Me han contado tus planes. Absolutamente todos.

Aunque esto último lo dijo con mucho énfasis, Michael pensó que no podía conocer todos los planes. El Padrino jamás le contaba nada a nadie en su totalidad.

Don Croce añadió con voz pausada:

—Todos los que estimamos a Giuliano estamos de acuerdo en dos cosas. Ya no puede permanecer en Sicilia, y tiene que emigrar a América. El inspector Velardi está conforme.

—Es muy extraño, aunque estemos en Sicilia —dijo Michael con una sonrisa—. El inspector Velardi es el jefe de las fuerzas de seguridad encargadas de capturar a Giuliano.

Don Croce soltó una breve carcajada maquinal.

—¿Quién puede entender Sicilia? No obstante, esto es muy sencillo. Roma prefiere a Giuliano feliz en América antes que gritando acusaciones desde la jaula de los testigos de una sala de justicia de Palermo. Es todo una cuestión política.

Michael estaba desconcertado y se sentía profundamente incómodo. Aquello no se ajustaba al plan.

—¿Por qué tiene el inspector Velardi interés en que escape? Giuliano muerto no constituye ningún peligro.

—Es como lo preferiría yo —contestó el inspector Velardi en tono desdeñoso—. Pero Don Croce le quiere como a un hijo.

Stefan Andolini miró al inspector con expresión malévola. El padre Benjamino agachó la cabeza, mientras tomaba un sorbo de su copa.

—Aquí somos todos amigos —le dijo severamente Don Croce al inspector—. Tenemos que decirle la verdad a Michael. Giuliano se guarda un triunfo. Tiene un diario que él llama su Testamento. En él demuestra que el gobierno de Roma, ciertos altos funcionarios estatales, le han ayudado, durante sus años de bandidaje, con propósitos de beneficio personal, propósitos políticos. Si se divulgara el contenido de ese documento, el gobierno de la Democracia Cristiana caería y los socialistas y comunistas gobernarían Italia. El inspector Velardi conviene conmigo en que hay que hacer lo que sea para evitar que eso ocurra. Por esa razón está dispuesto a ayudar a Giuliano a escapar con el Testamento, a condición de que no lo divulgue.

—¿Ha visto usted el Testamento? —preguntó Michael, ignorando si su padre sabría algo al respecto. En sus instrucciones no había mencionado para nada aquel documento.

—Conozco todo su contenido —contestó Don Croce.

—Si la decisión me correspondiera a mí —terció con aspereza el inspector Velardi—, yo optaría por matar a Giuliano, y al diablo su Testamento.

Stefan Andolini miró al inspector con una expresión de odio tan reconcentrado que, por primera vez, Michael se dio cuenta de que estaba en presencia de un hombre casi tan peligroso como el propio Don Croce.

—Giuliano jamás se rendirá —dijo Andolini— y usted carece de la habilidad necesaria para llevarle a la tumba. Sería mucho más prudente el que cuidara usted de sí mismo.

Don Croce levantó lentamente la mano, para imponer silencio en la mesa, y después dijo muy despacio, dirigiéndose a Michael y sin prestar atención a los demás:

—Quizá no pueda cumplir la promesa que le hice a tu padre de entregarte a Giuliano. No puedo decirte por qué razón Don Corleone está interesado en este asunto. Puedes estar seguro de que tiene sus motivos y de que esos motivos son buenos. Pero, ¿qué puedo hacer yo? Esta tarde irás a ver a los padres de Giuliano para convencerles de que su hijo debe confiar en mí y recordar a esa buena gente que fui yo quien les sacó de la cárcel —Don Croce se detuvo un instante—. Entonces tal vez podamos ayudar a su hijo.

Durante sus años de exilio y retiro Michael había adquirido un instinto animal del peligro. El inspector Velardi no le gustaba, el sanguinario Stefan Andolini le daba miedo y el padre Benjamino le infundía pavor. Pero el que más timbres de alarma disparaba en su cerebro era Don Croce. Todos los hombres sentados alrededor de la mesa bajaban la voz cuando se dirigían a Don Croce, incluso su hermano Benjamino. Se inclinaban hacia él con la cabeza gacha, esperando sus palabras, y hasta se interrumpían en el masticar la comida. Los criados le rodeaban como si fuera un sol, los guardaespaldas diseminados por el jardín mantenían los ojos constantemente clavados en él, dispuestos a adelantarse de un salto obedeciendo sus órdenes y despedazar a cualquiera.

—Don Croce —dijo Michael con extremo cuidado—, yo estoy aquí para cumplir todos sus deseos.

El Don asintió con su enorme cabeza como si le bendijera, cruzó las bien formadas manos sobre el estómago y dijo con su poderosa voz de tenor:

—Tenemos que ser absolutamente sinceros el uno con el otro. Dime, ¿cuáles son tus planes con vistas a la huida de Giuliano? Háblame como lo haría un hijo a su padre.

Michael dirigió una rápida mirada al inspector Velardi. Jamás podría hablar con sinceridad en presencia del jefe de la policía de seguridad de Sicilia. Don Croce lo comprendió inmediatamente .

—El inspector Velardi actúa completamente de acuerdo con mis consejos —dijo éste—. Puedes confiar en él tanto como en mí.

Michael levantó la copa de vino, para tomar un sorbo. Por encima de su borde vio a los guardaespaldas contemplándoles como espectadores de una representación teatral. Advirtió que el inspector Velardi hacía una mueca de disgusto porque, a pesar de su diplomacia, las palabras del Don encerraban el claro mensaje de que éste mandaba en él y la oficina. Vio el ceño que fruncía el perverso rostro de abultados labios de Stefan Andolini. Sólo el padre Benjamino se negó a mirarle a la cara e inclinó la cabeza. Michael apuró la copa de turbio vino y un criado se apresuró a volverla a llenar. De repente aquel jardín se le antojó un lugar peligroso.

Comprendió en lo más hondo de su ser que lo que Don Croce acababa de decir podía no ser cierto. ¿Por qué habían de fiarse del jefe de la policía de seguridad de Sicilia los reunidos en tomo a aquella mesa? ¿Se hubiera fiado acaso Giuliano? La historia de Sicilia estaba entreverada de traiciones, pensó Michael con amargura; recordó a su prometida muerta. Por consiguiente, ¿a qué venía la confianza de Don Croce? ¿Y a qué todas aquellas impresionantes medidas de seguridad a su alrededor? Don Croce era el principal hombre de la Mafia, tenía poderosísimos contactos en Roma y era de hecho el delegado extraoficial de éstos en Sicilia. ¿Qué temía por tanto Don Croce? El objeto de sus temores sólo podía ser Giuliano.

Al ver que el Don le estaba observando, Michael trató de hablar con la mayor sinceridad.

—Mis planes son muy sencillos, tengo que aguardar en Trapani a que Salvatore Giuliano me sea entregado. Por parte de usted y de su gente. Una embarcación rápida nos llevará al África. En África tomaremos un avión con destino a Norteamérica, donde todo está dispuesto ya para que entremos sin las habituales formalidades. Espero que todo resulte tan fácil como me han dado a entender —se detuvo un momento—. A no ser que tenga usted otro propósito.

El Don lanzó un suspiro y tomó un sorbo de vino. Después clavó sus ojos de lagarto en Michael y empezó a hablar en tono pausado y solemne.

—Sicilia es una tierra trágica —dijo—. No hay confianza. No hay orden. Sólo violencia y traición por doquier. Te veo muy cauteloso, mi joven amigo, y te sobran motivos. Igual que a nuestro Giuliano. Permíteme decirte una cosa: Turi Giuliano no hubiera podido sobrevivir sin mi protección; él y yo hemos sido uña y carne. Y ahora me considera su enemigo. Ah, no sabes la pena que eso me causa. Mi único sueño es que Turi Giuliano pueda regresar un día junto a su familia y ser aclamado como paladín de Sicilia. Es un verdadero cristiano y un hombre valiente. Y con un corazón tan tierno, que se ha ganado el afecto de todos los sicilianos —Don Croce se detuvo y apuró su copa—. Pero las tornas han cambiado. Está solo en las montañas, con apenas un puñado de hombres frente al ejército que Italia ha enviado contra él. Y le han traicionado continuamente. Por eso ya no se fía de nadie, ni siquiera de mí —el Don miró gélidamente a Michael por un instante—. Si yo fuera del todo sincero —añadió—, si no amara tanto a Giuliano, tal vez te daría un consejo que no te debo. Tal vez te diría con toda franqueza que regresaras a América sin él. Estamos llegando al final de una tragedia en la que tú no tienes ni arte ni parte —el Don lanzó un suspiro—. Pero, como es natural, tú eres nuestra última esperanza y debo rogarte que te quedes y prestes ayuda a nuestra causa. Yo daré mi respaldo en todos sentidos, jamás abandonaré a Giuliano —levantó su copa—. Que viva mil años.

Todos bebieron, y Michael reflexionó. ¿Quería el Don que se quedara o que abandonara a Giuliano? Habló Stefan Andolini:

—Recuerda que prometimos a los padres de Giuliano que Michael les visitaría en Montelepre.

—Por supuesto que sí —contestó Don Croce suavemente—. Tenemos que darles alguna esperanza.

El padre Benjamino dijo con humilde vehemencia:

—Y tal vez ellos sepan algo del Testamento.

—Sí, el Testamento de Giuliano —Don Croce suspiró—. Él piensa que eso le salvará la vida o, por lo menos, vengará su muerte. Recuerda bien esto —añadió, dirigiéndose a Michael—: Roma teme el Testamento, pero yo no. Y dile a sus padres que lo que está escrito en el papel afecta a la historia. Pero no a la vida. La vida es otra historia.

Montelepre distaba de Palermo no más de una hora por carretera. Pero, en el transcurso de aquella hora, Michael y Andolini pasaron de la civilización de una ciudad a la primitiva cultura de la campiña siciliana. Stefan Andolini iba sentado al volante de un pequeño Fiat y, bajo el sol de la tarde, en sus mejillas y su barbilla perfectamente afeitadas brillaban los innumerables poros de las raíces escarlata de su pelo. Conducía despacio y con grandes precauciones, tal como suelen hacer los hombres que aprenden a conducir tarde. El Fiat jadeaba como si le faltara el resuello según iba serpenteando colina arriba por entre la impresionante cordillera. En cinco lugares distintos tuvieron que detenerse en los puestos de vigilancia montados por la policía nacional, con sus pelotones de por lo menos doce hombres y un carro armado erizado de ametralladoras. Los documentos que portaba Andolini les permitieron continuar viaje.

A Michael le parecía extraño que el paisaje pudiera tornarse tan abrupto y primitivo a tan escasa distancia de la gran ciudad de Palermo. Cruzaron pequeñas aldeas de casas de piedra construidas en precario equilibrio sobre las escarpa das pendientes. Éstas descendían en angostos bancales cuidadosamente cultivados que mostraban pulcras hileras de espigadas plantas verdes. Los altozanos aparecían constelados de numerosas rocas blancas medio enterradas entre musgos y bambúes; a lo lejos semejaban vastos cementerios sin esculturas.

A intervalos en el camino había relicarios consistentes en cajas de bambú con imágenes de la Virgen María o de algún santo especialmente venerado. Junto a uno de ellos Michael vio a una mujer rezando de rodillas mientras su marido permanecía sentado en un carro tirado por un asno, bebiendo vino a pico de botella. La cabeza del asno aparecía inclinada como la de un mártir.

Stefan Andolini se volvió hacia Michael y le acarició el hombro mientras le decía:

—Se me alegra el corazón al verte, querido primo. ¿Sabías que los Giuliano están emparentados con nosotros?

Michael tuvo la seguridad de que aquello era una mentira; vio algo extraño en aquella sonrisa zorruna.

—No —contestó—, sólo sabía que sus padres trabajaron para el mío en los Estados Unidos.

—Igual que yo —dijo Andolini—. Nosotros ayudamos a construirle a tu padre la casa de Long Island. El viejo Giuliano era un magnífico albañil y, aunque tu padre le ofreció un puesto en la empresa de aceites, él prefirió seguir en su oficio. Se pasó dieciocho años trabajando como un negro y ahorró como un judío. Y después regresó a Sicilia para vivir como un inglés. Pero la guerra y Mussolini destruyeron el valor de sus liras y ahora sólo tiene su casa y un pequeño campo de labranza. Maldice el día en que abandonó América. Creyeron que su hijo se educaría como un príncipe y ahora es un bandido.

El Fiat levantaba una nube de polvo, y las chumberas y cañas del camino conferían al paisaje un aspecto fantasmagórico, donde las plantas arracimadas parecían manos humanas. En los valles se divisaban olivares y viñedos.

—Turi fue concebido en América —dijo Andolini de repente. Al ver la mirada inquisitiva de Michael, añadió:
—Turi es el diminutivo de Salvatore. Sí, fue concebido en América, pero nació en Sicilia. Unos cuantos meses más, y Turi hubiera sido ciudadano norteamericano —se detuvo un instante—. Turi siempre lo comenta. ¿Crees de veras que podrás ayudarle a escapar?

—No lo sé —contestó Michael—. Después del almuerzo con el inspector y Don Croce, ya no entiendo nada. ¿Quieren que les ayude? Mi padre dijo que Don Croce lo quería. No me habló para nada del inspector.

Andolini se alisó hacia atrás el ralo cabello. Pisó involuntariamente el acelerador y el Fiat dio un respingo.

—Giuliano y Don Croce son ahora enemigos —dijo—. Pero nosotros hemos trazado planes sin la participación de Don Croce. Turi y sus padres cuentan contigo. Saben que tu padre jamás ha traicionado a un amigo.

—Y tú, ¿de qué lado estás? —preguntó Michael.

—Yo lucho por Giuliano —contestó Andolini—. Hemos sido compañeros durante estos últimos cinco años, y antes de eso me perdonó la vida. Sin embargo, vivo en Sicilia y no puedo desafiar abiertamente a Don Croce. Por eso ando en la cuerda floja entre los dos, aunque nunca traicionaré a Giuliano.

Michael se preguntó qué demonios estaba diciendo aquel tipo. ¿Por qué no podía obtener una respuesta sincera de ninguno de ellos? Porque estaba en Sicilia, pensó. Los sicilianos tenían horror a la verdad. Los tiranos y los inquisidores les habían torturado a lo largo de miles de años, exigiéndoles la verdad. El Gobierno de Roma, con sus disposiciones legales, pedía la verdad. El sacerdote en el confesionario, amenazándoles con las penas eternas del infierno, intentaba averiguar la verdad. Pero la verdad era una fuente de poder, un instrumento de dominación, ¿por qué iban a regalarla sin más?

Tendría que encontrar el camino por su cuenta, pensó Michael, o tal vez abandonar la misión y regresar apresuradamente a su patria. Estaba en terreno peligroso, se había establecido, de toda evidencia, una especie de *vendetta* entre Giuliano y Don Croce, y dejarse atrapar por el torbellino de una *vendetta* siciliana era un suicidio. Porque el siciliano cree que la venganza es la única justicia auténtica, siempre despiadada. En aquella isla tan católica, de hogares donde nunca falta una imagen del Jesucristo doliente, el perdón cristiano se considera el despreciable refugio de los cobardes.

—¿Por qué se enemistaron Giuliano y Don Croce? —preguntó Michael.

—A causa de la tragedia de Portella delle Ginestre —contestó Andolini—. Fue hace tres años. Después ya nada volvió a ser igual. Giuliano le echó la culpa a Don Croce.

De repente el vehículo pareció caer casi en vertical por la carretera que descendía de las montañas al valle. Pasaron junto a las ruinas de un castillo normando construido hacía mil doscientos años para sembrar el terror en la campiña y sólo habitado ya por inofensivas lagartijas y algunas cabras extraviadas. Lejos, abajo, Michael avistó la localidad de Montelepre.

Estaba hundida al pie de las montañas que la rodeaban como un cubo colgando en el fondo de un pozo. Formaba un círculo perfecto sin ninguna casa en las afueras, y el sol del atardecer teñía de escarlata las piedras de sus muros. El Fiat se deslizó finalmente por una angosta y tortuosa calleja, hasta que un puesto de vigilancia de los *carabinieri* le cerró el paso, obligando a Andolini a frenar y detenerse. Uno de los hombres les indicó, con un movimiento del fusil, que se apearan.

Michael observó la documentación que mostraba Andolini. Vio un pase especial orlado de rojo que sólo podía haber facilitado el Ministerio del Interior de Roma. Michael tenía otro igual, pero le habían ordenado no exhibirlo más que como último recurso. ¿Cómo habría conseguido un hombre como Andolini semejante documento?

Subieron de nuevo al automóvil y siguieron avanzando por las estrechas calles de Montelepre, tan estrechas que, si se hubiera acercado un vehículo en dirección contraria, ninguno de los dos hubiera podido pasar. Todas las casas poseían elegantes balcones y estaban pintadas de distintos colores. La mayoría eran azules, las blancas también abundaban y había algunas pintadas de rosa. Unas pocas eran amarillas. A aquella hora del día las mujeres estaban dentro, preparándole la cena al marido. Pero no había niños en las calles. En cada esquina se veían, en cambio, parejas de *carabinieri*. Montelepre parecía una ciudad en estado de sitio. Sólo algunos viejos de rostro impasible eran visibles en los balcones.

El Fiat se detuvo frente a una hilera de casas adosadas, una de las cuales, pintada de un azul intenso, tenía una verja cuyo enrejado formaba la letra «G». Abrió la verja un hombrecillo nervudo de unos sesenta años, vestido con un traje americano oscuro, a rayas, camisa blanca y corbata negra. Era el padre de Giuliano, que acogió a Andolini con un rápido, pero afectuoso abrazo. Después, y mientras les hacía pasar al interior de la casa, le dio a Michael en el hombro unas palmadas de casi gratitud.

El padre de Giuliano tenía la cara del hombre que espera con angustia la muerte inevitable de un ser querido aquejado de una dolencia incurable. Estaba claro que dominaba muy severamente sus emociones, pero aun así se llevó la mano al rostro como para imponer compostura a sus facciones. Rígido, como envarado el cuerpo, sin embargo se tambaleaba levemente al moverse.

Entraron en un salón muy lujoso para una casa siciliana de una pequeña localidad. Dominaba la estancia una enorme fotografía ampliada, demasiado borrosa para que pudieran verse los detalles, con un marco de madera color crema. Michael comprendió inmediatamente que debía de tratarse de Salvatore Giuliano. Debajo, sobre un velador negro, ardía una lámpara votiva. Sobre una segunda mesa había otra fotografía enmarcada, mucho más clara que la de la pared. Padre, madre e hijo aparecían de pie sobre el fondo de una cortina roja, el hijo rodeando posesivamente a su madre con el brazo. Salvatore Giuliano miraba de frente a la cámara como si la desafiara. El rostro era extraordinariamente hermoso, de estatua griega, con las facciones un poco gruesas y como esculpidas en mármol, unos carnosos labios sensuales y unos ojos rasgados y muy separados, de entornados párpados. Era el rostro de un hombre que confía plenamente en sí mismo y está resuelto a imponer su voluntad al mundo. Lo que, sin embargo, Michael jamás hubiera podido imaginar era la extraordinaria y jovial dulzura de aquel bello semblante.

Había otras fotografías, que le mostraban con sus hermanas y los maridos de éstas, pero reposaban casi ocultas en mesitas de rincones en sombras.

El padre de Giuliano les acompañó a la cocina. La madre se aparto del fuego, para saludarles. Maria Lombardo Giuliano parecía mucho más mayor que en la fotografía de la otra estancia, en realidad, parecía otra mujer. Su cortés sonrisa era como un rictus en un rostro agotado, de piel áspera y cuarteada. En el largo y espeso cabello que le llegaba hasta los hombros abundaban las hebras plateadas. Pero lo más impresionante eran sus ojos, casi negros y llenos de un odio impersonal hacia el mundo que les estaba aplastando tanto a su hijo como a ella.

Sin prestar atención ni a su marido ni a Stefan Andolini, se dirigió a Michael:

—¿Has venido para ayudar a mi hijo o no?

Los otros dos se quedaron turbados ante la brusquedad de su pregunta, pero Michael se limitó a esbozar una sonrisa muy seria.

—Sí, estoy con vosotros.

Parte de la tensión desapareció del rostro de la mujer, que hundió la cabeza entre las manos como si esperara un golpe. Andolini le dijo en tono tranquilizador:

—El padre Benjamino deseaba venir, pero yo le he dicho que tú te oponías.

Maria Lombardo levantó la cabeza, y a Michael le asombró que su rostro reflejara todas las emociones que sentía. El desprecio, el odio, el temor, la ironía de sus palabras alternando con la dureza de su sonrisa, las muecas que no podía reprimir.

—Ah, el padre Benjamino tiene sin duda muy buen corazón —contestó ella—. Y con ese buen corazón que tiene es como la peste que lleva la muerte a toda una aldea. Es como la planta de la pita: si te rozas con él, sangras. Y le lleva los secretos del confesionario a su hermano, vende al diablo las almas que tiene encomendadas.

El padre de Giuliano dijo con serena lógica, como si tratara de calmar a un loco:

—Don Croce es nuestro amigo. Nos sacó de la cárcel.

—Ah, Don Croce —estalló la madre de Giuliano— el «alma buena», tan cariñoso siempre. Permíteme decirte que Don Croce es una serpiente. Apunta con la pistola hacia adelante y asesina al amigo que tiene al lado. Él y nuestro hijo iban a mandar juntos en Sicilia, y ahora Turi se esconde solo en las montañas y el «alma buena» está libre como el aire en Palermo, junto a sus putas. A Don Croce le basta con soltar un silbido para que Roma le lama los pies. Y, sin embargo, ha cometido más crímenes que nuestro Turi. Él es malo y nuestro hijo es bueno. Ah, si yo fuera un hombre como tú, mataría a Don Croce. Enviaría al «alma buena» a descansar —hizo un gesto de repugnancia—. Vosotros los hombres no entendéis nada.

El padre de Giuliano dijo con impaciencia:

—Creo que nuestro huésped tiene que ponerse en camino dentro de unas horas, y necesita comer algo antes de que empecemos a hablar.

De repente la madre de Giuliano, cambiando de actitud, mostró solícita.

—Pobrecillo, has viajado todo el día para venir a vernos y has tenido que escuchar los embustes de Don Croce y mis desvaríos. ¿A dónde vas?

—Tengo que estar en Trapani mañana —contestó Michael. Me alojaré en casa de unos amigos de mi padre hasta que venga Giuliano.

Se hizo el silencio en la estancia. Michael intuyó que todos conocían su historia y vio que observaban la marca que tenía en la mejilla. La madre de Giuliano se le acercó y le dio un rápido abrazo.

—Toma un vaso de vino —le dijo—. Después sal a dar un paseo por la ciudad. La cena estará en la mesa dentro de una hora. Y entonces los amigos de Turi ya habrán llegado y podremos hablar con sensatez.

Andolini y el padre de Giuliano se situaron a ambos lados de Michael, y los tres salieron a recorrer las estrechas calles adoquinadas de Montelepre, cuyas piedras relucían negras con la puesta del sol. En la brumosa luz azulada que preludiaba el crepúsculo, sólo las siluetas de los *carabinieri* animaban el contorno. En cada cruce escapaba de la Via Bella una tortuosa callejuela. La ciudad parecía desierta. Incluso los balcones estaban vacíos, salvo por sus cuencos de colorinescas flores colocados sobre minúsculas mesitas.

—Esto fue en otros tiempos una ciudad muy animada —dijo el padre de Giuliano—. Siempre, siempre muy pobre, como toda Sicilia, con mucha miseria, pero animada. Ahora nada menos que setecientos de sus habitantes se encuentran en la cárcel, detenidos por complicidad con mi hijo. Son inocentes casi todos ellos, pero el Gobierno los detiene para asustar a los demás, para que faciliten información sobre Turi. Hay más de dos mil *carabinieri* en la ciudad, y varios miles más buscan a Turi por las montañas. Y por eso la gente ya no come al aire libre y los niños ya no pueden jugar afuera. La policía es tan cobarde que dispara contra un conejo que cruce la calle. Han establecido un toque de queda al anochecer, y si una mujer quiere visitar a una vecina y la sorprenden, la increpan y la cubren de improperios. A los hombres se los llevan para torturarlos en las mazmorras de Palermo —lanzó un suspiro—. Estas cosas jamás podrían ocurrir en América. Maldigo el día en que me fui de allí.

Stefan Andolini les obligó a detenerse al encender una panetela.

—Di la verdad —exclamó con una sonrisa, dando unas chupadas al cigarro—. A los sicilianos les gusta más oler la basura de sus aldeas que aspirar los mejores perfumes de París. ¿Qué estoy haciendo yo aquí? Hubiera podido escaparme al Brasil como hicieron algunos. Ah, pero los sicilianos amamos el lugar donde hemos nacido, aunque Sicilia no nos ame.

—Qué necio fui regresando —dijo el padre de Giuliano, encogiéndose de hombros—. Si hubiera esperado unos cuantos meses, mi Turi hubiera sido legalmente americano. Pero se ve que el aire del país penetró en el vientre de su madre —sacudió la cabeza perplejo—. ¿Por qué se preocuparía siempre mi hijo por los problemas de los demás, incluso de aquellos que no estaban emparentados con nosotros? ¿Por qué luchó por un hombre al que ni siquiera conocía, un hombre al que despidieron del trabajo por negarse a aceptar un salario de miseria?

¿Qué le importaba eso a él? Siempre tuvo ideas sublimes, siempre hablaba de justicia. Un verdadero siciliano habla de pan.

Mientras bajaban por la Via Bella, Michael observó que la configuración de la ciudad resultaba ideal para las emboscadas y la guerra de guerrillas. Las calles eran tan angostas que no podía transitar por ellas más que un solo vehículo motorizado, y algunas sólo permitían el paso de los pequeños carros y asnos que los sicilianos seguían utilizando para el transporte de sus mercancías. Unos pocos hombres podían repeler cualquier fuerza invasora y escapar después a las blancas montañas de piedra caliza que rodeaban la ciudad.

Bajaron a la plaza principal. Andolini señaló la pequeña iglesia que la dominaba, y dijo:

—En esa iglesia se ocultó Turi cuando la policía nacional trató de capturarlo la primera vez. Desde entonces se ha con vertido en un espectro.

Los tres hombres contemplaron la puerta de la iglesia como si Salvatore Giuliano estuviera a punto de aparecer ante ellos.

El sol se ocultó tras los montes, y regresaron a la casa poco antes del toque de queda. Dos desconocidos les estaban aguardando en el interior, desconocidos sólo para Michael, puesto que abrazaron al padre de Giuliano y le estrecharon la mano a Stefan Andolini.

Uno de ellos era un joven delgado y extremadamente pálido, de grandes y febriles ojos oscuros. Lucía un fino bigote y poseía una belleza casi femenina aunque no parecía, en absoluto, afeminado. Tenía el aire de orgullosa fiereza del hombre dispuesto a mandar a cualquier precio.

Cuando se lo presentaron como Gaspare Pisciotta, Michael se quedó de una pieza. Pisciotta era el lugarteniente de Giuliano, su primo y su mejor amigo. Después de Giuliano, era el hombre más buscado de Sicilia: el precio de su cabeza era de cinco millones de liras. Las referencias que Michael tenía de Gaspare Pisciotta hablaban de un hombre de aspecto mucho más temible y peligroso. Y, sin embargo, allí estaba él, enjuto y con el rostro coloreado por el febril arrebol de la tuberculosis. Allí en Montelepre, rodeado por dos mil policías de Roma.

El segundo hombre era también sorprendente, pero por motivos distintos. A Michael le desconcertó al principio. Era tan bajito que parecía un enano, pero poseía un porte tan digno, que Michael intuyó en seguida que en su desconcierto podría ver una ofensa mortal. Iba pulcramente vestido con un traje gris a rayas, hecho a la medida, una corbata de tonos plateados y una camisa color marfil. Su abundante cabello era casi blanco y no tendría más allá de cincuenta años. Era elegante. O todo lo elegante que pueda ser un hombre de tan corta estatura. El rostro era huesudo y hermoso, con una boca grande, pero de labios sensibles.

Percatándose de la turbación de Michael, le saludó con una irónica pero amable sonrisa. Se lo presentaron con el nombre de profesor Hector Adonis.

Maria Lombardo de Giuliano ya había servido la cena en la mesa de la cocina. Comieron junto a la ventana próxima al balcón, contemplando el cielo veteado de rojo y la oscuridad de la noche avanzando sobre los montes circundantes. Michael comió despacio, consciente de que todos le observaban y le estaban calibrando. La comida era sencilla pero muy sabrosa: espaguetis en negra tinta de calamares y estofado de conejo con una salsa roja, de tomate y pimienta. Al terminar, Gaspare Pisciotta rompió a hablar en dialecto siciliano.

—Conque tú eres el hijo de Vito Corleone, más grande, según tengo entendido, que nuestro Don Croce. Y eres tú quien va a salvar a nuestro Turi.

Hablaba en un frío tono burlón capaz de ofender a quien se hubiera atrevido a plantarle cara. Su sonrisa parecía cuestionar la buena fe de cualquier acción, como si dijera: «Sí, es cierto que estás haciendo una buena obra, pero, ¿con qué propósito personal?». Y, sin embargo, su actitud no era en modo alguno irrespetuosa, pues conocía los antecedentes de Michael, y ambos eran hombres que habían matado.

—Yo obedezco las órdenes de mi padre —replicó Michael—. Tengo que esperar en Trapani la llegada de Giuliano. Entonces le llevaré a América.

—Y una vez Turi se encuentre en tus manos —dijo Pisciotta en tono más serio—, ¿puedes garantizar su seguridad? ¿Le podrás proteger de Roma y de sus millares de policías y soldados, del propio Don Croce?

Michael advirtió que la madre de Giuliano le observaba atentamente, con el rostro dominado por la inquietud.

—En la medida en que un hombre pueda dar garantías frente al destino —contestó cautelosamente—, sí, creo poder hacerlo.

El rostro de la madre perdió su tensión. Pisciotta, en cambio, dijo con aspereza:

—Yo no pienso lo mismo. Tú has depositado esta tarde tu confianza en Don Croce. Le has revelado tu plan de huida.

—¿Y por qué no iba a hacerlo? —replicó rápidamente Michael. ¿Cómo demonios se habría enterado Pisciotta tan pronto de los detalles de su almuerzo con Don Croce?—. Según las instrucciones de mi padre, Don Croce se encargaría de que me entregaran a Giuliano. De todos modos, sólo le he revelado uno de los planes de huida.

—¿Y los otros? —preguntó Pisciotta. Observó que Michael vacilaba—. Habla con franqueza. Si no se puede confiar en los que estamos en esta habitación, ya no hay ninguna esperanza para Turi.

El pequeño Hector Adonis habló por primera vez. Tenía una voz sonora por demás, la voz del orador nato, del hombre que sabe convencer.

—Mi querido Michael, debe usted comprender que Don Croce es el enemigo de Turi Giuliano. La información de su padre no está al día. Es evidente que no podemos confiarle a Turi sin tomar precauciones.

Hablaba el elegante italiano de Roma, no el dialecto siciliano.

—Yo confío en la promesa de Don Corleone de ayudar a mi hijo —terció el padre de Giuliano—. Sobre eso no puede haber ninguna discusión.

—Yo insisto en que debemos conocer sus planes —arguyó Hector Adonis.

—Puedo responderle lo que le he dicho a Don Croce —contestó Michael—. ¿Por qué razón tendría que revelarle a nadie mis restantes planes? Si yo le preguntara a usted dónde se oculta ahora Turi Giuliano, ¿me lo diría?

Michael observó que Pisciotta sonreía con gesto de inconfundible aprobación.

—No es lo mismo —repuso Hector Adonis—. Usted no tiene ningún motivo para saber dónde se oculta Turi; nosotros, en cambio, tenemos que saber cuáles son sus planes para ayudarle.

—Yo no sé nada sobre usted —dijo Michael en tono pausado.

Una brillante sonrisa iluminó el hermoso rostro de su interlocutor, que se levantó y dijo en tono de gran sinceridad:

—Disculpe, yo fui el maestro de Turi cuando era pequeño, y sus padres me honraron, convirtiéndome en su padrino. Ahora soy catedrático de Historia y Literatura de la Universidad de Palermo. No obstante, de mí pueden responder mejor que nadie las personas que ve sentadas alrededor de esta mesa. Soy ahora, y siempre he sido, miembro de la banda de Giuliano.

—Yo también soy miembro de la banda —dijo Stefan Andolini en voz baja—. Conoces mi nombre y sabes que soy tu primo. Pero también me llaman *Fra Diavolo.*

También aquél era un nombre legendario en Sicilia, y Michael lo había oído muchas veces. Se ha ganado esa cara de asesino, pensó. Al igual que Giuliano, era fugitivo de la justicia, que había puesto precio a su cabeza. Y, sin embargo, aquella tarde se había sentado a almorzar con el inspector Velardi.

Todos estaban aguardando su respuesta. Michael no tenía la menor intención de revelarles sus planes finales, pero sabía que algo tenía que decirles. La madre de Giuliano le estaba mirando fijamente.

—Es muy sencillo —expuso, dirigiéndose a ella—. Primero debo advertiros de que no puedo esperar más de siete días. Llevo demasiado tiempo lejos de casa, y mi padre necesita que le ayude a resolver unos asuntos particulares. Comprenderéis lo mucho que deseo regresar junto a mi familia. Pero mi padre quiere que ayude a Salvatore. Las últimas instrucciones que recibí del enlace decían que visitara aquí a Don Croce y después siguiera viaje a Trapani. Allí me alojaré en la villa del Don de la localidad. Me estarán aguardando unos hombres de América en quienes puedo confiar plenamente. Hombres capacitados —se detuvo un instante. La palabra «capacitado» tenía un significado especial en Sicilia y se aplicaba en general a los sicarios de alto rango de la Mafia—. Una vez a mi lado, Turi estará a salvo —añadió—. La villa es una fortaleza. Y, a las pocas horas, una embarcación rápida nos trasladará a una ciudad de la costa africana. Allí nos aguarda un avión especial para llevarnos inmediatamente a América, donde quedará bajo la protección de mi padre y ya no tendréis que temer por él.

—¿Cuándo puede recibir a Turi Giuliano? —preguntó Hector Adonis.

—Estaré en Trapani a primer ahora de la mañana —contestó Michael—. Deme veinticuatro horas a partir de entonces.

—Mi pobre Turi ya no confía en nadie —dijo la madre de Giuliano, rompiendo súbitamente a llorar—. No irá a Trapani.

—En tal caso no podré ayudarle —contestó Michael fríamente.

La madre de Giuliano pareció hundirse bajo el peso de la desesperación. Fue Pisciotta quien inesperadamente acudió a consolarla.

—Maria Lombardo, no te preocupes —dijo besándola y abrazándola—. Turi todavía me hace caso. Yo le diré que todos creemos en este hombre de América, ¿no es cierto? —miró inquisitivamente a los demás, y todos asintieron—. Yo mismo acompañaré a Turi a Trapani.

El asenso fue general. Michael comprendió que su fría respuesta les había inducido a confiar en él. Como buenos sicilianos, recelaban de una generosidad excesivamente cordial y humana. Michael por su parte estaba molesto por las reticencias de ellos y por el descuido de los planes de su padre. Don Croce era ahora un enemigo, cabía la posibilidad de que Giuliano no se presentara en seguida, o de que no lo hiciera nunca. Al fin y al cabo, ¿qué le importaba a él Turi Giuliano? Y, bien mirado, ¿qué le importaba Giuliano a su padre?

Pasaron a un saloncito donde la madre sirvió café y anís, disculpándose por la falta de dulces. El anís tonificaría a Michael para el largo viaje nocturno a Trapani, dijeron. Hector Adonis sacó una pitillera de oro del bolsillo de su elegante chaqueta y la pasó en derredor; después tomó un cigarrillo con aquella boca de delicado perfil y se reclinó en el sillón, quedando con los pies en el aire. Por un instante pareció una marioneta colgando de una cuerda. Maria Lombardo señaló el enorme retrato de la pared.

—¿No es guapo? —dijo—. Y es tan bueno como hermoso. Se me partió el corazón cuando se hizo forajido. ¿Recuerda usted aquel día tan terrible, *signor* Adonis? ¿Y todas las mentiras que cuentan sobre Portella delle Ginestre? Mi hijo nunca hubiera hecho algo así.

Los demás se turbaron. Aunque se preguntó, por segunda vez aquel día, qué habría ocurrido en Portella delle Ginestre, Michael no quiso indagar.

—Cuando estudiaba conmigo —dijo Hector Adonis—, Turi, que era muy aficionado a la lectura, se sabía de memoria las leyendas de Carlomagno y Roldán, y ahora él mismo se ha convertido en un mito. A mí también se me partió el corazón cuando se hizo forajido.

—Suerte tendrá si puede escapar con vida —dijo la madre de Giuliano amargamente—. No sé por qué quisimos que nuestro hijo naciera aquí. Sí, claro, queríamos que fuera un auténtico siciliano —rió con tristeza—. Y vaya si lo es. Anda por ahí temiendo por su vida y han puesto precio a su cabeza —se detuvo. Y después añadió con vehemente convicción—: Mi hijo es un santo.

Michael observó que Pisciotta esbozaba esa sonrisa especial de quien oye a unos padres ensalzar demasiado las virtudes de sus hijos. Hasta el señor Giuliano hizo un gesto de impaciencia. Stefan Andolini sonrió con la astucia de un zorro y Pisciotta dijo con afecto no exento de frialdad:

—Mi querida Maria Lombardo, no pintes a tu hijo tan desvalido. Ha dado más palos de los que ha recibido, y sus enemigos aún le temen.

—Ya sé que ha matado muchas veces, pero jamás ha cometido una injusticia —respondió ella, un poco más tranquila—. Y siempre les da tiempo de poner en paz la conciencia y elevar sus últimas oraciones a Dios —de repente, tomando a Michael de la mano, le acompañó a la cocina y salió con él al balcón—. Ninguno de ellos conoce realmente a mi hijo —declaró entonces—. No saben lo cariñoso y amable que es. Puede que con otros haya de ser distinto, pero conmigo era sincero. Obedecía todas mis órdenes, jamás me dijo una palabra brusca. Era un hijo afectuoso y obediente. Durante sus primeros días de forajido, miraba desde la montaña al valle y no podía ver. Y yo miraba hacia la montaña y tampoco podía ver. Pero ambos sentíamos la presencia del otro, el amor del otro. Y esta noche yo le siento. Y le imagino solo en aquellas montañas con miles de soldados buscándole, y se me parte el corazón. Quizás seas tú el único que puede salvarle. Prométeme que esperarás.

Después la mujer estrechó fuertemente las manos de Michael entre las suyas. Rodaban lágrimas por sus mejillas.

Michael contempló, en medio de la oscuridad de la noche, la ciudad de Montelepre, cobijada en el vientre de las altas montañas con tan sólo un punto de luz en su plaza principal. El cielo estaba punteado de estrellas y en las calles de abajo se oían de vez en cuando los chasquidos de pequeñas armas de fuego y las voces de los *carabinieri* de las patrullas. Llegaban a través de la suave atmósfera de la noche estival cargada con la suave fragancia de los limoneros, los leves e insistentes zumbidos de incontables insectos y el súbito grito de algún miembro de una patrulla de la policía.

—Esperaré todo lo que pueda —dijo Michael suavemente—. Pero mi padre me necesita en casa. Tenéis que conseguir que vuestro hijo se reúna conmigo.

Ella asintió con la cabeza y le acompañó de nuevo junto a los demás. Pisciotta estaba paseando arriba y abajo por la estancia. Parecía nervioso.

—Hemos decidido que todos hemos de esperar aquí hasta el amanecer, cuando termine el toque de queda —dijo—. Hay mucha oscuridad y demasiados soldados aficionados a disparar, y podría ocurrir un accidente. ¿Tienes algo que objetar? —le preguntó a Michael.

—No —repuso éste—. Siempre y cuando no sea una molestia para nuestra anfitriona.

El comentario les pareció improcedente. Se habían quedado allí muchas noches, cuando Turi Giuliano regresaba clandestinamente a la ciudad para visitar a sus padres. Y, además, tenían mucho de que hablar, muchos detalles que concretar. Se pusieron cómodos con vistas a la larga noche que tenían por delante. Aun sin la chaqueta y la corbata, Hector Adonis seguía estando elegante. La madre preparó más café.

Michael pidió a los demás que le contaran todo lo que pudieran sobre Turi Giuliano. Le pareció que necesitaba comprenderle. Los padres insistieron en que Turi había sido siempre un hijo maravilloso. Stefan Andolini le habló del día en que Giuliano le perdonó la vida. Pisciotta contó historias muy divertidas sobre la audacia y el sentido del humor y la falta de crueldad de Turi. Aunque era despiadado con los traidores y los enemigos, jamás insultaba su hombría con la tortura y la humillación. Y después contó la historia de Portella delle Ginestre.

—Se pasó todo el día llorando —dijo Pisciotta—. Delante de todos los miembros de su banda.

—No es posible que matara a toda aquella gente de Ginestre —dijo Maria Lombardo.

—Todos lo sabemos —terció Hector Adonis, tranquilizándola—. Es bueno por naturaleza —dijo. Y dirigiéndose a Michael, añadió—: Le gustaban los libros, yo creía que iba a ser un poeta o un hombre de letras. Tenía un genio muy vivo, pero nunca fue cruel, porque la suya era una cólera inocente. Odiaba la injusticia. Odiaba la brutalidad de los *carabinieri* para con los pobres y su servilismo frente a los ricos. Hasta de niño se enfurecía cuando oía hablar de algún campesino que no podía quedarse con el maíz que cultivaba, beber el vino que prensaba y comerse los cerdos que sacrificaba. Y, sin embargo, era un muchacho muy dulce.

—Ahora no es tan dulce —dijo Pisciotta, echándose a reír—. Y tú, Hector, no juegues al maestrito de escuela. Montado a caballo, eras tan alto como cualquiera de nosotros.

Hector Adonis le dirigió una mirada severa.

—Aspanu —dijo—, no es momento para bromas.

—Oye, hombrecillo —le dijo Pisciotta con febril excitación—, ¿piensas que alguna vez te voy a tener miedo?

Michael tomó nota de que el apodo de Pisciotta era Aspanu y de que existía una mutua aversión entre ambos hombres. Lo evidenciaban las constantes alusiones de Pisciotta a la estatura del otro, la severidad de Adonis cuando hablaba con Pisciotta. De hecho, la desconfianza presidía allí todas las relaciones. Todos parecían mantenerse a cierta distancia de Stefan Andolini, la madre de Giuliano daba la impresión de no fiarse por completo de nadie. Y, sin embargo, a medida que iba transcurriendo la noche, Michael comprendió que todos adoraban a Turi.

—Hay un Testamento escrito por Turi Giuliano —dijo Michael cautelosamente—. ¿Dónde está ahora?

Se produjo un largo silencio durante el cual todos se dedicaron a estudiarle atentamente. Y, de improviso, empezaron a desconfiar también de él.

Hector Adonis respondió por fin:

—Empezó a escribirlo a instancias mías y yo le ayudé a redactarlo. Sus páginas, firmadas una a una por Turi, contienen todas las secretas alianzas con Don Croce y con el Gobierno de Roma, y toda la verdad sobre Portella delle Ginestre. Si eso se divulgara, caería el Gobierno. Es la última carta que le queda a Giuliano en caso de que se llegara a lo peor.

—Espero que se encuentre en lugar seguro —dijo Michael.

—Sí —contestó Pisciotta—, a Don Croce le encantaría echar mano al Testamento.

—En el momento oportuno —dijo la madre de Giuliano—, nos encargaremos de que el Testamento te sea entregado. Tal vez puedas enviarlo a América con la chica.

Michael les miró a todos asombrado.

—¿Qué chica?

Los demás apartaron la mirada, llenos de turbación y recelo. Sabían que era una sorpresa desagradable y temían su reacción.

—La prometida de mi hijo —contestó la madre de Giuliano—. Está embarazada —se dirigió a los demás—: No puede esfumarse en el aire. ¿Se la va a llevar, sí o no? Que lo diga ahora —aunque trató de disimularlo, no cabía duda de que estaba muy preocupada por la reacción de Michael—. Se reunirá contigo en Trapani. Turi quiere que la envíes a América antes que a él. Cuando ella le mande decir que está a salvo, Turi se reunirá contigo.

—No son ésas las instrucciones que yo tengo —dijo Michael con prudencia—. Tendría que consultar con mi gente de Trapani sobre el factor tiempo. Sé que tú y tu marido vais a seguir a vuestro hijo en cuanto él llegue a los Estados Unidos. ¿No podría la chica esperar e ir con vosotros?

—La chica es tu prueba —dijo Pisciotta con aspereza—; enviará una palabra en clave, y así Giuliano sabrá que trata con un hombre no sólo honrado sino también inteligente. Sólo entonces creerá que le puedes sacar sano y salvo de Sicilia.

—Aspanu —dijo el padre de Giuliano en tono enojado—, ya os lo he dicho a ti y a mi hijo. Don Corleone me ha dado su palabra de que nos ayudará.

—Ésas son las órdenes de Turi —dijo Pisciotta suavemente.

Michael, después de pensar con rapidez, dijo:

—Me parece muy inteligente. Podemos probar la ruta de huida y ver si hay algún contratiempo —no tenía intención de utilizar el mismo itinerario con Giuliano—. Puedo enviaros a ti y a tu marido con la chica —añadió, dirigiéndose a la madre de Giuliano.

Les miró inquisitivamente, pero ambos sacudieron la cabeza.

—No es mala idea —apuntó amable Hector Adonis.

—No abandonaremos Sicilia mientras nuestro hijo esté aquí —dijo la madre de Giuliano.

El padre de Giuliano cruzó los brazos y asintió con la cabeza, para indicar su conformidad. Y Michael comprendió lo que estaban pensando. Si Turi Giuliano muriera en Sicilia, ellos no querían encontrarse en América. Tenían que quedarse para llorarle, enterrarle y llevar flores a su tumba. La tragedia final les pertenecía. La chica se podía ir, estaba unida a él sólo por el amor, no por la sangre.

En determinado momento de la noche, Maria Lombardo le mostró a Michael un álbum lleno de reportajes de prensa y de carteles en los que se anunciaban las distintas recompensas que el Gobierno de Roma había ofrecido por la captura de Giuliano. Le mostró también un reportaje gráfico publicado en los Estados Unidos por la revista *Life* en 1948. Se decía allí que Giuliano era el bandido más grande de los tiempos modernos, un Robin Hood italiano que robaba a los ricos para ayudar a los menesterosos. Reproducía también una de las famosas cartas que Giuliano había enviado a los periódicos.

«Durante cinco años luché por la libertad de Sicilia —decía—. He dado a los pobres lo que he arrebatado a los ricos. Que el pueblo de Sicilia diga si soy un forajido o un combatiente por la libertad. Si habla contra mí, yo mismo me entregaré en vuestras manos para ser juzgado. Mientras hable en mi favor, seguiré librando una guerra total y quemaré la podredumbre y la suciedad que oprima al pueblo siciliano.»

Desde luego, no parecía un bandido corriente, pensó Michael mientras el rostro de Maria Lombardo se llenaba de orgullo. Se sintió identificado con ella porque era muy parecida a su propia madre. Sus facciones conservaban las huellas de las angustias del pasado, pero en sus ojos brillaba la innata voluntad de luchar contra el destino.

Cuando por fin amaneció, Michael se puso en pie y se despidió de todos. Le sorprendió el que la madre de Giuliano le diera un afectuoso abrazo.

—Me recuerdas a mi hijo —le dijo ella—. Confío en ti —se acercó a la repisa de la chimenea y tomó una imagen de madera de la Virgen María. Era de color negro y tenía rasgos negroides—. Acéptala como regalo, es el único objeto de valor que puedo darte.

Michael trató de rehusar el obsequio, pero ella insistió.

—Quedan muy pocas imágenes como ésa en Sicilia —comentó Hector Adonis—. Es curioso, pero estamos a dos pasos de África.

—No te importe su aspecto —dijo la madre de Giuliano—. le puedes rezar igual.

—Sí —intervino Pisciotta en tono despectivo—. Puede ser tan útil como la tradicional.

Se despidieron, y Michael observó que Pisciotta y la madre de Giuliano se profesaban verdadero afecto.

Pisciotta besó a la mujer en ambas mejillas y añadió unas tranquilizadoras palabras. Ella apoyó la cabeza en su hombro un instante y le dijo:

—Aspanu, Aspanu, te quiero tanto como a mi hijo. No dejes que maten a Turi.

Estaba llorando. Pisciotta perdió su frialdad; pareció que le aflojaba todo el cuerpo, y su enjuto y moreno rostro se suavizó.

—A todos os espera una larga vida en América —dijo. Y dirigiéndose a Michael añadió—: Te traeré a Turi antes de que pase una semana.

Después abandonó la casa rápidamente y en silencio. Disponía de un documento especial, orlado de rojo, que le permitiría regresar al monte. Hector Adonis se quedaría con los Giuliano, pese a que tenía casa en la ciudad.

Michael y Stefan Andolini subieron al Fiat, atravesaron la plaza principal y enfilaron la carretera que conducía a Castelvetrano y la ciudad costera de Trapani. Debido a la prudencia con que conducía Andolini y a los numerosos puestos militares donde tuvieron que detenerse, llegaron a su destino pasado el mediodía.

Libro Segundo

Turi Giuliano
1943

2

En septiembre de 1943 Hector Adonis era profesor de Historia y Literatura en la Universidad de Palermo. Su estatura extremadamente corta inducía a sus colegas a tratarle con menos respeto del que merecía su inteligencia. Sin embargo, eso era inevitable en la cultura siciliana, que basaba habitualmente sus crueles apodos en los defectos físicos de la gente. La única persona que estimaba su auténtica valía era el rector de la Universidad.

Aquel septiembre de 1943 la vida de Hector Adonis estaba a punto de experimentar un cambio. La guerra había terminado en el sur de Italia. El ejército norteamericano ya había conquistado Sicilia y penetrado en la península. El fascismo había muerto e Italia estaba renaciendo. Por primera vez en doce siglos, la isla de Sicilia no tenía un auténtico amo. Pero Hector Adonis, que conocía las ironías de la historia, no se hacía muchas ilusiones. La Mafia ya había empezado a usurpar el imperio de la ley en Sicilia. Su poder canceroso era tan mortífero como el de cualquier Estado legalmente constituido.

Desde la ventana de su despacho, contemplaba el recinto de la Universidad y los pocos edificios que la integraban. No eran necesarias las residencias para estudiantes, porque la vida universitaria era distinta de las de Inglaterra y los Estados Unidos. Allí casi todos los alumnos estudiaban en casa y consultaban con sus profesores a intervalos previamente establecidos. Los profesores daban sus clases y los alumnos se las podían saltar con absoluta impunidad. Bastaba con que superaran los exámenes. Era un sistema que a Hector Adonis le parecía vergonzoso en general y estúpido en particular, puesto que afectaba a los sicilianos, los cuales precisaban, en su opinión, de una disciplina pedagógica mucho más estricta que los estudiantes de otros países.

Desde su ventana catedralesca observó la afluencia estacional de jefes de la Mafia venidos de todas las provincias de Sicilia para efectuar sus visitas de cabildeo a los profesores de la Universidad. Bajo el gobierno fascista, los jefes de la Mafia eran más prudentes y humildes, pero ahora, a favor de la democracia restaurada por los norteamericanos, se habían multiplicado como lombrices en un terreno empapado de lluvia, reanudando sus actividades de antaño. Y habían dejado de ser humildes.

Los jefes de la Mafia, o los «amigos de los amigos» tal como ellos mismos se llamaban, jefes de los pequeños clanes locales de las muchas aldeas de Sicilia, acudían vestidos con sus mejores galas para defender la causa de alumnos que eran hijos o parientes de amigos o de acaudalados terratenientes y que estaban fracasando en sus estudios universitarios y no podrían conseguir el título a no ser que se adoptaran enérgicas medidas. Porque aquellos títulos eran de la mayor importancia. ¿De qué otro modo se hubieran podido librar las familias de los hijos que carecían de ambición, talento e inteligencia? Los padres habrían tenido que mantenerlos toda la vida. En cambio, con un título, con un trozo de pergamino de la Universidad, aquellos inútiles podían convertirse en profesores, médicos, miembros del Parlamento o, en el peor de los casos, funcionarios de la administración del Estado.

Hector Adonis se encogió de hombros, y se consoló pensando en la historia. Sus admirados británicos, en los mejores días de su Imperio, confiaron su defensa a incompetentes hijos de padres adinerados que les habían comprado nombramientos en el ejército y los mandos de grandes buques. Cierto que aquellos comandantes llevaron a sus hombres a matanzas innecesarias y, sin embargo, había que reconocer que ellos murieron también con sus hombres, pues el valor era un imperativo de su clase. Y con su muerte evitaron al Estado la carga de mantener a unos ineptos. Los italianos no eran ni tan caballerosos ni tan fríamente prácticos. Amaban a sus hijos, les protegían de los desastres personales y dejaban que el Estado se las apañara como pudiera.

Desde su ventana Hector Adonis vio a por lo menos tres jefes locales de la Mafia paseando de aquí para allá en busca de sus víctimas. Llevaban gorros de paño, botas de cuero y gruesas chaquetas de pana colgadas del brazo, pues aún hacía calor. Portaban cestos de fruta y botellas de vino casero protegidas por fundas de caña, para ofrecerlos como regalos. No eran sobornos sino amables antídotos contra el terror que se apoderaría de los profesores en cuanto les vieran. Porque casi todos los profesores eran naturales de Sicilia y sabían que las peticiones no podían ser desatendidas.

Uno de los jefes de la Mafia, de atuendo tan campesino que hubiera podido actuar directamente en una representación de la *Cavalleria Rusticana*, entraba en aquellos momentos en el edificio y subía la escalinata. Hector Adonis se dispuso con irónico placer a interpretar la acostumbrada comedia.

Adonis conocía a aquel hombre. Se llamaba Bucilla y era propietario de una finca y unos rebaños de ovejas en la localidad de Partinico, a escasa distancia de Montelepre. Ambos se estrecharon la mano y Bucilla le entregó el cesto que portaba.

—Tenemos tanta fruta que cae al suelo y se pudre, de modo que pensé, voy a llevarle algo al profesor —dijo Bucilla.

Era un hombre bajito y rechoncho, de cuerpo muy vigoroso merced a toda una vida de duro trabajo. Adonis sabía que tenía fama de honrado y que era un hombre modesto pese a que no le hubiera sido difícil convertir su poder en riqueza. Era un jefe de Mafia como los de antes, que buscaban no la riqueza sino el respeto y el honor.

Adonis aceptó sonriendo el cesto de fruta. ¿Qué campesino de Sicilia hubiera permitido que algo se desperdiciara? Había cien niños por cada aceituna que caía al suelo, y aquellos niños eran como langostas.

Bucilla lanzó un suspiro. Era afable, pero Adonis sabía que aquella afabilidad se podía trocar en amenaza en la fracción de un segundo. Por consiguiente, esbozó una comprensiva sonrisa mientras Bucilla decía:

—La vida es un asco. Con el trabajo que tengo en mis tierras..., pero, ¿cómo puedo negarle a un vecino un pequeño favor? Mi padre conocía a su padre, y mi abuelo al suyo. Y tengo la costumbre, o quizá la desgracia, de no negarle nada a un amigo. ¿O qué no somos todos cristianos?

—Todos los sicilianos somos iguales —contestó Hector Adonis amablemente—. Demasiado generosos. Por eso los de Roma se aprovechan tan descaradamente de nosotros.

Bucilla le miró con astucia. No iba a tener ningún problema. Y, además, ¿no le habían dicho en alguna parte que aquel profesor era un «amigo»? Desde luego, no se le veía asustado. Pero si era un «amigo de los amigos», ¿cómo explicar que él, Bucilla, no lo supiera? Sin duda porque había distintos niveles de amigos. Sea como fuere, aquel era un hombre que comprendía su mundo.

—He venido para pedirle un favor —dijo Bucilla—. El hijo de mi vecino ha suspendido este año los exámenes de la Universidad. Le ha suspendido usted. Y mi vecino está desesperado. Al saber que se trataba de usted, yo le dije: «¿Cómo, el *signor* Adonis? Pero si es un corazón de oro. Si conociera todas las circunstancias, de ningún modo habría cometido semejante crueldad. Jamás». Y entonces me han pedido con lágrimas en los ojos que les cuente toda la historia. Y que le suplique con la mayor humildad que cambie su calificación, para que pueda salir al mundo y ganarse el pan.

Hector Adonis no se llamó a engaño ante aquella exquisita muestra de cortesía. Ocurría como con los ingleses, a los que tanto admiraba. Aquella gente sabía ser ofensiva de una forma tan sutil, que uno se pasaba varios días complaciéndose en sus insultos antes de percatarse de que le habían infligido una herida mortal. En los ingleses, aquello hubiera sido una figura retórica, en cambio, en el caso del *signor* Bucilla, una petición denegada hubiera significado una descarga de *lupara*, la escopeta de cañones recortados, al amparo de la oscuridad de cualquier noche. Hector Adonis probaba cortésmente las aceitunas y las moras del cesto.

—Ah, no podemos permitir que un joven se muera de hambre en este mundo tan terrible —dijo—. ¿Cómo se llama el chico?

Cuando Bucilla se lo dijo, sacó un registro de un cajón de su escritorio y, pese a que recordaba perfectamente el nombre, lo hojeó.

El estudiante suspendido era un patán, un zoquete y un chapucero; era más bestia que las ovejas de la finca de Bucilla. Un holgazán mujeriego, un inepto fanfarrón, un analfabeto sin remedio, que no sabía distinguir entre la Ilíada y las obras de Verga. A pesar de todo eso, Hector Adonis sonrió dulcemente mirando a Bucilla y, en tono del mayor asombro, dijo:

—Ah, sí, tuvo un pequeño problema en uno de sus exámenes. Pero eso se arregla fácilmente. Que venga a verme y yo mismo le prepararé en este despacho y después volveré a examinarle. Ya verá cómo esta vez no suspende.

Se estrecharon la mano y el hombre se retiró. Me he ganado otro amigo, pensó Hector. ¿Qué más daba que todos aquellos jóvenes inútiles obtuvieran unos títulos universitarios que no se habían ganado ni se merecían? En la Italia de 1943, los podían utilizar para secarse sus mimados traseros, mientras languidecían en puestos mediocres.

El timbre del teléfono interrumpió la corriente de sus pensamientos y le dio un ulterior motivo de irritación. Hubo un timbrazo y después una pausa, seguido de otros tres timbrazos, más cortos. La telefonista de la centralita estaba chismorreando con alguien y colocaba la clavija durante las pausas de su conversación. Ello le exasperó hasta tal punto que, al ponerse al aparato, dijo «*Pronto*» con más dureza de lo que hubiera sido correcto.

Por desgracia, era el rector. Pero éste, aunque muy aficionado a observar las conveniencias profesionales, tenía en aquellos momentos cosas mucho más importantes en que pensar. La voz le temblaba de miedo, y casi parecía a punto de echarse a llorar.

—Mi querido profesor Adonis —dijo—, ¿le puedo rogar que venga a mi despacho? La Universidad tiene un grave problema que tal vez sólo usted pueda resolver. Es de la mayor importancia. Crea, mi querido profesor, que le quedaré muy reconocido.

Aquel servilismo puso muy nervioso a Hector Adonis. ¿Qué esperaba de él aquel idiota? ¿Que pegara un salto por encima de la catedral de Palermo? El rector estaría en mejores condiciones que él de hacerlo, pensó Adonis amargamente, pues medía por lo menos metro ochenta de estatura. Que él mismo pegara el salto y no le pidiera a un subordinado con las piernas más cortas de Sicilia que le sacara las castañas del fuego. Aquella imagen le hizo recuperar el buen humor y le indujo a contestar suavemente:

—Si me pudiera dar alguna pista. Así podría prepararme por el camino.

—El estimado Don Croce nos ha honrado con su visita —dijo el rector en un susurro—. Su sobrino estudia Medicina y el profesor le ha aconsejado amablemente que se retire. Don Croce ha venido para rogarnos con la mayor cortesía que reconsideremos la decisión. Sin embargo, el profesor de la Facultad de Medicina insiste en que el joven abandone los estudios.

—¿Y quién es este insensato? —preguntó Hector Adonis.

—El joven doctor Nattore —contestó el rector—. Un apreciado miembro del claustro de profesores que todavía tiene muy poca experiencia de la vida.

—Estaré en su despacho dentro de cinco minutos —dijo Hector Adonis.

Mientras cruzaba el patio para dirigirse al edificio principal, Hector Adonis reflexionaba sobre la acción que debería emprenderse. La dificultad no residía en el rector, el cual siempre recurría a Adonis en asuntos como aquél. La dificultad la planteaba el doctor Nattore. Adonis le conocía muy bien. Era un brillante médico y profesor cuya muerte sería una irreparable pérdida para Sicilia y cuya dimisión lo sería para la Universidad. Además, era un pelmazo insoportable, un hombre de principios inflexibles y de auténtico honor. Sin embargo, no era posible que no hubiera oído hablar de Don Croce, que no tuviera un mínimo de sentido común en su cerebro de genio. Tenía que haber algo más.

Delante del edificio principal se encontraba estacionado un gran automóvil negro y apoyados en el mismo había dos hombres vestidos con trajes de calle que no lograban conferirles un aspecto respetable. Debían de ser los guardaespaldas del Don, dejados allí afuera en compañía del chófer por respeto a los profesores que Don Croce había acudido a visitar. Adonis observó que contemplaban con divertida expresión de asombro su baja estatura, su traje perfectamente cortado a la medida y la cartera que portaba bajo el brazo. Su fría mirada les desconcertó. ¿Sería posible que aquel hombrecillo fuera un «amigo de los amigos»?

El despacho del rector más parecía una biblioteca que un lugar de trabajo, pues el rector no era un administrador sino un hombre de letras. Los libros cubrían todas las paredes, y los muebles, aunque pesados, eran cómodos. Don Croce estaba sentado en un enorme sillón, tomando un *espresso*. Su rostro le recordaba a Hector Adonis la proa de un barco de la *Ilíada*, alabeada por años de batalla y mares hostiles. El Don fingió no conocer a Adonis y dejó que le presentaran. Como es lógico, el rector sabía que aquello era una farsa, pero el joven doctor Nattore se tragó el anzuelo.

El rector era el hombre más alto de la Universidad y Adonis el más bajito. Por cortesía, el rector se sentó inmediatamente en su sillón antes de empezar a hablar.

—Hay un pequeño desacuerdo —dijo. Al oírlo, el doctor Nattore hizo un gesto de exasperación, pero Don Croce inclinó la cabeza levemente, para indicar su asentimiento. El presidente prosiguió—: Don Croce tiene un sobrino que quiere ser médico. El profesor Nattore dice que no cumple los necesarios requisitos para aprobar. Una tragedia. Don Croce ha tenido la amabilidad de venir a exponernos el caso de su sobrino y, considerando todo lo que ha hecho por nuestra Universidad, me ha parecido conveniente tratar de complacerle.

Don Croce dijo afablemente y sin el menor asomo de sarcasmo:

—Yo soy un analfabeto, pero nadie puede decir que no he tenido éxito en el mundo de los negocios —desde luego, pensó Hector Adonis, un hombre que podía sobornar a ministros, decretar asesinatos y aterrorizar a los tenderos y a los fabricantes, no tenía por qué saber leer y escribir. Don Croce añadió—: Yo me he abierto camino a base de experiencia. ¿Por qué no podría hacer lo mismo mi sobrino? Mi pobre hermana se moriría de pena si su hijo no pudiera anteponer el título de doctor a su apellido. Es una auténtica cristiana y quiere ayudar al mundo.

El doctor Nattore, con la insensibilidad propia de los que tienen la razón de su parte, dijo:

—Yo no puedo cambiar mi postura.

Don Croce lanzó un suspiro y después dijo en tono halagador:

—¿Qué daño puede hacer mi sobrino? Yo le buscaré un cargo gubernamental en el ejército, o en algún hospital católico para ancianos. Él les acariciará la mano y escuchará sus inquietudes. Es muy cariñoso, los viejos estarán encantados con él. ¿Qué es lo que pido? Que se revuelvan un poco los papeles que suelen revolverse aquí.

Miró a su alrededor, contemplando con desprecio los libros que cubrían las paredes.

Hector Adonis, extremadamente inquieto ante la humildad de Don Croce —señal inequívoca de peligro en un hombre como aquél—, pensó enfurecido que al Don le era muy fácil hablar así. Sus hombres le enviaban inmediatamente a Suiza a la menor indisposición que le causara el hígado. Adonis comprendió que la solución de aquel embrollo estaba en sus manos.

—Mi querido doctor Nattore —dijo—. Sin duda se podrá hacer algo. ¿Unas cuantas clases particulares tal vez, un poco de práctica en algún hospital benéfico?

A pesar de haber nacido en Palermo, el doctor Nattore no parecía siciliano. Era rubio y medio calvo y mostraba bien a las claras su enojo, cosa que jamás hubiera hecho un auténtico siciliano en una situación tan delicada como aquélla. Debía ser sin duda un gen defectuoso heredado de algún lejano conquistador normando.

—Usted no lo entiende, mi querido profesor Adonis. Ese joven insensato quiere ser cirujano.

Jesús, José, María y todos los santos, pensó Hector Adonis. Qué situación tan peliaguda.

Aprovechando la muda sorpresa de su colega, el doctor Nattore añadió:

—Su sobrino no entiende nada de anatomía. Descuartizó un cadáver como si estuviera trinchando un cordero para el asador. Se salta casi todas las clases, no se prepara para las pruebas y entra en la sala de quirófano como si acudiera a un baile. Reconozco que tiene un trato agradable y que es simpático a más no poder. Pero estamos hablando de un hombre que un día entrará en un cuerpo humano con un bisturí.

Hector Adonis comprendió exactamente lo que estaba pensando Don Croce. ¿Qué más daba que el chico fuera un mal cirujano? Se trataba del prestigio de la familia, de la pérdida de respetabilidad a que daría lugar el fracaso estudiantil del muchacho. Por malo que fuera como cirujano, jamás mataría a tantos como habían matado los mejores subordinados de Don Croce. Además, aquel joven doctor Nattore no se había doblegado a su voluntad y no había captado su buena disposición a dejar correr la posibilidad de que su sobrino se convirtiera en cirujano, optando en su lugar por la medicina general.

Había llegado por tanto el momento de que Hector Adonis interviniera para resolver la disputa.

—Mi querido Don Croce —dijo Adonis—, estoy seguro de que el doctor Nattore accederá a sus deseos si tratamos de convencerle. Pero, ¿por qué esa romántica idea de convertir a su sobrino en cirujano? Tal como usted dice, el muchacho es muy cariñoso, y los cirujanos son unos sádicos natos. ¿Y quién se somete en Sicilia voluntariamente a un bisturí? —se detuvo un instante y después añadió—: Además, tendrá que hacer prácticas en Roma una vez le hayamos aprobado aquí, y los romanos utilizarán cualquier excusa para cargarse a un siciliano. Presta usted un mal servicio a su sobrino, insistiendo. Permítame proponerle una solución de compromiso.

El doctor Nattore musitó por lo bajo que no era posible ningún compromiso. Por primera vez, los ojos de lagarto de Don Croce despidieron fuego. El doctor Nattore guardó silencio y Hector Adonis se apresuró a añadir:

—Su sobrino recibirá un aprobado para que pueda convertirse en médico, no en cirujano. Diremos que tiene demasiado buen corazón para el escalpelo.

Don Croce extendió los brazos y sus labios esbozaron una fría sonrisa.

—Me ha vencido usted con su sentido común y su actitud razonable —le dijo a Adonis—. Que así sea. Mi sobrino será médico, no cirujano. Y que mi hermana se dé por contenta.

Don Croce no esperaba más y, una vez alcanzado su propósito, se apresuró a marcharse. El rector de la Universidad le acompañó hasta el automóvil. Sin embargo, todos los presentes en la estancia observaron la última mirada que dirigió al doctor Nattore antes de salir. Fue una mirada escrutadora como si quisiera aprenderse de memoria los rasgos de la cara del hombre que había intentado contrariar su voluntad.

Cuando se quedaron solos, Hector Adonis le dijo al doctor Nattore:

—Usted, mi querido colega, tendrá que dejar su puesto de profesor en la Universidad e irse a ejercer su profesión en Roma.

—¿Está usted loco? —replicó Nattore enojado.

—No tanto como usted —dijo Adonis—. Insisto en que cene conmigo esta noche y yo le explicaré entonces por qué nuestra Sicilia no es el paraíso terrenal.

—Pero, ¿por qué tengo que marcharme? —protestó el doctor Nattore.

—Le ha dado usted un «no» a Don Croce Malo. Sicilia no es suficientemente grande para albergarles a los dos.

—Pero él se ha salido con la suya —gritó Nattore desesperado—. El sobrino será médico. Usted y el rector le han aprobado.

—Pero usted, no —dijo Adonis—. Lo hemos aprobado para salvarle a usted la vida. Pese a ello, usted es ahora un hombre marcado.

Aquella noche Hector Adonis invitó a seis profesores —entre ellos, el doctor Nattore— a cenar en uno de los mejores restaurantes de Palermo. Cada uno de ellos había recibido aquel día la visita de un «hombre de honor» y accedido a cambiar las notas de algún alumno suspendido. El doctor Nattore escuchó horrorizado sus relatos y, al final, dijo:

—Pero una Facultad de Medicina no puede hacer eso con un futuro médico.

Los demás acabaron por perder los estribos. Un profesor de Filosofía preguntó por qué razón el ejercicio de la medicina era más importante para la raza humana que los complejos procesos mentales del hombre y la santidad inmortal del alma. Cuando terminaron, el doctor Nattore accedió a abandonar la Universidad de Palermo y emigrar al Brasil donde, según le aseguraron sus colegas, un buen cirujano podía ganar una fortuna, haciendo operaciones de vesícula biliar.

Aquella noche Hector Adonis durmió como un tronco. Pero a la mañana siguiente recibió una urgente llamada telefónica de Montelepre. Su ahijado Turi Giuliano, cuya inteligencia él había cultivado, cuya bondad tanto estimaba y cuyo porvenir había planeado, acababa de morir a manos de un policía.

3

Montelepre era una ciudad de siete mil habitantes, tan hundida en el valle de los Montes Cammarata como lo estaba en la pobreza.

El 2 de septiembre de 1943, los ciudadanos se estaban preparando para la *Festa* que se iba a iniciar al día siguiente y se prolongaría por espacio de otros tres días.

La Festa era el acontecimiento más importante del año en todas las ciudades, más todavía que la Pascua, la Navidad o el Año Nuevo, más que las conmemoraciones del final de alguna gran guerra o del nacimiento de algún destacado héroe nacional. La Festa se celebraba en honor del santo patrón de la ciudad. Era una de las pocas costumbres en las que el gobierno fascista de Mussolini no se había atrevido a entrometerse ni había tratado de prohibir.

Para organizar la Festa, se creaba cada año un comité integrado por tres de los hombres más respetados de la localidad. Cada uno de ellos nombraba después a unos delegados cuya misión consistía en allegar fondos y donativos. Cada familia contribuía de acuerdo con sus posibilidades. Los delegados recorrían también las calles, en postulación.

Al acercarse el gran día, el Comité de los Tres empezaba a gastar los fondos acumulados desde el año anterior. Contrataban a una banda y a un payaso. Establecían generosos premios para las carreras de caballos que se celebrarían en el transcurso de los festejos. Contrataban a especialistas para que adornaran la iglesia y las calles, y la mísera ciudad de Montelepre quedaba convertida de repente en una ciudadela medieval en medio de los campos de la Cuenca Dorada. Se contrataba un teatro de marionetas y los vendedores ambulantes de productos comestibles plantaban sus barracas.

Las familias de Montelepre aprovechaban la Festa para exhibir a sus hijas casaderas; se compraban vestidos nuevos y entraban en acción las mujeres encargadas de vigilarlas. Un enjambre de prostitutas de Palermo levantaba una enorme tienda en las afueras de la ciudad, fijando sus permisos y certificados médicos en los costados de la lona a rayas rojas, blancas y verdes. Se contrataba a un famoso y santo fraile estigmatizado hacía unos años, para que predicara el sermón. Y, finalmente, al llegar el tercer día, la imagen de la santa se llevaba en procesión por las calles sobre unas andas, seguida por todos los habitantes de la localidad, con sus mulas, caballos, cerdos y asnos. La imagen iba cubierta de billetes de banco, flores, dulces de diversos colores y grandes botellas de vino enfundadas en mimbre entretejido.

Aquellos pocos días eran días de esplendor. No importaba que durante el resto del año se murieran de hambre y que en la misma plaza del pueblo en la que honraban al santo vendieran el sudor de sus cuerpos a los barones terratenientes por una lira diaria.

El primer día de la Festa de Montelepre Turi Giuliano fue invitado a tomar parte en la ceremonia ritual de apertura: el apareamiento de la Mula Milagrosa de Montelepre con el asno más grande y más fuerte de la ciudad. Es muy raro que una mula pueda concebir, pues se trata de un animal estéril, producto del cruce de yegua y asno; pero en Montelepre existía una mula que había tenido un asno, hacía un par de años, y su propietario había accedido, a modo de aportación familiar a la Festa, a ceder los servicios de la mula y, en caso de que ocurriera el milagro, regalar su descendencia a la Festa del próximo año. La ceremonia poseía ciertos rasgos burlescos.

Sin embargo, el apareamiento ritual era una burla sólo en parte. El campesino siciliano estaba muy identificado con su mula y su asno, bestias capaces de realizar grandes esfuerzos y que, al igual que el propio campesino, eran de temperamento duro y hosco. Como éste, podían trabajar largas horas sin venirse abajo, a diferencia de lo que ocurría con el noble caballo, al que había que mimar. Además, tenían las patas más firmes y podían subir por las empinadas laderas montañosas sin rompérselas, cosa que no sucedía con los fogosos garañones o las nerviosas y ágiles yeguas. Por otra parte, tanto el campesino como la mula y el asno podían subsistir a base de unos alimentos que hubieran matado a otros hombres y animales. Pero la mayor afinidad entre ellos consistía en que al campesino, la mula y el asno se les tenía que tratar con cariño y respeto, de lo contrario, se volvían violentos y obstinados.

Los festejos religiosos católicos eran una derivación de los antiguos ritos paganos mediante los cuales se suplicaban milagros a los dioses. Aquel fatídico día de septiembre de 1943 durante la Festa de la ciudad de Montelepre, iba a producirse un milagro que cambiaría de manera decisiva el destino de sus siete mil habitantes.

A sus veinte años, a Turi Giuliano se le consideraba el joven mas valiente, honrado y fuerte, y era el que más respeto inspiraba. Era un hombre de honor, es decir, un hombre que trata a al prójimo con escrupulosa justicia y al que no se podía insultar impunemente.

Se había distinguido en la última cosecha por haberse negado a trabajar como bracero a cambio del humillante salario decretado por el capataz de las fincas de la zona. No contento con eso, arengó a los demás hombres, instándoles a no trabajar y a dejar que se pudrieran las cosechas. Los *carabinieri* le detuvieron a raíz de una denuncia formulada por el barón. Los demás hombres regresaron al trabajo. Giuliano no tomó inquina a aquellos hombres y ni siquiera a los *carabinieri*. Cuando le pusieron en libertad gracias a la intervención de Hector Adonis, no mostró el menor rencor hacia nadie. Había actuado de acuerdo con sus principios y eso era suficiente para él.

En otra ocasión interrumpió una pelea a navaja entre Aspanu Pisciotta y otro joven, limitándose a interponer entre ambos su cuerpo desarmado y a calmar su cólera con razonamientos no faltos de buen humor.

En cualquier otra persona, tales actuaciones se hubieran considerado muestras de cobardía disfrazada de humanidad pero algo en Giuliano impedía semejante interpretación.

Aquel segundo día de septiembre Salvatore Giuliano, llamado Turi por sus parientes y amigos, rumiaba un golpe devastador que habían infligido a su orgullo masculino.

Era un simple detalle sin importancia. La ciudad de Montelepre no tenía ningún cine ni tampoco sala municipal, pero existía un pequeño café con una mesa de billar. La víspera Turi Giuliano, su primo Gaspare *Aspanu* Pisciotta y otros jóvenes fueron a jugar al billar. Algunos hombres de más edad les estuvieron observando mientras tomaban unos vasos de vino. Uno de ellos, llamado

Guido Quintana, estaba ligeramente borracho. Era un hombre famoso. Mussolini le había encarcelado bajo sospecha de pertenecer a la Mafia. La conquista norteamericana de la isla se tradujo en su liberación a título de víctima del fascismo y de pronto corrían rumores de que le iban a nombrar alcalde de Montelepre.

Como todos los sicilianos, Turi Giuliano conocía el legendario poder de la Mafia. En el transcurso de los pasados meses de libertad, la cabeza de serpiente de la Mafia había empezado a arrastrarse por la tierra, vivificada por el barro fresco del nuevo gobierno democrático. En la ciudad ya se rumoreaba que algunos propietarios de tiendas les pagaban el «seguro» a ciertos «hombres de respeto». Y conocía, como es lógico, la historia, los incontables asesinatos de campesinos que trataban de cobrar los salarios que les adeudaban los poderosos nobles y terratenientes, el férreo dominio que ejercía la Mafia en la isla antes de que Mussolini la diezmara con su desprecio por los procedimientos legales, al modo en que una serpiente mortífera apresa con sus dientes envenenados a un reptil menos poderoso. Turi Giuliano intuía por tanto el terror que se avecinaba.

Quintana contemplaba aquella tarde a Giuliano y a sus compañeros con cierto desdén. Puede que su alegría le irritara. Al fin y al cabo, él era un hombre serio que estaba a punto de iniciar una importante fase de su vida: confinado por el gobierno de Mussolini a una isla desierta, había regresado finalmente a su ciudad natal y su propósito para los meses sucesivos era el de inspirar respeto a sus conciudadanos.

Puede que le irritara la apostura de Giuliano, pues Guido Quintana era un hombre extremadamente feo. Su aspecto intimidaba no por los rasgos de su rostro, sino por su inveterada costumbre de ofrecer al mundo exterior una imagen amenazadora. Tal vez todo se debiera al natural antagonismo que se produce entre un malvado de nacimiento y un héroe nato.

Sea como fuere, el caso es que, levantándose de golpe, empujó a Giuliano en el momento en que éste se dirigía al otro lado de la mesa de billar. Turi, lógicamente respetuoso con un hombre de más edad, se disculpó con sincera cortesía. Guido Quintana le miró de arriba abajo con desprecio.

—¿Por qué no estás en casa durmiendo y descansando para poder mañana ganarte el pan? —le preguntó—. Mis amigos llevan una hora esperando para jugar al billar.

Entonces extendió la mano y le arrebató a Giuliano el taco esbozando una leve sonrisa mientras le indicaba, con un ademán, que se apartara de la mesa.

Todo el mundo estaba pendiente de la escena. La ofensa no era mortal. Si el hombre hubiera sido más joven o el insulto más grave, Giuliano se hubiera visto obligado a pelearse para defender su hombría. *Aspanu* Pisciotta, que siempre llevaba navaja, se dispuso a cerrar el paso a los amigos de Quintana en caso de que decidieran intervenir. Pisciotta no les tenía el menor respeto a los hombres de más edad y esperaba que su primo y amigo terminara la pelea.

Pero en aquel instante una extraña inquietud se apoderó de Giuliano. Aquel hombre tenía un aspecto avasallador y parecía dispuesto a llegar a las últimas consecuencias en una pelea. Sus amigos, hombres también de más edad, se encontraban de pie en segundo término, contemplando la escena con una sonrisa, como si no tuvieran la menor duda en cuanto al resultado. Uno de ellos vestía ropa de caza y llevaba un rifle. Giuliano, en cambio, iba desarmado. Y entonces, por un vergonzoso instante, se sintió invadido por el miedo. No temía que le causaran daño o que le golpearan o que aquel hombre demostrara ser más fuerte que él. Era el temor a ser humillado. A que aquellos hombres actuasen premeditadamente y tuvieran dominada la situación. Él no la tenía. Miedo a que pudieran abatirle de un disparo en las oscuras calles de Montelepre al regresar a casa. A que al día siguiente le encontraran muerto como un imbécil. Lo que le indujo a retirarse fue el natural sentido táctico del guerrillero nato.

Por eso Turi Giuliano tomó a su amigo del brazo y salió con él del café. Pisciotta le acompañó sin oponer resistencia asombrado de que hubiera cedido con tanta facilidad, pero sin sospechar ni por un momento que tuviera miedo. Sabiendo que Turi era de buen corazón, pensó que no quería discutir ni lastimar a un hombre por una nimiedad como aquella. Mientras subían por la Via Bella, de regreso a casa, oyeron a su espalda el choque de la bolas de billar.

Turi Giuliano se pasó toda la noche insomne. ¿Había tenido miedo realmente de aquel hombre de cara perversa y cuerpo amenazador? ¿Tembló como una mujer? ¿Se estarían burlando todos de él? ¿Qué pensaría ahora su primo y mejor amigo Aspanu? ¿Que era un cobarde? ¿Que Turi Giuliano, el guía de la juventud de Montelepre, el más respetado, el que todos consideraban el más fuerte y valiente, se había arrugado ante la primera amenaza de un verdadero hombre? Y, sin embargo, se dijo, ¿por qué correr el riesgo de una *vendetta* que podía conducir a la muerte por culpa de una cuestión sin importancia como una partida de billar y la irascible grosería de un hombre de más edad? No hubiera sido como pelearse con otro muchacho. Sabía que aquellos hombres estaban con los «amigos de los amigos», y eso le asustó.

Giuliano descansó mal y se despertó con esa murria que tan peligrosa resulta en los adolescentes varones. Se sentía ridículo. Como casi todos los jóvenes, siempre había querido ser un héroe. Si hubiera vivido en otra parte de Italia, ya haría tiempo que sería soldado, pero, como buen siciliano, no se presentó voluntario, y su padrino Hector Adonis consiguió mediante influencias que no le llamaran a filas. Al fin y al cabo, aunque Italia gobernara en Sicilia, ningún auténtico siciliano se sentía italiano. Por otra parte, el Gobierno italiano tampoco tenía demasiado interés en reclutar a los sicilianos, lo cual había resultado visible sobre todo durante el último año de la guerra. Los sicilianos tenían demasiados parientes en América, los sicilianos eran unos criminales natos y unos renegados, los sicilianos eran demasiado estúpidos para que se les pudiera adiestrar en la guerra moderna y causaban dificultades dondequiera que estuviesen.

Cuando Turi Giuliano salió a la calle, la hermosura del día borró su mal humor. El sol dorado era una maravilla y en el aire se aspiraba el perfume de los limoneros y los olivos. Le gustaba la ciudad de Montelepre, sus tortuosas calles, las casas de piedra con sus balcones llenos de aquellas flores de vistosos colores, que crecían en Sicilia sin que nadie las cuidara. Le gustaban los rojos tejados que se extendían hasta los confines de la pequeña ciudad cuadrada, construida en forma de caja en aquel profundo valle sobre el cual se derramaba el sol como si fuera oro líquido.

Los complicados adornos de la Festa, las calles sobre las que pendía todo un laberinto aéreo de abigarrados santos de cartón piedra, las casas, de paredes revestidas de flores fijadas a unas asnillas de caña, disfrazaban la pobreza esencial de una típica ciudad siciliana. Encaramadas en las laderas de los montes circundantes, pero ocultas tímidamente en sus pliegues, aquellas casas adornadas con flores estaban llenas en general de hombres, mujeres, niños y animales que ocupaban tres o cuatro habitaciones. Muchas de ellas carecían de retrete y ni siquiera los millares de flores y el frío aire de la montaña lograban vencer el hedor que se percibía en la atmósfera al salir el sol.

Al llegar el buen tiempo, la gente vivía al aire libre. Las mujeres se sentaban en sillas de madera en sus terrazas, preparando la comida para las mesas que también se colocaban fuera de las casas. Los niños pequeños correteaban por las calles, persiguiendo gallinas, pavos y cabras, y los mayores tejían cestos de caña. Al final de la Vía Bella, antes de su desembocadura en la plaza, existía una enorme fuente con cara de demonio, que, construida por los griegos dos mil años atrás, escupía agua por su boca de dientes de piedra. Las laderas de las montañas mostraban huertos precariamente alojados en bancales. En los llanos de abajo se podían ver las ciudades de Partinico y Castellammare; la ciudad de Corleone, con sus oscuras y siniestras piedras, acechaba amenazadora más allá del horizonte.

Desde el extremo opuesto de la Via Bella, el que conducía a la carretera del llano de Castellammare, Turi vio a Aspanu Pisciotta llevando por la brida a un pequeño asno. Por un instante temió que Aspanu le tratara con desprecio por la humillación que había sufrido la víspera. Su amigo era famoso por la agudeza de su ingenio. ¿Le haría algún comentario despectivo? Giuliano volvió a experimentar un acceso de inútil cólera, recordó nuevamente la escena y trató de imaginar cómo reaccionaría en ese momento a la ofensa. Juró que jamás volvería a echarse atrás. No temería las consecuencias, les iba a enseñar a todos que no era un cobarde. Y, sin embargo, en un rincón de su mente, vio con toda claridad la escena. Los amigos de Quintana aguardando a su espalda, uno de ellos armado con una escopeta. Eran «amigos de los amigos» y se vengarían. El no les temía, sólo temía ser derrotado por ellos, lo cual ocurriría sin ninguna duda porque, aunque no tan fuertes, aquellos hombres eran más crueles que él.

Aspanu Pisciotta le miró con una alegre y maliciosa sonrisa, al tiempo que le decía:

—Turi, este burrito no podrá hacerlo él solo. Le tendremos que ayudar.

Giuliano no se tomó la molestia de contestarle; lanzó un suspiro de alivio al ver que su amigo había olvidado lo de la víspera. Siempre le conmovía el hecho de que Aspanu, tan cáustico y punzante con los defectos de los demás, le tratara a él con tanto cariño y respeto. Echaron a andar juntos hacia la plaza, seguidos por el asno. Los niños empezaron a danzar a su alrededor como un banco de peces. Sabían lo que iba a ocurrir con el asno y estaban muy excitados. Para ellos iba a ser un gran acontecimiento en medio del habitual aburrimiento de un día de verano.

En la plaza habían levantado una pequeña plataforma de algo más de un metro de altura, formada por pesados bloques de piedra extraídos de las montañas que rodeaban la ciudad. Turi Giuliano y Aspanu Pisciotta empujaron al asno por la rampa de tierra que conducía a la plataforma y le ataron a un corto pilón de hierro. Después, acuclillándose, se sentaron, y el asno les imitó. Tenía sobre los ojos y el morro una mancha blanca que le confería el aspecto de un payaso. Los niños se congregaron alrededor de la plataforma, riendo y gastando bromas.

—¿Quién es el burro? —gritó uno de ellos, y todos los demás se echaron a reír.

Turi Giuliano, sin saber que aquel iba a ser su último día de ignorado muchacho de pueblo, contempló la escena con la amable y serena satisfacción del hombre consciente de que ocupa el lugar que le corresponde. Se encontraba en el pequeño rincón en que había nacido y vivido. Conocía todos los recovecos de Montelepre, aquella minúscula ciudad cuadrada, oculta en lo más hondo del valle. El mundo exterior jamás podría causarle daño. Había desaparecido incluso la humillación de la víspera. Conocía aquellas elevadas montañas de piedra caliza tan íntimamente como conoce un niño su cajón de arena. Aquellas montañas criaban losas de piedra con la misma facilidad con que criaban hierbas, y había en ellas cuevas y escondrijos capaces de cobijar a cualquier ejército. Turi Giuliano conocía todas las casas, todas las alquerías con sus braceros, todos los castillos en ruinas dejados por los normandos y los moros y todos los esqueletos de los hermosos templos semiderruidos de los griegos.

Por la otra entrada de la plaza apareció un campesino conduciendo a la Mula Milagrosa. Era el hombre que les había contratado para trabajar aquella mañana. Se llamaba Papera y era muy respetado por los ciudadanos de Montelepre por ser el autor de una afortunada *vendetta* contra un vecino. Discutieron por las tierras de un olivar. La disputa duró diez años más que todas las guerras que Mussolini le había echado a Italia sobre las espaldas. Una noche, poco después de que los ejércitos aliados liberaran Sicilia e instauraran un gobierno democrático, alguien encontró al vecino partido casi por la mitad por una ráfaga de *lupara*, la escopeta de cañones recortados tan popular en Sicilia para tales menesteres. Las sospechas recayeron inmediatamente en Papera, pero éste tenía una inmejorable coartada, pues había sido detenido a causa de una discusión con los *carabinieri* y pasado la noche del asesinato en un calabozo de los cuarteles de Bellampo. Se dijo que aquello indicaba la resurrección de la vieja Mafia y que Papera —emparentado por matrimonio con Guido Quintana— había recabado la ayuda de los «amigos de los amigos» para solventar su querella.

Cuando Papera llegó con la mula a la altura de la plataforma, los niños se arremolinaron alrededor de la bestia y el campesino tuvo que alejarlos mediante imprecaciones y fintas del látigo que empuñaba. Los niños escaparon del látigo mientras Papera lo hacía restallar en alto, esbozando una afable sonrisa.

Al oler la presencia de la mula, el asno cariblanco se encabritó, tirando de la soga que lo mantenía sujeto a la plataforma. Turi y Aspanu le ayudaron a levantarse mientras los niños gritaban. Papera maniobraba entretanto para colocar a la mula con los cuartos traseros contra el borde de la plataforma.

En aquel instante el barbero Frisella salió de su establecimiento, para participar en el jolgorio. Le seguía el *maresciallo*, orgulloso e importante, frotándose con la mano el suave y rubicundo rostro. Era el único hombre de Montelepre que se afeitaba todos los días. Desde la plataforma Giuliano percibía el intenso perfume de la colonia con que el barbero le había rociado.

El *maresciallo* Roccofino estudió con mirada profesional a la multitud congregada en la plaza. En su calidad de jefe del destacamento de doce hombres de la policía nacional, era el responsable del mantenimiento de la ley y el orden en la ciudad. La Festa podía suscitar problemas, y ya había ordenado que cuatro hombres patrullaran la plaza, pero éstos aún no habían llegado. Dirigió también una ceñuda mirada a Papera, el benefactor de la ciudad, y a su Mula Milagrosa. Estaba seguro de que Papera había sido el mandante del asesinato de su vecino. Aquellos salvajes sicilianos se habían aprovechado en seguida de sus sagradas libertades. Todos iban a lamentar muy pronto la caída de Mussolini, pensó amargamente el *maresciallo*. En comparación con los «amigos de los amigos», el dictador sería recordado como otro dulce San Francisco de Asís.

El barbero Frisella era el bufón de Montelepre. Los parados que no encontraban trabajo acudían a su tienda para oír sus bromas y escuchar sus chismorreos. Era uno de aquellos barberos que se cuidaban a sí mismos mejor que a sus clientes. Llevaba el bigote exquisitamente recortado y el cabello muy repeinado y lleno de pomada, pero tenía una cara de payaso guiñolesco: una narizota enorme, una boca muy grande abierta como un portal y una mandíbula sin barbilla.

—Turi —gritó de pronto—, tráeme tus bestias a la tienda, que les eche perfume. Tu burro se va a creer que le está haciendo el amor a una duquesa.

Turi no le hizo caso. Frisella le cortaba el cabello de chico pero se lo hacía tan mal que su madre tuvo finalmente que encargarse de la tarea. En cambio, su padre seguía acudiendo a la barbería para participar en los chismorreos y contar cosas de América a sus pasmados oyentes. A Turi Giuliano no le gustaba Frisella porque era fascista y decían que era un confidente de los «amigos de los amigos».

El *maresciallo* encendió un cigarrillo y subió pavoneándose por la Via Bella sin fijarse tan siquiera en Giuliano... un descuido que iba a lamentar en las semanas sucesivas.

El asno estaba tratando ahora de saltar de la plataforma. Giuliano aflojó la cuerda, para que Pisciotta pudiera conducir a la bestia hasta el borde y situarla encima del lugar que ocupaba la Mula Milagrosa. Los cuartos traseros de ésta apenas sobresalían de la plataforma. Giuliano soltó un poco más de cuerda. La mula dio un fuerte relincho y empujó hacia atrás en el momento en que el asno se arrojaba sobre ella, apresándole la culata con las patas delanteras, dando algunos brincos convulsivos y permaneciendo después inmóvil en el aire, con una divertida expresión de felicidad en su cara manchada de blanco. Papera y Pisciotta se rieron, mientras Giuliano tiraba fuertemente de la soga, para volver a sujetar al desmadejado asno a la barra de hierro. La gente lanzó vítores y manifestó a gritos sus felicitaciones. Los niños ya se estaban dispersando por las calles en busca de nuevos entretenimientos.

Papera dijo, sin dejar de reírse:

—Si todos pudiéramos vivir como los burros, menuda vida, ¿eh?

—*Signor* Papera —contestó Pisciotta con muy poco respeto—, déjeme que le cargue sobre las espaldas varios canastos de caña y aceitunas y que le azote por los caminos de la montaña ocho horas al día. Ésa es la vida de un burro.

El campesino le miró con rabia, captando la insinuación sobre lo poco que les pagaba por aquel trabajo. Jamás le había gustado Pisciotta y, de hecho, el trabajo se lo había ofrecido a Giuliano. En Montelepre todo el mundo apreciaba a Turi. Pisciotta, en cambio, era otra cosa. Tenía una lengua de víbora y una actitud cansina y perezosa. El hecho de que estuviera delicado del pecho no era ninguna excusa. Fumaba cigarrillos, cortejaba a las frívolas muchachas de Palermo y vestía como un lechuguino. ¿Y aquel bigotillo francés que se gastaba? Que tosiera hasta morirse y se fuera al diablo con sus pulmones podridos, pensó Papera. Les entregó las doscientas liras, que Giuliano agradeció cortésmente, y emprendió con la mula el camino de regreso a la finca. Los jóvenes desataron al asno y lo condujeron de nuevo a la casa de Giuliano. El trabajo del asno no había hecho sino empezar, y a la bestia le esperaba seguidamente una tarea mucho menos agradable.

La madre de Giuliano les había preparado a ambos muchachos un almuerzo temprano. Las hermanas de Turi, Mariannina y Giuseppina, estaban ayudando a su madre a preparar la pasta para la cena. Huevos y harina se mezclaban en una enorme montaña sobre una plancha de madera barnizada y después se amasaban hasta aglutinarlos. Con un cuchillo se marcaba la señal de la cruz, para santificar la masa. A continuación, Mariannina y Giuseppina cortaban tiras que enrollaban alrededor de una hoja de pita que después retiraban, dejando un hueco en el rollo de pasta. Grandes cuencos de aceitunas y uvas adornaban la estancia.

Aunque el padre de Turi estaba trabajando en el campo, aquel día su jornada iba a ser más corta porque deseaba participar en los festejos de la tarde. Al día siguiente se celebraban los esponsales de Mariannina y en casa de los Giuliano habría una fiesta apropiada.

Turi siempre había sido el hijo predilecto de Maria Lombardo de Giuliano, y las hermanas recordaban que, de niño, su madre le bañaba todos los días. Una pequeña bañera de hojalata calentada cuidadosamente junto a la estufa, la madre comprobando la temperatura del agua con el codo y lavándole después con el jabón especial traído de Palermo. Si bien al principio las hermanas sintieron celos, después solían contemplar extasiadas la delicadeza con que su madre lavaba al niño desnudo. Nunca lloraba de pequeño, siempre se reía, y su madre, loca por él, aseguraba que tenía un cuerpo perfecto. Era el menor de la familia, pero creció muy vigoroso. Para ellas siempre fue un pequeño desconocido. Leía libros y hablaba de política y, como es lógico, todo el mundo comentaba siempre que su estatura y su impresionante físico se debían al tiempo pasado en América en el vientre de su madre. Sin embargo, le querían mucho por su carácter cariñoso y desprendido.

Aquella mañana, las mujeres estaban preocupadas por Turi y le observaron con amorosa solicitud mientras comía el pan con queso de cabra y aceitunas y bebía el café elaborado con achicoria. En cuanto terminaran de almorzar, él y Aspanu se irían con el burro a Corleone y traerían de contrabando una enorme rueda de queso y algunos jamones y embutidos. Perderían un día de la Festa para complacer a su madre y lograr que la celebración del compromiso de su hermana fuera un éxito. Parte de los productos los venderían después en el mercado negro, para ayudar a la familia.

A las mujeres les encantaba ver juntos a los dos muchachos. Eran amigos desde pequeños y se querían más que si fueran hermanos, a pesar de ser tan distintos. Aspanu Pisciotta, con su tez morena, su bigotito de actor cinematográfico, la extraordinaria movilidad de su rostro, su cabello negro como el azabache sobre el pequeño cráneo y su ingenio, se llevaba siempre de calle a las mujeres. Y, sin embargo, su llamativa apostura quedaba curiosamente oscurecida por la serena belleza griega de Turi Giuliano, cuyo cuerpo semejaba el de las antiguas estatuas griegas diseminadas por toda Sicilia. Su tez era más clara y tenía el cabello castaño y la piel bronceada. Aunque siempre muy reposado, sus movimientos tenían una extraordinaria agilidad. No obstante, su rasgo dominante eran los soñadores ojos castaños dorados que parecían vulgares a primera vista, pero que, cuando miraban de lleno a alguien, entornaban los párpados como los de las estatuas, confiriendo a todo su semblante la quieta serenidad de una máscara.

Mientras Pisciotta entretenía a Maria Lombardo con sus divertidas historias, Turi subió a su dormitorio, para prepararse con vistas al viaje y, más concretamente, para recoger la pistola que guardaba escondida. Recordando la humillación de la víspera, no quería realizar aquella tarea sin ir armado. Sabía disparar porque a menudo salía de caza con su padre.

Su madre le estaba aguardando en la cocina para despedirse. Al abrazarle, percibió el bulto de la pistola que llevaba al cinto.

—Turi, ten cuidado —le dijo, alarmada—. No discutas con los *carabinieri*. Si te detienen, dales lo que lleves.

—Se pueden quedar la mercancía —contestó él, tranquilizándola—. Pero no permitiré que me peguen o me lleven a prisión.

Ella lo comprendió. En su altivez siciliana, estaba muy orgullosa de él. Hacía muchos años, su orgullo y la rabia que le inspiraba la pobreza en que vivía la indujeron a convencer a su marido de la necesidad de iniciar una nueva vida en América. Era una soñadora y creía en la justicia y en su derecho a ocupar el lugar que le correspondía en el mundo. Ahorró una bonita suma en América, y aquel mismo orgullo la impulsó a regresar a Sicilia para vivir como una reina. Pero después todo quedó convertido en cenizas. La lira perdió valor durante la guerra y ella volvió a ser pobre. Aunque resignada con su destino, esperaba cosas mejores para sus hijos y se alegraba de que Turi poseyera su mismo temple. Temía, sin embargo, el día en que hubiera de enfrentarse a las duras realidades de Sicilia. Le vio salir a la adoquinada Via Bella y reunirse con Aspanu Pisciotta. Su hijo Turi se movía como un enorme gato y tenía un tórax tan ancho y unos brazos y piernas tan musculosos que Aspanu Pisciotta parecía a su lado un tallo de pita. Aspanu poseía toda la astucia que le faltaba a su hijo y su valor estaba teñido de fiereza. Él protegería a Turi de las traiciones del mundo en que les había tocado vivir. Maria sentía debilidad por la aceitunada apostura de Aspanu, pese a constarle que su hijo era más hermoso.

Les vio subir por la Via Bella camino de la carretera de Castellammare. Su hijo, Turi Giuliano, y el hijo de su hermana, Gaspare Pisciotta. Ambos tenían apenas veinte años y aún parecían más jóvenes. Les quería mucho a los dos y temía por ambos.

Finalmente, los dos muchachos y el asno desaparecieron al otro lado de una elevación de la calle, pero ella siguió mirando hasta que volvió a verles a lo lejos, más allá de la ciudad de Montelepre, adentrándose en la cadena de montañas que rodeaba la ciudad. Maria Lombardo de Giuliano les siguió con la vista, como si jamás tuviera que volver a verles, hasta que desaparecieron entre las últimas brumas matutinas que rodeaban la cumbre del monte. Estaban empezando a perderse en la niebla de su mito.

4

Aquel septiembre de 1943 en Sicilia sólo se podía subsistir traficando en el mercado negro. Aún duraba el estricto racionamiento de alimentos y los campesinos tenían que entregar sus cosechas a los almacenes estatales a unos precios fijos y a cambio de un dinero que apenas valía nada. A su vez el Gobierno vendía y distribuía teóricamente aquellos productos a bajo precio entre la población. Con ese sistema, todo el mundo tendría lo suficiente para vivir. En realidad, sin embargo, los campesinos ocultaban todo lo que podían porque lo entregado a los almacenes del Gobierno se lo quedaban Don Croce y sus alcaldes para venderlo en el mercado negro. Y para poder vivir, la gente les tenía que comprar a ellos y quebrantar las leyes anticontrabando. De ser sorprendidos les habrían juzgado y mandado a la cárcel. ¿De qué servía el gobierno democrático instaurado en Roma? Acudirían a votarlo muertos de hambre.

Turi Giuliano y Aspanu Pisciotta estaban a punto de quebrantar aquellas leyes con la mayor tranquilidad. Era Pisciotta quien tenía contactos con el mercado negro y había organizado aquel asunto. Se había puesto de acuerdo con un campesino para llevar a escondidas una gran rueda de queso desde su granja a la casa de un traficante de Montelepre. Les darían a cambio cuatro jamones ahumados y un cesto de embutidos, lo bastante para celebrar por todo lo alto los esponsales de la hermana. Con ello iban a quebrantar dos leyes, la que prohibía las transacciones del mercado negro y la que prohibía transportar productos de una provincia a otra. Las autoridades no podían hacer gran cosa para impedir la existencia del mercado negro: hubieran tenido que encarcelar a toda Sicilia. En cambio, el contrabando era ya otra cosa. Las patrullas de *carabinieri* recorrían los campos, establecían inspecciones en las carreteras y pagaban a los confidentes. Lo que no podían hacer era meterse con las caravanas de Don Croce Malo, porque éste utilizaba camiones del ejército norteamericano y pases especiales del Gobierno Militar. En cambio, detenían a muchos pobres campesinos y aldeanos que se morían de hambre.

Tardaron cuatro horas en llegar a la granja. Giuliano y Pisciotta tomaron el enorme y granuloso queso blanco y los demás productos y los sujetaron con correas al asno. Después camuflaron la carga con plantas de pita y cañas, de modo que pareciera que sólo transportaban forraje para el ganado que muchos aldeanos tenían en sus casas. Actuaban con la temeridad y confianza de unos jóvenes, de unos niños en realidad, que quisieran ocultar algún tesoro a los ojos de sus padres, como si la sola intención de engañar ya bastase. Su confianza procedía también del hecho de conocer ciertos caminos ocultos que cruzaban las montañas.

Mientras se disponían a emprender el largo viaje de vuelta, Giuliano mandó por delante a Pisciotta para que comprobara la posible presencia de *carabinieri*. Se habían puesto de acuerdo sobre la clase de silbidos que lanzarían en caso de peligro. El asno transportaba el queso sin dificultad y se portaba muy bien porque le habían dado una recompensa antes de ponerse en marcha. Llevaban dos horas de lenta subida por el monte cuando tropezaron con la primera señal de peligro. Fue entonces cuando Giuliano vio a su espalda, siguiendo su mismo camino a cosa de un kilómetro y medio de distancia, una caravana de seis mulas y un hombre a caballo. Si aquel camino lo conocían tan bien otros traficantes del mercado negro, cabía la posibilidad de que la policía hubiera establecido vigilancia. Como medida de precaución, mandó a Pisciotta a explorar la zona.

Al cabo de una hora alcanzó a Aspanu, que, sentado en una peña, fumaba un cigarrillo y tosía. Aspanu estaba muy pálido, no hubiera tenido que fumar. Turi Giuliano se sentó a su lado, para descansar. Uno de los vínculos más fuertes que les unían desde la infancia era el hecho de que no trataran jamás de imponerse el uno sobre el otro, por eso Turi no dijo nada. Finalmente Aspanu apagó el cigarrillo y se guardó la colilla en el bolsillo. Reanudaron la marcha, Giuliano sujetando al asno por la brida y Aspanu detrás.

Estaban recorriendo un camino que se desviaba de las carreteras y las pequeñas aldeas, pero, de vez en cuando, veían alguna antigua cisterna griega que vomitaba agua por la boca medio destrozada de una estatua o las ruinas de algún castillo normando que en tiempos pretéritos había cerrado el paso a los sarracenos. Turi Giuliano volvió a pensar en el pasado y el porvenir de Sicilia. Pensó en su padrino Hector Adonis, que le había prometido trasladarse al pueblo después de la Festa y preparar su ingreso en la Universidad de Palermo. Al pensar en su padrino, se llenó momentáneamente de tristeza. Hector Adonis nunca asistía a la Festa; los borrachos se hubieran burlado de su estatura; los niños, algunos de ellos más altos que él, le hubieran dirigido algún insulto. Turi se preguntó cómo era posible que Dios hubiera impedido el crecimiento del cuerpo de un hombre y le hubiera dado en cambio una inteligencia privilegiada. Le parecía que Hector Adonis era el hombre más brillante del mundo, y le adoraba por el afecto que les tenía tanto a él como a sus padres.

Pensó en su padre, que trabajaba con tanto esfuerzo en su pequeño trozo de tierra, y en sus hermanas, con los vestidos tan gastados. Era una suerte que Mariannina fuera tan guapa y hubiera encontrado marido a pesar de su pobreza y de lo difíciles que andaban los tiempos. Sin embargo, quien más le preocupaba era su madre Maria Lombardo. Ya de niño comprendió su amargura y su desdicha. Había saboreado los ricos frutos de América y ya no podía ser feliz en las míseras ciudades de Sicilia. Su padre hablaba de aquellos tiempos de esplendor y ella se echaba a llorar.

Pero él iba a cambiar la suerte de su familia, pensó Turi Giuliano. Trabajaría y estudiaría con tesón y se convertiría en un hombre importante como su padrino.

De repente se adentraron en un bosquecillo de los pocos que subsistían en Sicilia, que sólo parecía dar ya grandes piedras blancas y canteras de mármol. Al otro lado de la montaña, iniciarían el descenso hacia Montelepre y tendrían que andar con cuidado para no darse de manos a boca con alguna patrulla de *carabinieri*. Pero en ese momento estaban llegando a Quattro Mulini, la encrucijada, y también tendrían que ser prudentes. Giuliano tiró de la brida del asno y le indicó a Aspanu por señas que se detuviera. Permanecieron inmóviles. No se oía ningún rumor extraño, sólo el incesante zumbido de las incontables cigarras, cuyas alas y patas emitían un ruido semejante al de una lejana sierra. Atravesaron el cruce y después penetraron en otro bosquecillo. Turi Giuliano volvió a perderse en sus ensueños.

Los árboles desaparecieron de repente, como si alguien los hubiera empujado hacia atrás, y ambos jóvenes se encontraron en un pequeño claro de áspero suelo sembrado de diminutas piedras, cañas cortadas y un poco de hierba. El sol de última hora de la tarde iluminaba con su pálida y fría luz las montañas consteladas de formaciones graníticas. Más allá del claro, el camino empezaría a descender en una amplia espiral hacia la ciudad de Montelepre. De repente Giuliano despertó de su ensoñación. Un destello de luz como el de una cerilla que se enciende le alcanzó el ojo izquierdo. Obligó al asno a detenerse y, alzando la mano, hizo una seña a su primo.

A unos treinta metros de distancia, unos desconocidos surgieron de un cañaveral. Eran tres y Giuliano distinguió sus rígidas gorras militares de color negro y sus uniformes negros con vivos blancos. Experimentó una absurda sensación de desesperación y vergüenza por el hecho de que le hubieran atrapado. Los tres hombres se desplegaron en abanico y se les acercaron con las armas en posición de disparo. Dos de ellos eran muy jóvenes, de colorados y lustrosos rostros, y llevaban las gorras cómicamente encasquetadas en la coronilla. Estaban muy serios, pero parecían contentos de poder apuntarles con sus pistolas.

El *carabiniere* del centro, de más edad, portaba un fusil. Tenía el rostro picado de viruelas y marcado por una cicatriz, y llevaba la gorra encasquetada sobre los ojos. Lucía en la manga los galones de sargento. El rayo de luz que Giuliano había captado era un reflejo del sol en el cañón de su fusil. Sonriendo con expresión ceñuda apuntaba sin vacilar al pecho de Giuliano. Al ver aquella sonrisa, la desesperación de Giuliano se trocó en cólera.

El sargento se adelantó un paso y los dos guardias que le acompañaban hicieron lo propio. Turi Giuliano estaba pensando con rapidez. Los dos jóvenes *carabinie-*

ri con sus pistolas no eran demasiado temibles y se estaban acercando imprudentemente al asno sin tomar en serio a sus prisioneros. Les indicaron a Giuliano y a Pisciotta por señas que se apartaran del asno y a uno de ellos le resbaló la pistola por la charpa mientras retiraba el camuflaje de cañas que cubría el lomo de la bestia. Al ver la mercancía, lanzó un silbido de codiciosa satisfacción. No vio que Aspanu se le estaba acercando poco a poco, pero el sargento sí lo advirtió.

—Tú, el del bigote, apártate de aquí —le gritó, y Aspanu se situó al lado de Turi Giuliano.

El sargento se acercó un poco más. Giuliano le observó atentamente. El rostro picado de viruelas parecía cansado, pero los ojos brillaban.

—Bueno, muchachos —dijo el sargento—, menudo cacho de queso. No nos vendría mal en el cuartel, para acompañar los macarrones. Decidme el nombre del campesino que os lo ha dado y os dejaré volver a casa con el burro.

Ellos no contestaron. Esperaron, sin decir palabra.

—Si nos dejáis pasar, os daré mil liras como regalo —ofreció Giuliano por fin.

—Te puedes limpiar el trasero con las liras —contestó el sargento—. Venga la documentación. Como no esté en regla, os vais a cagar y os limpiaréis también el trasero con ella.

La insolencia de las palabras, la insolencia de aquellos uniformes negros con ribetes blancos, despertó en Giuliano una gélida furia. Comprendió en aquel momento que jamás permitiría que le detuvieran, que nunca permitiría que aquellos hombres le robaran el alimento de su familia.

Turi Giuliano sacó su tarjeta de identidad y se adelantó hacia el sargento. Esperaba situarse fuera del arco de tiro del fusil. Sabiendo que sus reflejos eran más rápidos que los de la mayoría de los hombres, estaba dispuesto a arriesgarse. Pero el arma le atajó.

—Tira la tarjeta al suelo —dijo el sargento.

Giuliano así lo hizo.

Pisciotta, situado a cinco pasos a la izquierda de Giuliano, intuyó lo que pretendía hacer su amigo, y sabiendo que éste llevaba una pistola bajo la camisa, trató de distraer la atención del suboficial. Adelantando el cuerpo y apoyando la mano en la cadera, donde llevaba una navaja sujeta a la espalda mediante una correa, dijo con estudiada insolencia:

—Sargento, si le damos el nombre del campesino, ¿para qué necesita nuestra documentación? Un trato es un trato —se detuvo un instante. Después añadió en tono sarcástico—: Sabemos que un *carabiniere* siempre cumple su palabra. Escupió la palabra *carabiniere* con odio.

El del fusil se adelantó unos pasos hacia Pisciotta. Después se detuvo, sonrió y apuntó con el arma.

—Y tú, pequeño lechuguino, la tarjeta de identidad —dijo—. ¿O es que no llevas documentación, como tu burro, que lleva los bigotes más bien puestos que los tuyos?

Los dos jóvenes policías se echaron a reír. Pisciotta se adelantó hacia el sargento con los ojos encendidos.

—No, no tengo documentación. Y no conozco a ningún campesino. Hemos encontrado estos productos abandonados en la carretera.

La misma temeridad de aquel desafío frustró sus propósitos. Pisciotta quería que el del fusil se acercara un poco más, para poder golpearle, pero el sargento retrocedió unos pasos y volvió a sonreír.

—El *bastinado* os arrancará vuestra insolencia siciliana —dijo. Y tras una breve pausa, añadió—: Tendeos los dos en el suelo.

El *bastinado* era el nombre que recibía una modalidad de castigo a base de látigos y porras. Giuliano sabía que algunos montelepreses lo habían recibido en el cuartel de Bellampo, regresando a casa con las rodillas rotas, la cabeza hinchada como un melón y unas lesiones internas que les habían dejado incapacitados para el trabajo. Y a él los *carabinieri* jamás le harían eso. Giuliano hincó una rodilla como si fuera a tenderse, y después, apoyando una mano en el suelo, se llevó la otra a la cintura, para hacerse con la pistola que llevaba bajo la camisa. El claro estaba iluminado por la suave y brumosa luz de los comienzos del crepúsculo y el sol ya se había ocultado tras la última montaña, más allá de los árboles. Vio que Pisciotta permanecía orgullosamente en pie, negándose a obedecer la orden. Estaba seguro de que no le iban a pegar un tiro por un simple queso de contrabando. Se dio cuenta de que las pistolas les temblaban en las manos a los jóvenes guardias.

En ese momento oyeron los relinchos de las mulas y el golpeteo de los cascos de las caballerías que Giuliano había visto a su espalda aquella tarde en la carretera. El jinete que encabezaba la caravana llevaba al hombro una *lupara*, era corpulento e iba enfundado en una gruesa chaqueta de cuero. Desmontó de su cabalgadura, se sacó del bolsillo un gran fajo de billetes y le dijo al sargento:

—Vaya, esta vez ha pescado unas tristes sardinas.

Era evidente que se conocían. Por primera vez el del fusil descuidó la vigilancia, para aceptar el dinero que se le ofrecía. Ambos hombres estaban sonriendo, y parecía que todos se habían olvidado de los prisioneros.

Turi Giuliano se desplazó despacio hacia el guardia que tenía más cerca. Pisciotta se estaba acercando poco a poco al cañaveral, cosa que los guardias no advirtieron. Giuliano golpeó con el antebrazo al que tenía más cerca, y le derribó.

—Corre —gritó entonces a Pisciotta.

Pisciotta penetró en el cañaveral y Giuliano corrió hacia los árboles. El otro guardia se quedó desconcertado, o quizás era un inepto y no supo utilizar la pistola a tiempo. Giuliano, a punto de alcanzar el refugio del bosquecillo, experimentó una sensación de júbilo. Dio un salto para introducirse entre dos árboles de grueso tronco que pudieran protegerle. Mientras lo hacía, se sacó la pistola de la camisa.

Pero no se había equivocado al pensar que el del fusil era el más peligroso. El sargento arrojó el fajo de billetes al suelo apuntó y disparó fríamente. Dio de lleno en el blanco; el cuerpo de Giuliano cayó al suelo como el de un pájaro muerto.

Giuliano oyó el disparo en el mismo momento en que el dolor le mordió la carne como si acabaran de golpearle con un gigantesco garrote. Cayó al suelo entre los dos árboles y trató de levantarse, pero no pudo. Tenía las piernas entumecidas, no lograba moverlas. Con la pistola en la mano, se dio la vuelta en el suelo y vio que el sargento blandía en alto el fusil en ademán de triunfo. Después notó que los pantalones se le empapaban de sangre cálida y pegajosa.

Por una fracción de segundo, antes de apretar el gatillo de su pistola, Turi Giuliano sólo experimentó asombro. Por el hecho de que le hubieran disparado a causa de un queso. Y por el hecho de que hubieran destrozado a su familia con tanta crueldad sólo por haber quebrantado una ley que todo el mundo quebrantaba. Su madre lloraría hasta el fin de sus días. Y ahora tenía el cuerpo todo ensangrentado, él, que jamás le había hecho daño a nadie.

Apretó el gatillo y vio caer el fusil, después le pareció que la negra gorra del sargento ribeteada de blanco volaba en el aire mientras el cuerpo se encogía y se desplomaba como flotando sobre la pedregosa tierra, con una herida mortal en la cabeza. Era imposible disparar con una pistola desde aquella distancia, pero a Giuliano le pareció que su propia mano se había desplazado con la bala y la había hundido como si fuera un puñal, en el ojo del sargento.

Se oyeron entonces disparos de una pistola automática, pero las balas se elevaron en inofensivos arcos, piando como pajarillos. Y luego se hizo un silencio absoluto. Hasta los insectos interrumpieron su incesante zumbido.

Turi Giuliano rodó por el suelo hacia los arbustos. Había visto el rostro del enemigo destrozado y convertido en una máscara ensangrentada y eso alentaba su esperanza. No estaba desvalido. Trató nuevamente de levantarse y esa vez las piernas le obedecieron. Quiso correr, pero sólo una pierna se adelanto, la otra arrastraba por el suelo, cosa que le sorprendió. Se notaba la entrepierna cálida y pegajosa, tenía los pantalones empapados y la visión borrosa. Al atravesar una repentina zona de luz, y temiendo haber regresado al claro, trató de dar media vuelta. Su cuerpo empezó a caer... no al suelo sino a un interminable y negro vacío teñido de rojo, y entonces supo que estaba cayendo para siempre.

En el claro, el joven guardia apartó el dedo del gatillo de su pistola y cesó el tableteo. El contrabandista se levantó del suelo con el enorme fajo de billetes en la mano y se lo ofreció al otro guardia. Éste le apuntó con la pistola y le dijo:

—Queda usted detenido.

—Os lo podéis repartir a partes iguales —contestó el contrabandista—. Dejadme seguir.

Los guardias contemplaron al sargento caído. No cabía la menor duda de que estaba muerto. La bala le había destrozado el ojo y su cuenca, y de la herida estaba brotando un líquido amarillento en el que una salamanquesa ya estaba hundiendo sus patas.

—Iré a buscarle a los arbustos —añadió el contrabandista—, está herido. Os traeré su cadáver y os declararán héroes. Dejadme ir.

El otro guardia recogió la tarjeta de identidad que Turi había arrojado al suelo obedeciendo la orden del sargento.

—Salvatore Giuliano, de la ciudad de Montelepre —leyó en voz alta.

—Ahora no podemos ir tras él —dijo el otro—. Nos presentaremos en el cuartel, es más importante.

—¡Cobardes! —les gritó el contrabandista.

Por un instante, pensó en la posibilidad de echar mano de la *lupara*, pero vio que le miraban con odio. Les había insultado. Y por aquel insulto le obligaron a cargar el cadáver del sargento en su caballo y a acompañarles a pie al cuartel. Pero antes le quitaron el arma. Estaban nerviosos y asustados y esperaba que no cometieran el error de pegarle un tiro. Por lo demás, no estaba demasiado preocupado. Conocía muy bien al *maresciallo* Roccofino de Montelepre. Habían hecho negocios juntos en el pasado y los seguirían haciendo.

En todo aquel tiempo ninguno de ellos se acordó de Pisciotta. Pero éste había oído toda la conversación. Estaba agazapado en el cañaveral, con la navaja en la mano. Esperaba que salieran en persecución de Turi Giuliano, en cuyo momento sorprendería a uno de ellos y le arrebataría la pistola tras haberle degollado. Llevaba en el alma una rabia que ahogaba todo temor a la muerte y, al oír que el contrabandista se ofrecía a entregarles el cadáver de Turi, se grabó a fuego en el cerebro, para siempre, el rostro de aquel hombre. Casi lamentó que se marcharan y le dejaran solo en la montaña. El corazón se le encogió al ver que ataban su burro a la cola de la caravana de mulas.

Pero sabía que Turi estaba malherido y necesitaría ayuda. Rodeó el claro y corrió por el bosque hacia el lugar donde su compañero había desaparecido. No encontrándole entre la maleza, enfiló el camino por donde llegaron.

No vio nada hasta que se encaramó a una enorme roca granítica cuya cima formaba una pequeña depresión. En ésta descubrió un pequeño charco de sangre casi negra y, al examinar el otro lado de la roca, lo vio manchado por largos regueros de sangre intensamente roja. Siguió corriendo y se sorprendió al ver el cuerpo de Giuliano tendido en el camino empuñando todavía la mortífera pistola.

Se arrodilló, tomó el arma y se la guardó en el cinto. En aquel momento Turi Giuliano abrió los ojos. Los ojos miraban más allá de Pisciotta, llenos de pavoroso odio. Pisciotta estuvo casi a punto de echarse a llorar de alivio y después intentó levantar a su amigo, pero le faltaron las fuerzas.

—Turi, procura levantarte —dijo—, yo te ayudaré.

Giuliano apoyó las manos en la tierra y elevó el cuerpo. Pisciotta le rodeó la cintura con el brazo y una cálida humedad le mojó la mano. La retiró y levantó la camisa de Giuliano, viendo entonces con horror la enorme herida que tenía abierta en el costado. Reclinó a su primo en un árbol, se quitó su propia camisa y la apretó sobre la herida, para contener la hemorragia, atándole las mangas alrededor de la cintura. Volvió a rodear a Giuliano con el brazo y, con la mano libre, le levantó a él la zurda en el aire. De ese modo pudo conservar mejor el equilibrio mientras guiaba a su compañero por el camino, avanzando con cautelosa lentitud. De lejos hubiera podido parecer que bajaban por la montaña bailando.

Y así fue cómo Turi Giuliano se perdió la Festa de santa Rosalia, de la que tantos milagros esperaban los habitantes de Montelepre en bien de su ciudad.

También se perdió el concurso de tiro que sin duda hubiera ganado, las carreras de caballos en las que los jinetes rivales se golpeaban mutuamente la cabeza con palos y látigos, y los cohetes de color púrpura, amarillo y verde que estallaban en el aire y dibujaban un tatuaje en el cielo tachonado de estrellas.

Ya no pudo saborear los dulces de mazapán en forma de zanahorias, cañas y rojos tomates, cuya dulzura entumecía todo el cuerpo, ni las figuras de algodón de azúcar de los reyes de las míticas historias de los teatros de marionetas, de Roldán, Oliveros y Carlomagno, con sus espadas de azúcar adornadas con rubíes de caramelo y esmeraldas de trocitos de fruta, que los niños se llevaban a la cama y contemplaban con admiración antes de quedarse dormidos. En casa, los esponsales de su hermana se celebraron sin él.

El apareamiento del asno y de la Mula Milagrosa fue un fracaso. No hubo descendencia y las ciudadanos de Montelepre sufrieron una enorme desilusión. Tardaron años en saber que la Festa había obrado el milagro en la persona del joven que llevaba el asno.

5

El padre Manfredi, superior del convento de los franciscanos, inició su habitual recorrido vespertino por las diversas dependencias, exhortando a sus holgazanes e inútiles frailes a ganarse el pan de cada día. Examinó los arcones del taller de sagradas reliquias y visitó el horno en que cocían las grandes y crujientes hogazas para los pueblos vecinos. Inspeccionó el huerto y los cestos llenos a rebosar de aceitunas, tomates y uva, buscando algún defecto en sus satinadas pieles. Sus frailes estaban atareados como duendes... aunque bastante menos contentos. En realidad eran almas adustas, carentes por completo de la alegría que es necesaria para servir a Dios. El superior se sacó del hábito un largo y negro cigarro de puntas cortadas y siguió paseando por el convento a fin de abrir el apetito, con miras a la cena.

Fue entonces cuando vio a Aspanu Pisciotta, que cruzaba, arrastrando a Turi Giuliano, la entrada del convento. El portero intentó rechazarles, pero Pisciotta le apuntó a la tonsurada cabeza con su pistola y le obligó a caer de hinojos para rezar sus últimas oraciones. Pisciotta depositó el cuerpo ensangrentado y casi exánime de Giuliano a los pies del padre Manfredi.

El franciscano era un hombre alto y demacrado con un distinguido rostro de simio de diminutos huesos, una nariz achatada y unos inquisitivos ojos castaño que semejaban un par de botoncitos. Pese a sus setenta años, era vigoroso y tenía una mente tan astuta y perspicaz como en los viejos tiempos anteriores a Mussolini, cuando solía redactar elegantes notas de rescate para los secuestradores de la Mafia, a cuyo sueldo trabajaba.

Ahora, y aunque todo el mundo —campesinos y autoridades por igual— sabía que su convento era el cuartel general de contrabandistas y traficantes del mercado negro, el superior era muy respetado y nadie se entrometía jamás en sus ilegales actividades, en parte por respeto a su sagrado ministerio y en parte para ofrecerle una recompensa material a cambio de la guía espiritual que dispensaba a la comunidad.

Por eso el padre Manfredi no se inmutó al ver a aquel par de bribones cubiertos de sangre entrando en los sagrados dominios de San Francisco. La verdad era que conocía bien a Pisciotta por haberle utilizado en algunas operaciones de contrabando y mercado negro. Ambos tenían en común una solapada astucia que les deleitaba mutuamente, sorprendiéndose el uno de hallarla en un hombre tan viejo y santo y el otro en un muchacho tan joven e ingenuo.

El franciscano tranquilizó al portero y después le dijo a Pisciotta:

—Bueno, mi querido Aspanu, ¿en qué trapisonda te has metido ahora?

Pisciotta estaba sujetando la camisa contra la herida de Giuliano. Al superior le sorprendió la afligida expresión de su rostro: no le creía capaz de semejante emoción.

Sin embargo, al contemplar de nuevo la enorme herida, Pisciotta tuvo la seguridad de que su amigo se iba a morir. ¿Y cómo comunicarles la noticia a los padres de

Turi? Le aterraba el solo hecho de pensar en el dolor de Maria Lombardo. Pero de momento tenía que salvar una situación más importante. Había de conseguir del superior que escondiera a Giuliano en el convento.

Le miró a los ojos. Quería transmitirle un mensaje que sin ser una amenaza directa, le haría comprender que una negativa le granjearía un enemigo mortal.

—Este es mi primo y queridísimo amigo Salvatore Giuliano —contestó Pisciotta—. Como puede usted ver, no ha tenido suerte, y dentro de poco la policía nacional empezará a buscarle por las montañas. Y a mí también. Usted es nuestra única esperanza. Le suplico que nos esconda y mande llamar a un médico. Hágalo y se habrá ganado un amigo para siempre.

Subrayó la palabra «amigo».

El superior lo comprendió perfectamente, sin que se le escapara detalle. Había oído hablar de aquel joven Giuliano, un chico valiente y respetado en Montelepre, buen tirador y cazador y más curtido de lo que correspondía a sus años. Hasta los «amigos de los amigos» le habían echado el ojo, considerando la posibilidad de reclutarle. El mismísimo Don Croce, durante una de sus visitas de negocios y cortesía al convento le había hablado de él al padre Manfredi, comentando que tal vez mereciera la pena cultivar su amistad.

Sin embargo, al ver a Giuliano inconsciente, tuvo la certeza de que aquel hombre iba a necesitar no un escondrijo sino una tumba y no un médico sino un sacerdote que le administrara los últimos sacramentos. Acceder a la petición de Pisciotta encerraba muy pocos riesgos porque el hecho de acoger a un cadáver no era delito ni siquiera en Sicilia. Aun así, no quería que aquel joven pensara que el favor que le iba a prestar valía tan poco.

—¿Y por qué te buscan? —preguntó.

Pisciotta vaciló. Si el superior supiera que habían matado a un policía, tal vez se negara a acogerles. Por otra parte, si le mantenía ignorante del registro que sin duda se iba a producir, cabía la posibilidad de que le pillaran desprevenido y les traicionara. Pisciotta decidió decirle la verdad en pocas y rápidas palabras.

El franciscano inclinó la cabeza, lamentando que otra alma se hubiera ido al infierno, y estudió detenidamente la figura exánime de Giuliano. La sangre le rezumaba a través de la camisa anudada alrededor del cuerpo. A lo mejor el pobrecillo se moriría allí mismo y resolvería todo el problema.

Aunque en su calidad de fraile franciscano, el superior rebosaba caridad cristiana, en los terribles tiempos que corrían tenía que tomar en consideración las consecuencias prácticas y materiales de sus piadosas acciones. Si les daba cobijo y el chico moría, saldría beneficiado de todo aquel asunto. Las autoridades se darían por satisfechas con el cadáver y la familia quedaría en deuda con él. En caso de que Giuliano se recuperara, tal vez su gratitud fuera todavía más valiosa. Un hombre que, estando gravemente herido, había podido disparar su pistola y matar a un policía, era un hombre al que merecía la pena tener como deudor.

Podía también, desde luego, entregar a aquel par de bribones a la policía nacional, que ciertamente les ajustaría las cuentas. Pero, ¿qué ganaría con ello? Las autoridades no podían hacer por él más de lo que ya estaban haciendo. La zona en que éstas ejercían su jurisdicción ya la tenía segura. Era al otro lado de la valla donde necesitaba amigos. Si traicionara a aquellos muchachos, se ganaría la enemistad de los campesinos y el odio eterno de dos familias. El franciscano no era tan necio para suponer que su hábito le protegería de la *vendetta* que sin duda resultaría de ese acto, y además le había leído el pensamiento a Pisciotta; aquel joven iba a llegar muy lejos antes de internarse en el camino del infierno. No: el odio del campesino siciliano nunca se podía tomar a la ligera. Eran unos auténticos cristianos que jamás hubieran profanado una imagen de la Virgen María, pero, al mismo tiempo, en el acaloramiento de una *vendetta*, hubieran sido capaces de disparar contra el Papa por haber quebrantado la *omertà*, el antiguo código de silencio ante cualquier autoridad. En aquella tierra en la que tantas imágenes de Jesús se veneraban, nadie creía en la doctrina de poner la otra mejilla. En aquella tierra dominada por la ignorancia, el «perdón» era el refugio de los cobardes. El campesino siciliano no conocía el significado de la palabra compasión.

De una cosa estaba seguro: Pisciotta jamás le traicionaría. En una de sus pequeñas operaciones de contrabando, el superior se las había ingeniado para que le detuvieran e interrogaran. El interrogador, un miembro de la policía de seguridad de Palermo, no uno de aquellos *carabinieri* tan zoquetes, se mostró primero muy suave y después muy duro. Pero ni las zalamerías ni la crueldad movieron a Pisciotta, el cual guardó un obstinado silencio. El interrogador le soltó y le aseguró al superior que a aquel chico se le podían encomendar misiones más importantes. Desde entonces, el superior tenía reservado a Aspanu Pisciotta un lugar especial en su corazón y rezaba a menudo por su alma.

El religioso se introdujo dos dedos en la hundida boca y lanzó un silbido. Acudieron corriendo unos frailes a quienes ordeno que trasladaran a Giuliano a una alejada ala del edificio, en cuyos aposentos a menudo había ocultado durante la guerra a desertores del ejército italiano, hijos de campesinos acomodados. Después envió a uno de sus frailes a avisar al médico de la aldea de San Giuseppe Jato, distante apenas ocho kilómetros.

Pisciotta se sentó en la cama y tomó la mano de su amigo. La herida ya no sangraba y los ojos de Turi Giuliano estaban abiertos aunque un poco vidriosos. Pisciotta, casi al borde de las lágrimas, no se atrevía a hablar. Enjugó la frente de Giuliano, empapada de sudor. Su piel mostraba un tinte azulado.

El médico tardó una hora en llegar y, tras haber visto la horda de *carabinieri* que estaban batiendo las laderas del monte, no se sorprendió lo más mínimo de que su amigo el superior de los franciscanos ocultara a un hombre herido. Eso a él le tenía sin cuidado. ¿Qué le importaban la policía y el Gobierno? El padre Manfredi era un siciliano que necesitaba ayuda. Y que siempre le enviaba una cesta de huevos los domingos, una barrica de vino por Navidad y un cordero lechal por Pascua.

El médico examinó a Giuliano y le curó la herida. La bala había penetrado en el cuerpo y destrozado probablemente algunos órganos vitales, el hígado por descontado. El chico había perdido una enorme cantidad de sangre, estaba mortalmente pálido y tenía la piel de un color blanco azulado. Alrededor de la boca se podía ver aquel círculo blanco que, como sabía bien, era una de las primeras señales precursoras de la muerte.

—He hecho todo lo que he podido —le dijo al superior, lanzando un suspiro—. La hemorragia ha cesado, pero ya ha perdido más de un tercio de su sangre y eso suele ser fatal. Manténganle abrigado, denle un poco de leche y yo les dejaré una pequeña cantidad de morfina.

Contempló con tristeza el vigoroso cuerpo de Giuliano.

—¿Qué les voy a decir a sus padres? —preguntó Pisciotta en voz baja—. ¿Hay alguna esperanza para él?

—Diles lo que quieras —contestó el médico, repitiendo el suspiro—. Pero la herida es mortal. El chico parece fuerte y es posible que dure unos cuantos días, aunque lo mejor es no hacerse ilusiones —declaró. Pero viendo la desesperación en los ojos de Pisciotta y la fugaz expresión de alivio del rostro del superior, añadió con ironía—: Claro que, estando en este sagrado lugar, siempre cabe la posibilidad de que se produzca un milagro.

El franciscano y el médico abandonaron la estancia. Pisciotta se inclinó sobre su amigo para enjugarle el sudor de la frente y se asombró al ver en los ojos de Giuliano un asomo de burla. Tenía las pupilas color castaño oscuro, pero rodeados por una orla plateada. Pisciotta se inclinó un poco más. Giuliano estaba musitando algo con gran esfuerzo.

—Dile a mi madre que volveré a casa —pidió Turi. Y después hizo algo que Pisciotta no olvidaría jamás. Sus manos se elevaron de repente y agarraron a Pisciotta por el cabello. Eran unas manos muy fuertes; no podían ser en modo alguno las de un moribundo. Tiraron hacia abajo de la cabeza de Pisciotta—. Obedéceme —dijo Giuliano.

Avisado por los padres de Giuliano, Hector Adonis llegó a Montelepre a la mañana siguiente. Rara vez utilizaba la casa que tenía en la ciudad. En sus años mozos odiaba a su pueblo natal. Y evitaba especialmente la Festa. Los adornos de las calles siempre le causaban tristeza y le parecían un pernicioso disfraz de la miseria de la localidad. Y además, siempre había tenido que soportar humillaciones, los borrachos se burlaban de su corta estatura y las mujeres le dirigían miradas de desprecio.

No les importaba que él fuera más instruido que ellos. Eran tan orgullosos, por ejemplo, que cada familia se pintaba la casa del mismo color que sus padres. Y no sabían que el color de las casas era una alusión a sus orígenes, a la sangre que habían heredado de sus antepasados junto con las viviendas. No sabían que, muchos siglos atrás, los normandos tenían por costumbre pintar las casas de blanco, mientras que los griegos utilizaban siempre el azul y los árabes, distintos tonos de rosa y rojo. Los judíos, en cambio, usaban el amarillo. Sin embargo, todos ellos se consideraban italianos y sicilianos. Las sangres se habían mezclado tanto en el decurso de los siglos que ya no se podía identificar al propietario de una casa por sus facciones y, si alguien le hubiera dicho al dueño de una casa amarilla que tenía antepasados judíos, podía terminar con un navajazo en el vientre.

Aspanu Pisciotta vivía en una casa blanca, aunque él parecía más bien un árabe. En la de los Giuliano predominaba, en cambio, el azul de los griegos, y Turi Giuliano tenía unas facciones marcadamente griegas aunque su complexión fuera la de los altos y vigorosos normandos. Sin embargo, la mezcla de sangres había dado lugar a aquel extraño y peligroso producto que eran los verdaderos sicilianos, lo cual era la causa de que Adonis estuviese aquel día en Montelepre.

En cada esquina de la Via Bella se podía ver a una pareja de *carabinieri* de ceñudo aspecto, empuñando rifles y pistolas automáticas amartilladas. Iba a iniciarse el segundo día de la Festa, pero aquella parte de la ciudad estaba extrañamente desierta y no había niños en la calle. Hector Adonis estacionó su automóvil delante de la casa de los Giuliano, encima de la acera. Una pareja de *carabinieri* le observó con recelo, hasta que descendió del vehículo. Al ver su exigua estatura, los guardias esbozaron una sonrisa burlona.

Pisciotta le abrió la puerta y le hizo pasar. Los padres de Giuliano estaban aguardando en la cocina, en cuya mesa habían dispuesto un desayuno a base de embutidos, pan y café. Maria Lombardo estaba tranquila porque su querido Aspanu le había asegurado que su hijo se iba a restablecer. Se la veía más enfurecida que asustada, y el padre de Giuliano se mostraba más orgulloso que entristecido. Su hijo había demostrado ser un hombre: estaba vivo y su enemigo había muerto.

Pisciotta volvió a contar la historia, esta vez de mejor humor que al principio. Quitó importancia a la herida de Giuliano y no presumió del heroísmo que suponía haberle llevado hasta el convento. Sin embargo, Hector Adonis comprendió que el hecho de ayudar a un herido a salvar más de cinco kilómetros de escarpado terreno, tenía que haber sido agotador para un muchacho de tan débil constitución como Pisciotta. Observó, además, que éste no describía con detalle la herida. Adonis empezaba a temer lo peor.

—¿Cómo pudieron los *carabinieri* llegar hasta aquí? —preguntó.

Pisciotta le explicó que Giuliano les había entregado su documentación.

La madre de Giuliano empezó a quejarse:

—¿Por qué no dejó Turi que se quedaran con el queso? ¿Por qué discutió?

—¿Y qué querías que hiciera? —replicó con aspereza el padre—. ¿Que diera el nombre de aquel pobre campesino? Hubiera deshonrado para siempre el apellido de nuestra familia.

Hector Adonis se quedó asombrado ante la contradicción que encerraban aquellos comentarios. Sabía que la madre era mucho más fuerte y audaz que el padre. Y, sin embargo, ella había pronunciado palabras de resignación, mientras que las de él, en cambio, eran de desafío. Y Pisciotta, el pobre Aspanu, ¿quién le hubiera imaginado la valentía de salvar a su compañero y llevarle a lugar seguro? ¿O la sangre fría de ocultar luego a los padres el daño que su hijo había sufrido?

—Si, por lo menos, no hubiera entregado la documentación —dijo el padre de Giuliano—, nuestros amigos habrían jurado que andaba por estas calles.

—Le hubieran detenido de todos modos —dijo la madre llorando—. Ahora tendrá que echarse al monte.

—Tenemos que asegurarnos de que el superior no le entregará a la policía —dijo Hector Adonis.

—No se atreverá —contestó Pisciotta con impaciencia—. Sabe que yo le ahorcaría con hábito y todo.

Adonis dirigió una larga mirada a Pisciotta. Había en aquel joven una mortal amenaza. No era propio de personas inteligentes herir el orgullo de un joven, pensó Adonis. La policía no comprendía jamás que se podía, con cierta impunidad, insultar a un hombre de más edad, que ya ha sido humillado por la vida y que no se toma tan a pecho las pequeñas ofensas de otro ser humano. A un joven, por el contrario, tales ofensas le parecen mortales.

Buscaban la ayuda de Hector Adonis, que ya había ayudado a su hijo anteriormente.

—Si la policía descubre su paradero —dijo Hector—, el superior no tendrá más remedio que entregarle porque, en ciertos asuntos, él tampoco está a salvo de sospechas. Con vuestro permiso, me parece más oportuno pedirle a mi amigo Don Croce Malo que interceda ante el superior.

Todos se sorprendieron de que conociera al gran Don, salvo Pisciotta que le miró con astucia.

—¿Y tú qué estás haciendo aquí? —le dijo Adonis severamente—. Te van a reconocer y detener. Tienen tu descripción.

—Los dos guardias estaban muertos de miedo —replicó Pisciotta en tono despectivo—. No reconocerían ni a su madre. Y tengo una docena de testigos que jurarán que yo estaba ayer en Montelepre.

Hector Adonis se dirigió a los padres en sesudo tono de profesor:

—No se os ocurra visitar a vuestro hijo ni decirle a nadie, ni siquiera a vuestros mejores amigos, dónde se encuentra. La policía tiene confidentes y espías en todas partes. Aspanu visitará a Turi por las noches. En cuanto se pueda mover, me encargaré de que se traslade a otra ciudad hasta que todo esto se calme. Entonces, con un poco de dinero, se podrán arreglar las cosas y Turi volverá a casa. Tú no te preocupes por él, Maria, cuídate mucho. Y tú, Aspanu, manténme informado.

Después abrazó a la madre y al padre. Maria Lombardo seguía llorando cuando él se marchó.

Tenía mucho que hacer... ante todo, informar a Don Croce y cuidar de que el escondrijo de Turi permaneciera a salvo. Afortunadamente el Gobierno de Roma no había ofrecido ninguna recompensa a cambio de información sobre el asesinato del policía, de otro modo el superior del convento se hubiera apresurado a vender a Turi con la misma rapidez con que vendía sus sagradas reliquias.

Turi Giuliano permanecía tendido en la cama, inmóvil. Le había oído decir al médico que su herida era mortal, pero él no podía creer que se estuviera muriendo. Le parecía que su cuerpo flotaba en el aire, libre del dolor y del miedo. De ningún modo podía morir. Ignoraba que una cuantiosa pérdida de sangre produce una sensación de euforia.

Durante varios días uno de los frailes le cuidó y le alimentó a base de leche. Al atardecer acudía a verle el superior, acompañado del médico. Pisciotta le visitaba por las noches, le asía la mano y le velaba durante las largas y terribles horas de oscuridad. Al cabo de dos semanas el médico anunció que se había operado un milagro.

Turi Giuliano logró, por la sola fuerza de su voluntad, sanar su cuerpo, recuperar la sangre perdida y recomponer los órganos vitales desgarrados por el acero de la bala. Y en la euforia generada por la pérdida de sangre, empezó a soñar en su futuro esplendor. Experimentó una nueva libertad y le pareció que ya no habría de rendir cuentas de nada de lo que hiciera a partir de aquel momento, y que las leyes de la sociedad y las más estrictas leyes sicilianas de la familia ya no podrían atarle. Que era libre de emprender cualquier acción y que su ensangrentada herida le hacía inocente. Y todo porque un insensato *carabiniere* le había pegado un tiro por culpa de un queso.

Durante las semanas de su convalecencia, recordó una y otra vez los días en que él y los demás habitantes de su pueblo se congregaban en la plaza principal, esperando a que los *gabellotti*, los intermediarios que actuaban entre los propietarios de tierras y los braceros, les eligiera para un día de trabajo, ofreciéndoles unos jornales de miseria con esa despectiva actitud de lo tomas o lo dejas, propia de quienes tienen todo el poder en sus manos; el injusto reparto de las cosechas que dejaba a todo el mundo en la pobreza al cabo de un año de duro trabajo; y la opresora mano de la ley que castigaba a los pobres y dejaba libres a los ricos.

En caso de que se recuperara de su herida, juró hacer justicia. Jamás volvería a ser un muchacho desvalido a merced del destino. Se armaría física y mentalmente. De una cosa estaba seguro: jamás volvería a estar indefenso ante el mundo, como le había ocurrido con Guido Quintana y con el guardia que le pegó el tiro. El antiguo Turi Giuliano ya no existía.

Al cabo de un mes, el médico aconsejó otras cuatro semanas de descanso y un poco de ejercicio. Giuliano se puso entonces un hábito de fraile y empezó a dar algunos paseos por el convento. El superior le había cobrado afecto y le acompañaba a menudo, contándole historias de sus viajes de juventud a lejanas tierras. El aprecio del superior no disminuyó en absoluto cuando Hector Adonis le envió una suma de dinero por sus plegarias en favor de los pobres y el propio Don Croce le hizo saber que le interesaba aquel joven.

Giuliano, por su parte, se asombró de la vida que llevaban los frailes. En una campiña donde la gente se moría casi de hambre y los braceros vendían su sudor por cincuenta céntimos al día, los frailes de San Francisco vivían como reyes. El convento era, en realidad, una enorme y rica hacienda.

Tenían un limonar y recios olivos tan antiguos como Jesucristo; poseían una pequeña plantación de caña y una carnicería que abastecían con sus rebaños de ovejas y sus piaras de cerdos. Las gallinas y los pavos correteaban libremente por los patios. Los frailes comían diariamente carne con los espaguetis, bebían vino de sus propias cosechas y compraban en el mercado negro cigarrillos que después fumaban como posesos.

Pero trabajaban mucho. Durante el día se afanaban en sus quehaceres caminando descalzos, con los hábitos subidos hasta las rodillas y la frente empapada en sudor. Para protegerse del sol, se cubrían las tonsuradas cabezas con unos extraños sombreros americanos de fieltro, de ala ancha, marrones y negros, que el intendente de algún gobierno militar le había enviado al superior a cambio de una barrica de vino. Los frailes se encasquetaban los sombreros de muy diversas maneras: algunos con las alas dobladas hacia abajo, estilo gángster, y otros vueltas hacia arriba todo alrededor, formando un hueco en el que guardaban los cigarrillos. El superior acabó aborreciendo aquellos sombreros y prohibió su uso salvo para trabajar en los campos.

Durante cuatro semanas, Giuliano fue un fraile como los demás. Para asombro del superior, trabajaba con entusiasmo en los campos y ayudaba a los frailes más viejos a trasladar los pesados cuévanos de aceitunas y fruta hasta el cobertizo de almacenamiento. A Giuliano le gustaba el trabajo y disfrutaba haciendo gala de su fuerza. Le llenaban los cuévanos hasta el borde y jamás se le doblaban las rodillas. El padre Manfredi estaba orgulloso de él y le dijo que podía quedarse todo el tiempo que quisiera, porque tenía madera de auténtico hombre de Dios.

Turi Giuliano fue muy feliz aquellas cuatro semanas. Al fin y al cabo su cuerpo había regresado del reino de los muertos y él estaba entretejiendo en su cabeza toda clase de sueños y prodigios. Apreciaba al viejo superior del convento, que le tenía mucha confianza y le revelaba todos los secretos de la casa. El anciano se jactaba de vender todos los productos de sus tierras directamente en el mercado negro, sin entregarlos a los almacenes gubernamentales. Por la noche los frailes organizaban timbas, se emborrachaban e incluso introducían mujeres a escondidas, pero el superior hacía la vista gorda.

—Son tiempos muy duros —le decía a Giuliano—. La prometida recompensa del Cielo está demasiado lejos, tenemos que disfrutar ahora de algunos placeres. Dios les perdonará.

Una tarde de lluvia, el padre Manfredi le mostró a Turi otra ala del convento, que se utilizaba como almacén. Estaba llena de sagradas reliquias fabricadas por un experto equipo de ancianos frailes. El superior, como todos los comerciantes, se quejaba de lo difíciles que estaban los tiempos.

—Antes de la guerra, hacíamos muy buen negocio —dijo, suspirando—. Este almacén nunca estaba a más de la mitad de su capacidad. Fíjate ahora en la cantidad de tesoros sagrados que tenemos aquí. Una espina de los peces que multiplicó Jesucristo. La vara que llevaba Moisés cuando se dirigía a la Tierra Prometida —hizo una pausa y contempló con divertida satisfacción la cara de asombro de Giuliano. Después su enjuto rostro se contrajo en una maliciosa sonrisa. Dando un puntapié a un montón de astillas, añadió casi con regocijo : Éste era nuestro mejor artículo. Cientos de fragmentos de la Cruz en que fue clavado Nuestro Señor. Y en este arcón hay toda clase de reliquias de todos los santos que puedas imaginar. Encerrados en un cuarto especial, guardamos trece brazos de San Andrés, tres cabezas de Juan el Bautista y siete armaduras de Juana de Arco. En invierno, nuestros frailes viajan por todas partes para vender estos tesoros.

Turi Giuliano se echó a reír y el superior le miró sonriendo. Sin embargo, lo que Giuliano estaba pensando era que a los pobres siempre les engañaban, incluso aquellos que les señalaban el camino de la salvación. Otro hecho importante que tener en cuenta.

El superior le mostró una enorme tina llena de medallas bendecidas por el cardenal de Palermo, treinta sudarios en los que habían envuelto a Jesús y dos Vírgenes negras. A eso Turi Giuliano dejó de reírse. Le habló al superior de la imagen de la Virgen negra que su madre guardaba desde niña; le dijo que pertenecía a su familia hacía muchas generaciones. ¿Cómo era posible que fuera falsa? El superior, dándole unas cariñosas palmadas en el hombro, le dijo que el convento llevaba más de cien años haciendo reproducciones talladas en excelente madera de olivo. Le aseguró, sin embargo, que las reproducciones también tenían valor, pues se hacían muy pocas.

El franciscano no veía mal alguno en revelarle a un asesino los pecados veniales de aquellos santos varones. No obstante, el reproche que llevaba implícito el silencio de Giuliano le inquietaba.

—Recuerda —le dijo a la defensiva— que quienes consagramos nuestra vida a Dios tenemos que vivir también en el mundo material de los hombres que no creen en la esperanza de las recompensas del Cielo. También tenemos familias a las que debemos ayudar y proteger. Muchos de nuestros frailes son pobres y vienen de los pobres, los cuales sabemos que son la sal de la tierra. No podemos permitir que nuestros hermanos y hermanas, nuestros sobrinos y primos se mueran de hambre en estos tiempos de tribulación. La Santa Iglesia necesita nuestra ayuda, tiene que defenderse de sus poderosos enemigos. Hay que luchar contra los comunistas y socialistas, contra esos liberales extraviados, y ello requiere dinero. ¡Qué gran consuelo son los fieles para la Santa Madre Iglesia! Su necesidad de sagradas reliquias proporciona los fondos precisos para aplastar a los paganos y colma una necesidad de sus almas. Si no se las facilitáramos, se gastarían el dinero en juego, vino y mujeres perdidas. ¿No estás de acuerdo?

Giuliano asintió sonriente. Siendo tan joven, le asombraba que pudiera haber hombres tan sumamente hipócritas. Al superior le irritó aquella sonrisa; esperaba una reacción más benévola por parte de un asesino al que había dado cobijo y rescatado de las puertas de la muerte. El agradecido respeto hubiera tenido que dictarle una sincera respuesta adecuadamente hipócrita. Aquel contrabandista, aquel asesino, aquel destripaterrones con aires de señoritingo que era Turi Giuliano debía adoptar una actitud más cristiana y comprensiva.

—Recuerda que nuestra verdadera fe reside en nuestra creencia en los milagros —dijo en tono severo el padre Manfredi.

—Sí —contestó Giuliano—. Y yo creo de todo corazón que el deber de ustedes es ayudarnos a descubrirlos.

Lo dijo sin la menor malicia, en un sincero y amable deseo de complacer a su benefactor. No encontró otra manera de contener la risa que la ahogaba.

El superior se dio por satisfecho y volvió a mirarle con simpatía. Era un buen muchacho, había gozado con su compañía durante aquellas semanas y le alegraba saber que se sentía profundamente en deuda con él. Estaba seguro de que no sería un ingrato, pues ya le había demostrado la nobleza de su corazón. Diariamente le expresaba de palabra y de obra su respeto y gratitud. No tenía el duro corazón de un forajido. ¿Qué iba a ser de un hombre como aquél en la Sicilia de aquellos días, tan llena de confidentes, pobreza, bandidos y pecadores de todas clases? En fin, pensó el franciscano, un hombre que ha asesinado una vez puede volver a hacerlo, en caso de apuro. Llegó a la conclusión de que Don Croce debería guiar a Turi Giuliano por el recto camino de la vida.

Un día, mientras descansaba en la cama, Turi Giuliano recibió la visita de un extraño personaje. El superior le dijo que era su querido amigo el padre Benjamino Croce y después les dejó a solas.

—Mi querido joven —se le dirigió el padre Benjamino en tono solícito—, espero que te hayas restablecido de tu herida. El santo superior de este convento me asegura que ha sido un auténtico milagro.

—Por la clemencia de Dios —contestó Giuliano amablemente.

El padre Benjamino inclinó la cabeza como si el beneficiario de aquella gracia hubiera sido él.

Giuliano le estudió detenidamente. Era un cura que jamás había trabajado en los campos. Llevaba el dobladillo de la sotana demasiado limpio, tenía el rostro demasiado blanco y mofletudo, y las manos demasiado suaves. Sin embargo, se le veía muy manso y humilde, muy inclinado a la resignación cristiana.

—Hijo mío —dijo suavemente el padre Benjamino—, voy a oírte en confesión, y después te administraré la santa Comunión. Absuelto de tus pecados, podrás salir al mundo con un corazón puro.

Turi Giuliano miró al sacerdote que ostentaba tan sublime poder.

—Discúlpeme, padre —le dijo—. Aún no me encuentro en estado de contrición y sería impropio que me confesara en este momento. De todos modos, le agradezco la bendición.

—Sí —asintió el sacerdote—, eso sería acumular más pecados. Pero tengo otro ofrecimiento que, a lo mejor, te será más útil en este mundo. Mi hermano Don Croce me ha encargado que te pregunte si te gustaría refugiarte con él en Villalba. Te pagaría un buen sueldo y, como ya debes saber sin duda, las autoridades no se atreverían a molestarte mientras estuvieras bajo su protección.

A Giuliano le asombró el que la noticia de su hazaña hubiera llegado a oídos de un hombre como Don Croce. Sabía que debía andarse con cuidado. Detestaba a la Mafia y no quería que le apresara en su tela de araña.

—Es un grandísimo honor —dijo—. Se lo agradezco mucho a usted y a su hermano. Pero tengo que consultarlo con mi familia, quiero obedecer los deseos de mis padres. Por consiguiente, permítame rechazar de momento su amable oferta.

Vio que el sacerdote se quedaba de una pieza. ¿Quién hubiera rechazado en Sicilia la protección del gran Don? Entonces se apresuró a añadir:

—Tal vez dentro de unas semanas piense otra cosa y vaya a verle a Villalba.

El padre Benjamino se recuperó de su sorpresa y levantó las manos para impartir una bendición.

—Ve con Dios, hijo mío —dijo—. Siempre serás bien recibido en casa de mi hermano.

Dicho lo cual, trazó la señal de la cruz y se retiró.

Turi Giuliano comprendió que había llegado el momento de marcharse. Cuando Aspanu Pisciotta acudió a visitarle aquella tarde, le dio instrucciones para preparar su regreso al mundo exterior. Observó que su amigo había cambiado tanto como él. Pisciotta no se inmutó ni protestó por el hecho de recibir unas órdenes que iban a alterar profundamente su vida. Finalmente Giuliano le dijo:

—Aspanu, puedes venir conmigo o quedarte con tu familia. Haz lo que consideres conveniente.

—¿Crees que voy a cederte todas las emociones y la fama? —contestó Pisciotta, sonriendo—. ¿Que voy a dejar que tú juegues en el monte mientras yo arreo los burros y recojo aceitunas? ¿Y nuestra amistad? ¿Voy a permitir que vivas solo en las montañas, habiendo jugado y trabajado contigo desde que éramos niños? Cuando tú regreses a Montelepre en libertad, yo también lo haré. Por consiguiente, basta ya de tonterías. Vendré por ti dentro de cuatro días. Necesito un poco de tiempo para cumplir todos tus encargos.

Pisciotta anduvo muy ocupado aquellos cuatro días. Ya había localizado al jinete contrabandista que se había ofrecido a perseguir al malherido Giuliano. Se llamaba Marcuzzi y era un temido traficante en gran escala que actuaba bajo la protección de Don Croce y de Guido Quintana. Tenía un tío del mismo apellido que era un destacado jefe de la Mafia.

Pisciotta descubrió que Marcuzzi viajaba habitualmente entre Montelepre y Castellammare, y conocía al granjero que le guardaba las mulas. Al ver que sacaban a las mulas de los campos y las conducían a un establo de las afueras del pueblo, dedujo que Marcuzzi iba a emprender un viaje al día siguiente. Al amanecer, Pisciotta se situó al borde del camino por el que sabía que Marcuzzi iba a pasar, y se quedó al acecho. Llevaba la *lupara*, que tantas familias sicilianas guardaban en casa como parte de los enseres domésticos. De hecho, aquella mortífera escopeta de caza siciliana era tan corriente y se utilizaba tan a menudo para cometer asesinatos, que, cuando Mussolini llevó a cabo su operación de limpieza para eliminar a la Mafia, mandó derribar todos los muros de piedra hasta una altura no superior a los noventa centímetros, para que los asesinos no pudieran utilizarlos como lugares de emboscada.

Decidió matar a Marcuzzi no sólo porque el contrabandista había ofrecido su ayuda a la policía para acabar con el malherido Giuliano, jactándose de ello ante sus amigos, sino también como advertencia para cuantos intentaran traicionar a Giuliano. Además, necesitaba las armas que llevaba Marcuzzi.

No tuvo que esperar mucho rato. Marcuzzi iba muy tranquilo porque aún no había cargado los productos que tenía que recoger en Castellammare. Montado en la mula de cabeza, bajó por un camino de montaña con el fusil al hombro, y no en posición de disparo. Al ver a Pisciotta de pie en el camino delante de él, no se alarmó. No era más que un muchacho bajito y delgado y con un fino bigote, que le sonreía de una manera que le irritó. Sólo cuando Pisciotta se sacó la *lupara* de la chaqueta le prestó Marcuzzi toda su atención.

—Me pillas en mal momento —le dijo con aspereza—. Aún no he cargado la mercancía. Y estas mulas se encuentran bajo la protección de los «amigos de los amigos». No seas tonto y búscate otro cliente.

—Yo sólo quiero tu vida —le contestó Pisciotta en voz baja—. Un día quisiste ser un héroe ayudando a un policía —añadió, esbozando una perversa sonrisa—. Hace apenas unos meses, ¿no lo recuerdas?

Marcuzzi lo recordaba. Ladeó un poco la mula, como quien no quiere la cosa, para evitar que Pisciotta viera el movimiento de la mano que introdujo en el cinto, para hacerse con la pistola. Tiró entonces de la brida, para colocarse en posición de disparo. Lo último que vio fue la sonrisa de Pisciotta mientras la descarga de la *lupara* le arrancaba de la silla y le arrojaba a tierra.

Pisciotta se acercó con torva satisfacción a su víctima y volvió a dispararle, esta vez a la cabeza; después tomó la pistola que Marcuzzi aún tenía en la mano y el fusil que llevaba en bandolera. Retirando la munición que el otro tenía en el bolsillo de la chaqueta, se la guardó en el suyo. Después abatió rápida y metódicamente a las cuatro mulas, para completar su advertencia a cualquiera que ayudara a los enemigos de Giuliano, aunque fuera en forma indirecta. Y finalmente se quedó allí, en pie en mitad del camino, con la *lupara* en los brazos, el fusil del muerto colgado del hombro y la pistola en el cinto. No experimentaba la menor compasión y se alegraba de su crueldad. Porque, a pesar del afecto que sentía por su amigo. ambos habían tratado siempre de competir el uno con el otro de mil maneras distintas. Y, aunque reconocía en Turi a su jefe, siempre se creía obligado a demostrar que era digno de la amistad de su primo procurando ser tan valiente y tan listo como él. De pronto, también él salía del mágico círculo de la infancia y de la sociedad y se reunía con Turi en el exterior de aquel círculo. Con aquel acto se ligaba para siempre a Turi Giuliano.

Dos días más tarde, poco antes de la cena, Giuliano abandonaba el convento. Abrazó a los frailes reunidos en el refectorio y les dio las gracias por su amabilidad. Los frailes lamentaron su partida. Cierto que jamás había asistido a sus ceremonias religiosas y no se había confesado ni hecho ningún acto de contrición por el asesinato cometido, pero algunos de aquellos monjes habían entrado en la edad viril con crímenes parecidos y no podían juzgarle con mucha severidad.

El superior acompañó a Giuliano hasta la puerta del convento, donde le aguardaba Pisciotta, y le ofreció un regalo de despedida. Era una imagen de la Virgen Negra, copia de la que poseía Maria Lombardo, la madre de Giuliano. Pisciotta llevaba una bolsa de mano americana, de color verde, y Giuliano guardó en ella la imagen de la Virgen.

Pisciotta contempló con mirada irónica la despedida de Giuliano y el prior. Sabía que éste era un contrabandista, un miembro secreto de los «amigos de los amigos» y un terrible negrero que mataba de trabajo a los pobres frailes. Por eso no comprendía demasiado el sentimentalismo de su adiós. No se le ocurrió pensar que el mismo cariño y respeto que Giuliano le inspiraba a él, también se lo podía inspirar a un hombre tan poderoso y tan viejo como el superior.

Aunque era auténticamente sincero, el afecto del abad estaba un poco teñido de egoísmo. Sabía que aquel muchacho podía convertirse algún día en una fuerza importante en Sicilia. Era algo así como descubrir las señales de la santidad. Por su parte, Turi Giuliano estaba auténticamente agradecido. El superior le había salvado la vida y, sobre todo, enseñado muchas cosas, y había sido un compañero encantador. Le había permitido incluso utilizar su biblioteca. Curiosamente, a Giuliano le gustaban las trapacerías del abad; le parecían una bonita manera de alcanzar el equilibrio en la vida; hacer el bien sin causar demasiado daño visible, armonizando las fuerzas para que la vida discurriera con suavidad.

El prior y Turi Giuliano se fundieron en un abrazo.

—Estoy en deuda con usted —dijo Turi—. Acuérdese de mí cuando necesite cualquier ayuda. Pídame lo que me pida, yo no habré de fallarle.

—La caridad cristiana no necesita recompensa —contestó el superior, dándole unas palmadas en el hombro—. Vuelve a los caminos de Dios, hijo mío, y ríndele el tributo que merece.

Pero no eran más que palabras hueras. Él conocía muy bien la inocencia de los jóvenes. De ella podía surgir un demonio desencadenado capaz de cumplir cualquier orden suya. No olvidaría la promesa de Giuliano.

Giuliano se echó la bolsa al hombro pese a las protestas de Pisciotta, y ambos cruzaron el umbral del convento, sin volver la vista atrás.

6

Desde el borde de un escarpado peñasco, cerca ya de la cumbre del Monte D'Ora, Giuliano y Pisciotta contemplaban la ciudad de Montelepre. Allá abajo, a pocos kilómetros de distancia, las luces de las casas empezaban a luchar contra la creciente oscuridad. Giuliano incluso creyó oír los altavoces de la plaza, siempre conectados con las emisoras de radio de Roma para alegrar con su música a los habitantes del pueblo que salían a dar un paseo antes de la cena.

Pero el aire de la montaña era engañoso. Tardarían dos horas en bajar al pueblo y cuatro en regresar al monte. Giuliano y Pisciotta habían jugado allí de niños, conocían todas las rocas y las cuevas y las galerías de aquellas montañas. Al pie de aquel peñasco se encontraba el Grotto Bianco, la cueva preferida de su infancia, más grande que cualquier casa de Montelepre.

Turi Giuliano pensó que Aspanu había cumplido muy bien sus órdenes. La cueva estaba bien provista de sacos de dormir, cacerolas, cajas de municiones y bolsas con pan y comida. Había una caja de madera con linternas, faroles y cuchillos y tenían también algunas latas de petróleo.

—Aspanu —dijo, riéndose—, podríamos quedarnos a vivir aquí para siempre.

—Sólo unos cuantos días —contestó Aspanu—. Es el primer lugar que registraron los *carabinieri* cuando te buscaban.

—Sólo buscan de día. Por la noche estamos a salvo.

El manto de la noche había caído sobre las montañas, pero el cielo estaba tan estrellado que se podían ver uno a otro con toda claridad. Pisciotta abrió la bolsa de mano y empezó a sacar armas y prendas de vestir. Poco a poco y con mucha ceremonia, Turi comenzó a equiparse. Se quitó el hábito de monje y se puso los pantalones de pana y una amplia zamarra con muchos bolsillos. Se metió dos pistolas al cinto y con una correa se ajustó la pistola ametralladora en el interior de la chaqueta, de forma que no se viera y, al mismo tiempo, pudiera echar mano de ella inmediatamente. Se ciñó la canana a la cintura y añadió más cajas de municiones a las que llevaba en los bolsillos de la zamarra. Pisciotta le entregó un cuchillo que él alojó en una de las botas militares que calzaba. Después introdujo una tercera y pequeña pistola con su correspondiente funda y correa bajo la axila izquierda. Finalmente revisó con sumo cuidado todo el arsenal.

El fusil lo llevaba a la vista, en bandolera. Una vez listo, miró sonriente a Pisciotta, que sólo llevaba la *lupara* y una navaja en la parte posterior del cinto.

—Me siento desnudo —dijo Pisciotta—. ¿Podrás andar con tanta chatarra encima? Como te caigas, no podré levantarte.

Giuliano seguía esbozando su enigmática sonrisa de chiquillo que cree tener el mundo en sus manos. La enorme cicatriz del costado le dolía debido al peso de las armas y las municiones, pero él acogía con agrado aquel dolor que le daba la absolución.

—Estoy dispuesto a ver a mi familia o enfrentarme con mis enemigos —le dijo a Pisciotta.

Ambos jóvenes empezaron a bajar por el largo y serpeante camino que desde la cima del Monte D'Ora conducía a la ciudad de Montelepre.

Descendían bajo la bóveda estrellada. Armado para enfrentarse a la muerte y a sus congéneres humanos, aspirando el perfume de los lejanos limonares y de las flores silvestres, Turi Giuliano experimentó una serenidad que jamás había conocido. Ya no estaba a merced de cualquier enemigo. Ya no tenía que luchar contra el temor a la cobardía. Si por la fuerza de su voluntad había conseguido no morir y que su cuerpo desgarrado se restableciera, ahora se creía capaz de repetir lo mismo una y otra vez. Ya no dudaba de que el suyo era un esplendoroso destino. Era como aquellos legendarios héroes medievales que no podían morir hasta haber llegado al final de su largo camino; hasta haber alcanzado sus grandes triunfos.

Jamás abandonaría aquellas montañas, aquellos olivos, aquella Sicilia. No tenía más que una vaga idea de cuál iba a ser su futura gloria, pero no dudaba ni por un momento de que la alcanzaría. Jamás volvería a ser un pobre muchacho campesino, temeroso de los *carabinieri*, los jueces y la demoledora corrupción de la ley.

Habían ya dejado la montaña y se estaban adentrando en los caminos que conducían a Montelepre. Pasaron por delante de unas imágenes de la Virgen y el Niño cuyas túnicas de yeso brillaban como el mar a la luz de la luna. La fragancia de los huertos llenaba el aire de una dulzura casi embriagadora. Giuliano vio que Pisciotta se agachaba para recoger un higo chumbo madurado por el aire nocturno, y le envolvió una oleada de afecto hacia aquel amigo que le había salvado la vida, un afecto que tenía su raíz en su infancia en común. Quería compartir con él su inmortalidad. De ningún modo morirían como unos campesinos anónimos, en la ladera de un monte de Sicilia. Presa de un inmenso júbilo espiritual, Giuliano rompió a gritar:

—¡Aspanu, Aspanu, yo creo, yo creo!

Y echó a correr pendiente abajo, abandonando las espectrales rocas blancas y pasando junto a varias imágenes de Jesucristo y de algunos de sus mártires, protegidas por cajas cerradas con candados. Pisciotta corrió a su lado, riendo, hasta que ambos penetraron en el arco de luz lunar que bañaba el camino de Montelepre.

Las montañas terminaban en unos cien metros de verdes pastizales que se extendían hasta los muros posteriores de las casas de la Via Bella. En la trasera, cada casa tenía un huerto con tomates y, algunas, un solitario olivo o un limonero. La cancilla del jardín de los Giuliano estaba abierta, y ambos jóvenes entraron sigilosamente. La madre de Giuliano les estaba esperando. Al verles, corrió a los brazos de Turi. Cubiertas las mejillas de llanto, empezó a besarle con furia mientras le decía en voz baja:

—Mi querido hijo, mi querido hijo.

Y, por primera vez en su vida, Turi Giuliano, en pie bajo la luz de la luna, no correspondió al amor de su madre.

Ya era casi la medianoche, pero la luna seguía brillando con intensidad, de modo que los tres entraron apresurada mente en la casa, para sustraerse a la vigilancia de los espías. Las persianas estaban cerradas y varios parientes de Giuliano y Pisciotta montaban guardia en las calles adyacentes, para advertirles la posible presencia de patrullas de la policía. En la casa, los amigos y familiares de Giuliano estaban aguardando para celebrar su regreso. Habían organizado un festín digno de la solemnidad de la Pascua. Era la única noche que podrían pasar con Turi antes de que se echara al monte.

Su padre le abrazó y le dio una palmada en la espalda para demostrarle su aprobación. Estaban allí sus dos hermanas y Hector Adonis. También se encontraba presente una vecina a la que llamaban la Venera. Era viuda y debía de tener unos treinta y cinco años. Su marido, un famoso bandido llamado Candeleria, había muerto, víctima de una traición, en una emboscada de la policía hacía apenas un año. Aunque era amiga de su madre, a Giuliano le sorprendió verla allí. Sólo su madre podía haberla invitado. Por un instante se preguntó por qué lo habría hecho.

Comieron, bebieron y agasajaron a Turi como si acabara de regresar de unas largas vacaciones por lejanos países. Su padre quiso ver la herida. Giuliano se levantó la camisa y dejó al descubierto la enorme cicatriz de su costado, todavía bordeada de negro azulado a causa del impacto de la bala. Su madre prorrumpió en lamentaciones.

—¿Hubieras preferido verme en la cárcel con las señales del *bastinado*? —le preguntó él con una sonrisa.

Aunque la escena familiar era como una repetición de los más felices días de su infancia, Giuliano ya se sentía muy lejos de todos ellos. Le habían preparado sus platos preferidos: calamares en su tinta, sabrosos macarrones con salsa de hierbas v tomate, cordero asado, un gran cuenco de aceitunas, y ensalada verde y roja aliñada con aceite puro de oliva; a eso se unían las botellas de vino siciliano envueltas en su funda de caña. Su madre y su padre hablaron de la vida en América. Y Hector Adonis les deleitó con sus relatos de la historia de Sicilia. De Garibaldi y sus famosos «camisas rojas». O de las Vísperas Sicilianas, durante las cuales el pueblo siciliano, levantándose contra los ocupantes franceses, había provocado una matanza siglos atrás. Todas las historias de la opresión de Sicilia, empezando por Roma y siguiendo con los moros, los normandos. los alemanes, los franceses y los españoles. ¡Pobre Sicilia! Nunca libre, con su población siempre hambrienta, su mano de obra vendida siempre tan barata y su sangre derramada con tanta facilidad.

Por eso no había ahora ningún siciliano que creyera en el Estado, en la ley, en el estructurado orden de la sociedad que siempre se había utilizado para convertirlos en bestias de carga. Giuliano había oído la misma historia a lo largo de los años y la tenía muy grabada en el cerebro. Pero sólo entonces comprendió que él podía modificar aquella situación.

Mientras se fumaba un cigarrillo y tomaba el café, observó a Aspanu. Pese a lo festivo de la reunión, su primo conservaba en los labios una irónica sonrisa. Giuliano adivinó lo que estaba pensando y lo que diría más tarde: sé lo bastante tonto para que un policía te pegue un tiro, comete un asesinato y conviértete en un forajido, y eso bastará para que tu familia te demuestre su afecto y te trate como si fueras un santo del cielo. Y, sin embargo, Aspanu era el único de quien Turi no se sentía desligado.

Y aquella mujer, la Venera, ¿por qué la había invitado su madre y por qué había aceptado ella? Observó que tenía un bello rostro, atrevido y fuerte, con cejas negras como el azabache y labios tan rojos y oscuros que casi parecían de púrpura en medio de aquella atmósfera cargada de humo. No se podía adivinar cómo era su figura porque iba envuelta en el holgado vestido de luto que se estilaba entre todas las viudas sicilianas.

Turi Giuliano les tuvo que contar toda la historia del tiroteo de los Quattro Molini. Su padre, ligeramente embriagado, saludó con un gruñido de aprobación la muerte del policía. Su madre guardó silencio. Su padre habló del campesino que acudió en busca del burro, y de la contestación que él le dio: «Ya puedes estar contento de haber perdido un burro. Yo he perdido a mi hijo».

—Un burro buscando a otro burro —dijo Aspanu, y todo el mundo se echó a reír.

—Cuando se enteró de la muerte del policía —añadió el Padre de Giuliano—, el campesino no se atrevió a hacer ninguna reclamación: tuvo miedo de ganarse un *bastinado*.

—Se le compensará —dijo Turi.

Por último, Hector Adonis les expuso los planes que había elaborado para salvar a Turi. A la familia del muerto se le pagaría una indemnización. Los padres de Giuliano tendrían que hipotecar sus pobres tierras para reunir el dinero. Él también aportaría una cantidad. Sin embargo, aquella medida tendría que esperar algún tiempo, hasta que se hubieran calmado un poco los ánimos. El gran Don Croce usaría su influencia cerca de los funcionarios del Gobierno y con la familia del difunto. Al fin y al cabo, había sido más o menos un accidente. No hubo mala fe ni por una parte ni por la otra. Se podría montar una farsa, siempre y cuando la familia de la víctima y los apropiados funcionarios del Gobierno colaboraran. La única pega era la tarjeta de identidad dejada en el lugar del crimen. Sin embargo, Don Croce conseguiría que en cuestión de un año el documento desapareciera de los archivos del fiscal. Lo importante era que Turi no se metiera en líos durante aquel año. Tendría que echarse al monte.

Turi Giuliano les escuchó a todos con paciencia, sonriendo y asintiendo con la cabeza, sin dar muestras de irritación. Seguían creyendo que era el mismo que salió de aquella casa durante la Festa, hacía más de dos meses. Se había quitado la zamarra y despojado de las armas, dejándolas a sus pies, debajo de la mesa. Pero eso no les había impresionado, ni tampoco la enorme cicatriz. No comprendían que el daño sufrido por su cuerpo le había desgarrado el alma y que ya nunca volvería a ser el joven de antes.

De momento, en aquella casa se encontraba a salvo. Gente de confianza vigilaba las calles y el cuartel de los *carabinieri* y le avisaría si se produjera algún ataque. La casa, construida hacía más de un siglo, era de piedra y tenía ventanas de treinta centímetros de grosor, con postigos de madera. La puerta era de madera maciza y estaba asegurada con una barra de hierro. No se escapaba de la casa ni un rayo de luz y ningún enemigo podía irrumpir en ella fácilmente en un ataque por sorpresa. Y, sin embargo, Turi se sentía en peligro. Sus parientes querían atraparle en su antigua vida, convencerle de que se convirtiera en campesino y abandonara las armas, querían dejarle indefenso ante la ley. En aquel instante comprendió que tendría que ser cruel con aquellos a quienes más amaba. En otros tiempos, siempre había preferido el amor al poder. Pero ya todo había cambiado. De pronto veía con toda claridad que el poder era lo primero.

—Querido padrino —dijo, dirigiéndose a Hector Adonis, pero también a los demás—, sé que todo eso lo dices porque me quieres y estás preocupado por mí. Pero no puedo permitir que, para sacarme de este apuro, mis padres pierdan las pocas tierras que tienen. Y vosotros todos, no os inquietéis tanto por mí. Soy un hombre hecho que tiene que pagar su error. Y no quiero que nadie pague una indemnización por el *carabiniere* que maté. Recordad que él me quiso matar a mí por un simple queso que llevaba escondido. Nunca le hubiera disparado, pero creí que me estaba muriendo y quise darle su merecido. Pero todo eso ya es agua pasada. La próxima vez, ya no seré un blanco tan fácil.

—De todos modos, se pasa mucho mejor en la montaña —dijo Pisciotta, sonriendo.

Sin embargo, la madre de Giuliano no quería darse por vencida. Todos advirtieron su pánico y el temor en sus ojos.

—No te conviertas en un bandido —le dijo con desesperación—, no robes a los pobres, que bastante desgracia tienen ya en la vida. No te conviertas en un proscrito. Que te cuente la Venera la vida que llevaba su marido.

La Venera levantó la cabeza y miró directamente a Giuliano. A él le asombró la sensualidad de su rostro, y tuvo la impresión de que intentaba seducirle. Sus ojos eran audaces y le miraban como invitándole. Antes pensó, sin más, que le llevaba muchos años; ahora, en cambio, se había despertado su interés sexual. Ella le dijo con voz ronca a causa de la emoción:

—En esos montes a los que tú quieres ir, mi marido tuvo que vivir como un animal. Siempre con miedo. Siempre. No podía comer. No podía dormir. Cuando estábamos juntos en cama, el menor ruido le sobresaltaba. Dormíamos con las armas en el suelo, al lado de la cama. Pero de nada le sirvió. Cuando nuestra niña se puso enferma quiso visitarla, y le estaban esperando. Sabían que era muy tierno. Le abatieron como a un perro, en la calle. Se quedaron de pie a su lado y se me rieron en la cara.

Giuliano vio la sonrisa de Pisciotta. ¿Que Candeleria, el gran bandido, era tierno? Mató a seis hombres por sospechar que eran confidentes, robaba a los hacendados, les sacaba dinero a los pobres campesinos, sembró el terror en toda la comarca. Pero su mujer le veía con otros ojos.

La Venera no se percató de la sonrisa de Pisciotta.

—Le enterré y después enterré a mi hija, una semana más tarde —añadió—. Dijeron que fue una pulmonía, pero yo sé que se murió de pena. Recuerdo, sobre todo, cuando le visitaba en el monte. Siempre tenía frío y pasaba hambre, y a veces enfermaba. Hubiera dado cualquier cosa por volver a la vida de un honrado campesino. Pero lo peor fue que el corazón se le endureció como una piedra. Ya no era un ser humano el pobrecillo, que en paz descanse. No estés tan orgulloso, querido Turi. Ya te ayudaremos en tu desgracia, no te conviertas en lo que fue mi marido antes de morir.

Todo el mundo guardó silencio. Pisciotta ya no sonreía. El padre de Giuliano comentó en voz baja que a Turi le alegraría librarse de las faenas del campo, y que podría dormir hasta tarde todos los días. Hector Adonis contemplaba el mantel con el ceño fruncido. Nadie habló. El silencio quedó interrumpido por una rápida llamada a la puerta, según la señal convenida con uno de los que vigilaban la calle. Pisciotta fue a hablar con el hombre. Al regresar le indicó a Giuliano por señas que recogiera sus armas.

—En el cuartel de los *carabinieri* han encendido todas las luces —dijo—. Y hay una furgoneta de la policía bloqueando la Via Bella por la parte de la plaza. Se están preparando para hacer una redada en esta casa —se detuvo un instante—. Tenemos que despedirnos en seguida.

Todos se asombraron de la serenidad con que Turi Giuliano empezó a prepararse para la huida. Ya se disponía a ponerse la zamarra, cuando su madre se le echó en los brazos. Se despidió de todos y, en un santiamén, acabó de vestirse, recogió las armas y se colgó el fusil al hombro. Lo hizo todo sin el menor apresuramiento. Permaneció de pie un instante, con una sonrisa en los labios, y después le dijo a Pisciotta:

—Te puedes quedar y reunirte conmigo en el monte después, o puedes acompañarme ahora.

Sin pronunciar palabra, Pisciotta se dirigió a la puerta trasera y la abrió.

Giuliano abrazó a su madre por última vez y ella le dijo besándole con vehemencia:

—Escóndete, no cometas ninguna imprudencia. Déjanos ayudarte.

Pero él ya se había apartado de sus brazos.

Pisciotta encabezó la marcha, cruzando los campos hacia el pie de la montaña. Giuliano dio un fuerte silbido y él se detuvo para que Turi pudiera darle alcance. El camino de la montaña estaba expedito y los que montaban guardia le habían dicho que no rondaban patrullas de la policía por aquella zona. Al cabo de cuatro horas de ascenso, estarían ya a salvo en Grotto Bianco. Los *carabinieri* no cometerían la estupidez de salir en su persecución en la oscuridad.

—Aspanu —dijo Giuliano—, ¿cuántos hombres tienen los *carabinieri* en la guarnición?

—Doce —contestó Pisciotta—. Y el *maresciallo*.

—El trece es el número de la mala suerte —dijo Giuliano, echándose a reír—. ¿Por qué escaparnos, habiendo tan pocos...? Sígueme —añadió.

Dio media vuelta en los pastizales y entraron de nuevo en Montelepre por un punto de la calle situado un poco más abajo. Después cruzaron la Via Bella, para poder observar la casa de los Giuliano desde la seguridad de una oscura y estrecha callejuela. Se agacharon en la sombrea y esperaron.

Cinco minutos más tarde oyeron el rumor de un jeep que bajaba por Via Bella. En su interior viajaban seis *carabinieri*, contando al propio *maresciallo*. Dos de los hombres se dirigieron inmediatamente a la calle lateral, para bloquear la trasera de la casa. El *maresciallo* y tres de sus hombres se acercaron a la puerta y empezaron a aporrearla. Al mismo tiempo, un pequeño furgón se aproximó al jeep por detrás y otros dos *carabinieri* saltaron en seguida con los fusiles a punto para tomar la calle.

Turi Giuliano observaba todo aquello con sumo interés. Era su primera operación táctica y estaba asombrado de lo fácil que le sería dominar la situación si quisiera derramar sangre. Claro estaba que no podía disparar contra el *maresciallo* y los tres hombres de la puerta, pues las balas podían entrar en la casa y herir a alguno de sus parientes. Pero nada le impedía liquidar sin contratiempos a los dos hombres que vigilaban la calle y a los conductores de los dos vehículos. Si quisiera, lo podría hacer en cuanto el *maresciallo* y sus hombres entraran en la casa. No se atreverían a salir, y entonces él y Pisciotta podrían atravesar tranquilamente los campos. Los hombres que bloqueaban la calle con la furgoneta estarían demasiado lejos para constituir un peligro. No tomarían la iniciativa de subir por la calle sin que nadie se lo ordenara.

La redada de la policía se basaba en el supuesto de que los acechados no estarían en condiciones de lanzar un contraataque; y de que no tendrían más remedio que echar a correr ante la superioridad numérica de sus atacantes. Turi Giuliano decidió en aquel momento atenerse siempre a partir de entonces al principio básico de poder contraatacar cuando le persiguieran, por muy pocas posibilidades que tuviera; más aún, cuanto mayores fueran las desventajas, mejor. Pero no deseaba derramar sangre todavía. La cosa no pasaba de ser una maniobra intelectual. Lo que más le interesaba era ver al *maresciallo* en acción, pues aquel hombre estaba llamado a convertirse en su principal adversario.

Cuando el padre de Giuliano abrió la puerta, el *maresciallo* le agarró bruscamente por un brazo y le empujó a la calle ordenándole a gritos que esperara allí.

Un *maresciallo* de los *carabinieri* italianos, el oficial de clase de más alta graduación de las fuerzas de la policía nacional, suele ser el comandante de la guarnición de una pequeña localidad. Como tal, es un importante miembro de la comunidad y se le trata con el mismo respeto que al alcalde y al párroco. De ahí que no esperara el recibimiento de la madre de Giuliano, que cerrándole el paso escupió en el suelo delante de él para demostrarle su desprecio.

Él y sus tres hombres tuvieron que entrar en la casa por la fuerza y registrarla mientras la madre de Giuliano les cubría de insultos y maldiciones. Todos fueron sacados a la calle para ser interrogados, lo mismo que las mujeres y los hombres de las viviendas vecinas, los cuales también increparon duramente a la policía.

Al ver que el registro de la casa no daba ningún resultado el *maresciallo* trató de interrogar a sus moradores. El padre de Giuliano se quedó estupefacto.

—¿Cree usted que iba a delatar a mi propio hijo? —le dijo al *maresciallo*, mientras un murmullo de aprobación surgía de los reunidos en la calle. Entonces el *maresciallo* ordenó a la familia de Giuliano volver a la casa. En las sombras de la calleja, Pisciotta le dijo a Giuliano:

—Tienen suerte de que tu madre no lleve armas.

Pero Turi no contestó. La sangre se le había subido a la cabeza y tuvo que hacer un enorme esfuerzo para dominarse. El *maresciallo* golpeó con la porra a un hombre que se había atrevido a protestar por el duro trato que estaban recibiendo los padres de Giuliano. Otros dos *carabinieri* empezaron a elegir al azar a varios habitantes de Montelepre, y les hicieron subir al furgón entre porrazos y puntapiés, sin hacer caso de sus gritos de temor y protesta.

De repente, un hombre se situó en mitad de la calle frente a los *carabinieri* y trató de abalanzarse contra el *maresciallo*. Sonó un disparo y el hombre se desplomó sobre los adoquines. Desde una de las casas, una mujer empezó a gritar y después salió corriendo y se arrojó sobre el cuerpo de su marido tendido en el suelo. Turi la reconoció, era una amiga de la familia, que en Pascua siempre obsequiaba a su madre con un pastel recién hecho.

Turi le dio a Pisciotta una palmada en el hombro y le dijo en voz baja:

—Sígueme.

Inmediatamente echó a correr por las tortuosas callejuelas hacia la plaza principal del pueblo, situada al otro extremo de la Via Bella.

—¿Puede saberse qué demonios estás haciendo? —le gritó Pisciotta con aspereza, pero se calló en seguida.

Comprendió de repente lo que Turi pretendía hacer. El furgón lleno de detenidos tendría que descender por la Via Bella para dar la vuelta y luego regresar al cuartel de Bellampo.

Mientras bajaba por las oscuras calles paralelas, Turi Giuliano se sintió invisible como un dios. Sabía que ni en sueños el enemigo podría imaginar lo que planeaba, que le imaginaría tratando de huir a la seguridad del monte. Experimentó una sensación de alborozo. Iban a enterarse de que no podían irrumpir impunemente en la casa de su madre, y lo pensarían dos veces antes de volver a hacerlo. No podrían volver a disparar contra un hombre a sangre fría. Les enseñarían a respetar a sus vecinos y a su familia.

Llegó al otro extremo de la plaza y, a la luz de la única farola que la iluminaba, distinguió la furgoneta que bloqueaba la entrada de la Via Bella. Como si fuera fácil pillarle a él en aquella trampa. Pero ¿en qué estarían pensando? ¿Era aquello una muestra de la inteligencia de los funcionarios públicos? Pasó a otra calleja, para, seguido por Pisciotta, ganar la puerta posterior de la iglesia que dominaba la plaza. Una vez en el interior ambos saltaron la barandilla de las gradas y se detuvieron una décima de segundo ante el altar en que habían servido como monaguillos, ayudando al sacerdote mientras oficiaba la misa del domingo y administraba la comunión a los habitantes de Montelepre. Empuñando las armas en posición de disparo, hicieron una genuflexión y se santiguaron torpemente; por un instante, el poder de las imágenes de cera de Jesucristo coronado de espinas, las doradas Vírgenes de yeso con sus mantos azules y las legiones de santos mitigaron su afán de lucha. Pero en seguida echaron a correr por el corto pasillo central hasta la puerta de roble macizo, desde la cual podrían dominar la plaza. Y volvieron a arrodillarse para preparar las armas.

La furgoneta que bloqueaba la Via Bella hizo marcha atrás a fin de que el furgón que conducía a los detenidos pudiera entrar en la plaza, dar la vuelta y volver a subir. En aquel momento, Turi Giuliano abrió la puerta de un empujón y le dijo a Pisciotta:

—Dispara al aire.

Él abrió fuego a su vez sobre la furgoneta que bloqueaba la calle, apuntando a los neumáticos y al motor. De repente, la plaza se inundó de luz al estallar el motor y prender las llamas en el vehículo. Los dos *carabinieri* del asiento delantero saltaron como marionetas descoyuntadas, pues la sorpresa no les permitió tan siquiera tensar los músculos. Al lado de Turi, Pisciotta estaba disparando con el fusil contra la cabina del furgón de los detenidos. Turi Giuliano vio que el conductor abría la portezuela y, cayendo, quedaba inmóvil en el suelo. Los otros *carabinieri* saltaron del vehículo y Pisciotta volvió a disparar. Otro guardia fue abatido. Turi se volvió hacia Pisciotta para reprenderle, pero, de repente, el fuego de las ametralladoras destrozó las vidrieras del templo y los fragmentos de cristal multicolor cubrieron el pavimento de la iglesia como si fueran rubíes. Turi comprendió que ya no había ninguna posibilidad de mostrarse compasivo. Aspanu tenía razón. O mataban o les mataban.

Giuliano tiró a Pisciotta del brazo y corrió de nuevo hacia la puerta posterior de la iglesia para salir a las tortuosas y oscuras callejas de Montelepre. Sabía que aquella noche no podría ayudar a huir a los detenidos. Él y Aspanu se deslizaron por el muro que limitaba la ciudad. Salieron a los campos y siguieron corriendo hasta alcanzar la seguridad de la ladera del monte, cubierta de grandes piedras blancas. Ya estaba amaneciendo cuando llegaron a la cima del Monte D'Ora en las montañas de Cammarata.

Hacía cerca de dos mil años, Espartaco ocultó allí a su ejército de esclavos y lo condujo a luchar contra las legiones romanas. De pie en la cumbre de aquel Monte D'Ora, mientras el radiante sol empezaba a despuntar, Turi Giuliano se sintió invadido por una juvenil emoción al pensar que había logrado huir de sus enemigos. Jamás volvería a obedecer las órdenes de ningún ser humano. El decidiría quién debía vivir y quién morir, y estaba seguro de que cuanto hiciera sería por la gloria y la libertad de Sicilia; para bien y nunca para mal. De que sólo defendería la causa de la justicia, para ayudar a los pobres. Y de que triunfaría en todas las batallas y se ganaría el corazón de los oprimidos.

Tenía veinte años.

7

Don Croce Malo había nacido en la localidad de Villalba, un pueblo de mala muerte que él haría próspero y famoso en toda Sicilia. A ningún siciliano le parecía irónico que se hubiera criado en el seno de una familia muy religiosa que le había preparado con vistas al sacerdocio, bautizándole con el nombre de Crocifisso, que sólo los padres muy devotos utilizaban. Y, de hecho, de chico se había visto obligado a interpretar el papel de Jesucristo en las piezas teatrales de carácter religioso que se representaban por Pascua, siendo admirado por su extraordinaria unción.

Sin embargo, al alcanzar su mayoría de edad, a principios de siglo, se vio claramente que Croce Malo no estaba dispuesto a aceptar más autoridad que la suya propia. Hacía contrabando, practicaba extorsiones, robaba y, por fin, hizo lo peor que se podía hacer: dejó embarazada a una muchacha del pueblo, una inocente Magdalena de la función. Después se negó a casarse con ella, alegando que ambos se habían dejado arrastrar por el fervor religioso de la obra y que, por esa razón, debían ser perdonados.

La explicación no satisfizo en absoluto a la familia de la joven, la cual exigió el matrimonio o la muerte. Croce Malo, demasiado orgulloso para casarse con una chica tan deshonrada tuvo que echarse al monte. Tras pasarse un año ejerciendo de bandido, tuvo la suerte de entrar en contacto con la Mafia

«Mafia» significa en árabe «lugar de refugio», y la palabra adquirió carta de naturaleza en el lenguaje siciliano bajo el dominio de los musulmanes, en el siglo décimo. El pueblo de Sicilia había sido oprimido sin piedad por los romanos, el Papado, los normandos, los alemanes, los españoles y los franceses. Sus diversos amos esclavizaron a los pobres, explotaron su mano de obra, ultrajaron a sus mujeres y asesinaron a sus caudillos. No se salvaron ni siquiera los ricos. La Inquisición eclesiástica española les despojó de sus riquezas tildándoles de herejes. Y eso promovió la aparición de la «Mafia», una sociedad secreta de vengadores de agravios. Habiéndose negado los tribunales de justicia reales a condenar a un noble normando que había ultrajado a la mujer de un labriego, un grupo de campesinos le asesinó. En otra ocasión, asesinaron a un jefe de la policía que había torturado a un ladronzuelo con la temida *cassetta*. Poco a poco, los campesinos y los pobres más decididos se organizaron en una sociedad que contaba con el apoyo del pueblo y que acabó convirtiéndose en un gobierno en la sombra, mucho más poderoso que el legalmente constituido. Cuando había que enderezar algún entuerto, nadie acudía jamás a la autoridad policial, sino al jefe de la Mafia de la zona, a quien correspondía resolver el problema.

El mayor delito que pudiera cometer un siciliano era el de facilitar información a las autoridades acerca de actuaciones de la Mafia. Todo el mundo guardaba silencio. Y ese silencio es lo que se llama la *omertà*. Con el paso del tiempo, la práctica se fue extendiendo hasta el punto de no facilitar jamás información alguna a la policía, aunque se tratara de un delito cometido contra el propio interrogado. La comunicación entre el pueblo y los servidores de la ley quedó interrumpida de tal modo que a los niños se les enseñaba a no dar a ningún desconocido la menor indicación sobre cómo llegar a una aldea o a una casa determinada.

A lo largo de los siglos, la Mafia siguió mandando en Sicilia con una presencia tan vaga y confusa, que las autoridades jamás pudieron conocer todo el alcance de su poder. A principios del siglo veinte, la palabra «Mafia» quedó desterrada del lenguaje de Sicilia.

A los cinco años de su huida al monte, Don Croce ya era conocido como un «hombre capacitado», es decir, alguien a quien se podía confiar la eliminación de un ser humano sin causar más que un mínimo trastorno. Era un «hombre de respeto» y, tras haber solventado ciertos asuntos, regresó a su pueblo natal de Villalba, a unos sesenta kilómetros al sur de Palermo. Entre los asuntos solventados figuraba el pago de una indemnización a la familia de la chica deshonrada. Más tarde ello se consideró una muestra de su generosidad, aunque, en realidad, había sido una prueba de prudencia. La chica embarazada fue enviada a vivir junto a unos parientes de América bajo una etiqueta de joven viuda que pudiera ocultar su vergüenza, pero la familia no había olvidado. Al fin y al cabo, eran sicilianos. Don Croce, experto asesino, brutal opresor y miembro de los «amigos de los amigos», no podía, pese a todo ello, considerarse absolutamente a salvo de las iras de la familia deshonrada. Era una cuestión de honor y hubieran tenido que matarle sin reparar en las consecuencias.

Combinando generosidad y prudencia, Croce Malo adquirió el respetado título de «Don». Ya a los cuarenta años se le reconocía ser el más destacado entre todos los «amigos de los amigos» y era él quien dictaba sentencia en las más encarnizadas disputas entre las «coscas» rivales de la Mafia y quien resolvía las más violentas *vendettas*. Era razonable, listo y diplomático por naturaleza y, sobre todo, no le acobardaba el espectáculo de la sangre. En toda la Mafia siciliana le llamaban el «Don de la paz» y a su lado todos prosperaban; los más tercos fueron eliminados mediante juiciosos asesinatos y Don Croce se hizo muy rico. Su propio hermano Benjamino se convirtió en secretario del cardenal de Palermo, pero la sangre tiene más fuerza que el agua bendita, y su primera lealtad se la debía a Don Croce.

Se casó y tuvo un hijo al que adoraba. Don Croce, no tan prudente como llegaría a ser más tarde ni tan humilde como aprendió a ser cuando recibió el azote de la adversidad, urdió un golpe que le hizo famoso en toda Sicilia y le convirtió en el asombro de los más distinguidos círculos de la sociedad romana. El golpe surgió a causa de un pequeño conflicto matrimonial que hasta los hombres más grandes de la historia han tenido que soportar.

Gracias a su situación dentro de los «amigos de los amigos», Don Croce se casó con la hija de una orgullosa familia cuyo título nobiliario había costado una tan crecida suma de dinero que la sangre de sus venas se les volvió azul de golpe. Al cabo de algunos años de matrimonio, su esposa empezó a tratarle con una falta de respeto que él comprendió que habría de corregir, aunque no por sus habituales métodos, claro. La sangre azul de la esposa hizo que ésta acabara hartándose de la vulgaridad y ordinariez de Don Croce, de su costumbre de no decir nada cuando no tenía nada que decir, de su descuidada manera de vestir y de su manía de mandar en todas las cosas como si fuera el amo y señor. La esposa recordaba también que todos sus demás pretendientes se esfumaron como por arte de magia cuando Don Croce anunció que aspiraba a su mano.

Como es natural, la esposa se guardaba de manifestar su falta de respeto en forma ostensible. Al fin y al cabo, aquello era Sicilia, no Inglaterra o los Estados Unidos. Pero Don Croce, alma extraordinariamente sensible, en seguida se dio cuenta de que su esposa no besaba el suelo por donde él pisaba, lo cual era ya suficiente demostración de irrespetuosidad. Decidido a ganarse su consideración de tal forma que ésta durara toda la vida y le permitiera dedicar toda su atención a otros asuntos, su ingeniosa mente, después de analizar el problema, dio con un plan digno del mismísimo Maquiavelo.

El rey de Italia iba a trasladarse a Sicilia para visitar a sus leales súbditos, que lo eran de verdad. Todos los sicilianos odiaban al Gobierno de Roma y temían a la Mafia. Pero amaban a la monarquía porque ésta les ampliaba la familia, integrada por los lazos de sangre, la Virgen María y el propio Dios. Se habían organizado grandes festejos en honor del Rey.

En su primer domingo en Sicilia, el Rey asistió a misa en la soberbia catedral de Palermo. Allí actuaría de padrino en el bautizo del hijo de uno de los más antiguos nobles de Sicilia, el príncipe de Ollorto. El rey era ya padrino de por lo menos cien hijos de mariscales de campo, duques y destacadísimos personajes del gobierno fascista. Se trataba de actos políticos encaminados a consolidar las relaciones entre la Corona y las figuras del Gobierno. Los ahijados reales se convertían automáticamente en caballeros de la Corona y recibían los documentos y la banda acreditativos del honor que se les había otorgado. Más una pequeña copa de plata.

Don Croce ya estaba preparado. Tenía introducidas a seiscientas personas entre la multitud. Su hermano Benjamino era uno de los sacerdotes que oficiarían la ceremonia. Bautizaron al hijo del príncipe de Ollorto y el orgulloso padre salió de la catedral sosteniendo el niño en alto en señal de triunfo. La multitud prorrumpió en vítores y aclamaciones. El príncipe de Ollorto, uno de los personajes menos odiados de la nobleza, era un hombre esbelto y apuesto. La belleza física siempre había sido estimada en Sicilia.

En aquel momento, la gente de Don Croce entró en la catedral, cerrándole el paso al Rey. El Rey era un hombrecillo de bigotes más poblados que su cabellera. Iba enfundado en el llamativo uniforme de gala de Caballero, el cual le daba todo el aspecto de un soldadito de juguete. Sin embargo, a pesar de su impresionante exterior, era un hombre extremadamente amable, por lo que, cuando el padre Benjamino le puso en los brazos a otro tierno infante, se quedó perplejo, pero no protestó. Siguiendo las instrucciones de Don Croce, la gente de éste le aisló del séquito y del cardenal de Palermo, para que nadie pudiera interponerse. El padre Benjamino roció apresuradamente al niño con agua bendita de una cercana pila y después se lo quitó al Rey de los brazos y se lo entregó a Don Croce. La esposa de éste empezó a derramar lágrimas de felicidad mientras se hincaba en reverencia ante el Rey, en adelante padrino de su único hijo. Ya no podía pedir más.

Don Croce comenzó a engordar y sus huesudas mejillas se convirtieron en unos enormes mofletes carnosos, en tanto la nariz se le trocaba en una especie de gran pico que le servía de antena para olfatear el poder. El ensortijado cabello se le volvió hirsuto y gris. Su cuerpo se hinchó majestuosamente y los párpados se le cargaron de la carne que prosperaba como el musgo en su rostro. Su poder fue aumentando con los kilos hasta hacer de él un obelisco impenetrable. No parecía tener debilidades humanas: jamás se enfurecía ni se mostraba codicioso. Era amable de una forma impersonal, pero jamás manifestaba su amor. Consciente de sus graves responsabilidades. no expresaba nunca sus temores cuando estaba en la cama de su esposa, ni se desahogaba con ella. Era el verdadero rey de Sicilia. Pero su hijo y heredero forzoso, aquejado de la grave y extraña enfermedad del reformador religioso y social, se había ido al Brasil a educar y sacar de su barbarie a los indios salvajes del Amazonas. El Don se sintió tan humillado que jamás volvió a pronunciar el nombre de su hijo.

A la subida de Mussolini al poder, Don Croce no se inquieto. Le había observado atentamente, llegando a la conclusión de que aquel personaje carecía de astucia y valor. Y, si un hombre semejante podía gobernar Italia, estaba claro que él, Don Croce, podía gobernar Sicilia.

Pero entonces sobrevino la catástrofe. Tras algunos años en el poder, Mussolini posó su funesta mirada en Sicilia y en la Mafia. Se dio cuenta de que aquello no era una banda de delincuentes de poca monta sino un auténtico gobierno interno que regía parte de su imperio. Y recordó que, a lo largo de la historia, la Mafia siempre había conspirado contra todos los gobiernos de Roma. Y por más que durante mil años los diversos gobernantes de Sicilia lo hubieran intentado infructuosamente, el dictador se propuso entonces acabar para siempre con aquella organización. Los fascistas no creían en la democracia, en el imperio de la ley en la sociedad. Hacían lo que les venía en gana, en nombre de lo que ellos consideraban que era el bien del Estado. En resumen, utilizaban los mismos métodos que Don Croce Malo.

Mussolini envió a Sicilia, en calidad de prefecto con poderes ilimitados, a su ministro de más confianza, Cesare Mori. Mori empezó por suspender el ejercicio de la autoridad judicial en toda la isla, soslayando todos los derechos legales de los sicilianos. Inundó Sicilia de tropas a las que se ordenaba disparar primero y preguntar después. Detuvo y deportó a aldeas enteras.

Antes de la dictadura, no existía en Italia la pena de muerte, lo cual dejaba al Estado en situación de inferioridad respecto de la Mafia, que utilizaba la muerte como principal instrumento para imponer su voluntad. Todo eso cambió bajo el prefecto Mori. Los altivos mafiosos que respetaban el código de la *omertà* resistiendo incluso la temida tortura de la *cassetta* fueron fusilados. Los supuestos conspiradores fueron confinados en pequeñas y solitarias islas del Mediterráneo. En un solo año, la población de Sicilia quedo diezmada y el dominio de la Mafia fue destruido. Nada le importó a Roma que miles de inocentes cayeran en aquella amplia red y sufrieran junto con los culpables.

A Don Croce le encantaban las normas de justicia de la democracia y estaba furioso con las acciones emprendidas por los fascistas. Amigos y compañeros suyos dieron con sus huesos en la cárcel bajo acusaciones falsas, ya que eran demasiado listos para dejar pruebas de sus crímenes. Muchos fueron encarcelados por simple testimonio de oídas, a través de la información secreta de unos bribones a los que no se podía identificar y con quienes no se podía discutir porque no estaban obligados a comparecer y declarar en juicio. ¿Dónde estaba el juego limpio judicial? Los fascistas habían regresado a la época de la Inquisición, de los derechos divinos de los reyes.

Don Croce jamás había creído en tales derechos; es más, afirmaba que ningún ser humano dotado de razón había creído jamás en ellos a no ser que se enfrentara a la alternativa de ser descuartizado por cuatro caballos embravecidos.

Y lo peor era que los fascistas habían restablecido el uso de la *cassetta*, un instrumento medieval de tortura consistente en una terrible caja de metro de largo por sesenta centímetros de ancho que obraba milagros en los cuerpos obstinados. A los más curtidos mafiosos la lengua se les aflojaba tanto como la moral a las inglesas. Don Croce se jactaba, indignado, de no haber utilizado jamás ningún tipo de tortura. El simple asesinato era suficiente.

Como una majestuosa ballena, Don Croce se sumergió en las cenagosas aguas de la clandestinidad siciliana. Entró en un convento como falso fraile franciscano bajo la protección del abad Manfredi, con quien había mantenido una larga y fructífera relación. El Don, pese a estar muy orgulloso de ser un analfabeto, tuvo que recurrir al superior del convento para redactar las necesarias cartas de rescate cuando en los comienzos de su carrera se dedicaba al negocio de los secuestros. Ambos habían sido siempre muy sinceros el uno con el otro. Tenían los mismos gustos: las mujeres de vida fácil, el buen vino y los robos de gran complejidad. El Don viajaba a menudo a Suiza en compañía del superior del convento, para visitar a sus médicos y disfrutar de los plácidos lujos de aquel país, descansando un poco de los más peligrosos placeres de Sicilia.

Cuando estalló la segunda guerra mundial, Mussolini ya no pudo prestar a Sicilia toda su atención. Don Croce aprovechó inmediatamente la oportunidad para establecer sigilosamente líneas de comunicación con los restantes «amigos de los amigos», enviando mensajes de esperanza a los viejos y leales colegas confinados en las pequeñas islas de Pantelleria y Stromboli y ganándose la amistad de las familias de dirigentes mafiosos encarcelados por el prefecto Mori.

Don Croce sabía que su única esperanza era en último extremo una victoria aliada y que a ello debería encaminar todos sus esfuerzos. Estableció contacto con grupos partisanos clandestinos y ordenó a sus hombres que prestaran ayuda a cualquier piloto aliado que sobreviviera a la destrucción de su aparato. Y de ese modo, al llegar el momento crucial Don Croce estaba preparado.

Cuando el ejército norteamericano invadió Sicilia en julio de 1943, Don Croce le tendió la mano. ¿Acaso no había en aquel ejército invasor muchos sicilianos, hijos de inmigrantes? ¿Tenía un siciliano que luchar contra otro en favor de los alemanes? Los hombres de Don Croce convencieron a miles de soldados italianos de que desertaran y se ocultaran en un escondrijo preparado para ellos por la Mafia. El propio Don Croce estableció personalmente contacto con agentes secretos del ejército norteamericano y guió a las fuerzas atacantes a través de los pasos de montaña, para que pudieran desbordar el flanco de la artillería pesada de los atrincheramientos alemanes. Y de ese modo, mientras las fuerzas invasoras británicas sufrían al otro lado de la isla cuantiosas bajas y apenas lograban avanzar, el ejército norteamericano cumplió su misión con mucha antelación sobre el tiempo previsto y con muy pocas pérdidas de vidas humanas.

El propio Don Croce, enormemente grueso y próximo a cumplir los sesenta y cinco años, entró en la ciudad de Palermo al frente de un grupo de mafiosos y secuestró al general alemán que estaba al mando de su defensa. Ocultó a su prisionero en la ciudad hasta que se rompió el frente y el ejército norteamericano pudo tomar la plaza. El comandante supremo de las fuerzas norteamericanas destacadas en el sur de Italia se refería a Don Croce, en sus despachos a Washington, con el nombre de «general Mafia», y así le siguieron llamando los oficiales del Estado Mayor norteamericano en los meses sucesivos.

El gobernador militar norteamericano de Sicilia era un tal coronel Alfonso La Ponto. En su calidad de influyente personaje político en el estado de Nueva Jersey, había sido nombrado directamente para aquel cargo. Sus mejores cualidades eran su jovialidad y su habilidad en la concertación de pactos políticos. Los oficiales de Estado Mayor que integraban el gobierno militar había sido elegidos por iguales razones. El cuartel general estaba formado por veinte oficiales y cincuenta soldados. Muchos de ellos eran de origen italiano. Don Croce los acogió a todos con el sincero afecto de un hermano, dándoles toda clase de pruebas de su estima y lealtad, a pesar de que, en las conversaciones con sus amigos, les solía llamar «nuestros corderos de Cristo».

Sin embargo, Don Croce había «entregado la mercancía», como decían a menudo los norteamericanos, y el coronel La Ponto le convirtió en su principal asesor y amigo del alma. Con frecuencia cenaba en su casa donde se deleitaba con los placeres de la cocina familiar.

El primer problema que hubo que resolver fue el del nombramiento de nuevos alcaldes en todas las pequeñas localidades de Sicilia. Los antiguos alcaldes eran fascistas, claro, y los norteamericanos los habían recluido en sus cárceles.

Don Croce recomendó a los dirigentes de la Mafia que habían sido encarcelados. Puesto que en sus expedientes constaba con toda claridad que habían sido torturados y enviados a prisión por el Gobierno fascista, acusados de obstaculizar los objetivos y el bienestar del Estado, se dio por supuesto que todos los delitos que se les imputaban eran falsos. Don Croce, mientras saboreaba los soberbios platos de espaguetis y pescado que preparaba su mujer, contaba de qué manera sus amigos —todos ellos ladrones y asesinos— se habían negado a abjurar de sus creencias en los democráticos principios de la justicia y la libertad. Al coronel le encantó poder encontrar tan pronto a las personas idóneas para gobernar a la población civil bajo su mando. Antes de que transcurriera un mes, casi todas las alcaldías de la Sicilia occidental fueron ocupadas por los más empecinados mafiosos que poblaban las prisiones fascistas.

El ejército norteamericano tuvo en ellos a unos valiosos colaboradores. Dejar un mínimo de tropas de ocupación le bastó para preservar el orden entre la población conquistada. Mientras la guerra proseguía en el territorio continental, no hubo tras las líneas norteamericanas ningún acto de sabotaje ni se descubrió a ningún espía. Las transacciones del mercado negro entre la población eran muy escasas. El coronel fue premiado con una medalla especial y ascendido a general de brigada.

Los alcaldes de la Mafia de Don Croce obligaban al cumplimiento de las leyes anticontrabando con la máxima severidad y los *carabinieri* vigilaban sin cesar las carreteras y los pasos de montaña. Todo volvió a ser como en los viejos tiempos. Don Croce mandaba sobre unos y otros. Los inspectores del Gobierno se encargaban de que los obstinados campesinos entregaran sus cosechas de trigo, aceituna y uva a los almacenes del Gobierno a los precios oficiales de tasa. Todo lo cual se distribuía después entre la población de Sicilia mediante racionamiento. Para poder realizar esa tarea, Don Croce solicitó y obtuvo el préstamo de camiones del ejército norteamericano destinados al transporte de dichos productos a las famélicas ciudades de Palermo, Monreale y Trapani, de Siracusa y Catania, e incluso de Nápoles, en el territorio continental. Los norteamericanos se asombraron de la eficiencia de Don Croce y le testimoniaron calurosos elogios por los servicios prestados a las fuerzas armadas de los Estados Unidos, librándole los correspondientes oficios.

Pero Don Croce no podía comerse aquellos elogios y tampoco podía deleitarse leyéndolos, porque era analfabeto. Las palmadas de aprobación del coronel La Ponto no llenaban su enorme vientre. Don Croce, que no confiaba en la gratitud de los norteamericanos ni en los premios que Dios otorgaba a la virtud, estaba empeñado en recibir la justa recompensa por sus buenas obras en favor de la humanidad y la democracia. Y de ese modo, aquellos camiones norteamericanos abarrotados y sus conductores provistos de pases oficiales firmados por el coronel, empezaron a dirigirse a otros destinos, señalados por Don Croce, descargando después la mercancía en los almacenes que el propio Don Croce tenía en pequeñas localidades como Montelepre, Villalba y Partinico. Tras lo cual, Don Croce y sus compinches la vendían en el floreciente mercado negro a precios cincuenta veces superiores a los oficiales. De esa forma, consolidó sus relaciones con los demás poderosos dirigentes de la resurgida Mafia. Porque Don Croce, convencido de que la codicia era el mayor de los defectos humanos, quería compartir libremente sus beneficios con los demás.

Era más que generoso. El coronel La Ponto recibió soberbios regalos en forma de imágenes antiguas, cuadros y joyas. El Don se complacía en ello extraordinariamente. Los oficiales y los hombres del gobierno militar norteamericano eran como hijos suyos y, tal como suelen hacer todos los padres afectuosos, los colmaba de regalos. Y aquellos hombres, especialmente elegidos por su comprensión del carácter y la cultura italianos, por ser muchos de ellos de origen siciliano, correspondían a su amor. Firmaban pases especiales de viaje, cuidaban con especial esmero los camiones asignados a Don Croce y acudían a sus fiestas, donde podían conocer a inmejorables muchachas sicilianas e introducirse en ese afectuoso calor humano que es la otra cara del carácter de Sicilia. Metidos en la atmósfera de aquellas familias sicilianas y alimentados con los conocidos platos de sus madres emigrantes, muchos de ellos cortejaban a hijas de mafiosos.

Don Croce Malo ya podía recuperar su antiguo poder. Los jefes de la Mafia de toda Sicilia estaban en deuda con él. Fiscalizaba el monopolio de los productos alimenticios, cobraba impuesto a los tenderetes que vendían fruta, a las carnicerías, a los cafés con sus barras, e incluso a las bandas de música ambulantes. Puesto que la única fuente de abastecimiento de gasolina era el ejército americano, también intervenía en ese sector. Proporcionaba capataces para los latifundios de la nobleza y, a su debido tiempo, tenía previsto introducirse en sus fincas y comprar sus tierras a bajo precio. Ya estaba a punto de alcanzar la clase de poder que ostentaba antes de que Mussolini se hiciera el amo de Italia. Estaba decidido a ser rico de nuevo. En los años sucesivos tenía previsto hacer pasar a Sicilia por el tubo, como vulgarmente suele decirse.

Sólo una cosa inquietaba de veras a Don Croce. Su único hijo se había vuelto loco con su excéntrico deseo de hacer buenas obras. Su hermano el padre Benjamino no podía tener hijos. El Don no podía legar su imperio a nadie de su savia. No tenía ningún joven guerrero de confianza unido a él por lazos de sangre y capaz de emplear el puño de hierro cuando fallaran las dotes de persuasión de su guante de terciopelo.

Las gentes del Don ya le habían echado el ojo al joven Salvatore Giuliano y el padre Manfredi había confirmado sus posibilidades. Ya estaban circulando por Sicilia nuevas leyendas acerca de las hazañas de aquel muchacho. El Don vio en ello una respuesta a su único problema.

8

A la mañana siguiente de su huida de Montelepre, Turi Giuliano y Aspanu Pisciotta se bañaron en un rápido arroyo que discurría por detrás de su cueva del Monte D'Ora. Dejaron las armas junto al borde del peñasco y extendieron una manta para disfrutar del rosado amanecer.

El Grotto Bianco era una cueva alargada, terminada en una masa de rocas que se elevaban hasta casi rozar el techo. De niños, Turi y Aspanu habían conseguido introducirse por entre aquellas rocas y descubrieron un pasadizo que llegaba hasta el otro lado de la montaña. Existía desde antes de Jesucristo y lo había excavado el ejército de Espartaco que se ocultaba de las legiones romanas.

Allí abajo, diminuto como un pueblo de juguete, estaba Montelepre. Los múltiples caminos que conducían hasta el peñasco que les daba cobijo eran como delgadas lombrices que reptaban blanquecinas por la ladera. El sol naciente fue iluminando una tras otra con sus rayos de oro las casas de piedra gris de Montelepre.

El aire de la mañana era diáfano, los higos chumbos caídos al suelo estaban frescos y dulces, y Turi tomó uno y lo mordió con cuidado, para refrescarse la boca. En pocas horas el calor del sol los convertiría en bolas algodonosas y sin jugo. Unas salamanquesas, con sus abultadas cabezas y sus diminutas patas de insecto, se le deslizaron por la mano; a pesar de su aterrador aspecto, eran inofensivas. Turi las rechazó con un rápido movimiento.

Mientras Aspanu limpiaba las armas, Turi contempló la ciudad que se extendía allí abajo. Distinguió unos minúsculos puntitos negros: gente que iba al campo, a trabajar en sus pequeñas parcelas. Trató de localizar su casa. Mucho tiempo atrás, él y Aspanu colocaron un día en el tejado las banderas de los Estados Unidos y de Sicilia. Chiquillos extremadamente listos, se alegraron mucho de que elogiaran su patriotismo aunque el verdadero móvil de su acto era poder identificar la casa mientras ellos recorrían las cercanas montañas; algo así como un tranquilizador eslabón con el mundo de los adultos.

De repente recordó algo que había sucedido hacía diez años. Las fascistas del pueblo les mandaron retirar la bandera norteamericana del tejado de los Giuliano. Ambos chicos se enfurecieron tanto que retiraron las dos banderas, tanto la norteamericana como la siciliana. Después se las llevaron a su escondrijo secreto del Grotto Bianco y las enterraron bajo el muro de las rocas.

—Vigila esos caminos —le dijo a Pisciotta, y entró en la cueva.

Al cabo de los años, recordaba todavía exactamente dónde habían enterrado las banderas: en el rincón de la derecha, allí donde las rocas tocaban el suelo. Cavaron en la tierra bajo la roca y después volvieron a cubrirlo todo.

Una alfombra de viscoso musgo verdinegro cubría la tierra. Giuliano lo retiró con la bota y después utilizó una piedra a modo de zapa. En pocos minutos, encontró las banderas. La norteamericana era un viscoso montón de jirones, pero la de Sicilia, envuelta en la norteamericana, había sobrevivido. Giuliano la desplegó. Los colores escarlata y oro brillaron como en los días de su niñez. No había ni el menor agujero. Salió con ella de la gruta y le preguntó a Pisciotta, riéndose:

—¿Te acuerdas de esto, Aspanu?

Pisciotta contempló la bandera y también se echó a reír pero mucho más emocionado que su amigo.

—¡Es el destino! —gritó, arrebatándole la enseña a Giuliano y empezando a brincar como un loco. Después se acercó al borde del peñasco y la hizo ondear hacia la lejana ciudad. No tuvieron que hablar para comprenderse. Giuliano arrancó un arbolillo que crecía entre las piedras, y entre ambos ataron a él la bandera, de modo que ondeara libremente y bien a la vista. Finalmente, se sentaron a esperar al borde del peñasco.

Hasta el mediodía no hubo resultado, y lo único que vieron entonces fue un solitario hombre subiendo, a lomos de un burro, el polvoriento camino que conducía a su escondrijo.

Se pasaron una hora observando y, cuando el asno acometió el ascenso de la montaña, Pisciotta dijo:

—Demonios, ese hombre es más bajito que su burro, tiene que ser tu padrino Adonis.

Giuliano captó el tono de desprecio empleado por Pisciotta. Su primo —tan esbelto, gallardo y bien formado— odiaba la deformidad física. Sus pulmones tuberculosos, que a veces le llenaban la boca de sangre, le repugnaban no por el peligro que ello suponía para su vida sino porque desfiguraban lo que él consideraba su belleza. A los sicilianos les encanta poner a la gente apodos relacionados con sus defectos o anomalías físicas y, en cierta ocasión, un amigo llamó a Pisciotta «Pulmones de Papel». Pisciotta intentó pegarle un navajazo, pero la fuerza de Giuliano impidió que corriera la sangre.

Giuliano bajó un largo trecho por la ladera de la montaña y se ocultó detrás de una enorme roca granítica. Era uno de los juegos que solía practicar de niño con Aspanu. Esperó a que Adonis pasara de largo por el camino y entonces, saliendo de detrás de la roca, gritó, apuntando con la *lupara*:

—¡Quédate donde estás!

Era el juego de su infancia. Adonis se volvió despacio, para que no se viera que estaba extrayendo la pistola. Pero Giuliano se había ocultado entre risas detrás de la roca y sólo asomaba el cañón de la *lupara*, brillante a la luz del sol.

—Padrino, soy Turi —gritó entonces, esperando a que Adonis enfundara de nuevo la pistola y se quitara la mochila de la espalda.

Giuliano bajó la *lupara* y salió de su escondrijo. Sabía que a Adonis siempre le costaba desmontar, a causa de sus cortas piernas, y quería ayudarle. Pero, al verle en el camino, el profesor desmontó en un santiamén, y se abrazaron. Después empezaron a subir hacia el peñasco, conduciendo Giuliano al asno por la brida.

—Bueno, muchacho, ya has quemado los puentes —dijo Hector Adonis con su severa voz de profesor—. Otros dos policías muertos después de lo de anoche. Esto ya pasa de broma.

Cuando llegaron a lo alto del peñasco y Pisciotta le saludó, Adonis dijo:

—En cuanto vi la bandera siciliana, supe que estabais aquí arriba.

—Turi, yo y esta montaña nos hemos separado de Italia —dijo Pisciotta, sonriendo.

Hector Adonis le miró con expresión de reproche. La egolatría juvenil, afirmando su importancia.

—Toda la ciudad ha visto vuestra bandera —dijo Adonis—. Incluido el *maresciallo* de los *carabinieri*. Van a subir a retirarla.

—El maestro nos está echando otro sermón —dijo Pisciotta con descaro—. Que vengan a buscar la bandera, va a ser lo único que encuentren. De noche estamos a salvo. Sería un milagro que los *carabinieri* salieran del cuartel una vez anochecido.

Sin hacerle caso, Adonis descargó el saco que llevaba el asno. Le dio a Giuliano unos potentes prismáticos, un botiquín de primeros auxilios, una camisa limpia, ropa interior, un jersey y un estuche para el afeitado, con la afilada navaja de su padre y seis pastillas de jabón.

—Aquí arriba necesitarás todo esto —dijo.

A Giuliano le encantaron los prismáticos. Eran lo que más iba a precisar en las próximas semanas. En cuanto al jabón, sabía que su madre lo guardaba hacía un año.

En un paquete aparte, había un gran trozo de granuloso queso con pimienta, una hogaza y dos empanadas redondas que eran, en realidad, pan relleno con jamón y queso tierno y cubierto de huevos duros.

—La Venera te manda estas empanadas —dijo Adonis—. Las preparaba siempre para su marido cuando él estaba en el monte. Con una hay suficiente para una semana.

—Cuanto más duras, mejor saben —dijo Pisciotta, sonriendo con picardía.

Ambos jóvenes se sentaron sobre la hierba y empezaron a cortar trozos de pan. Pisciotta utilizó su navaja para cortar el queso. Como la hierba estaba plagada de insectos, dejaron el saco de la comida sobre una roca de granito. Bebieron de un arroyo que discurría unos metros más abajo. Después se tendieron a descansar en un punto que permitía observar el panorama.

—Os veo muy contentos —dijo Adonis, lanzando un suspiro—, pero esto no es cosa de broma. Si os apresan, os fusilarán.

—Y si yo les apreso a ellos —contestó Giuliano muy tranquilo—, les haré lo mismo.

Hector Adonis se asustó al oírle. No habría esperanza de indulto.

—No te precipites —dijo—. No eres más que un muchacho.

Giuliano le dirigió una prolongada mirada.

—Fui lo bastante mayor para que me pegaran un tiro por un queso. ¿Esperas que huya? ¿Que deje a mi familia muriéndose de hambre? ¿Qué tú me sigas trayendo paquetes de comida mientras yo me tomo unas vacaciones en la montaña? Puesto que ellos vienen a matarme, yo les mataré a ellos. Y tú, mi querido padrino, ¿acaso cuando era chico no me hablabas de la miserable vida de los campesinos sicilianos? ¿De lo oprimidos que están por Roma y sus recaudadores de impuestos, por la nobleza y por los ricos terratenientes que nos pagan el trabajo con unas liras que apenas nos alcanzan para vivir? Fui al mercado con otros doscientos hombres de Montelepre y nos subastaron como si fuéramos ganado. Cien liras por una mañana de trabajo, dijeron, lo tomáis o lo dejáis. Y casi todos tuvieron que tomarlo. ¿Quién va a ser el defensor de Sicilia sino Salvatore Giuliano?

Hector Adonis se quedó consternado. Si malo era ser un forajido, ser un revolucionario resultaba todavía más peligroso.

—Todo eso está muy bien en la literatura —dijo—. En cambio, en la vida real, puedes acabar en la tumba antes de tiempo —se detuvo un instante—. ¿De qué sirvió tu heroísmo de anoche? Tus vecinos continúan en la cárcel.

—Yo los liberaré —dijo Giuliano serenamente. Advirtió el asombro reflejado en el rostro de su padrino. Buscaba su aprobación, su ayuda, su comprensión. Pero vio que Adonis le seguía considerando un chico de pueblo con un corazón de oro—. Tienes que comprender lo que ahora soy —hizo una pausa. ¿Acertaría a expresar exactamente lo que pensaba? ¿Iba a creer su padrino que era un insensato y un orgulloso? No lo sabía, pero añadió—: No temo la muerte —miró a Hector Adonis, esbozando aquella sonrisa infantil que éste tanto amaba y conocía—. En serio, yo mismo estoy asombrado. Pero no me asusta el que me maten. Me parece imposible que eso ocurra —soltó una carcajada—. Su policía, sus carros blindados, sus ametralladoras, toda Roma, no me impresionan. Les puedo derrotar. Las montañas de Sicilia están llenas de bandidos. Passatempo y su banda. Terranova. Ellos desafían a Roma. Lo que ellos pueden hacer, también puedo hacerlo yo.

Hector Adonis experimentó una mezcla de diversión e inquietud. ¿Le habría afectado la herida el cerebro? ¿O estaba asistiendo al comienzo de la historia de un héroe, similar a las de un Alejandro, un Cesar, un Roldán? ¿Cuándo empezaban a hacerse realidad los sueños de los héroes sino estando éstos en un solitario valle, conversando con sus fieles amigos? Sin embargo, contestó en tono pausado:

—No pienses en Terranova y Passatempo. Les han capturado y se encuentran en los calabozos del cuartel de Bellampo. Los van a trasladar a Palermo dentro de unos días.

—Yo les rescataré —dijo Giuliano—, y espero que después me demuestren su gratitud.

La dureza con que pronunció esas palabras asombró a Hector Adonis y encantó a Pisciotta. A ambos les sorprendía el cambio operado en Giuliano. Siempre le habían querido y respetado. A pesar de ser tan joven, siempre había dado muestras de gran dignidad y equilibrio. Ahora, por primera vez, intuían su ansia de poder.

—¿Gratitud? —dijo Adonis—. Passatempo mató a un tío suyo que le había regalado el primer burro que tuvo.

—Entonces les tendré que enseñar el significado de la gratitud —dijo Giuliano. Tras una pausa, añadió—: Y ahora tengo que pedirte un favor. Piénsalo con cuidado y, si te niegas, seguiré siendo tu fiel ahijado. Olvida que eres amigo de mis padres y también lo mucho que me quieres. Te pido este favor por Sicilia, a la que tú tanto me enseñaste a amar. Sé tú mis ojos y mis oídos en Palermo.

—Lo que me estás pidiendo, en mi calidad de profesor de la Universidad de Palermo —replicó Hector Adonis—, es que me convierta en un miembro de tu banda de forajidos.

—Eso no es nada extraño en Sicilia, donde todo el mundo tiene algo que ver con los «amigos de los amigos» —terció Pisciotta impaciente—. ¿En qué otro lugar sino en Sicilia llevaría un profesor de Historia una pistola al cinto?

Hector Adonis observó a ambos jóvenes mientras meditaba su respuesta. Podía prometer fácilmente ayuda y olvidar después la promesa. Podía, con la misma facilidad, negarse y prometer tan sólo la ayuda esporádica que un amigo puede prestarle a otro, tal como estaba haciendo en aquellos momentos. Al fin y al cabo, cabía la posibilidad de que toda aquella comedia durara muy poco. Giuliano podía morir luchando o ser traicionado por alguien. Podía emigrar a América. Y eso resolvería el problema, pensó con tristeza.

Hector Adonis recordó un día de verano de hacía mucho tiempo, un día muy parecido a aquél, cuando Turi y Aspanu no debían de tener más allá de ocho años. Estaban sentados en los pastizales que había entre la casa de los Giuliano y el pie de la montaña, esperando la hora de la cena. Hector Adonis le había llevado a Turi un paquete de libros. Uno de ellos era el *Cantar de Roldán*, y Adonis se lo empezó a leer a los chicos.

Se conocía el poema casi de memoria. Todos los sicilianos que sabían leer lo apreciaban mucho, y a los analfabetos les encantaba. Era el tema principal de los teatros de marionetas que recorrían todas las ciudades y aldeas, y sus legendarios personajes aparecían representados en los costados de todos los carros que cruzaban las colinas sicilianas. Los dos grandes paladines de Carlomagno matan a gran número de sarracenos, protegiendo la retirada del emperador a Francia. Adonis les contó que ambos murieron juntos en la gran batalla de Roncesvalles, que Oliveros le suplicó tres veces a Roldán que hiciera sonar el cuerno, para que regresara el ejército de Carlomagno, y que Roldán se negó a hacerlo por orgullo. Y después, cuando los sarracenos cayeron sobre ellos, Roldán hizo sonar el cuerno, pero ya era tarde. Al regresar Carlomagno para rescatarles y encontrar sus cadáveres entre los millares de musulmanes muertos, se arranca, desesperado, las barbas.

Adonis recordó en ese momento las lágrimas de Turi Giuliano y la extraña expresión de desprecio del rostro de Aspanu Pisciotta. Para uno de ellos, era el momento más grande que un hombre pudiera vivir; para el otro, en cambio, una simple muerte humillante a manos de los infieles.

Los niños se levantaron de la hierba para regresar a casa a cenar. Turi rodeó con el brazo los hombros de Aspanu y Hector le miró sonriente. Era Roldán ayudando a Oliveros a mantenerse erguido para que ambos pudieran morir de pie frente al ataque de los sarracenos. Al morir, Roldán elevaba su guantelete al cielo color turquesa y un ángel se lo arrancaba de la mano. O eso decían el poema y la leyenda.

Habían transcurrido mil años, pero Sicilia seguía sufriendo igual que entonces, en el mismo duro paisaje de olivares y llanos quemados por el sol, con sus cruces levantadas al borde de los caminos por los primeros seguidores de Cristo, en las tierras en que serían crucificados los miles de esclavos rebeldes acaudillados por Espartaco. Y su ahijado iba a ser uno de aquellos héroes, sin comprender que, para que Sicilia cambiara, hubiera tenido que entrar en erupción un volcán moral que calcinara toda la tierra.

Mientras Adonis les contemplaba, Pisciotta tendido boca arriba sobre la hierba y Giuliano mirándole con sus oscuros ojos castaños y una sonrisa con la que parecía dar a entender su perfecta comprensión de lo que estaba pensando su padrino, se produjo una curiosa transformación de la escena. Adonis les vio en forma de estatuas esculpidas en mármol, de cuerpos desligados de la vida ordinaria. Pisciotta se convertía en una figura de vaso antiguo; la salamanquesa que tenía en la mano, en una víbora; todo ello bellamente perfilado bajo el sol de las montañas. Pisciotta parecía peligroso, uno de esos hombres que llenan el mundo de veneno y de sangre.

Salvatore Giuliano, su ahijado Turi, era la otra cara del vaso. La suya era la belleza de un Apolo griego, de rasgos finamente moldeados y el blanco de los ojos tan claro, que casi producía la impresión de ceguera. Tenía el rostro abierto y franco y la inocencia de un héroe legendario. O mejor, pensó Adonis rechazando su sentimentalismo, la firmeza de un joven dispuesto a convertirse en un héroe. Su cuerpo tenía la musculosa carnosidad de las estatuas mediterráneas, con sus poderosos muslos y sus anchas espaldas; más alto y vigoroso que el de la mayoría de los hijos de Sicilia, parecía un americano.

Ya de niño, Pisciotta daba muestras de gran astucia y sentido práctico. Giuliano, por el contrario, creía generosamente en la bondad del hombre y se enorgullecía de su propia sinceridad y honradez. Hector Adonis pensaba a menudo que Pisciotta sería el que mandara cuando fueran mayores, y que Giuliano estaría a sus órdenes. Pero se equivocaba. Creer en la propia virtud es mucho más peligroso que creer en la propia astucia.

La burlona voz de Pisciotta interrumpió los ensueños de Hector Adonis.

—Anda, di que sí, profesor. Yo soy el segundo de a bordo en la banda de Giuliano, pero no tengo a nadie a quien dar órdenes —estaba sonriendo—. Estoy dispuesto a empezar por abajo, como un hombre pequeño.

Aunque Adonis no se ofendió, Giuliano le miró furibundo. No obstante, se limitó a preguntar con voz pausada:

—¿Cuál es tu respuesta?

—Sí —contestó Hector Adonis.

¿Qué otra cosa hubiera podido decir un padrino?

Entonces Giuliano le explicó lo que tendría que hacer cuando regresara a Montelepre y le expuso los planes que había elaborado para el día siguiente. Adonis volvió a sentir horror de la ferocidad y la dureza de los propósitos del joven. Y sin embargo, cuando Giuliano le ayudó a montar en el asno, se inclinó y besó a su ahijado.

Pisciotta y Giuliano siguieron a Adonis con la mirada según se alejaba por el camino de Montelepre.

—Qué bajito es —contestó Pisciotta—. Hubiera encajado mucho mejor cuando jugábamos a los bandidos de niños.

—Y tus bromas también hubieran encajado mejor entonces —le dijo Giuliano en voz baja, volviéndose para mirarle—. Pórtate con seriedad cuando hablemos de cosas serias.

Pero aquella noche, antes de irse a dormir, ambos se abrazaron.

—Tú eres mi hermano —dijo Giuliano—. Recuérdalo bien.

Después se envolvieron en sus mantas y pasaron durmiendo su última noche de vida anónima.

9

Turi Giuliano y Aspanu Pisciotta se levantaron antes de las primeras luces del amanecer porque, aunque no era probable, los *carabinieri* podían empezar a buscarles en la oscuridad y sorprenderles a la salida del sol. La víspera habían visto llegar al cuartel de Bellampo dos carros blindados de Palermo con dos jeeps cargados de refuerzos. Durante la noche, Giuliano efectuó varios reconocimientos por la ladera de la montaña y temiendo que alguien se acercara a su peñasco, estuvo atento a los menores ruidos. Pisciotta se burló de sus precauciones.

—De pequeños, hubiéramos sido más atrevidos —dijo—. Pero, ¿tú crees que los gandules de los *carabinieri* van a arriesgar la vida en la oscuridad o renunciar a una sola noche de sueño en sus mullidas camas?

—Tenemos que adquirir buenos hábitos —contestó Turi Giuliano.

Sabía que algún día tendrían que enfrentarse a enemigos de más fuste.

Turi y Aspanu colocaron las armas sobre una manta y se pasaron un buen rato comprobando cuidadosamente que todas estuvieran en perfectas condiciones. Después se comieron sendos trozos de empanada de la Venera, regados con una botella de vino que Hector Adonis les había dejado. Los ingredientes y las especias de la empanada les dieron la energía necesaria para construir una barrera de ramas y rocas al borde del peñasco. Escudados en ella, observaron con los prismáticos la ciudad y los caminos de montaña. Mientras Pisciotta montaba guardia, Giuliano cargó las armas y se guardó varias cajas de municiones en los bolsillos de la zamarra. Lo hizo todo muy despacio y con gran cuidado. Él mismo enterró todos los suministros y cubrió el escondrijo con grandes piedras. Jamás confiaría a nadie aquellas cosas. Fue Pisciotta quien vio salir el carro blindado del cuartel de Bellampo.

—Tienes razón —dijo Pisciotta—. El carro se va hacia el llano de Castellammare y se aleja de nosotros.

Ambos esbozaron una sonrisa y Giuliano experimentó una serena sensación de júbilo. Luchar contra la policía no iba a ser demasiado difícil. Un juego de niños con astucia de niños. El carro blindado desaparecería al doblar la curva de la carretera y después describiría un círculo y regresaría a la montaña por detrás del peñasco donde ellos se encontraban. Debían de conocer la existencia del túnel y pensarían que ellos lo iban a utilizar para huir y entonces se encontrarían con el carro y sus ametralladoras.

En cuestión de una hora, los *carabinieri* enviarían un destacamento al Monte D'Ora y llevarían a cabo un ataque frontal, para obligarles a salir. La policía pensaba que no eran más que unos jóvenes insensatos, unos forajidos de poca monta. La bandera escarlata y gualda de Sicilia que habían plantado al borde del peñasco confirmaba su atolondrada desfachatez, o eso debían de estimar los *carabinieri*.

Una hora más tarde, una furgoneta con tropas y un jeep en el que viajaba el *maresciallo* Roccofino atravesaron las puertas del cuartel de Bellampo. Los dos vehículos se dirigieron sin prisas al pie del Monte D'Ora y se detuvieron para cargar. Doce *carabinieri* armados con rifles se desplegaron por los caminos de la ladera. El *maresciallo* Roccofino se quitó el sombrero de pico guarnecido con trencilla y señaló con él la bandera escarlata y gualda que ondeaba en lo alto del peñasco.

Turi Giuliano lo estaba observando todo con sus prismáticos al amparo de la barrera de ramas. Por un instante, se inquietó al pensar en el carro blindado del otro lado de la montaña. ¿Enviarían refuerzos por la otra vertiente? De ser así, tardarían varias horas en ascender, y no podían estar cerca. Apartando esa idea de la mente le dijo a Pisciotta:

—Aspanu, si somos menos listos de lo que pensamos, esta noche no podremos comernos en casa los espaguetis que nos preparaban de pequeños.

—Siempre nos fastidiaba tener que regresar a casa, ¿o es que no te acuerdas? —replicó Pisciotta, echándose a reír—. Tengo que reconocer que esto es mucho más divertido. ¿Quieres que nos carguemos a unos cuantos?

—No —contestó Giuliano—. Dispara al aire —recordó que Pisciotta le había desobedecido la otra noche. Así pues, añadió—: Obedéceme, Aspanu. No tiene sentido matarles. Esta vez no nos serviría de nada.

Esperaron pacientemente por espacio de una hora. Después Giuliano introdujo el cañón de la escopeta por entre las ramas y efectuó dos disparos. Fue asombroso ver de qué forma la confiada línea recta de hombres se dispersaba a toda prisa como hormigas que desaparecieran entre la hierba. Pisciotta disparó cuatro veces con su fusil. Penachos de humo se elevaron en distintos lugares de la ladera, coincidiendo con los disparos de respuesta de los *carabinieri*.

Giuliano posó la escopeta y tomó los prismáticos. Vio que el *maresciallo* y su sargento estaban manipulando una radio portátil. Se pondrían en contacto con los hombres del vehículo blindado del otro lado, para advertirles que los forajidos bajarían por allí. Tomando de nuevo la escopeta, efectuó varios disparos, y después le dijo a Pisciotta:

—Es hora de quitarse de en medio.

Se arrastraron hasta el extremo opuesto del peñasco, fuera del campo visual de los *carabinieri* y se deslizaron por la escarpada pendiente, rodando unos cincuenta metros, antes de ponerse en pie con las armas a punto. Corrieron agachados por la ladera, deteniéndose tan solo para que Giuliano pudiera observar a sus atacantes con ayuda de los prismáticos.

Los *carabinieri* seguían disparando contra el peñasco, sin darse cuenta de que los dos forajidos se encontraban ya en su flanco. Giuliano bajó seguido de Pisciotta por un estrecho camino oculto entre enormes peñas, y se adentró en un bosquecillo. Descansaron un instante y en seguida echaron a correr en silencio por el camino. En menos de una hora llegaron al llano que separaba la montaña de la ciudad de Montelepre, pero habían dado un rodeo y se encontraban en su extremo opuesto, desde donde pudieron observar que el vehículo utilizado para el transporte de las tropas se interponía entre ellos y la ciudad. Ocultando las armas bajo las chaquetas, atravesaron el llano como dos campesinos que se dirigieran a sus tierras de labor. Entraron en Montelepre por la Via Bella, a sólo cien metros del cuartel de Bellampo.

En aquel mismo instante el *maresciallo* Roccofino estaba ordenando a sus hombres continuar el ascenso hacia el punto en que ondeaba la bandera al borde del peñasco. Hacía una hora que no recibían respuesta a sus disparos y estaba seguro de que los dos forajidos habrían escapado por el túnel y estaban bajando por la otra vertiente, donde les aguardaba el carro blindado. Quería cerrar la trampa. Los hombres todavía tardaron una hora en llegar al peñasco y retirar la bandera. El *maresciallo* Roccofino entró en la cueva y mandó desplazar las rocas que tapaban la entrada del túnel. Después ordenó a sus hombres cruzar el pasadizo y bajar por el otro lado del monte para reunirse con el vehículo blindado. Quedó muy sorprendido al ver que se le había escapado la presa. Entonces distribuyó a sus efectivos en varios grupos de reconocimiento, seguro de que podrían encontrar el escondrijo de los fugitivos.

Hector Adonis había cumplido las instrucciones de Giuliano a la perfección. En lo alto de la Via Bella había un carro pintado de brillantes colores, cubierto de escenas de antiguas leyendas tanto en su interior como por fuera. Hasta los radios de las ruedas y las llantas mostraban diminutas figuras de guerreros con armaduras que, al ponerse las ruedas en movimiento, daban la impresión de estar enzarzados en combate. Los varales también estaban adornados con volutas de color rojo brillante y puntitos plateados.

El carro parecía un hombre con todo el cuerpo cubierto de tatuajes. Entre los varales había una adormilada mula blanca. Giuliano subió al vacío pescante y echó un vistazo al interior del vehículo. Estaba lleno de grandes garrafas de vino protegidas por un revestimiento de caña. Había lo menos veinte. Giuliano ocultó la escopeta entre los garrafones. Dirigió una rápida mirada a la montaña y no vio más que la bandera ondeando al viento.

—Todo a punto —le dijo a Pisciotta con una sonrisa en los labios—. Ve a hacer tu número.

Pisciotta se cuadró en un saludo levemente burlón, se abrochó la chaqueta, para disimular la pistola, y echó a andar en dirección a la entrada del cuartel de Bellampo. Con un rápido vistazo a la carrtera de Castellemmere, se cercioró de que ningún carro blindado llegaba de regreso de las montañas.

Desde el carro Turi Giuliano vio a Pisciotta atravesar lentamente los campos y adentrarse en el camino empedrado que conducía al cuartel. Después contempló la Via Bella. Divisó su casa, pero no había nadie en la puerta. Había contado con ver, siquiera fugazmente, a su madre. Unos hombres se encontraban en la puerta de otra casa, con una mesa y unas botellas de vino bajo la sombra del balcón. De repente, recordó que llevaba los prismáticos al cuello y, desabrochándose la correa los arrojó al interior del carro.

Un joven *carabiniere* de no más de veinte años montaba guardia a la entrada del cuartel. Sus sonrosadas mejillas y un rostro imberbe proclamaban su procedencia norteña, y el negro uniforme con los ribetes blancos, demasiado holgado y confeccionado en serie, junto con el llamativo sombrero militar le daba el aspecto de una marioneta o un payaso. En contra del reglamento, llevaba un cigarrillo en su adolescente boca en forma de corazón. Pisciotta le miró con burlona expresión de desprecio. A pesar de lo ocurrido en los últimos días, el muchacho no sostenía el rifle en posición de disparo.

El guardia vio solamente a un zarrapastroso campesino que tenía el descaro de lucir un bigote de inapropiada elegancia.

—Oye, tú, palurdo, ¿adónde vas?

Ni siquiera se descolgó el fusil del hombro. Piscotta le hubiera podido degollar en un segundo. Ello no obstante procuró mostrarse servil y reprimir la risa que le producía la arrogancia de aquel mozuelo.

—Perdone, quisiera ver al *maresciallo*. Tengo información que le interesa.

—Me la puedes dar a mí —dijo el guardia.

Piscotta no pudo menos de contestarle con altanería:

—¿Y también usted me podrá pagar?

Aunque le asombró su desfachatez, el guardia le contestó con un poco más de cautela:

—No te pagaría ni una lira aunque me dijeras que Jesucristo ha vuelto a la tierra.

—Algo mejor que eso —dijo Piscotta, sonriendo—. Sé dónde está Turi Giuliano, el hombre que les ha zurrado a ustedes.

—¿Desde cuándo un siciliano ayuda a la ley en este maldito país? —replicó el centinela con recelo.

—Es que yo tengo ambiciones —contestó Pisciotta, acercándose un poco más—. He presentado una instancia para ingresar en el cuerpo de *carabinieri*. El mes que viene voy a Palermo para el examen. ¿Quién sabe?, puede que dentro de poco vistamos los dos el mismo uniforme.

El guardia miró a Pisciotta con un interés un poco más amistoso. Muchos sicilianos ingresaban en la policía. Era un medio de salir de la pobreza y alcanzar una pequeña parcela de poder. En todo el país solía comentarse en broma que los sicilianos se convertían o bien en delincuentes o bien en policías, y que causaban tanto daño en un sitio como en el otro. Pisciotta entretanto reía interiormente, imaginándose de *carabiniere*. Pisciotta era un elegante que poseía una camisa de seda hecha en Palermo. Sólo un imbécil se hubiera podido poner aquel uniforme negro ribeteado de blanco y aquel ridículo gorro de pico adornado con trencilla.

—Te aconsejo que lo pienses bien —dijo el guardia, contrario a que todo el mundo se beneficiara de un empleo tan bueno—. La paga es muy baja y todos nos moriríamos de hambre si no aceptáramos los sobornos de los contrabandistas. Justo esta misma semana, dos hombres de este cuartel, muy amigos míos, han sido asesinados por ese maldito Giuliano. Y encima tenemos que aguantar la insolencia de vuestros campesinos, que no te quieren decir ni dónde está la barbería.

—Ya les haremos entrar en razón con el *bastinado* —respondió Pisciotta alegremente. Y en seguida preguntó con aire confidencial, como si ambos fueran ya compañeros de armas—: ¿Puedes darme un cigarrillo?

Para deleite de Pisciotta, la amabilidad del otro se esfumó como por ensalmo.

—¿Un cigarrillo? —dijo el guardia en tono de indignada incredulidad—. ¿Y por qué razón tendría yo que darle un cigarrillo a una boñiga siciliana?

Y entonces, por fin, el guardia se descolgó el fusil del hombro.

Por un instante Pisciotta experimentó el irreprimible impulso de abalanzarse sobre él y rebanarle el cuello. Pero se contuvo y contestó humildemente:

—Porque yo puedo decirte dónde está Giuliano. Tus compañeros, los que le están buscando por el monte, son tan tontos que no serían capaces de encontrar una salamanquesa tan siquiera.

El guardia se quedó perplejo. La insolencia de aquel sujeto le dejó desconcertado, pero la información que le ofrecía le hizo comprender que sería mejor consultar con su superior. Tenía la sensación de que aquel hombre era demasiado tortuoso y podía meterle en algún lío. Abriendo la verja, indicó a Pisciotta, con un movimiento del fusil, que entrara en el recinto del cuartel de Bellampo. Estaba de espaldas a la calle. En ese momento, Giuliano, que se encontraba a unos cien metros de distancia, despabiló a la mula con el pie y conduciendo el carro Via Bella abajo, enfiló el camino empedrado que conducía al cuartel.

El cuartel de Bellampo ocupaba una superficie de aproximadamente una hectárea. El edificio de la Administración tenía un ala en forma de L, que albergaba los calabozos. Detrás estaban los alojamientos de los *carabinieri*, con capacidad para cien hombres y con una zona separada para el apartamento particular del *maresciallo*. A la derecha había un garaje que en realidad era un establo y que en parte seguía utilizándose como tal, puesto que la guarnición tenía un considerable número de mulos y asnos destinados a las expediciones montañeras donde los vehículos motorizados carecían de utilidad.

En la parte de atrás se encontraban el cobertizo de las municiones y el de los suministros, construidos con palastro ondulado. Todo el recinto estaba cercado por una alambrada de púas, de más de dos metros de altura, con dos elevadas torres de vigilancia que no se utilizaban desde hacía muchos meses. El cuartel había sido construido por el régimen de Mussolini y ampliado durante las operaciones contra la Mafia.

Al entrar, Pisciotta miró a su alrededor en busca de señales de peligro. En las torres no había nadie y tampoco en el patio se veían hombres con armas. Todo parecía más bien una pacífica granja desierta. No había vehículos en el garaje ni en ninguna otra parte, lo cual sorprendió mucho a Pisciotta y le hizo temer el pronto regreso de alguno. No podía creer que el *maresciallo* fuera tan tonto que dejase la guarnición sin ningún medio de transporte. Tendría que advertir a Turi la posibilidad de que aparecieran visitantes inesperados.

Acompañado por el joven guardia, Pisciotta franqueó la gran puerta de entrada del edificio de la Administración. Había una espaciosa estancia con ventiladores de techo que apenas conseguían aliviar el calor. Un gran escritorio situado sobre una tarima dominaba la sala, y a los lados, en espacios rodeados por barandillas, estaban las mesas de los funcionarios. Adosados a las paredes podían verse varios bancos de madera. Todo estaba vacío, menos el escritorio, ocupado por un cabo de los *carabinieri* que no se parecía en nada al joven guardia. La placa dorada del escritorio decía: «Cabo Canio Silvestro». Era de torso macizo, hombros muy anchos y toruno cuello coronado por una cabezota que parecía una roca. Una cicatriz rosada y reluciente discurría desde su oreja hasta el final de la recia mandíbula. Largos y poblados bigotes en forma de manillar de bicicleta adornaban su labio superior como a modo de dos negras alas.

Llevaba los galones de cabo en la manga y una pistola al cinto, y mientras el guardia le daba las pertinentes explicaciones, miró a Pisciotta con recelo y desconfianza. Cuando habló el cabo Silvestro, su acento reveló que era siciliano.

—Eres una mierda seca —le dijo a Pisciotta.

Pero antes de que pudiera proseguir, se oyó la voz de Giuliano, que gritó desde el otro lado de la verja:

—¡Eh, *carabinieri*!, ¿queréis vuestro vino, sí o no?

Pisciotta admiró el buen estilo de Giuliano, su voz de tono áspero, el cerrado dialecto que sólo hubieran podido comprender los nacidos en aquella provincia y la arrogante manera de hablar, típica de los campesinos acomodados.

El cabo masculló exasperado:

—Pero, ¿qué demonios grita ése ahí afuera?

E inmediatamente abandonó la estancia a grandes zancadas, seguido por el guardia y Pisciotta.

El carro pintado y la mula blanca se encontraban al otro lado de la verja. Desnudo de cintura para arriba y con el tórax empapado en sudor, Turi Giuliano sostenía en la mano una botella de vino. Sonreía como un idiota y tenía todo el cuerpo ladeado. Su aspecto no inspiraba la menos sospecha: estaba borracho como una cuba y hablaba con el acento más palurdo de toda Sicilia. El cabo apartó la mano de la pistola y el centinela bajó el fusil. Pisciotta retrocedió un paso, listo para extraer el arma que llevaba bajo la chaqueta.

—Os traigo toda una carretada de vino —dijo Giuliano con voz pastosa.

Se sonó la nariz con los dedos y arrojó los mocos al interior de la verja.

—¿Y quién ha pedido ese vino? —preguntó el cabo.

Pero ya se estaba acercando a la verja y Giuliano comprendió que le iba a abrir de par en par para dar paso al carro.

—Mi padre me ha mandado que se lo trajera al *maresciallo* —contestó Giuliano con un guiño.

El cabo miró fijamente a Giuliano. El vino debía de ser sin duda un regalo por haber permitido a algún campesino hacer un poco de contrabando. El cabo se extrañó de que, siendo siciliano, el padre no hubiera acudido a entregar personalmente el obsequio, pero se encogió de hombros.

—Descarga la mercancía y éntrala.

—Ni hablar —contestó Giuliano—, eso no es cosa mía.

El cabo volvió a recelar un poco. Le daba al corazón que allí había gato encerrado. Giuliano se dio cuenta y saltó del carro, situándose de forma que pudiera sacar fácilmente la *lupara* de su escondrijo. Pero primero tomó una de las garrafas enfundadas en caña y dijo:

—Os traigo veinte bellezas como ésta.

El cabo rugió una orden en dirección a los alojamientos, y salieron corriendo dos jóvenes *carabinieri* destocados y con las chaquetas desabrochadas. No llevaban armas. De pie en el carro, Giuliano empezó a arrojarles las garrafas a los brazos. Le dio una al guardia del fusil, pero éste intentó rechazarla.

—Seguro que también beberás —le dijo Giuliano jovialmente—, por consiguiente, trabaja.

Inmovilizados ya los tres guardias por los recipientes que tenían en los brazos, Giuliano estudió la situación. Todo estaba tal y como él quería. Pisciotta se encontraba directamente detrás del cabo, el único hombre que tenía los brazos libres. Giuliano miró hacia la montaña, pero no vio la menor señal de los *carabinieri* que habían salido en su busca. Después observó la carretera de Castellammare: ningún carro blindado a la vista. En la Via Bella había unos niños jugando. Introdujo la mano entre las garrafas, sacó la *lupara* y encañonó al sorprendido cabo. Pisciotta extrajo simultáneamente la pistola escondida bajo la camisa.

—No te muevas ni un centímetro —dijo Pisciotta— si no quieres que te afeite con plomo esos mostachos.

Giuliano estaba apuntando con la *lupara* a los tres asusta dos guardias.

—Quedáos con las garrafas en los brazos y entrad todos en el edificio —les dijo.

Al centinela se le cayó el rifle al suelo. Pisciotta lo recogió mientras entraban. Una vez en el despacho, Giuliano tomó la placa de encima del escritorio y la admiró.

—Cabo Canio Silvestro —dijo—. Sus llaves, por favor. Todas.

El cabo tenía una mano en la pistola. Miró furibundo a Giuliano. Pisciotta le dio un golpe en la mano y se apoderó del arma. El cabo se volvió y le dirigió una fría, mortífera mirada escudriñadora. Pisciotta sonrió y le dijo:

—Con perdón.

—Muchacho —dijo el cabo, dirigiéndose a Giuliano—, vete corriendo y dedícate a la carrera de actor, que lo haces muy bien. No sigas con esto, no podrás escapar. El *maresciallo* y sus hombres regresarán antes de que anochezca y te perseguirán hasta el último rincón del mundo. Piensa lo que es ser un forajido a cuya cabeza han puesto precio. Yo mismo te perseguiré, y jamás se me olvida una cara. Averiguaré tu nombre y te encontraré aunque te escondas en el infierno. Giuliano le miró sonriendo. No sabía por qué, aquel hombre le resultaba simpático.

—Si quiere saber mi nombre, ¿por qué no me lo pregunta? —le dijo.

—¿Y me lo ibas a decir, como un idiota? —contestó el cabo en tono despectivo.

—Yo nunca miento —dijo Turi—. Me llamo Giuliano.

El cabo se llevó la mano al cinto, buscando la pistola que Pisciotta ya le había arrebatado. A Giuliano le gustó mucho su reacción instintiva. Era valiente y tenía sentido del deber. Los otros guardias estaban muertos de miedo. Aquél era Salvatore Giuliano, que ya había matado a dos de sus compañeros. No había ninguna razón para suponer que a ellos les fuera a perdonar la vida.

El cabo estudió el rostro de Giuliano para grabárselo en el cerebro, y después, con movimientos pausados y cautelosos sacó un enorme llavero de un cajón del escritorio. Lo hizo así porque Giuliano le tenía clavado en la espalda el cañón de la escopeta. Giuliano tomó las llaves y se las arrojó a Pisciotta.

—Suelta a los prisioneros —le dijo.

En una ala del edificio de la Administración había una espaciosa zona enrejada. En ella estaban encerrados los diez habitantes de Montelepre detenidos la noche de la huida de Giuliano. En un calabozo aparte se encontraban los dos famosos bandidos Passatempo y Terranova. Pisciotta abrió la puerta de la celda y ambos le siguieron muy contentos a la otra estancia.

Los habitantes de Montelepre, todos ellos vecinos de Giuliano, entraron en el despacho y se congregaron alrededor de Turi para abrazarle y darle las gracias. El lo permitió, sin apartar los ojos de los *carabinieri* cautivos. Los vecinos, muy satisfechos de la hazaña de Giuliano, se alegraban de que hubiera humillado a la odiada policía y fuera su defensor. Le explicaron que el *maresciallo* había ordenado que les propinaran un *bastinado*, pero que el cabo lo había impedido gracias a la fuerza de su carácter y de sus argumentos, señalando que semejante acción provocaría malestar entre la población y pondría en peligro la seguridad del cuartel. Tenían previsto enviarles al día siguiente a Palermo, para que les interrogase un magistrado.

Giuliano inclinó el cañón de la *lupara* hacia el suelo, para evitar que un disparo accidental lastimara a alguien. Aquellos hombres le llevaban varios años y él les conocía desde niño. Les habló, por tanto, como lo había hecho siempre.

—Podéis acompañarme al monte —les dijo—, o bien hospedaros con parientes que tengáis en otros lugares de Sicilia, hasta que las autoridades recuperen el sentido común.

Esperó, pero todos guardaron silencio. Miró a los bandidos Passatempo y Terranova que aguardaban en pie, un poco apartados de los demás. Parecían en guardia, listos para entrar inmediatamente en acción. Passatempo era un hombre achaparrado y feo, con una cara muy tosca, picada por la viruela que había padecido en su infancia, y una boca grande y sin forma. Los campesinos le llamaban el

Bruto. Terranova, por su parte, era menudo y parecía un hurón. Sin embargo, sus facciones resultaban agradables y sus labios esbozaban una permanente sonrisa. Passatempo era el típico bandido siciliano que se dedicaba simplemente a robar ganado y mataba por dinero. Terranova, en cambio, era un campesino que se ganaba la vida con esfuerzo y que se convirtió en forajido cuando dos recaudadores de impuestos se le presentaron en casa para requisarle el cerdo. Los mató a los dos, sacrificó al cerdo, para que su familia tuviera de qué alimentarse, y se echó al monte. Ambos hombres juntaron sus fuerzas hasta que, por último, alguien les traicionó y les apresaron en un almacén vacío de los campos de cereales de Corleone.

—Vosotros dos no podéis elegir —les dijo Giuliano—. Nos iremos juntos al monte y después podréis quedaros a mis órdenes, si queréis, o iros por vuestra cuenta. Pero hoy necesito vuestra ayuda y vosotros me debéis un pequeño favor.

Les dirigió una sonrisa para suavizar la exigencia de que se sometieran a su mando.

Antes de que los bandidos pudieran contestar, el cabo de *carabinieri* cometió un insensato acto de desafío. Quizás fue su orgullo siciliano herido o alguna especie de furia animal innata, o quizás se irritó ante el hecho de que los dos famosos bandidos encomendados a su custodia estuvieran a punto de escapar. A escasa distancia de Giuliano, dio un paso al frente con asombrosa rapidez y extrajo una pequeña pistola que ocultaba en el interior de la camisa. Giuliano levantó la *lupara*, pero llegó demasiado tarde. El cabo alzó la pistola hasta unos sesenta centímetros de la cabeza de Giuliano. La bala le iba a dar de lleno en el rostro.

Todos estaban petrificados por el miedo. Giuliano vio el arma apuntada a su cabeza. Y, detrás de ella, el congestionado rostro del cabo, sus músculos contorsionados como si fueran el cuerpo de una serpiente. Pero le pareció que la pistola se adelantaba muy despacio. Fue como si estuviera cayendo al vacío en una pesadilla, cayendo infinitamente despacio, pero sabiendo que no era más que un sueño y que jamás alcanzaría el fondo. Antes de que el cabo apretara el gatillo, hubo una fracción de segundo en la cual Giuliano se sintió invadido por una gran serenidad y no experimentó ningún temor. Ni parpadeó cuando el otro apretó el gatillo; en realidad, dio un paso al frente. Se oyó un fuerte chasquido metálico cuando el percusor golpeó la bala defectuosa alojada en la recámara. Una décima de segundo después, Pisciotta, Terranova y Passatempo se abalanzaron sobre el cabo y éste cayó al suelo bajo el peso de sus cuerpos. Terranova le retorció el brazo y le quitó la pistola, Passatempo le agarró por los pelos y quiso arrancarle los ojos y Pisciotta estaba a punto de hundirle la navaja en la garganta. Giuliano intervino justo a tiempo.

—No le hagáis daño —dijo sosegadamente, al tiempo que les apartaba del postrado e indefenso cabo.

Se quedó aterrado al ver el daño que éste había sufrido durante aquel fugaz instante de furia asesina. Tenía una oreja medio arrancada y sangrándole profusamente; el brazo derecho le colgaba, grotescamente torcido; le salía sangre de un ojo y un gran jirón de piel se lo cubría parcialmente.

Pero el hombre permanecía impávido. Al verle tendido en el suelo esperando la muerte, Giuliano se sintió invadido por una oleada de ternura. Era el hombre que le había puesto a prueba, el que había confirmado su inmortalidad, demostrando la impotencia de la muerte. Giuliano le ayudó a levantarse y, para asombro de todos los demás, le dio un rápido abrazo, aunque simuló que sólo le ayudaba a tenerse en pie.

Terranova examinó la pistola.

—Eres un hombre de suerte —le dijo a Giuliano—. Era la única bala defectuosa.

Giuliano tendió la mano hacia la pistola. Terranova dudó un instante, pero se la entregó. Giuliano se la devolvió al cabo.

—Pórtese bien —le dijo en tono amistoso— y no le ocurrirá nada ni a usted ni a sus hombres. Se lo garantizo.

El cabo, todavía muy aturdido y debilitado a causa de las lesiones sufridas, no pareció entender lo que le decían.

—Dame tu navaja y acabaré con él —le susurró Passatempo a Pisciotta.

—Aquí las órdenes las da Giuliano, y todo el mundo obedece —contestó Pisciotta en tono indiferente, para no darle a entender que era capaz de liquidarle en un segundo.

Los hombres de Montelepre que acababan de ser liberados se marcharon a toda prisa: no deseaban ser testigos de una matanza de *carabinieri*. Giuliano condujo al cabo y a los guardias al ala de la prisión y los encerró a todos en la celda común. Después, acompañado por Pisciotta, Terranova y Passatempo, registró todos los restantes edificios del cuartel de Bellampo. En el cobertizo de las armas encontraron fusiles, pistolas metralletas y cajas de municiones. Se echaron encima las armas y cargaron las cajas de municiones en el carro. En los alojamientos tomaron algunas mantas y sacos de dormir y Pisciotta arrojó al interior del carro un par de uniformes de *carabiniere*, para que les dieran suerte. Después Giuliano subió al carro abarrotado de objetos sustraídos, y los otros tres hombres caminando con las armas a punto, se desplegaron en previsión de cualquier ataque. Bajaron rápidamente por la carretera de Castellammare. Les llevó más de una hora alcanzar la casa del granjero que le había prestado el carro a Hector Adonis. Enterraron el botín en la pocilga, y a continuación ayudaron al granjero a pintar el carro, utilizando unos botes de pintura verde oliva procedentes de un depósito de suministros del ejército norteamericano.

El *maresciallo* Roccofino regresó con sus hombres a tiempo para la cena; el sol ya se estaba ocultando, y no había brillado en todo el día con tanta fuerza como ardió la cólera del *maresciallo* al ver a los *carabinieri* encerrados en sus propias celdas. El *maresciallo* envió el carro blindado a recorrer las carreteras en busca de los forajidos, pero a aquella hora Giuliano ya se encontraba en su refugio del monte.

Los periódicos de toda Italia publicaron la noticia en lugar destacado. Tres días antes, el asesino de los dos *carabinieri* había saltado también a las primeras planas, pero entonces se pensó que Giuliano era simplemente uno de los muchos bandidos sicilianos sin más mérito que su crueldad. Aquella hazaña, en cambio, era ya otra cuestión. El bandido había ganado una batalla de ingenio y táctica contra la policía nacional. Había liberado a sus vecinos y amigos de lo que era, a todas luces, una reclusión injusta. Periodistas de Nápoles, Roma y Milán se trasladaron a la ciudad de Montelepre para entrevistar a la familia y los amigos de Turi Giuliano. Su madre fue fotografiada sosteniendo una guitarra de Turi, que, según ella, tocaba como los propios ángeles (eso no era cierto; estaba dando los primeros pasos en aquel campo y tocaba lo justo para que se pudiera reconocer una melodía). Sus antiguos compañeros de escuela dijeron que Turi era muy aficionado a la lectura y que por eso le apodaban «el profesor». A los periodistas les pareció muy gracioso el que un bandido siciliano supiera leer. Hablaron de su primo Aspanu Pisciotta, que se había unido a sus actividades delictivas por pura amistad, y se preguntaron quién podía ser aquel hombre capaz de inspirar semejante lealtad.

Una fotografía suya que, tomada a los diecisiete años, mostraba a un joven de asombrosa y viril postura mediterránea contribuyó en gran manera a que toda la historia resultara irresistiblemente atractiva. Sin embargo, lo que más impresionó a los italianos fue quizás el acto de clemencia de Giuliano al perdonarle la vida al cabo que había intentado matarle. Aquello era mejor que la ópera; era, más bien, como aquellos espectáculos de marionetas, tan populares en Sicilia, cuyos muñecos de madera nunca sangraban ni sufrían heridas ni eran mutilados por ninguna bala.

Los periódicos deploraban tan sólo que Giuliano hubiera liberado a aquel par de sinvergüenzas de Terranova y Passatempo, dando a entender que aquellos compañeros tan perversos podrían empañar la imagen de aquel caballero de reluciente armadura.

Sólo un periódico de Milán comentó que Salvatore Giuliano ya había matado a dos miembros de la policía nacional, señalando que deberían adoptarse medidas especiales para su captura y añadiendo que no se podían disculpar los crímenes de un asesino por el mero hecho de que éste fuera guapo y leído y supiera tocar la guitarra.

10

Don Croce estaba, a esas alturas, muy al tanto de las actividades de Turi Giuliano y le admiraba profundamente. Qué joven tan mafioso, pensaba, utilizando el término en su acepción tradicional: un rostro mafioso, un árbol mafioso, una mujer mafiosa, es decir, algo que destaca sobremanera por su belleza.

Qué fuerza coercitiva hubiera podido ser aquel muchacho para Don Croce, qué capitán en el campo de batalla. Don Croce le perdonaba a Giuliano que fuera para él en aquellos momentos una espina clavada en el costado. Los dos bandidos encarcelados en Montelepre, el temido Passatempo y el astuto Terranova, habían sido capturados con la aprobación y la complicidad del Don. Pero todo aquello se podía olvidar: lo pasado, pasado está; el Don nunca guardaba un rencor que pudiera perjudicar sus futuros intereses. A partir de aquel momento, iba a seguir cuidadosamente los pasos de Turi Giuliano.

Allá en el monte, Turi Giuliano ignoraba su creciente fama. Estaba demasiado ocupado forjando planes con vistas a su futuro poder. Y su primer problema eran los bandidos Passatempo y Terranova. Les interrogó detenidamente y llegó a la conclusión de que les habían traicionado, de que algún confidente había facilitado información sobre ellos. Ellos juraban que sus hombres les habían sido fieles y que muchos murieron en la trampa que les habían tendido. Analizado el asunto, Giuliano concluyó que la Mafia, cuyos miembros actuaban de mensajeros y peristas, les había traicionado. Al comentárselo a los dos bandidos, éstos se negaron a creerlo. Los «amigos de los amigos» jamás hubieran quebrantado el sagrado código de la *omertà*, tan fundamental para su propia supervivencia. Giuliano no insistió, sino que les propuso unirse a su banda.

Les explicó que su finalidad no era sólo sobrevivir sino convertirse en una fuerza política. Subrayó su intención de no robar a los pobres. Es más, la mitad de los beneficios que obtuviera la banda se distribuiría entre los necesitados de las localidades cercanas a Montelepre e incluso en los suburbios de Palermo. Terranova y Passatempo mandarían en sus propias bandas, pero estarían bajo el mando supremo de Giuliano. Aquellas bandas subordinadas no podrían emprender sin el consentimiento de Giuliano ninguna acción encaminada a obtener dinero. Juntas ejercerían su dominio absoluto sobre la gran ciudad de Palermo y las localidades de Monreale, Montelepre, Partinico y Corleone. Hizo especial hincapié en la lucha contra los *carabinieri*, afirmando que deberían ser éstos quienes temieran por su vida, y no ya los bandidos. Los otros se quedaron de una pieza al oír su baladronada.

Passatempo, un bandido a la antigua que se dedicaba a violar, practicar pequeñas extorsiones y matar ovejas, empezó a estudiar inmediatamente el provecho que le reportaría aquella colaboración, y cómo eliminar después a Giuliano para quedarse con su parte del botín. Terranova, que apreciaba a Giuliano y le agradecía el que le hubiera liberado, se preguntó de qué manera podría encauzar diplomáticamente a aquel joven bandido por un camino más prudente. Giuliano les miró sonriente, como si pudiera leerles el pensamiento y le divirtiera lo que discurrían.

Pisciotta estaba acostumbrado a las sublimes ideas de su amigo de toda la vida. Y creía en ellas. Cuando Turi Giuliano decía que podía hacer algo, Aspanu Pisciotta le creía. De modo que le escuchó atento.

Bajo el sol matinal que estaba cubriendo de oro las montañas, los tres escucharon hipnotizados a Giuliano mientras éste les explicaba que iban a encabezar la lucha por la libertad de los sicilianos, por la mejora de las condiciones de vida de los pobres y por la destrucción del poder de la Mafia y de la nobleza de Roma. Ellos se habrían burlado de cualquier otro que hubiera dicho semejantes cosas, pero recordaban lo que siempre recordarían todos los que lo habían visto: el cabo de *carabinieri* apuntando con su pistola a la cabeza de Giuliano, la serena mirada de éste y su absoluta seguridad, mientras aguardaba a que el cabo apretara el gatillo, de que no iba a morir; la clemencia que demostró para con el cabo al fallarle a éste el tiro. Eran actos propios de un hombre que cree en su inmortalidad y obliga a los demás a compartir su creencia. Contemplaban a aquel apuesto joven asombrados de su belleza física, su valor y su inocencia.

A la mañana siguiente, Giuliano bajó con Aspanu Pisciotta, Passatempo y Terranova por un camino que les conduciría a los llanos próximos a la ciudad de Castelvetrano. Se puso en camino muy temprano, para reconocer el terreno. Los cuatro vestían como braceros sicilianos que marcharan a trabajar la tierra.

Sabía que pasaban por allí los camiones de viandas destinadas al abastecimiento de los mercados de Palermo. El problema sería lograr que los camiones se detuvieran. Circularían a gran velocidad, para frustrar los propósitos de los salteadores de caminos, y era posible que los conductores llevaran armas.

Giuliano ordenó a sus hombres que se ocultaran tras unos arbustos del borde de la carretera, casi a la entrada de Castelvetrano, y él se sentó en una roca blanca de gran tamaño, a la vista de todo el mundo. Los hombres que iban a trabajar al campo le miraban con rostro impasible. Viendo la *lupara* que llevaba apresuraban el paso. Giuliano se preguntó si alguno de ellos le habría reconocido. Entonces vio un gran carro pintado con viñetas de leyendas que bajaba por la carretera tirado por una sola mula. Giuliano conocía de vista al viejo que lo conducía. Era uno de los muchos carreteros profesionales que tanto abundaban en la Sicilia rural. En esa época se dedicaba a transportar caña desde las lejanas aldeas hasta las fábricas de la ciudad. Había vivido en Montelepre en otros tiempos y en ocasiones había transportado productos del campo por cuenta del padre de Giuliano. Éste se plantó de pronto en mitad de la carretera, sosteniendo la *lupara* en la diestra. El carretero le reconoció, pero le miró sin inmutarse, con un simple parpadeo momentáneo.

Giuliano le saludó llamándole familiarmente «tío», como solía de niño.

—*Zu* Peppino —le dijo—, éste es un día afortunado para los dos. Yo estoy aquí para hacer tu fortuna y tú me ayudarás a aliviar los sufrimientos de los pobres.

Se echó a reír porque se alegraba sinceramente de ver al viejo.

El otro no contestó. Miró a Giuliano con el rostro petrificado, y esperó. Giuliano se encaramó al carro y se sentó a su lado, arrojó la *lupara* al interior del vehículo y volvió a reírse, presa de la emoción. Gracias a *Zu* Peppino, estaba seguro de que aquél iba a ser un gran día.

Giuliano saboreó el frescor del final del otoño, la hermosura de las montañas en el horizonte y la alegría de saber que sus hombres dominaban la carretera con sus armas desde detrás de los arbustos. Expuso su plan a *Zu* Peppino y éste le escuchó en silencio y sin modificar su expresión. Hasta que Giuliano le comunicó cuál iba a ser su recompensa: su carro lleno de la comida que transportaban los camiones. Entonces *Zu* Peppino dijo con un gruñido:

—Turi Giuliano, siempre fuiste un chiquillo valiente y es forzado. De buen corazón, sensible, generoso y comprensivo. No has cambiado de mayor —Giuliano recordó entonces que *Zu* Peppino era uno de aquellos insólitos viejos de Sicilia tan aficionados al lenguaje florido—. Cuenta con mi ayuda en eso y en todo lo demás. Saluda a tu padre, que debiera estar muy orgulloso de tener a un hijo semejante.

El convoy de los tres camiones cargados de víveres apareció en la carretera al mediodía. Cuando doblaron la curva que salía directamente del llano de Partinico, tuvieron que detenerse. Varios carros y mulas cerraban por completo el paso. El bloqueo lo había organizado *Zu* Peppino, al cual todos los carreteros de la zona debían favores y obediencia.

El conductor del camión que iba en cabeza hizo sonar la bocina y se adelantó un poco, rozando el carro que tenía más cerca. El hombre del carro le miró con tal odio, que inmediatamente detuvo el camión y se dispuso a esperar con paciencia. Sabía que, a pesar de su humilde oficio, aquellos carreteros eran hombres muy orgullosos que, por una cuestión de honor como era su derecho de precedencia en la carretera, podían matarle de un navajazo y después seguir tranquilamente su camino con una canción en los labios.

Los otros dos camiones tuvieron también que detenerse, y los conductores se apearon. Uno de ellos era de la zona oriental de Sicilia y el otro un extranjero, es decir que procedía de Roma. El romano se acercó a los carros, bajándose la cremallera de la cazadora, mientras gritaba enfurecido que apartaran del camino sus malditas mulas y sus carros de basura, al tiempo que se introducía la mano en la chaquetilla.

Giuliano saltó del carro sin molestarse en tomar la *lupara* ni extraer la pistola que llevaba al cinto. Hizo una señal a los hombres que aguardaban entre los arbustos y éstos salieron a la carretera empuñando sus armas. Terranova se desplazó hacia el camión de atrás, para que no pudiera moverse. Pisciotta se deslizó por el terraplén y se enfrentó al enfurecido conductor romano.

Passatempo entre tanto, más excitable que los demás, hizo bajar a la fuerza al conductor del primer camión y le empujó al suelo, a los pies de Giuliano. Este le tendió la mano y le ayudó a levantarse. Pisciotta ya había obligado al conductor del camión de cola a reunirse con los otros dos. El romano retiró la mano de la chaquetilla, y su cólera se disipó como por arte de ensalmo. Giuliano sonrió afablemente y les dijo:

—Éste es un día auténticamente afortunado para vosotros tres. No tendréis que hacer el largo viaje hasta Palermo. Mis carreteros descargarán los camiones y distribuirán la comida a los necesitados de esta zona, todo bajo mi vigilancia, claro. Permitidme que me presente. Soy Giuliano.

Los tres conductores se deshicieron inmediatamente en disculpas y zalamerías. No tenían ninguna prisa, dijeron. Disponían de todo el tiempo que hiciera falta. En realidad, ya era la hora del almuerzo. En los camiones estaban muy cómodos. El calor no era excesivo. Aquello había sido una auténtica suerte, una ocasión afortunada.

Giuliano vio su temor.

—No os preocupéis —les dijo—. Yo no mato a los hombres que se ganan el pan con el sudor de su frente. Almorzaréis conmigo mientras mi gente hace el trabajo, y después regresaréis a casa junto a vuestras mujeres e hijos y les contaréis la suerte que habéis tenido. Cuando la policía os interrogue, procurad prestarle la menor ayuda posible y os ganaréis mi gratitud.

Giuliano hizo una pausa. No quería que aquellos hombres sintieran vergüenza ni temor. Quería que informaran del buen trato recibido. Porque habría más adelante otros como ellos.

Los hombres fueron acompañados junto a la sombra de una roca que se alzaba gigantesca al borde de la carretera y, sin que nadie les registrara, entregaron voluntariamente sus armas a Giuliano y permanecieron sentados como unos angelitos mientras los carreteros descargaban sus camiones. Se llenaron los carros, pero todavía les quedaba todo un camión por descargar porque ya no había más sitio. Giuliano ordenó que Pisciotta y Passatempo subieran al camión con un conductor y se dirigiera a Montelepre para distribuir los productos entre los braceros. El propio Giuliano y Terranova vigilarían la distribución de los alimentos en la zona de Castelvetrano y en Partinico. Más tarde se reunirían todos en la cueva del Monte D'Ora.

Con su hazaña Giuliano pretendía ganarse el apoyo de toda la gente de aquellos campos. ¿Qué otro bandido hubiera entregado su botín a los pobres? Al día siguiente, los periódicos de toda Sicilia publicaron reportajes sobre el Robin Hood de la isla. Sólo Passatempo protestó por haberse pasado todo el día trabajando a cambio de nada. Pisciotta y Terranova comprendieron que su banda se había ganado a miles de partidarios en contra de Roma.

Lo que no sabían era que los alimentos estaban destinados a un almacén de Don Croce.

En sólo un mes Giuliano consiguió tener informadores en todas partes: qué rico comerciante viajaba con dinero del mercado negro, cuáles eran las costumbres de ciertos aristócratas y quiénes los malvados que iban a contarles chismes a los altos funcionarios de la policía. Y de ese modo se enteró de que la duquesa de Alcamo había sacado sus joyas de un banco de Palermo para lucirlas en la serie de fiestas con que la alta sociedad iba a celebrar las navidades.

La finca de los duques de Alcamo; situada a unos sesenta kilómetros al sur de Montelepre, estaba cercada por un muro y tenía las entradas vigiladas por guardianes armados. El duque pagaba también una «cuota» a los «amigos de los amigos», para evitar que le robaran el ganado, le desvalijaran la casa o secuestraran a algún miembro de su familia. En tiempos normales y con delincuentes normales, ello le hubiera permitido estar más seguro que el Papa en el Vaticano.

Giuliano envió a Aspanu Pisciotta a cortejar a una de las criadas de la finca de Alcamo, ordenándole severamente que no deshonrara a la chica. Pisciotta no hizo caso de las instrucciones, considerando que Turi era demasiado romántico e ingenuo en lo tocante a las cosas del mundo. Además, la chica era demasiado bonita, y Pisciotta aún no había aprendido a temer a su amigo de la infancia. Pisciotta se pasó varias semanas cultivando la amistad de la muchacha, le hizo varias visitas en la finca y comió como un rey en la cocina del duque. Habló con los jardineros, los guardabosques, el mayordomo y las demás criadas. Era simpático, guapo y sabía ganarse el favor de la gente. No le fue difícil averiguar cuándo emprendería el duque viaje a Palermo por un asunto de negocios.

Cuando faltaban cinco días para la Navidad, Giuliano, Passatempo, Pisciotta y Terranova se detuvieron con un carro tirado por mulas ante la verja de la propiedad. Iban vestidos con el atuendo de caza típico de los propietarios rurales acomodados, comprado en Palermo con el producto de su asalto a los camiones: pantalones de pana, camisas rojas, de lana, gruesas chaquetas de color verde, en cuyos bolsillos guardaban cajas de munición. Los dos guardas de la entrada les cerraron el paso, pero, siendo de día, estaban descuidados y llevaban las armas colgadas al hombro.

Giuliano se les acercó caminando a grandes zancadas. No llevaba más arma que una pistola oculta bajo la gruesa chaqueta.

—Señores —dijo, esbozando una ancha sonrisa—, me llamo Giuliano y he venido para felicitar a la encantadora duquesa las pascuas de Navidad y pedirle limosnas para ayudar a los pobres.

Los guardianes, mudos de asombro al oír aquel nombre, hicieron ademán de empuñar sus armas. Pero Passatempo y Terranova ya les estaban apuntando con sus metralletas. Pisciotta les quitó las armas y las arrojó al interior del carro. Passatempo y Terranova se quedaron en la entrada, vigilando a los guardas.

Se accedía a la mansión cruzando un enorme patio empedrado. En un rincón, unas gallinas correteaban alrededor de una anciana que les estaba echando comida. Al otro lado del edificio, los cuatro hijos de la duquesa jugaban en el jardín, vigilados por ayas uniformadas de negro algodón. Giuliano enfiló el camino que conducía a la casa, acompañado de Pisciotta. La información era correcta, no había más vigilantes. Más allá del jardín, se extendían un huerto y un olivar. Vieron a seis jornaleros trabajándolos. Llamó al timbre y empujó la puerta justo en el momento en que la criada la abría. Esta reconociendo a Pisciotta, se apartó, sorprendida de verle en la puerta principal.

—No te asustes —le dijo Giuliano amablemente—. Dile a tu ama que nos envía el duque por un asunto de negocios. Tengo que hablar con ella.

Con la sencillez propia de la servidumbre siciliana, la criada les hizo pasar al salón, donde la duquesa estaba leyendo. La duquesa, que era de la península, se molestó ante aquella intromisión y dijo con aspereza:

—Mi esposo no está en casa. ¿Qué desean?

Giuliano no le pudo contestar. Estaba impresionado por la belleza de la estancia. Era la más espaciosa y sorprendente que jamás hubiera visto. Más bien redonda que cuadrada, unos cortinajes dorados protegían sus puertas vidrieras, y el techo formaba una cúpula adornada con frescos de querubines. Había libros por todas partes: en el sofá, en los veladores y en unos estantes especiales adosados a las paredes. Grandes lienzos al óleo adornaban las paredes, y había jarrones con flores por doquier. Sobre las mesitas colocadas delante de los mullidos sofás y sillones resaltaban preciosas cajas de oro y plata. Aquel salón tenía capacidad para cien personas por lo menos, pero sólo lo ocupaba aquella solitaria mujer vestida de blanca seda. A través de las ventanas abiertas penetraban la luz del sol y el aire y los gritos de los niños que jugaban en el jardín. Giuliano comprendió por vez primera la seducción de la riqueza, se dio cuenta de que el dinero era capaz de crear toda aquella hermosura y no quiso desfigurarla con ningún acto de torpeza o crueldad. Haría lo que tuviera que hacer sin dejar la menor cicatriz en aquella encantadora escena.

La duquesa esperó pacientemente una respuesta, asombrada ante la viril apostura de aquel joven. Le vio admirar la belleza del salón y se molestó un poco al observar que no se fijaba en ella. Lástima, pensó, que fuera un campesino y no se moviera en su ambiente, donde un coqueteo inofensivo no hubiera estado fuera de lugar. Todo ello la indujo a adoptar un tono más afectuoso al decir:

—Mire, joven, lo siento mucho, pero, si se trata de algún asunto relacionado con la finca, tendrá que volver en otro momento. Mi esposo, como le digo, está ausente.

Giuliano la miró. Experimentaba esa oleada de rebeldía que siente un hombre pobre ante una mujer rica cuya insinuada superioridad sobre él se basa sólo en su riqueza y su posición social. Se inclinó en cortés reverencia y, contemplando la espectacular sortija que lucía ella, dijo en tono de irónica sumisión:

—El asunto que me trae se relaciona con usted. Me llamo Giuliano.

Sin embargo, la irónica sumisión no hizo mella en la duquesa, demasiado acostumbrada al servilismo de sus criados. La aceptó como un hecho normal. Era una mujer culta, aficionada a los libros y a la música, y no le interesaban las realidades cotidianas de Sicilia. No leía apenas los periódicos porque le parecían vulgares. Por consiguiente, se limitó a decir con exquisita cortesía:

—Me alegro de saludarle. ¿Nos hemos conocido en Palermo? ¿En la ópera quizá?

Aspanu Pisciotta, que había estado observando la escena muy divertido, soltó una carcajada y se situó frente a la puerta ventana, para impedir el paso a cualquier criado que pudiera aparecer por allí.

Giuliano, un poco irritado por la carcajada de Pisciotta, pero subyugado por la ignorancia de la duquesa, contestó muy serio:

—Mi querida duquesa, jamás nos hemos conocido. Yo soy un bandido y mi nombre completo es Salvatore Giuliano Me considero el defensor de Sicilia, y el propósito de mi visita es pedirle que done sus joyas a los pobres para que puedan celebrar con alegría el nacimiento de Jesucristo el día de Navidad.

La duquesa esbozó una sonrisa de incredulidad. Aquel joven cuyo rostro y cuyo cuerpo despertaban en ella unas ansias tan insólitas no querría causarle ningún daño. La amenaza de peligro la intrigaba sobremanera. Se iba a divertir mucho cuando contara la historia en las fiestas de Palermo.

—Mis joyas están en la caja fuerte del banco de Palermo —dijo con una inocente sonrisa—. Todo el dinero que haya en la casa se lo puede quedar. Con mi beneplácito.

Nadie había dudado jamás de su palabra. Nunca había mentido, ni siquiera de niña. Era la primera vez que lo hacía.

Giuliano contempló el dije de brillantes que adornaba el cuello de la duquesa. Sabía que le estaba mintiendo, pero aun así lamentaba tener que actuar como iba a hacerlo. A una señal suya, Pisciotta hundió dos dedos entre los dientes y lanzó tres silbidos. Segundos más tarde Passatempo aparecía en la puertaventana. Su achaparrada e innoble figura y su perverso rostro cubierto de cicatrices parecían salidos de un espectáculo de marionetas. Era *cariancho* y de frente muy baja, y el lanudo cabello negro y las pobladas cejas le conferían todo el aspecto de un gorila. Miró sonriente a la duquesa, descubriendo sus enormes dientes amarillentos.

Al ver aparecer a un tercer bandido, la duquesa empezó a asustarse. Se quitó el collar y, entregándoselo a Giuliano, le preguntó:

—¿Le basta con eso?

—No —contestó él—. Mi querida duquesa, yo soy un hombre muy tierno, pero mis compañeros no se me parecen en absoluto. Mi amigo Aspanu, pese a ser tan guapo, es tan cruel como ese bigotito que lleva y que tantos corazones destroza. Y el hombre de la puerta, pese a estar a mis órdenes, me provoca pesadillas. No me obligue a dejarles sueltos. Entrarán en su jardín como halcones y se llevarán a sus hijos a las montañas. Deme el resto de sus brillantes.

La duquesa se dirigió a su alcoba y regresó a los pocos minutos con un joyero. Había tenido la precaución de ocultar las piezas más valiosas. Le entregó el joyero a Giuliano y él le dio las gracias amablemente. Después, dirigiéndose a Pisciotta, dijo:

—Aspanu, puede que la duquesa haya olvidado algunas cosas. Ve a echar un vistazo a la alcoba, para cerciorarte.

Pisciotta encontró casi inmediatamente las joyas ocultas y se las llevó a Giuliano.

Giuliano abrió el joyero, y el corazón le dio un vuelco de alegría al ver las preciosas gemas. Sabía que el contenido de aquel estuche hubiera bastado para alimentar durante muchos meses a toda la ciudad de Montelepre. Y pensó con emoción que el duque las había comprado con el sudor de sus jornaleros. Mientras la duquesa se retorcía las manos angustiada, Giuliano se fijó de nuevo en la enorme esmeralda que lucía en el dedo.

—Mi querida duquesa —le dijo—, ¿cómo ha tenido la insensatez de intentar engañarme ocultando las otras joyas? Eso es más propio de un pobre campesino que se mata a trabajar para reunir un pequeño tesoro. Pero, ¿cómo ha podido usted poner en peligro su vida y la de sus hijos por unas joyas que no echará en falta más de lo que echa en falta su marido el sombrero que se pone? Y ahora, déjese de tonterías y deme esa sortija.

—Mi estimado joven —contestó la duquesa llorando—, le ruego que me permita conservar este anillo. Le enviaré su valor en dinero. Es el regalo de compromiso que me hizo mi esposo. No podría soportar perderlo. El corazón se me partiría de pena.

Pisciotta rompió a reír de nuevo, esa vez deliberadamente. Temía que Turi, obedeciendo a los sentimentales impulsos de su corazón, la dejara conservar la sortija. Estaba claro que la esmeralda era la pieza más valiosa.

Pero el sentimentalismo de Giuliano no llegaba a tanto. Pisciotta siempre recordaría la mirada con que asió sin contemplaciones el brazo de la duquesa y le quitó la sortija de la temblorosa mano. Después, retrocediendo rápidamente un paso, se ajustó la sortija en el meñique de la mano izquierda.

Turi vio que la duquesa se había ruborizado y que los ojos se le llenaban de lágrimas.

—En atención a sus recuerdos —le dijo, recuperando sus corteses maneras de antes—, jamás venderé este anillo y siempre lo llevaré puesto.

La duquesa buscó en su rostro algún rastro de ironía, pero no lo encontró.

Para Turi Giuliano fue un momento mágico porque, cuando se puso la sortija en el dedo, percibió la transferencia del poder. Mediante aquel anillo acababa de desposarse con su destino. Era el símbolo del poder que les iba a arrebatar a los ricos. En aquel estanque verde oscuro rodeado de oro e impregnado todavía del perfume de la hermosa mujer que lo luciera sin cesar durante muchos años, había apresado una minúscula esencia, una parte de la vida que jamás podría pertenecerle.

Don Croce escuchó sin decir palabra.

El duque de Alcamo se estaba quejando personalmente ante él. ¿Acaso no había pagado la «cuota» a los «amigos de los amigos»? ¿No le habían ellos garantizado la inmunidad contra cualquier clase de robo? ¿Qué estaba pasando? En los viejos tiempos, nadie se hubiera atrevido a hacer semejante cosa. El duque había denunciado el robo a las autoridades pese a constarle que era inútil y que tal vez disgustaría a Don Croce. Lo hizo porque tenía que cobrar el seguro, y también porque así, a lo mejor, el gobierno de Roma empezaría a tomarse un poco más en serio al tal Giuliano.

Don Croce resolvió que había llegado efectivamente la hora de tomarle muy en serio.

—Si yo recupero sus joyas —le dijo al duque—, ¿pagaría usted la cuarta parte de su valor?

El duque se puso hecho un basilisco.

—Primero le pago la «cuota» para mantener a salvo mi persona y mis posesiones. Y ahora que usted ha fallado en lo que era su deber, me pide que pague un rescate. ¿Cómo quiere que le respeten sus clientes trabajando de esa manera?

—Tengo que reconocer que le asiste toda la razón —contestó Don Croce, asintiendo—. Pero considere que Salvatore Giuliano es una fuerza de la naturaleza, un azote de Dios. No esperará usted que los «amigos de los amigos» le protejan contra los terremotos, los volcanes y las inundaciones, ¿verdad? A su debido tiempo, Giuliano será dominado, se lo aseguro. Pero piénselo bien: usted abona el rescate que yo concertaré; disfrutará de mi protección sin pagar la cuota acostumbrada durante cinco años; y, de conformidad con el acuerdo, Giuliano no volverá a atacar. Por otra parte, ¿por qué iba a hacerlo, si él y yo daremos por sentado que tendrá usted el suficiente juicio para guardar esos objetos de valor en las cajas de seguridad del banco de Palermo? Las mujeres son demasiado inocentes, no saben con cuánto afán y codicia persiguen los hombres los bienes materiales de este mundo —hizo una pausa y esperó a que se desvaneciera la leve sonrisa que había aparecido en el rostro del duque. Y después añadió—: Si calcula la «cuota» que tendría que pagar por la protección de todas sus propiedades durante cinco años en los tiempos tan difíciles que se avecinan, verá que este infortunio le habrá costado muy poco.

El duque lo pensó bien. Era cierto lo que Don Croce decía sobre los tiempos difíciles que se avecinaban. El rescate de las joyas le iba a costar un ojo de la cara, a pesar de la cancelación de la «cuota» durante cinco años; ¿y quién le garantizaba que Don Croce viviría otros cinco años o si estaría en condiciones de pararle los pies a Giuliano? Aun así, era el mejor acuerdo que se podía conseguir. Con ello evitaría que la duquesa le pidiera nuevas joyas, y eso ya constituiría de por sí un gran ahorro. Tendría que vender otro pedazo de tierra, pero sus antepasados se habían pasado muchas generaciones haciendo lo mismo para costearse sus locuras, y todavía le quedaban varios miles de hectáreas. El duque aceptó el trato.

Don Croce mandó llamar a Hector Adonis. Al día siguiente, Adonis fue a visitar a su ahijado y le explicó su misión con toda claridad.

—No vas a conseguir mejor precio aunque les vendas las joyas a los ladrones de Palermo —le dijo—. Y, aun así, tardarías mucho tiempo y no tendrías el dinero antes de las navidades, como es tu deseo. Por otra parte, te ganarás la estima de Don Croce y eso te conviene mucho. Al fin y al cabo, has perjudicado su reputación, pero él te perdonará si le haces este favor.

Giuliano miró sonriendo a su padrino. La estima de Don Croce le importaba un pimiento, pues uno de sus sueños era precisamente la destrucción del dragón de la Mafia siciliana. No obstante, ya había enviado emisarios a Palermo en busca de compradores para las joyas robadas y sabía que iba a ser un largo y espinoso proceso. Aceptó por consiguiente el trato, pero se negó a devolver la sortija de la esmeralda.

Antes de marcharse, Adonis abandonó finalmente su papel de presentador de historias caballerescas y le habló por primera vez a Giuliano de las realidades de la vida siciliana.

—Mi querido ahijado —le dijo—, nadie admira tus cualidades más que yo. Me encanta tu magnanimidad y creo haber contribuido a inculcártela. Pero ahora tenemos que hablar de supervivencia. Nunca podrás vencer a los «amigos de los amigos». Durante mil años, como un millón de arañas, han estado tejiendo una tela gigantesca sobre toda la vida de Sicilia. Ahora el centro de esa tela lo ocupa Don Croce. Él te admira, busca tu amistad y desea que te enriquezcas a su lado. Pero es necesario que de vez en cuando te sometas a su voluntad. Tú podrás tener tu imperio, pero lo deberás inscribir en esa tela de araña. Lo que está claro es que no puedes enfrentarte a él abiertamente. Si así lo hicieras, la propia historia ayudaría a Don Croce a destruirte.

Y así fue cómo el duque recuperó las joyas. La mitad del dinero se distribuyó entre los miembros de la banda de Giuliano y, como es natural, Pisciotta, Passatempo y Terranova recibieron participaciones más elevadas. Y aunque contemplaron la esmeralda que Giuliano lucía en el meñique, no se atrevieron a objetar nada, porque su jefe no había querido reservarse cantidad alguna del dinero producido por la venta de las joyas.

Giuliano deseaba que la otra mitad se distribuyera entre los pastores que guardaban los rebaños de ovejas y vacas de los ricos, los jornaleros que se ganaban cada día unas miserables liras con el sudor de su frente y todos los indigentes de la comarca.

Por regla general distribuía el dinero a través de intermediarios, pero, en cierta ocasión, se llenó de billetes de banco los bolsillos de la zamarra, tomó un saco de lona lleno de dinero y acompañado por Terranova, fue a dar un paseo por las aldeas situadas entre Montelepre y Piani dei Greci.

En una de ellas había tres ancianas que se estaban muriendo de hambre, y él les entregó sendos fajos de billetes. Las mujeres se echaron a llorar y le besaron las manos. En otra aldea vivía un hombre que estaba a punto de perder su granja y sus tierras por no poder pagar la hipoteca. Giuliano le dejó dinero suficiente para redimirla por completo. En una tercera localidad, ocupó la panadería y la tienda de comestibles, pagándole al propietario el precio de los productos, y distribuyó pan, queso y pasta entre todos los habitantes.

En otro lugar entregó a los padres de un niño enfermo lo necesario para que pudieran llevarle al hospital de Palermo y pagar las visitas del médico del pueblo. Después asistió a la boda de unos jóvenes y les hizo un generoso regalo.

Sin embargo, lo que más le gustaba era entregar dinero a los harapientos chiquillos que llenaban las calles de todas las pequeñas localidades de Sicilia. Todos conocían a Giuliano y se congregaban a su alrededor cuando repartía entre ellos paquetes de dinero, con el encargo de que lo entregaran a sus padres.

Y después les miraba correr gozosos a sus casas.

Le quedaban únicamente un par de fajos cuando, antes del anochecer, decidió visitar a su madre. Mientras atravesaba los campos situados detrás de la casa, vio a un niño y una niña que estaban llorando. Habían perdido el dinero que sus padres les habían confiado; dijeron que se lo habían quitado los *carabinieri*. A Giuliano le hizo gracia aquella pequeña tragedia y les entregó uno de los dos fajos que le quedaban. Después, contemplando a aquella chiquilla tan bonita, no pudo soportar la idea de que la castigaran y le entregó una nota para sus padres. Los padres de la niña no fueron los únicos agradecidos. Los habitantes de Borgetto, Corleone, Partinico, Monreale y Piani dei Greci empezaron a llamarle el «rey de Montelepre» para demostrarle su lealtad.

Don Croce estaba satisfecho a pesar de la pérdida de los cinco años de «cuota» del duque. Le dijo a Adonis que el duque había pagado el veinticinco por ciento del valor de las joyas, pero él entregaría el veinte y se quedaría un cinco por ciento para su bolsillo.

Lo que más le alegraba era haber reparado en Giuliano en sus comienzos y haberle juzgado con tanta precisión. Qué muchacho tan magnífico. ¿Quién hubiera creído que un hombre tan joven pudiera ver las cosas con tanta claridad, actuar con semejante prudencia y escuchar con tan buena disposición los sabios consejos de los mayores? Y sin embargo, lo había hecho todo sin dejar de proteger con fría inteligencia sus propios intereses, cosa que el Don admiraba muchísimo porque, ¿a quién le hubiera gustado asociarse con un imbécil? Sí, el Don pensaba que Turi Giuliano iba a ser su brazo derecho. Y con el tiempo, su amado hijo adoptivo.

Tiru Giuliano comprendió con toda claridad las intrigas que se estaban urdiendo a su alrededor. Sabía que su padrino estaba sinceramente preocupado por su seguridad. Lo cual no significaba que él se fiara de su opinión. Giuliano sabía que aún no era lo bastante fuerte para enfrentarse a los «amigos de los amigos» y que, de hecho, necesitaba su ayuda, Pero, a la larga, no se hacía ninguna ilusión en ese sentido. En caso de que atendiera los consejos de su padrino, a la larga acabaría convertido en un vasallo de Don Croce. Y él se había hecho el firme propósito de jamás llegar a ser tal cosa. Por eso tenía que esperar el momento oportuno.

11

La banda de Giuliano estaba integrada por treinta hombres. Unos eran antiguos miembros de las partidas de Passatempo y Terranova. Otros eran algunos de los habitantes de Montelepre que, liberados por Giuliano durante su asalto al cuartel, se dieron cuenta de que, a pesar de su inocencia, las autoridades no les perdonaban y les seguían hostigando, con lo cual prefirieron ser acosados junto a Giuliano antes que ser atrapados solos y sin amigos.

Una hermosa mañana de diciembre los confidentes que Giuliano tenía en Montelepre le mandaron decir que un hombre de aspecto peligroso, tal vez un espía de la policía, estaba haciendo averiguaciones sobre el modo de unirse a la banda. Se encontraba en la taberna de Cesareo Ferra. Giuliano envió a Terranova y otros cuatro hombres a investigar a Montelepre. Si el sospechoso era un espía, le matarían y, si fuera útil, sería reclutado.

A primera hora de la tarde, Terranova regresó y le dijo a Giuliano:

—Tenemos a este sujeto y, antes de pegarle un tiro, hemos pensado que quizá te gustaría conocerle.

Giuliano se echó a reír cuando vio al gigantón enfundado en las tradicionales prendas de trabajo de los campesinos sicilianos.

—Vaya, pero si es mi viejo amigo. ¿Pensabas que se me iba a despintar tu cara? ¿Traes mejores balas esta vez?

Era el cabo de *carabinieri* Canio Silvestro, el que había disparado contra Giuliano durante el famoso asalto al cuartel.

El ancho rostro de Silvestro, marcado por la cicatriz, estaba muy serio. Era un rostro que atraía a Giuliano por alguna inexplicable razón. El forajido sentía una especial debilidad por aquel hombre, que había contribuido a probar su inmortalidad.

—He venido para unirme a tu banda —dijo Silvestro—. Te puedo ser muy útil.

Hablaba con el orgullo de quien se dispone a hacer un regalo. Giuliano se mostró muy complacido y permitió que Silvestro le contara su historia.

Tras el asalto al cuartel, el cabo Silvestro fue enviado a Palermo para ser juzgado en consejo de guerra por negligencia en el cumplimiento de su deber. El *maresciallo* se puso furioso con él y le interrogó minuciosamente antes de recomendar su procesamiento. Curiosamente, lo que más recelos despertó en el *maresciallo* fue el hecho de que hubiera intentado disparar contra Giuliano. El motivo del fallido tiro fue una bala defectuosa. El *maresciallo* afirmó que el cabo había cargado su pistola con aquella bala inofensiva, a sabiendas de que era defectuosa. Que el intento de resistencia fue una comedia y que el cabo Silvestro ayudó a Giuliano a organizar la fuga de los presos y dispuso a sus guardias de tal forma que contribuyeran a favorecer el éxito del asalto.

—¿Qué les hizo pensar que tú sabías lo de la bala defectuosa? —le interrumpió Giuliano.

—Hubiera tenido que saberlo —contestó Silvestro muy avergonzado—. Yo era armero de infantería, un experto —se puso muy serio y después se encogió de hombros—. Cometí un error, es cierto. Me convirtieron en un hombre de oficina y no presté demasiada atención a mi verdadera misión. Pero a ti te pudo ser muy útil. Puedo ser tu armero. Revisar todas las armas y repárártelas. Encargarme de que se manejen adecuadamente las municiones, para que no estalle tu depósito de su ministros y te haga saltar por los aires. Puedo modificar tus armas aquí, en el monte, para que las destines al uso que prefieras.

—Cuéntame el resto de tu historia —le dijo Giuliano, estudiándole con atención.

Podía ser un plan para introducir en la banda a un confidente. Vio que Pisciotta, Passatempo y Terranova desconfiaban de aquel hombre.

—Se comportaron como estúpidos, como mujeres asustadas —añadió Silvestro—. El *maresciallo* sabía que era una locura llevarse a todos los hombres a la montaña, teniendo el cuartel lleno de presos. Los *carabinieri* ven en Sicilia una especie de país extranjero ocupado. Yo protestaba contra esa actitud y por eso me pusieron en su lista negra. Además, las autoridades de Palermo querían proteger al *maresciallo* porque, al fin y al cabo, eran responsables de su actuación. Preferían que el cuartel de Bellampo hubiera sido traicionado desde dentro a que lo hubieran tomado hombres más listos y valientes. No me juzgaron en consejo de guerra. Me pidieron que me fuera. Me dijeron que no iba a tener dificultades, pero sé que eso no es cierto. Nunca podré conseguir otro empleo oficial. Yo no sirvo para otra cosa, y soy un patriota siciliano. Entonces me pregunté: ¿qué voy a hacer con mi vida? Y me dije: acudiré a Giuliano.

Giuliano ordenó que le sirvieran comida y bebida y se reunió con sus lugartenientes, para discutir el asunto.

—Pero ¿qué clase de imbéciles se han creído que somos? —dijo Passatempo en tono expeditivo—. Pégale un tiro y arroja su cuerpo por el despeñadero. No necesitamos *carabinieri* en esta banda.

Pisciotta observó que Giuliano estaba a punto de dejarse arrastrar de nuevo por el cabo. Conociendo las impulsivas emociones de su amigo, dijo cautelosamente:

—Lo más probable es que sea una trampa. Pero, aunque no lo fuera, ¿por qué correr ese riesgo? Viviríamos constantemente preocupados. Siempre habría una sombra de duda. ¿Por qué no le dices, simplemente, que se marche?

—Conoce nuestro campamento —terció Terranova—. Ha visto a algunos de nuestros hombres y sabe cuántos somos. Eso es una información muy valiosa.

—Es un siciliano de una pieza —contestó Giuliano—. Lo hace todo por sentido del honor. No puedo creer que sea un espía.

Vio que los demás sonreían ante su inocencia.

—Recuerda que te quiso matar —dijo Pisciotta—. Llevaba un arma oculta y, siendo un prisionero, trató de matarte en un acceso de cólera, a pesar de constarle que no tenía ninguna esperanza de escapar.

Eso es precisamente lo que más me gusta de él, pensó Giuliano.

—¿Y acaso no demuestra eso que es un hombre de honor? —preguntó a los demás—. Estaba vencido, pero creyó que tenía que morir vengándose. ¿Qué daños nos puede causar? Será un miembro normal de la banda, no le haremos ninguna confidencia. Y le vigilaremos de cerca. Yo me encargaré personalmente de ello. Cuando llegue el momento, le someteremos a una prueba que no tendrá más remedio que rechazar en caso de que sea un espía de la policía. Dejadlo de mi cuenta.

Aquella noche, cuando le comunicó a Silvestro que ya formaba parte de la banda, éste se limitó a decir:

—Puedes contar conmigo para lo que sea.

Y comprendió que Giuliano le había vuelto a salvar la vida.

Por Navidad Giuliano visitó a su familia. Pisciotta lo consideró una imprudencia y dijo que la policía podía tenderle una trampa. En Sicilia la Navidad siempre había propiciado la muerte de los bandidos. La policía contaba con que los fuertes vínculos de la sangre inducirían a los forajidos a bajar de las montañas para visitar a sus seres queridos. Sin embargo, los espías de Giuliano comunicaron que el *maresciallo* se iría a visitar a su familia a la península y que había concedido permiso a la mitad de los hombres de la guarnición de Bellampo, de modo que pudieran pasar las fiestas en Palermo. Para mayor seguridad, Giuliano decidió bajar acompañado de varios hombres y llegó a Montelepre en Nochebuena.

Había anunciado su visita con antelación, y su madre le tenía preparado un festín. Aquella noche durmió en la cama de su infancia, y cuando al día siguiente su madre fue a misa de Navidad, la acompañó a la iglesia. Llevaba seis guardaespaldas que también visitarían a sus familias, pero que tenían orden de acompañarle adondequiera que fuese.

Al salir de la iglesia con su madre, los seis guardaespaldas le estaban aguardando con Pisciotta.

—Te han traicionado, Turi —dijo éste muy pálido—. El *maresciallo* ha regresado de Palermo con otros veinte hombres, para capturarte. Tienen rodeada la casa de tu madre porque piensan que estás allí.

Giuliano experimentó un acceso de cólera al pensar en lo estúpido e imprudente que había sido y juró que jamás volvería a incurrir en semejante descuido. Y no es que pensara que el *maresciallo* y sus veinte hombres podían capturarle ni aun en casa de su madre. Sus guardaespaldas les hubieran tendido una emboscada y se habría producido una sangrienta batalla. Pero eso habría estropeado el espíritu de su vuelta a casa por Navidad. El día del nacimiento de Cristo había que respetar la paz.

Se despidió de su madre con un beso y le pidió que regresara a casa y reconociera tranquilamente ante la policía que le había dejado en la iglesia. De ese modo, no la podrían acusar de complicidad. Le dijo que no se preocupara, que él y sus hombres iban armados hasta los dientes y podrían escapar con facilidad; ni siquiera habría lucha. Los *carabinieri* no se atreverían a seguirles hasta el monte.

Giuliano y sus hombres se marcharon sin ser vistos por la policía. Aquella noche, en su campamento de la montaña, Giuliano interrogó a Pisciotta. ¿Cómo era posible que el *maresciallo* se hubiera enterado de la visita? ¿Quién había sido el confidente? Habría que hacer todo lo posible por averiguarlo.

—Esa va a ser tu misión especial, Aspanu —le dijo—. Y si hay uno, es posible que existan otros. No me importa lo mucho que tardemos ni el dinero que cueste; debes averiguarlo.

A Pisciotta jamás le habían gustado las payasadas del barbero de Montelepre, ni siquiera de niño. Frisella era uno de aquellos barberos que cortaban el pelo según su estado de ánimo del momento: un día siguiendo los cánones de la moda, otro en plan divertido, y al siguiente, de acuerdo con el conservador estilo de los campesinos. Con esas variaciones pretendía dárselas de artista. Se tomaba, además, demasiadas libertades con los que estaban por encima de él y adoptaba una actitud excesivamente paternalista con sus iguales. Se burlaba de los niños y los trataba con ese desprecio tan típicamente siciliano, que constituye una de las características menos agradables de la isla: les pinchaba las orejas con las tijeras y, a veces, les cortaba el cabello tan corto, que les dejaba la cabeza como una bola de billar. Por eso Pisciotta experimentó un placer especial al comunicarle a Giuliano que el barbero Frisella era el espía de la policía y había quebrantado el sagrado código de la *omertà*.

Era evidente que el *maresciallo* no había atacado a tontas y a locas el día de Navidad. Alguien le debió decir que Turi estaría en casa. ¿Cómo lo habrían averiguado, si él se puso en contacto con su familia con sólo veinticuatro horas de antelación?

Pisciotta recurrió a los confidentes que tenía en el pueblo. Quería saber todo lo que el *maresciallo* había hecho durante aquellas veinticuatro horas. Puesto que los únicos que conocían los planes de Giuliano eran sus padres, Pisciotta les interrogó con disimulo, para ver si se habían ido de la lengua involuntariamente.

Maria Lombardo descubrió en seguida su propósito.

—No he hablado con nadie, ni siquiera con mis vecinas —le dijo—. Me quedé en casa a guisar para ofrecerle a Turi una buena comida de Navidad.

Pero el padre de Giuliano había acudido a la barbería de Frisella la víspera de Navidad. El viejo era un poco presumido y quería estar elegante en las contadas ocasiones en que su hijo Turi visitaba la casa de Montelepre. Era una costumbre adquirida quizás en los Estados Unidos. Frisella le afeitó y le cortó el pelo, y bromeó con él como solía.

—¿Acaso quiere el *signor* ir a Palermo, a visitar a ciertas señoras de allí? ¿Es que va a recibir alguna importante visita de Roma?

Frisella se encargaría de que el *signor* Giuliano estuviera lo bastante presentable para recibir a un «rey». Pisciotta imaginó la escena. El padre de Giuliano diciendo, con una enigmática sonrisa en los labios, que un hombre podía arreglarse por simple satisfacción personal. E hinchándose como un pavo al ver que su hijo era tan famoso que le llamaban el «rey de Montelepre». O a lo mejor el viejo había acudido allí en otra ocasión y, habiéndose enterado de que Giuliano había visitado a sus padres aquel mismo día, el barbero empezó a atar cabos.

El *maresciallo* Roccofino se afeitaba todas las mañanas en la barbería. Y aunque no parecía probable que Frisella hubiera informado al policía, Pisciotta estaba seguro de que así había sido. Envió a sus espías a la barbería para que charlaran con Frisella y jugaran a las cartas con él, sentados a la mesa que Frisella solía sacar a la calle. Bebieron vino, hablaron de política e insultaron a los amigos que pasaban.

A lo largo de varias semanas, los espías de Pisciotta fueron obteniendo más información. Frisella siempre silbaba una de sus arias de ópera preferidas mientras atendía a sus clientes. A veces encendía su aparato de radio, un armatoste de forma ovalada, para oír los discos que ofrecían las emisoras romanas. Cuando atendía al *maresciallo*, siempre tenía conectada la radio. Y siempre, en algún momento, se inclinaba hacia el policía y le susurraba algo. Quien no se hubiera maliciado nada, habría podido ver en eso simple solicitud de un barbero amable para con su cliente. Sin embargo, uno de los espías de Pisciotta alcanzó a ver el billete con que pagó el *maresciallo* el servicio, y observó que estaba doblado y que el barbero se lo guardaba en un bolsillo del chaleco que llevaba bajo la bata blanca. Después, el espía y uno de sus colaboradores acorralaron a Frisella y le obligaron a enseñarles el billete, que era de diez mil liras. El barbero juró que correspondía al pago de los servicios de varios meses, y los espías fingieron creerle.

Pisciotta expuso las pruebas a Giuliano en presencia de Terranova, Passatempo y el cabo Silvestro. Estaban en su campamento de la montaña. Giuliano se acercó al borde de uno de los precipicios que daban a Montelepre y contempló la ciudad. El barbero Frisella formaba parte de aquella ciudad desde siempre. Frisella le había cortado el pelo para la ceremonia de la confirmación y le regaló una monedita de plata. Conocía a la mujer y al hijo del barbero. Frisella le gastaba bromas cuando le encontraba en la calle, y siempre le preguntaba por sus padres.

Y de pronto resultaba que aquel hombre había quebrantado el sagrado código de la *omertà*. Había vendido secretos al enemigo, era un confidente a sueldo de la policía. ¿Cómo podía ser tan insensato? ¿Y qué debía hacer él ahora con aquel hombre? Una cosa era matar a un policía en el ardor del combate y otra muy distinta ejecutar a sangre fría a un hombre mayor que era casi como un tío para él. Turi Giuliano tenía apenas veintidós años y se veía por primera vez en la necesidad de utilizar aquella gélida crueldad tan necesaria en las grandes empresas.

Se volvió para mirar a los demás.

—Frisella me conoce de toda la vida. De niño, me daba limonada, ¿te acuerdas, Aspanu? Y a lo mejor se limita a contar chismes al *maresciallo*, pero no por facilitarle información. Otra cosa sería si le hubiésemos dicho que íbamos a ir a la ciudad y él se lo hubiera contado a la policía. A lo mejor hace simples conjeturas, y acepta el dinero porque se lo ofrecen. ¿Quién lo rechazaría?

Passatempo miraba a Giuliano con los ojos entornados, como contemplaría una hiena a un león moribundo, preguntándose si habría llegado el momento de abalanzarse sobre la fiera y darle una dentellada. Terranova movió lentamente la cabeza, sonriendo con el aire de quien oye contar a un niño una historia absurda. Pero Pisciotta fue el único que le contestó.

—Tiene más delito que un cura en una casa de putas —dijo.

—Podríamos hacerle una advertencia —propuso Giuliano—. Podríamos atraerle a nuestro lado y utilizarle para proporcionar falsa información a la policía cuando nos conviniera.

Pero mientras hablaba, comprendió que sería un error. Y ya no podía permitírselos.

—¿Por qué no le hacemos un regalo, ya que estamos en eso? —replicó Pisciotta enfurecido—. Un saco de trigo o un pollo. Turi, nuestras vidas y las de todos los hombres que están aquí, en el monte, dependen de tu valor, de tu voluntad, de tu capacidad de dominio. ¿Cómo podremos seguirte si perdonas a un traidor como Frisella? Un hombre que ha quebrando la ley de la *omertà*. A esta hora, y por mucho menos, los «amigos de los amigos» ya habrían colgado su corazón y su hígado en la puerta de su barbería. Si le perdonas, cualquier traidor codicioso sabrá que puede delatarte sin ser castigado. Uno de ellos puede ser nuestra muerte.

—Frisella es un estúpido payaso —terció Terranova con muy buen tino—, un hombre traidor y codicioso. En tiempos normales, sería un simple pelmazo. Ahora, en cambio, es peligroso. Sería una imprudencia que le dejaras suelto, no tiene inteligencia suficiente para enmendarse. Pensaría que no somos gente seria. Y otros muchos lo pensarían también. Turi, tú has acabado con las actividades de los «amigos de los amigos» en Montelepre. El tal Quintana actúa con mucho tiento, aunque a veces dice cosas un poco imprudentes. Si le perdonas la vida a Frisella, los «amigos de los amigos» creerán que eres débil y te someterán a otras pruebas. Los *carabinieri* serán más audaces, perderán el miedo y se harán más peligrosos. Y hasta los habitantes de Montelepre empezarán a despreciarte. Frisella no puede seguir con vida. Esto último lo dijo casi con tristeza.

Giuliano les escuchó con aire pensativo. Tenían razón. Sabía cómo era Passatempo y podía adivinar lo que estaba pensando. En caso de que le perdonara la vida a Frisella, no podría fiarse de Passatempo. Ya no podrían ser caballeros de Carlomagno, ya no podrían resolver sus diferencias en honroso combate. Frisella tendría que ser ejecutado de forma que su muerte sirviera de supremo escarmiento.

A Giuliano se le ocurrió una idea.

—¿Tú qué piensas? —le preguntó al cabo Silvestro—. Estoy seguro de que el *maresciallo* te diría quiénes eran sus confidentes. ¿Es culpable el barbero?

Silvestro se encogió de hombros con expresión impasible. No quería hablar. Todos comprendieron que su sentido del honor le impedía traicionar su antigua confianza y que el hecho de no contestar era una manera indirecta de decirles que el barbero mantenía ciertos contactos con el *maresciallo*. Pero Giuliano quería estar seguro. Miró sonriente al cabo y le dijo:

—Ha llegado el momento de que nos demuestres tu lealtad. Iremos todos a Montelepre y tú ejecutarás personalmente al barbero en la plaza.

Aspanu Pisciotta se asombró de la astucia de su amigo. Giuliano siempre le deparaba sorpresas. Siempre actuaba con nobleza y, sin embargo, era capaz de tender trampas dignas del mismísimo Yago. Todos creían que el cabo era un hombre sincero y honrado que respetaba profundamente el juego limpio. Jamás accedería a llevar a cabo la ejecución de no constarle la culpabilidad del barbero, por muy caro que ello le pudiera costar. Pisciotta vio la leve sonrisa de Giuliano y comprendió que, si el cabo rehusaba hacer lo que le pedían, el barbero sería considerado inocente y tendrían que dejarle en paz.

Sin embargo, el cabo se acarició los poblados mostachos y les miró uno tras otro, a los ojos.

—Frisella corta el cabello tan mal —dijo— que sólo por eso merece morir. Lo haré por la mañana.

Al amanecer, Giuliano, Pisciotta y el ex cabo Silvestro bajaron a Montelepre. Una hora antes, Passatempo se había adelantado con un grupo de diez hombres, para cerrar las calles que convergían en la plaza principal. Terranova se quedó en el campamento, preparado para bajar con un numeroso grupo de hombres en caso de que se produjera algún grave percance.

Era todavía muy temprano cuando Giuliano y Pisciotta llegaron a la plaza. Las calles adoquinadas y las estrechas aceras habían sido regadas y unos niños estaban jugando alrededor de la plataforma en la que el asno y la mula se habían apareado aquel fatídico y ya lejano día. Giuliano le dijo a Silvestro que echara a los niños de la plaza: no quería que presenciaran lo que estaba a punto de ocurrir. Silvestro lo hizo con tan malos modos, que los niños se dispersaron como gallinas. Cuando Giuliano y Pisciotta entraron en la barbería pistola en mano, Frisella le estaba cortando el pelo a un acaudalado terrateniente de la provincia. El barbero pensó que pretendían secuestrar a su cliente y retiró rápidamente la toalla, sonriendo con astucia, como si ofreciera un botín. El terrateniente, un antiguo campesino siciliano que se había enriquecido durante la guerra, vendiendo ganado al ejército italiano, se levantó orgullosamente. Pero Pisciotta le indicó por señas que se apartara y le dijo sonriendo:

—No tienes suficiente dinero ni para pagar nuestros precios ni para interesarnos.

Giuliano estaba mirando a Frisella con expresión vigilante. El barbero aún tenía las tijeras en la mano.

—Déjalas —le dijo Giuliano—. En tu nuevo destino no necesitarás cortarle el pelo a nadie. Y ahora, a la calle.

Frisella soltó las tijeras y su sonrisa de bufón se trocó en una mueca de payaso.

—Turi —dijo—, no tengo dinero. Acabo de abrir. Soy un hombre pobre.

Pisciotta le agarró por la abundante cabellera y le arrastró a la calle, donde estaba aguardando Silvestro. Frisella cayó de hinojos y rompió a gritar:

—Turi, Turi, yo te cortaba el pelo cuando eras pequeño. ¿Acaso lo has olvidado? Mi mujer se morirá de hambre. Mi hijo no es vivo de cabeza.

Pisciotta observó que Giuliano vacilaba. Dio un puntapié al barbero y le dijo:

—Tendrías que haber pensado en esas cosas cuando informaste.

—Yo nunca he dado información sobre Turi —contestó Frisella, echándose a llorar—. Sólo le hablé al *maresciallo* de unos ladrones de ovejas. Lo juro por mi mujer y mi hijo.

Giuliano le miró y comprendió en aquel instante que el corazón se le iba a partir de pena y que lo que estaba a punto de hacer le destruiría para siempre. Pese a ello, se limitó a decir:

—Dispones de un minuto para reconciliarte con Dios.

Frisella contempló a los tres hombres que le rodeaban y no vio en ellos la menor compasión. Entonces inclinó la cabeza y musitó una plegaria.

—No dejes que mi mujer y mi hijo se mueran de hambre —dijo después, mirando a Giuliano.

—Te prometo que no les faltará el pan —contestó Giuliano. Dirigiéndose a Silvestro, añadió—: Mátale.

El cabo había asistido a la escena medio aturdido. Pero, al oír las palabras, apretó sin vacilar el gatillo de su metralleta. Las balas levantaron el cuerpo de Frisella del suelo y lo hicieron saltar sobre los adoquines mojados. La sangre oscureció las grietas a las que no había llegado el agua y provocó la huida de unas pequeñas lagartijas. Hubo un largo momento de sobrecogido silencio en la plaza. Después Pisciotta se arrodilló junto al cadáver y le dejó sobre el pecho un cuadrado de papel blanco.

Cuando llegó el *maresciallo*, fue ésa la única prueba que encontró. Los tenderos no habían visto nada, dijeron. Estaban trabajando en la trastienda. O contemplando las hermosas nubes que cubrían el Monte D'Ora. El cliente de Frisella afirmó no haber visto a los asesinos porque se estaba lavando la cara en la pila. A pesar de todo ello, la autoría estaba muy clara. El papel colocado sobre el cadáver de Frisella decía: ASÍ MUEREN LOS QUE TRAICIONAN A GIULIANO.

12

La guerra ya había terminado, pero la de Giuliano acababa de empezar. En el breve espacio de catorce meses, Salvatore Giuliano se convirtió en el hombre más famoso de toda Sicilia. Había impuesto su ley en la zona noroccidental de la isla y el corazón de su imperio era la ciudad de Montelepre. Dominaba las localidades de Piani dei Greci, Borgetto y Partinico e incluso la sanguinaria ciudad de Corleone, cuyos habitantes eran tan violentos que hasta en Sicilia se habían hecho tristemente famosos; llegaba casi hasta Trapani y amenazaba la ciudad de Monreale y la mismísima capital, Palermo. Cuando el nuevo Gobierno democrático de Roma puso un precio de diez millones de liras a su cabeza, Giuliano se echó a reír y siguió actuando con absoluta impunidad en gran número de ciudades. A veces hasta cenaba en los restaurantes de Palermo. Al terminar, siempre dejaba una nota debajo del plato en la que decía: «Esto demuestra que Turi Giuliano puede ir adonde le plazca».

La inexpugnable fortaleza de Giuliano eran las distintas galerías de los montes Cammarata. Conocía todas las cuevas y los secretos caminos. Se sentía invencible. Le gustaba contemplar desde allí la ciudad de Montelepre y el llano de Partinico, que se extendía hasta Trapani y el Mediterráneo. Cuando el crepúsculo se teñía de azul, reflejando el color del lejano mar, podía ver las ruinas de los templos griegos, los naranjales, los olivares y los campos de trigo de la Sicilia occidental. Con los prismáticos alcanzaba a ver incluso los polvorientos santos encerrados con candados en sus capillitas al borde de los caminos.

Desde aquellas montañas bajaba con sus hombres a las polvorientas carreteras blancas para asaltar los convoyes del Gobierno y los trenes y despojar de sus joyas a las mujeres ricas. Los hombres que se desplazaban en sus carros pintados a los sagrados festejos les saludaban tanto a él como a sus bandidos, al principio con temor y después con respeto y cariño. No había un solo pastor ni jornalero que no se hubiera beneficiado de sus repartos de botín.

Todos los campesinos se convirtieron en espías suyos. Los niños, en sus oraciones nocturnas, le pedían a la Virgen que «salvara a Giuliano de los *carabinieri*».

Toda aquella campiña alimentaba a Giuliano y a sus hombres. Había olivares, naranjales y viñedos. Había rebaños cuyos pastores cerraban los ojos cuando los bandidos llegaban en busca de unos cuantos corderos. En aquel paisaje, Giuliano se movía como un espectro, perdido en esa brumosa luz azulada de Sicilia, reflejo del cerúleo Mediterráneo desde el cielo.

Los meses invernales eran largos y fríos en la montaña. Pero la banda de Giuliano seguía creciendo. Por la noche, sus hogueras punteaban las pendientes y los valles de las montañas Cammarata. Los hombres aprovechaban la luz de las hogueras para limpiar sus armas, remendar la ropa y hacer la colada en el cercano arroyo. A veces discutían a la hora de preparar la cena. Cada aldea de Sicilia tiene su propia receta para los platos de calamares y anguilas y para la salsa de tomate con hierbas, y disputan entre sí sobre si las salchichas deben o no deben cocerse al horno. Los hombres aficionados a matar con navaja gustaban de hacer la colada, los secuestradores, en cambio, preferían guisar y coser. Los atracadores de bancos y trenes se dedicaban a limpiar las armas.

Giuliano les hizo cavar trincheras de defensa y establecer lejanos puestos de escucha para que las fuerzas gubernamentales no pudieran sorprenderles. Un día, cavando, los hombres encontraron el esqueleto de un animal gigantesco, más grande que el de cualquier bestia que pudieran imaginar. Hector Adonis llegó aquel día con libros para Giuliano, ya que éste sentía un enorme afán de saberlo todo. Estudiaba textos de ciencia, de medicina, de política, de filosofía y de técnicas militares. Hector Adonis se los proporcionaba en gran cantidad con intervalos de pocas semanas. Giuliano le acompañó al lugar donde habían encontrado el esqueleto. Adonis esbozó una sonrisa al ver el desconcierto de los hombres.

—¿Acaso no te he traído suficientes libros de historia? —le dijo a Giuliano—. Un hombre que no conoce la historia de la humanidad de los últimos dos mil años es un hombre que vive en las tinieblas —se detuvo un instante y después añadió en el suave tono propio de un profesor—: Eso es el esqueleto de un ingenio bélico utilizado por Aníbal el cartaginés, el cual atravesó hace dos mil años estas montañas para destruir la Roma imperial. Se trata del esqueleto de uno de sus elefantes de guerra, adiestrados para el combate y jamás vistos en el continente con anterioridad. Imagináos el pánico que harían cundir entre aquellos soldados romanos. Y, sin embargo, no le sirvió de nada, porque Roma venció a Aníbal y destruyó Cartago. Estas montañas encierran muchos fantasmas y vosotros acabáis de descubrir uno. Imagínate, Turi, tú serás un día uno de ellos.

Y Giuliano se pasó toda la noche imaginándolo. Le gustaba la idea de llegar a convertirse algún día en un fantasma de la historia. En caso de que le mataran, esperaba que ello ocurriera en el monte, porque pensaba que, una vez herido, se arrastraría hasta el interior de una de sus numerosas cuevas y nadie le encontraría hasta que se produjera algún accidente fortuito, como había sucedido con el elefante de Aníbal.

Durante el invierno cambiaron varias veces de campamento y los miembros de la banda se dispersaron por varias semanas. Durmieron en casa de familiares o de pastores amigos, o bien en los inmensos graneros vacíos pertenecientes a la nobleza. Giuliano pasó la mayor parte de aquellos meses estudiando sus libros y forjando planes. Mantenía también largas conversaciones con Hector Adonis.

A principios de primavera, bajó a la carretera de Trapani. Y en aquella carretera vieron por primera vez un carro pintado con otras leyendas, las leyendas de Giuliano. Era una escena plasmada en chillones tonos rojos que representaba a Giuliano quitándole a la duquesa su esmeralda, al tiempo que se inclinaba ante ella en reverencia. En segundo término se veía a Pisciotta amenazando con una ametralladora a un grupo de hombres armados.

Aquel día ambos lucieron también las hebillas de cinturón con un águila y un león rampante labrados en una placa rectangular, de oro. Las había realizado Silvestro, que ahora era el armero de la banda. Se las entregó a Giuliano y Pisciotta como emblema de su caudillaje. Giuliano la lucía siempre: Pisciotta únicamente cuando acompañaba a Giuliano. Porque Pisciotta bajaba a menudo disfrazado a las aldeas y ciudades, e incluso a Palermo.

Por la noche en las montañas, cuando se quitaba el cinturón, Giuliano estudiaba la cuadrada hebilla de oro. A un lado había un óvalo de filigrana que contenía un águila parecida a un hombre con plumas. Al otro lado se podía ver un segundo óvalo con un león rampante sosteniendo en sus patas un círculo también de filigrana. Ambas imágenes daban la impresión de hacer girar una bola del mundo. El león le fascinaba especialmente, con su cuerpo humano bajo la fiera cabeza. La reina del aire y el rey de la tierra labrados en una lámina de fino oro. Giuliano era el águila, Pisciotta el león, y el círculo la isla de Sicilia.

Durante siglos el secuestro de los ricos había sido una de las más habituales industrias caseras de Sicilia. Por regla general, los secuestradores eran los más temibles mafiosos, los cuales se contentaban con enviar una carta antes del secuestro. En ella se explicaba con la mayor cortesía que, para evitar las molestias de un secuestro, se debería pagar una determinada suma. En tal caso —como ocurre cuando se paga al contado en las ventas al por mayor—, se haría una considerable rebaja sobre el precio del rescate en atención a los irritantes problemas que así se ahorraban. Porque, a decir verdad, el secuestro de un famoso personaje no era tan fácil como la gente creía. No estaba al alcance de codiciosos aficionados ni de inútiles y gandules cabezas de chorlito que no querían ganarse la vida trabajando. Tampoco era una alocada y suicida actividad como en los Estados Unidos, donde el secuestro había dado muy mala fama a quienes lo practicaban, por haber hecho blanco de sus actos a los niños. En Sicilia jamás se tomaba a los niños como rehenes, a no ser que les acompañara una persona mayor.

Porque de los sicilianos se podía decir cualquier cosa: que eran unos criminales natos, que asesinaban con la misma facilidad con que una mujer recoge flores, que eran tan arteros y traidores como los turcos, que llevaban un atraso social de trescientos años; pero lo que nadie podía negar era que amaban, más aún, idolatraban a los niños. Por consiguiente, aquella modalidad de secuestro no existía en Sicilia. Ellos «invitaban» a una persona rica a que fuera su huésped, y ésta no podía marcharse hasta que hubiera pagado la comida y el alojamiento, como en un hotel de primera.

A lo largo de cientos de años esa industria casera había ido elaborando toda una serie de normas. El precio era siempre negociable a través de intermediarios como la Mafia. Nunca se ejercía ningún tipo de violencia sobre el «huésped», el cual era tratado con el máximo respeto y recibía las atenciones que le correspondían según fuera un príncipe, un duque, un Don o incluso un arzobispo, en caso de bandidos que no tuvieran reparo en poner en peligro la salvación de su alma secuestrando a un representante del clero. A un miembro del parlamento se le llamaba «honorable» a pesar de constarle a todo el mundo que aquellos tunantes eran los mayores ladrones que uno se pudiera echar a la cara.

Todo ello se hacía por conveniencia. La historia enseñaba que dicho sistema daba excelentes resultados. Una vez liberado, si su dignidad no había sufrido menoscabo, el prisionero no manifestaba el menor deseo de vengarse. Se dio el caso de un duque que, ya en libertad y tras haber conducido a los *carabinieri* al lugar donde sabía que se ocultaban los bandidos, pagó abogados que se encargaran de su defensa. Cuando, a pesar de todo, los bandidos fueron declarados culpables, el duque intervino para que les redujeran a la mitad la larga condena. Habían tratado al duque con tan exquisito tacto y corrección, que éste afirmó no haber conocido jamás modales tan finos ni siquiera entre la mejor sociedad de Palermo.

En cambio, si se dispensaba un mal trato a un prisionero, éste, al ser liberado, gastaba fortunas en perseguir a sus secuestradores, ofreciendo a veces una recompensa muy superior al rescate pagado.

Sin embargo, en la inmensa mayoría de los casos, si ambas partes se comportaban de manera civilizada, el precio se concertaba mediante diversas negociaciones, y el prisionero era puesto en libertad. Los ricos de Sicilia lo consideraban una especie de impuesto ilegal que debían pagar a cambio de vivir en la tierra que tanto amaban, y puesto que apenas pagaban impuestos al Estado, soportaban aquella cruz con cristiana resignación.

Las negativas obstinadas y los regateos excesivos se resolvían mediante alguna leve forma de coacción. Se cortaba una oreja o se amputaba un dedo, por ejemplo. Ello bastaba, en general, para que todo el mundo entrara en razón. Exceptuando aquellos insólitos y lamentables casos en que había que devolver un cuerpo ritualmente mutilado y acribillado a balazos o, en tiempos más antiguos, cosido a puñaladas en un dibujo de cruz.

Sin embargo, «invitar a un huésped» era siempre un engorro. Había que someter a vigilancia a la víctima durante cierto período de tiempo, para poder secuestrarla con la menor violencia posible. Y antes era necesario preparar varios escondrijos y dotarlos de suministros y guardianes, porque ya se sabía que las negociaciones iban a ser largas y que las autoridades buscarían a las víctimas. Era un asunto muy complejo y que no podían manejar los aficionados.

Cuando decidió dedicarse al negocio de los secuestros, Giuliano se propuso invitar únicamente a los personajes más ricos de Sicilia. Y, de hecho, su primera víctima fue el aristócrata más acaudalado y poderoso de toda la isla. Se trataba del príncipe de Ollorto, el cual no sólo tenía inmensas propiedades en Sicilia sino que, además, se había construido un imperio en el Brasil. Era el amo de casi todos los habitantes de Montelepre... de sus granjas y de sus casas. En política se le conocía como influyente personaje que actuaba en la sombra; un ministro importante del Gabinete de Roma era íntimo amigo suyo. Y, en Sicilia, el administrador de todas sus fincas era nada menos que el propio Don Croce. Huelga decir que, en el magnífico sueldo que percibía Don Croce estaban incluidos los pagos del seguro destinado a preservar a la persona del príncipe de Ollorto de los secuestradores y asesinos y a proteger sus bienes del asalto de los ladrones.

A salvo en su castillo, cuyas murallas vigilaban los hombres de Don Croce, los porteros y sus propios guardianes personales, el príncipe de Ollorto se disponía a pasar una agradable y tranquila velada, observando las estrellas a través de su enorme telescopio, que era lo que más amaba en este mundo. De repente sonaron fuertes pisadas en la escalera de caracol que conducía al observatorio de la torre. Se abrió violentamente la puerta e irrumpieron en la minúscula estancia cuatro hombres armados y muy mal vestidos. El príncipe extendió el brazo sobre el telescopio en gesto protector y se apartó de las inocentes estrellas para mirarles. Al ver la cara de hurón de Terranova, el príncipe empezó a rezar. Pero Terranova le dijo amablemente:

—Señoría, tengo orden de llevarle a las montañas, a pasar unas vacaciones con Turi Giuliano. Tendrá usted que pagar la comida y el alojamiento, según la costumbre. Pero recibirá tantos cuidados como un recién nacido.

El príncipe trató de disimular su pánico e, inclinando la cabeza, preguntó:

—¿Puedo recoger unas medicinas y algunas prendas de vestir?

—Ya enviaremos por ellas más tarde —contestó Terranova—. Ahora el tiempo apremia. Los *carabinieri* llegarán en seguida, y no están invitados a nuestra pequeña fiesta. Baje, por favor, delante de mí. Y no se le ocurra echar a correr. Tenemos hombres apostados en todas partes y, por muy príncipe que sea, no puede ser más veloz que las balas.

Frente a una entrada lateral situada al final del muro, se encontraban estacionados un Alfa Romeo y un jeep. El príncipe de Ollorto fue introducido en el Alfa Romeo con Terranova, los demás saltaron al interior del jeep, e inmediatamente ambos vehículos salieron camino de las montañas. Cuando ya se encontraban a media hora de distancia de Palermo y faltaba poco para llegar a Montelepre, los vehículos se detuvieron y todos los hombres bajaron. Ante una imagen de la Virgen que había al borde del camino, Terranova se arrodilló brevemente y se persignó. El príncipe, que era hombre muy religioso, reprimió el impulso de hacer lo mismo, temiendo que lo consideraran una muestra de debilidad o un deseo de suplicar que aquellos hombres no le causaran ningún daño. Los secuestradores se desplegaron después en formación de estrella, con el príncipe en el centro, y empezaron a bajar por una empinada pendiente, hasta llegar a un estrecho sendero que conducía a la desierta inmensidad de los montes Cammarata.

Caminaron durante horas y el príncipe tuvo que pedir varias veces un descanso, cosa que los hombres le concedieron amablemente. En determinado momento, se sentaron al pie de una enorme roca granítica y se pusieron a cenar. Tenían una barra de pan, un buen trozo de queso y una botella de vino. Terranova lo distribuyó entre todos, sin olvidar al príncipe, a quien incluso presentó sus disculpas.

—Siento no poder ofrecerle nada mejor —le dijo—. Cuando lleguemos a nuestro campamento, Giuliano le ofrecerá una comida caliente, tal vez un buen estofado de conejo. Tenemos un cocinero que ha trabajado en varios restaurantes de Palermo.

El príncipe le dio amablemente las gracias y comió con buen apetito. En realidad, con más apetito que en los grandes banquetes a los que solía asistir. El ejercicio le había dejado famélico, hacía años que no sentía tanta hambre. Se sacó del bolsillo una cajetilla de cigarrillos ingleses y la ofreció a los hombres. Terranova y sus hombres tomaron sendos cigarrillos y empezaron a fumar con avidez. El príncipe observó que no se habían quedado con la cajetilla. Y entonces se atrevió a decir:

—Tengo que tomar ciertos medicamentos. Soy diabético y necesito administrarme insulina todos los días.

Le sorprendió la solicitud de Terranova.

—Pero, ¿por qué no lo ha dicho? —le preguntó éste—. Hubiéramos podido esperar un minuto. De todos modos, no se apure. Giuliano enviará por las medicinas y las tendrá usted mañana por la mañana. Le doy mi palabra.

—Muchas gracias —contestó el príncipe.

El menudo cuerpo de lebrel de Terranova parecía inclinarse siempre en cortés atención. Su rostro de hurón sonreía amablemente. Pero era como una navaja: se podía utilizar para un noble uso o convertirse en un instrumento mortífero. Reanudaron la marcha y Terranova se situó en una punta de la formación estelar. De vez en cuando, retrocedía para charlar con el príncipe y asegurarle que no le iba a ocurrir nada malo.

Por fin llegaron a la falda de una montaña. Había tres hogueras encendidas y varias mesas de jardín con sillas de mimbre junto al borde del precipicio. Sentado a una mesa, Giuliano estaba leyendo un libro a la luz de una linterna del ejército norteamericano. A sus pies había una bolsa de lona llena de libros por la que paseaban gran cantidad de salamanquesas. Se percibía en el aire de la montaña un incesante zumbido que el príncipe reconoció como el rumor de millones de insectos, pero eso no parecía molestar a Giuliano.

El forajido se levantó de la mesa y saludó cortésmente al príncipe. No adoptó el aire propio del secuestrador en presencia de su prisionero, pero, pensando en lo lejos que había llegado, esbozaba una curiosa sonrisa. Hacía apenas dos años era un pobre campesino, y ahora tenía a su merced al hombre más rico y noble de toda Sicilia.

—¿Ha comido? —preguntó—. ¿Necesita alguna cosa especial para que su estancia entre nosotros sea más agradable? Va a pasar aquí algún tiempo.

El príncipe reconoció que tenía hambre y explicó que necesitaba insulina y otros medicamentos. Giuliano dio una voz desde el borde del precipicio y en seguida subió uno de sus hombres con una cazuela de humeante estofado. Giuliano le pidió al príncipe que anotara con todo detalle qué medicamentos necesitaba.

—Tenemos en Monreale un farmacéutico amigo nuestro que nos abrirá la tienda a la hora que sea —dijo—. Tendrá usted sus medicamentos mañana al mediodía.

Cuando el príncipe terminó de comer, Giuliano le acompañó por una pendiente hasta una pequeña cueva en la que había una cama de mimbre con un colchón.

Les seguían dos bandidos con mantas, y al príncipe le sorprendió ver que había incluso blancas sábanas y un almohadón. Giuliano advirtió la divertida expresión de su rostro y le dijo:

—Es usted un huésped de honor y haremos cuanto esté en nuestra mano para hacerle gratas estas pequeñas vacaciones. Si alguno de mis hombres le faltara al respeto, le ruego que me lo haga saber. Han recibido orden de tratarle con toda la consideración que merece su rango y su fama de patriota siciliano. Le deseo un buen descanso, mañana va a necesitar toda su energía, pues nos aguarda una larga marcha. Ya se ha entregado la nota de rescate y los *carabinieri* montarán una vasta operación de búsqueda, por consiguiente, tendremos que alejarnos mucho.

El príncipe le dio las gracias por su amabilidad y después le preguntó cuál iba a ser la cuantía del rescate.

Giuliano se echó a reír, y al príncipe le llamó la atención su juvenil carcajada y la infantil hermosura de su rostro. La respuesta de Giuliano le dejó anonadado.

—Su gobierno ha puesto un precio de diez millones a mi cabeza. Sería un insulto a vuestra señoría que el rescate no fuera diez veces superior.

El príncipe se quedó de una pieza. Después dijo con un ápice de ironía:

—Espero que mi familia me tenga en tan alto concepto como usted.

—Estaremos abiertos a las negociaciones —contestó Giuliano.

Cuando éste se fue, dos bandidos prepararon la cama y después se sentaron a montar guardia a la entrada de la cueva. A pesar del sonoro zumbido de los insectos, el príncipe de Ollorto durmió como no lo había hecho en muchos años.

Giuliano se pasó toda la noche muy ocupado. Envió a Montelepre por las medicinas. Había mentido al príncipe al hablarle de Monreale. Después mandó a Terranova a ver al padre Manfredi, el superior del convento. Quería que él se encargara de las negociaciones del rescate, pese a constarle que el prior tendría que actuar por mediación de Don Croce. Aun así, Manfredi sería un amortiguador perfecto, y Don Croce cobraría la correspondiente comisión.

Las negociaciones iban a ser muy largas, y ya sabían que no conseguirían los cien millones de liras. Aunque el príncipe de Ollorto era muy rico, el primer precio solicitado jamás era, por tradición histórica, el definitivo.

El príncipe de Ollorto pasó un primer día de secuestro muy agradable. Hubo una marcha muy larga, pero no demasiado pesada, hasta una alquería abandonada, en mitad de las montañas. Giuliano actuaba como el amo de una lujosa mansión, como un rico hacendado que acabara de recibir la inesperada visita de su rey. Con su habitual perspicacia, se dio cuenta de que el príncipe estaba afligido por el estado de su ropa y por haberse estropeado aquel traje inglés confeccionado a la medida que tanto dinero le había costado.

Giuliano le preguntó con curiosidad y sin el menor asomo de desprecio:

—¿Tanto le importa lo que lleva encima de la piel?

El príncipe tenía inclinaciones pedagógicas y no cabía duda de que, en aquellas circunstancias, ambos disponían de mucho tiempo. Así, pues, le dio a Giuliano una conferencia sobre la forma en que un correcto atuendo, confeccionado a la medida con los mejores tejidos, podía enriquecer la personalidad de un hombre como él.

Le habló de los refinados sastres de Londres, comparados con los cuales los duques italianos parecían comunistas. Le describió las distintas clases de tejidos y se refirió a la habilidad y el tiempo que requerían las innumerables pruebas.

—Mi querido Giuliano —dijo—, no se trata del dinero, aun que bien sabe santa Rosalia que lo que yo pagué por este traje bastaría para mantener durante un año a toda una familia siciliana y pagar incluso la dote de su hija. Lo que ocurre es que tengo que ir a Londres y pasarme varios días con los sastres, que me empujan de un lado para otro. Por eso lamento haber estropeado este traje. Nunca lo podré sustituir.

Giuliano estudió al príncipe con simpatía, y después le preguntó:

—¿Por qué es tan importante para usted y los de su clase vestir con tanto lujo... disculpe, quiero decir con tanta corrección? Ahora mismo, lleva usted corbata, aunque estamos en la montaña. Y he visto que al entrar en esta casa se abrochaba la chaqueta como si le estuviera aguardando una duquesa.

El príncipe de Ollorto, pese a ser extremadamente reaccionario en cuestiones de política y no tener, como casi toda la nobleza siciliana, el menor sentido de lo que era la justicia económica, siempre se había sentido muy identificado con las clases populares. Le parecía que los humildes eran seres humanos como él, y nadie que trabajara para él, tuviera buenos modales y supiera estar en su sitio, pasaba jamás necesidad. Los criados de su castillo le adoraban, y él los trataba como si fueran miembros de su familia. Siempre les hacía regalos en los cumpleaños y tenía con ellos algún detalle durante las fiestas. A la hora de las comidas. a menos que hubiera invitados, los criados que servían a la mesa participaban en las conversaciones de la familia y manifestaban su opinión acerca de sus problemas, lo cual no era nada insólito en Italia. A las clases bajas se las trataba con crueldad sólo cuando empezaban a luchar por sus derechos económicos.

Y en ese momento adoptaba la misma actitud con Giuliano, como si su secuestrador fuera un simple criado que quisiera compartir su vida, la vida de un hombre muy rico y poderoso. El príncipe comprendió súbitamente que podría convertir aquel período de cautiverio en una ventaja por la que mereciera la pena pagar un rescate. Sabía, no obstante, que habría de actuar con mucho cuidado y echar mano de su encanto, sin mostrarse condescendiente en ningún momento; que habría de ser sincero y veraz y guardarse de explotar demasiado la situación. Porque Giuliano podía pasar de la debilidad a la fuerza.

Así pues, se tomó muy en serio la pregunta de Giuliano y le contestó con toda franqueza.

—¿Por qué luce usted ese anillo con la esmeralda y esa hebilla de oro? —dijo con una sonrisa. Esperó la respuesta, pero Giuliano se limitó a sonreír. Entonces añadió—: Me casé con una mujer todavía más rica que yo. Tengo poder y deberes políticos. Tengo propiedades aquí en Sicilia y propiedades todavía más grandes en el Brasil, procedentes de mi esposa. La gente en Sicilia me besa las manos en cuanto me las saco de los bolsillos, e incluso en Roma soy muy apreciado, pues en aquella ciudad, manda el dinero. Los ojos de todo el mundo están fijos en mí. Me siento ridículo, porque no he hecho nada para merecerlo. Pero es mío y debo conservarlo, no puedo deslustrar esa reputación. Incluso cuando salgo a cazar enfundado en lo que parece un sencillo atuendo de campesino, tengo que estar muy metido en mi papel: el de un rico e importante personaje que va de caza. Cómo envidio a veces a los hombres como usted y Don Croce, que tienen el poder en la cabeza y el corazón y que se lo han ganado con su valentía y astucia. ¿No resulta risible que yo consiga casi lo mismo vistiéndome en el mejor sastre de Londres?

Habló con tanto donaire, que Giuliano se echó a reír. Es más, la compañía del príncipe le resultaba tan agradable que ambos cenaron juntos y hablaron largo y tendido acerca de las desdichas de Sicilia y las cobardías de Roma.

El príncipe, al corriente de la intención de Don Croce de reclutar a Giuliano, trató de favorecer ese objetivo.

—Mi querido Giuliano —dijo—, ¿cómo es posible que usted y Don Croce no junten sus fuerzas para gobernar Sicilia? Él tiene la sabiduría de la edad y usted el idealismo de la juventud. No cabe la menor duda de que ambos aman esta tierra. ¿Por qué no se unen ustedes, a la vista de los tiempos que tenemos por delante, tan peligrosos para todos nosotros? Ahora que la guerra ha terminado, las cosas están cambiando. Los comunistas y socialistas pretenden aplastar a la Iglesia y destruir los vínculos de sangre. Se atreven a decir que la fidelidad a un partido político es más importante que el amor que se profesa a la propia madre y el afecto que se debe a hermanos y hermanas. ¿Y si ganaran las elecciones y llevaran a la práctica esas ideas?

—Nunca podrán ganar —contestó Giuliano—. Los sicilianos jamás votarán a los comunistas.

—No esté tan seguro —dijo el príncipe—. Los buenos chicos como Silvio Ferra fueron a la guerra y volvieron contagiados de ideas radicales. Los agitadores prometen pan gratis y tierras gratis. El ingenuo campesino es como un asno que sigue a una zanahoria. Es muy posible que acaben votando a los socialistas.

—Yo no aprecio a los democristianos, pero haría cualquier cosa por evitar un gobierno socialista —dijo Giuliano.

—Sólo usted y Don Croce pueden asegurar la libertad de Sicilia —señaló el príncipe—. Es necesario que aúnen sus fuerzas. Don Croce habla a menudo de usted como si fuera su hijo, le tiene auténtica estima. Y sólo él puede evitar una guerra abierta entre usted y los «amigos de los amigos». Comprende que usted hace lo que tiene que hacer; yo también lo comprendo. Pero incluso ahora los tres podemos trabajar juntos y proteger nuestro destino. En caso contrario, es posible que todos vayamos camino de la destrucción.

Turi Giuliano no pudo reprimir su enojo. Qué insolentes eran los ricos.

—Aún no se ha resuelto la cuestión de su rescate —dijo con voz pausada— y me viene usted a proponer una alianza. Puede que le matemos

Aquella noche el príncipe durmió muy mal. Pero Giuliano no le demostró después la menor malquerencia, y el aristócrata pasó un par de semanas muy provechosas. El ejercicio diario y el aire puro de la montaña mejoraron su salud y tonificaron su cuerpo. Aunque siempre había estado delgado, tenía alrededor de la cintura unos depósitos de grasa que entonces desaparecieron. Jamás se había sentido mejor físicamente.

Su bienestar se había extendido también a la esfera mental. A veces, cuando le trasladaban de un lugar a otro, Giuliano no formaba parte del grupo que le custodiaba y el príncipe se veía obligado a conversar con hombres incultos y analfabetos cuyo talante le sorprendía. Casi todos aquellos bandidos eran corteses por naturaleza, poseían una dignidad innata y eran inteligentes en grado sumo. Siempre se dirigían a él por su título y trataban de complacer todas sus peticiones. Jamás había estado tan cerca de sus paisanos sicilianos y se sorprendió al experimentar un renovado afecto por su tierra y sus gentes.

Finalmente, el rescate quedó fijado en sesenta millones de liras en oro y se pagó por mediación de Don Croce y el abad Manfredi. La víspera de la liberación, Giuliano, sus hombres de confianza y veinte de los más destacados miembros de la banda ofrecieron un banquete de despedida al príncipe de Ollorto. Se procuraron champán de Palermo, para celebrar la ocasión, y todos brindaron por su inminente libertad, pues le habían cobrado auténtico afecto. El príncipe por su parte brindó por ellos en los siguientes términos:

—He sido huésped en las más nobles mansiones de Sicilia, pero jamás he recibido este trato y esta hospitalidad y nunca he conocido a hombres de modales tan exquisitos como los de estas montañas. Nunca he dormido tan profundamente ni he comido tan bien —hizo una breve pausa. Después añadió con una sonrisa—: La factura ha sido un poco alta, pero las buenas cosas siempre son caras.

Todos rieron, y Giuliano más que ninguno. Sin embargo, el príncipe observó que Pisciotta no había sonreído tan siquiera.

Después bebieron a su salud y le vitorearon. Fue una noche que el príncipe recordaría con placer toda su vida.

A la mañana siguiente, domingo, el príncipe fue acompañado hasta la puerta de la catedral de Palermo, entró en el templo, para asistir a la primera misa, y rezó una plegaria de acción de gracias. Iba vestido exactamente igual que cuando le secuestraron. En prueba de su estima, Giuliano le había mandado arreglar y limpiar su traje inglés por el mejor sastre de Roma.

13

Los jefes de la Mafia Siciliana solicitaron una reunión con Don Croce. Aunque éste era reconocido como jefe de jefes, no les gobernaba directamente. Cada uno tenía su propio imperio. La Mafia era como uno de aquellos reinos medievales en los que los poderosos barones juntaban sus fuerzas para apoyar en las guerras al más fuerte de entre ellos, a quien reconocían como señor. Pero, al igual que aquellos antiguos barones, tenían que ser mimados por su rey y recompensados con el botín de guerra. Don Croce les gobernaba no con la fuerza sino con el poder de su inteligencia, su carisma y el «respeto» adquirido a lo largo de toda una vida. Gobernaba fundiendo sus divergentes intereses en un interés general del que todos pudieran beneficiarse.

Don Croce tenía que andarse con mucho cuidado con ellos. Todos tenían sus ejércitos particulares, sus secretos asesinos, estranguladores y envenenadores, y sus nobles dispensadoras de muertes directas: las temidas *luparas*. En ese sentido la fuerza de los jefes era igual a la suya; de ahí que el Don quisiera reclutar a Turi Giuliano y convertirle en su lugarteniente personal. Aquellos hombres eran, además, muy listos, y algunos lo más astuto que había en toda Sicilia. No les importaba que el Don ejerciera aquel dominio, porque confiaban y creían en él. Pero hasta el hombre más inteligente del mundo se puede equivocar a veces. Y ellos creían que aquel capricho del Don por Turi Giuliano era el único error surgido del laberinto de su mente.

El más temible y el más franco de todos ellos era Don Siano, que mandaba en la ciudad de Bisacquino. Había accedido a hablar en nombre de los demás y lo hizo con la áspera cortesía habitual en el supremo círculo de los «amigos de los amigos».

Don Croce había organizado un soberbio almuerzo para los seis jefes en los jardines del Hotel Umberto de Palermo donde el sigilo y la seguridad estaban garantizados.

—Mi querido Don Croce —dijo Don Siano—, ya sabe usted el respeto que todos le tenemos. Usted nos resucitó a nosotros y a nuestras familias. Le debemos mucho. Por consiguiente, al hablarle ahora con toda franqueza, pretendemos prestarle un servicio. El bandido Turi Giuliano ha adquirido demasiada fuerza. Le hemos tratado con excesiva deferencia. Es sólo un muchacho y, sin embargo, desafía su autoridad y la nuestra. Roba las joyas de nuestros más ilustres clientes, requisa las cosechas de nuestros más ricos terratenientes. Y ahora acaba de cometer una definitiva ofensa que no podemos pasar por alto: secuestran al príncipe de Ollorto, sabiendo muy bien que se encuentra bajo nuestra protección. Y, sin embargo sigue usted negociando con él y le sigue tendiendo la mano. Ya sé que es fuerte, pero, ¿acaso no lo somos más nosotros? Y si le dejamos campar por sus respetos, ¿no irá envalentonándose cada vez más? Todos nosotros estamos de acuerdo en que ha llegado el momento de resolver esta cuestión. Tenemos que adoptar las medidas que sean necesarias para destruir su fuerza. Si callamos ante el secuestro del príncipe de Ollorto, nos convertiremos en el hazmerreír de toda Sicilia.

Don Croce asintió para indicar que estaba de acuerdo con todo lo dicho, pero no habló. Guido Quintana, el menos importante de los presentes, dijo en tono casi quejumbroso:

—Yo soy el alcalde de Montelepre y todo el mundo sabe que soy un «amigo». Pero nadie acude a mí para solicitar que juzgue, resuelva las disputas o conceda recompensas. El que manda allí es Giuliano, y si tolera que viva en el pueblo, es sólo por evitar un choque con los «amigos». Pero no puedo ganarme la vida, no tengo autoridad. Soy un simple testaferro. Mientras viva Giuliano, los «amigos» no existirán en Montelepre. Yo no le tengo miedo a ese chico. Una vez me enfrenté a él, antes de que se convirtiera en bandido. No me parece un hombre demasiado temible. Si este consejo lo autoriza, trataré de eliminarle. Ya he elaborado planes, y sólo espero la aprobación para llevarlos a la práctica.

—¿Qué nos detiene? —terció Don Piddu de Caltanissetta—. Con los recursos que tenemos, podríamos depositar su cadáver en la catedral de Palermo y asistir a su funeral como si fuera una boda.

Los demás jefes, Don Marcuzza, Don Bucilla y Don Arzana, expresaron también su aprobación. Y después esperaron.

Don Croce levantó su manaza. La frigidez de su mirada les fue atravesando uno a uno mientras hablaba.

—Mis queridos amigos, comprendo plenamente vuestros sentimientos —dijo—. Pero creo que tenéis en poco a ese joven. Posee una astucia impropia de su edad y puede que sea tan valiente como cualquiera de nosotros. No sería fácil matarle. Además, le considero útil en un futuro, no sólo para mí sino para todos nosotros. Los agitadores comunistas están provocando en los sicilianos una locura colectiva que les ha llevado a esperar la llegada de otro Garibaldi, y nosotros tenemos que procurar que no tienten a Giuliano con la idea de convertirse en un salvador. No hace falta que os diga cuáles serían las consecuencias para nosotros si esos salvajes gobernaran Sicilia. Tenemos que convencerle de que luche a nuestro lado. Nuestra posición aún no es lo bastante segura y no podemos permitirnos el lujo de desperdiciar su fuerza asesinándole —el Don lanzó un suspiro, se llevó un poco de pan a la boca, tomó un sorbo de vino y se secó delicadamente la boca con la servilleta—. Hacedme un favor. Dejad que intente convencerle por última vez. Si se niega, haced lo que consideréis oportuno. Os daré la respuesta dentro de tres días. Permitidme un último intento de llegar a un acuerdo razonable.

Fue Don Siano quien primero inclinó la cabeza en señal de conformidad. Al fin y al cabo, por muy impaciente que estuviera, un hombre razonable siempre podía esperar tres días a cometer un asesinato. Una vez se hubieron marchado sus visitantes, Don Croce mandó llamar a Hector Adonis a su casa de Villalba.

El Don estuvo muy tajante con Adonis.

—Ya se me ha acabado la paciencia con tu ahijado —le dijo—. Ahora tiene que estar o con nosotros o contra nosotros. El secuestro del príncipe de Ollorto ha sido una ofensa directa a mi persona, pero estoy dispuesto a perdonar y olvidar. Hay que comprender que es joven; yo recuerdo que a su edad era tan fogoso como él. Tal como he dicho siempre, yo le admiro por eso. Y puedes creerme si te aseguro que aprecio muchísimo sus aptitudes. Sentiría una enorme alegría si accediera a ser mi brazo derecho. Sin embargo, tiene que darse cuenta del lugar que ocupa en el esquema general de las cosas. Tengo otros jefes que no le aprecian ni le comprenden tanto como yo, y no podré mantenerles a raya mucho tiempo. Por consiguiente, ve a ver a tu ahijado y repítele lo que te he dicho. Tráeme la respuesta mañana a más tardar. No puedo esperar más tiempo.

—Don Croce —repuso Hector Adonis, presa del pánico—, reconozco su generosidad de palabra y de obra. Pero Turi es muy obstinado y, como todos los jóvenes, confía demasiado en su poder. Y no cabe duda de que no está totalmente indefenso. Si lucha contra los «amigos», sé que no puede vencer, pero los daños serían, sin duda, terribles. ¿Puedo prometerle alguna compensación?

—Prométele lo siguiente —contestó Don Croce—. Tendrá un destacado lugar entre los «amigos» y contará con mi lealtad y mi afecto personales. Además, no puede pasarse toda la vida en las montañas. Llegará un momento en que deseará ocupar un puesto en la sociedad, vivir dentro de la ley en el seno de su familia. Cuando llegue ese día, yo soy el único hombre de Sicilia que puede garantizarle el indulto. Y lo haré con sumo gusto. Lo digo con toda sinceridad.

Y, en efecto, cuando el Don se expresaba de esa forma, era imposible no creerle y no rendirse a su voluntad.

Cuando subió al monte para hablar con Giuliano, Hector Adonis estaba muy asustado e inquieto por su ahijado y decidió hablarle con toda franqueza. Quería hacerle comprender que el afecto que por él sentía era lo primero y estaba incluso por encima de su lealtad a Don Croce. Al llegar, vio las sillas y la mesa plegable colocadas al borde del precipicio y a Turi y Aspanu sentados a solas.

—Tengo que hablar contigo en privado —le dijo a Giuliano.

—Mira, hombrecillo —dijo Pisciotta enojado—, Turi no tiene para mí ningún secreto.

Adonis no prestó atención al insulto.

—Turi te podrá confiar, si quiere, lo que yo le diga —contestó muy tranquilo—. Eso es cosa suya. Pero yo no puedo hacer lo. No puedo asumir esa responsabilidad.

—Aspanu —dijo Giuliano, dándole a Pisciotta una palmada en el hombro—, déjanos solos Si es algo que debas saber, yo te lo diré.

Pisciotta se levantó bruscamente, miró a Adonis con rabia y se alejó.

Hector Adonis esperó un buen rato. Y después empezó a hablar.

—Turi, tú eres mi ahijado. Te quiero desde que eras pequeño. Yo te enseñé, te di libros para leer, te ayudé cuando te convertiste en un forajido. Eres una de las pocas personas de este mundo que me hacen cara la vida. Y, sin embargo, tu primo Aspanu me insulta sin que tú le dirijas una sola palabra de reproche.

—Confío en ti más que en nadie, exceptuados mis padres —contestó Giuliano con tristeza.

—Y Aspanu —dijo Hector Adonis en tono de reproche—. Se ha vuelto demasiado sanguinario para que se pueda confiar en él.

Giuliano le miró a los ojos y Adonis no pudo menos de admirar la serena franqueza de su semblante.

—Sí, debo reconocerlo, confío en Aspanu más que en ti. Pero siempre te he querido. Tú me abriste la mente con tus libros y tu inteligencia. Sé que has ayudado a mis padres con tu dinero. Y has sido un auténtico amigo en todas mis dificultades. Pero te veo mezclado con los «amigos de los amigos» y algo me dice que es eso lo que hoy te ha traído aquí.

Adonis se asombró una vez más de la intuición de su ahijado. Y le planteó la cuestión a Turi.

—Tienes que llegar a un acuerdo con Don Croce —le dijo—. Ni el rey de Francia, ni el rey de las Dos Sicilias, ni Garibaldi y ni siquiera Mussolini pudieron acabar del todo con los «amigos de los amigos». Tú no puedes abrigar la esperanza de ganar una guerra contra ellos. Te suplico que llegues a un acuerdo. Tendrás que hincar la rodilla ante Don Croce al principio pero, ¿quién sabe qué te reserva el porvenir? Te lo juro por mi honor y por la cabeza de tu madre, a quien ambos adoramos: Don Croce cree en tu talento y siente por ti verdadero amor. Serás su heredero, su hijo preferido. Pero de momento, tendrás que someterte a sus dictados —Adonis observó que Turi mostraba interés y se tomaba muy en serio sus palabras—. Piensa en tu madre, Turi —añadió con vehemencia—. No puedes pasarte toda la vida en el monte, desafiar el peligro para ir a verla unos cuantos días por año. Con la ayuda de Don Croce, conseguirías el indulto.

El joven reflexionó un buen rato, y después, en tono pausado y solemne, le dijo a su padrino:

—Ante todo, quiero darte las gracias por tu sinceridad. La oferta es muy tentadora, pero yo me he impuesto la tarea de liberar de su condición a los pobres de Sicilia, y no creo que los «amigos» tengan ese mismo propósito. Son los servidores de los ricos y de los políticos de Roma, los cuales son mis enemigos jurados. Esperemos a ver. Es cierto que he secuestrado al príncipe de Ollorto y que les he causado problemas, pero respeto la vida de Quintana, a pesar de lo mucho que le desprecio. Le dejo en paz en atención a Don Croce. Díselo así. Dile que rezo por que llegue el día en que ambos podamos ser socios en igualdad de condiciones. En que nuestros intereses no entren en conflicto. En cuanto a sus jefes, que hagan lo que quieran. No les temo.

Con el corazón apesadumbrado, Hector Adonis transmitió la respuesta a Don Croce, el cual asintió con su leonina cabeza como si no esperara otra cosa.

Al mes siguiente, se llevaron a cabo tres intentos de acabar con la vida de Giuliano. A Guido Quintana le permitieron ser el primer atacante. Planeó la operación con una minuciosidad digna de los Borgias. Cuando abandonaba el monte, Giuliano solía utilizar un determinado camino. Al lado de ese camino había unos magníficos pastizales, donde Quintana situó un gran rebaño de ovejas, encomendando su custodia a tres pastores a todas luces inofensivos, naturales de la villa de Corleone y viejos amigos suyos.

Durante casi una semana, cada vez que veían a Giuliano bajar por el camino, los pastores le saludaban respetuosamente y, siguiendo la antigua tradición, le besaban la mano. Giuliano conversaba amistosamente con ellos porque los de su oficio eran a menudo miembros esporádicos de su banda y él siempre andaba buscando nuevos reclutas. No se sentía en peligro porque iba acompañado casi siempre por sus guardaespaldas y, con frecuencia, por Pisciotta, que valía lo menos por dos hombres. Los pastores iban desarmados y vestían prendas ligeras, que no permitían ocultar armas.

Pero aquellos hombres guardaban las *lupara*s y las cartucheras atadas al vientre de unas ovejas del rebaño y esperaban el momento en que Giuliano estuviera solo o menos protegido. Sin embargo, a Pisciotta le extrañaba la amabilidad de aquella gente y la súbita aparición del rebaño de ovejas. Llevó a cabo pesquisas a través de su cadena de confidentes y averiguó que los pastores eran asesinos a sueldo de Quintana.

Pisciotta no perdió el tiempo. Tomó a diez miembros de su banda particular y rodeando a los tres pastores, les interrogó detenidamente acerca del propietario de las ovejas, el tiempo que llevaban en su oficio, su lugar de nacimiento y los nombres de sus padres, esposas e hijos. Los pastores contestaron con aparente sinceridad, pero Pisciotta tenía pruebas de que estaban mintiendo.

Efectuaron un registro y descubrieron las armas ocultas entre la lana de las ovejas.

Pisciotta quería ejecutar a los impostores, pero Giuliano se lo impidió. Al fin y al cabo, no le habían causado ningún daño y el verdadero culpable era Quintana.

Ordenaron a los pastores conducir el rebaño de ovejas a la plaza de Montelepre y, una vez allí, decirle a la gente: «Venid a buscar el regalo de Turi Giuliano. Un cordero para cada casa, un obsequio de Turi Giuliano». Después los apresados deberían sacrificar y desollar todos los corderos que les pidieran.

—Recordadlo bien —les dijo Pisciotta—, quiero que seáis tan serviciales como la dependienta más amable de Palermo, como si os pagaran por ello una comisión. Y transmitidle mi saludo y mi agradecimiento a Guido Quintana.

Don Siano fue menos refinado. Envió a dos emisarios a sobornar a Passatempo y Terranova con el fin de que eliminaran a Giuliano. Pero lo que no podía prever Don Siano era que Giuliano fuera capaz de inspirar semejante lealtad a una bestia como Passatempo. Turi prohibió que ejecutaran a los hombres, pero el propio

Passatempo los devolvió a su amo con las huellas del *bastinado* en el cuerpo.

El tercer intento lo volvió a llevar a cabo Quintana, y esa vez Giuliano perdió la paciencia.

A Montelepre llegó un día un nuevo fraile, un fraile estigmatizado. Un domingo por la mañana celebró la misa en la iglesia y después mostró sus llagas a los fieles.

Era el padre Dodana, un hombre alto y atlético cuyo oscuro hábito se agitaba al viento cuando caminaba a grandes zancadas con los pies enfundados en unos cuarteados zapatos de cuero. Tenía el cabello rubio pálido y un rostro de piel tan arrugada y morena como una nuez, a pesar de ser muy joven todavía. Al cabo de un mes, ya se había convertido en una leyenda en Montelepre por su gran capacidad de trabajo. Ayudaba a los campesinos a recolectar sus productos, en la calle reprendía a los niños traviesos, visitaba a las ancianas enfermas en sus casas, para confesarlas. Un día en que el fraile se encontraba a la puerta de la iglesia tras haber celebrado la misa, Maria Lombardo de Giuliano no se sorprendió de que se acercara a ella y le preguntara si podía hacer algo por su hijo.

—Estará usted preocupada por su alma inmortal, ¿no es cierto? —dijo el padre Dodana—. La próxima vez que venga a visitarla, mándeme llamar y le oiré en confesión.

Maria Lombardo no era amiga de los curas, a pesar de ser muy religiosa. Pero aquel hombre la impresionaba. Sabía que Turi jamás accedería a confesarse, pero quizás le interesara conocer a un santo varón que simpatizaba con su causa. Le dijo al sacerdote que su hijo sería informado de aquel ofrecimiento.

—Estoy dispuesto incluso a subir a la montaña para ayudarle —dijo el padre Dodana—. Dígaselo. Mi única misión es salvar las almas que corren peligro de condenarse. Lo que haga un hombre, es asunto suyo.

Una semana más tarde, Turi Giuliano visitó a su madre. Ella le instó a que hablara con el sacerdote y se confesara. Quizá el padre Dodana le administraría la comunión. Le dijo que estaría más tranquila si un sacerdote le absolviese.

Para su asombro, Turi Giuliano mostró mucho interés por el asunto. Accedió a ver al fraile y envió a Aspanu Pisciotta a la iglesia, para que le acompañara a la casa. Tal como Giuliano sospechaba, el padre Dodana, cuando hizo acto de presencia, le pareció demasiado activo y vigoroso, y también que simpatizaba demasiado con su causa.

—Hijo mío —dijo el fraile—, voy a oírte en confesión en la intimidad de tu dormitorio. Después te administraré la comunión. Lo llevo todo aquí —dijo, dando unas palmadas a una caja de madera que sujetaba bajo el brazo—. Tu alma quedará tan pura como la de tu madre y, si te ocurriera alguna desgracia, irás directamente al cielo.

—Voy a prepararos café y un poco de comida —dijo Maria Lombardo, retirándose a la cocina.

—Me puede confesar aquí —expuso Turi Giuliano con una sonrisa.

—Tu amigo tendrá que salir de la habitación —dijo el padre Dodana, mirando a Aspanu Pisciotta.

—Mis pecados son del dominio público —replicó Turi, echándose a reír—. Los divulgan todos los periódicos. Por lo demás, mi alma es muy pura, exceptuando un defecto. Tengo que confesar que soy muy desconfiado. Por consiguiente, me gustaría ver qué lleva en esa caja.

—Las Sagradas Formas de la comunión —contestó el padre Dodana.

Fue a abrir el cofre pero en ese momento Pisciotta le puso una pistola en la nuca. Giuliano le arrebató la caja y la abrió. Una pistola automática de color azul oscuro brillaba en un lecho de terciopelo.

Pisciotta vio que Giuliano palidecía y que las pupilas orladas de plata se le oscurecían de rabia.

Giuliano cerró el cofre y miró al fraile.

—Creo que tenemos que ir a la iglesia a rezar juntos. Diremos una oración por usted y otra por Quintana. Le pediremos al Señor que arranque la maldad del corazón de Quintana y la codicia del suyo. ¿Cuánto prometió pagarle?

El padre Dodana no tenía miedo. Los presuntos asesinos anteriores habían salido muy bien librados.

—La recompensa del Gobierno, más otros cinco millones —contestó encogiéndose de hombros con una sonrisa.

—Un buen precio —dijo Giuliano—. No le reprocho que quiera ganar dinero. Pero ha engañado usted a mi madre y eso no se lo puedo perdonar. ¿Es de veras fraile?

—¿Yo? —repuso el padre Dodana en tono despectivo—. En mi vida lo he sido. Pero pensé que nadie lo advertiría.

Los tres bajaron por la calle juntos, Pisciotta un poco rezagado. Entraron en la iglesia. Giuliano ordenó al padre Dodana que se arrodillara frente al altar y después sacó la pistola automática de la caja. El padre Dodana se quedó lívido.

—Dispone de un minuto para decir sus oraciones —le dijo Giuliano.

Y dejando pasar el minuto, apretó el gatillo.

A la mañana siguiente, después de levantarse, Guido Quintana bajó al bar a tomar su habitual café. Al regresar y abrir la puerta de su casa, vio con sorpresa que una sombra impedía el paso de la luz del sol. Inmediatamente, una tosca cruz de madera de gran tamaño le cayó encima, casi derribándole al suelo. En la cruz habían clavado el cuerpo del falso padre Dodana.

Don Croce estudió aquellos fracasos. Quintana había sido advertido. Como no se limitara a cumplir sus deberes de alcalde, la ciudad de Montelepre se vería obligada a gobernarse por su cuenta. Estaba claro que Giuliano había perdido la paciencia y podía desencadenar una guerra abierta contra los «amigos». Don Croce reconoció en los justos castigos de Giuliano la precisión de un maestro. Sólo se le podría asestar otro golpe, y esa vez no debía fallar. Don Croce comprendió que finalmente no tendría más remedio que tomar partido y, en contra de su opinión y de su verdadera voluntad, mandó llamar a su sicario de más confianza, un tal Stefan Andolini llamado también *Fra Diavolo*.

14

Los efectivos de la guarnición de Montelepre se habían aumentado hasta un total de cincuenta *carabinieri* y las pocas veces que Giuliano bajaba cautelosamente a la ciudad para pasar una velada con su familia, temía constantemente que los *carabinieri* cayeran sobre ellos.

Una noche, mientras escuchaba al padre hablar de sus viejos tiempos en los Estados Unidos, se le ocurrió una idea. Giuliano padre estaba bebiendo vino y charlando con un viejo amigo suyo de toda confianza que también había estado allí y había regresado con él, y ambos se estaban reprochando uno a otro cariñosamente el haber sido tan estúpidos. El amigo, un carpintero llamado Alfio Dorio, le recordó al padre de Giuliano sus primeros años en Norteamérica, cuando aún no trabajaban por cuenta de Don Corleone, el Padrino. Encontraron trabajo en las obras de construcción de enorme tunel que había de cruzar bajo el río, no recordaban si en dirección a Nueva Jersey o a Long Island, en eso no se ponían de acuerdo. Comentaron lo inquietante que era trabajar bajo el lecho del río y el miedo que tenían de que se hundieran los tubos que contenían agua y todos se ahogaran como ratas. Y entonces, súbitamente, a Giuliano se le ocurrió la idea. Aquellos dos hombres, con algunos ayudantes de confianza, podrían construir un túnel desde la casa de sus padres hasta el pie de la montaña, distante tan solo cien metros. La salida se podría disimular entre las enormes rocas de granito, y la boca se podría ocultar con un armario o detrás del horno de la cocina. En caso de que ello fuera factible, Giuliano podría ir y venir a su antojo.

Los hombres le dijeron que eso era imposible, pero la madre se puso loca de contenta ante la idea de que su hijo pudiera entrar secretamente en la casa y dormir en su cama durante las frías noches invernales. Alfio Dorio señaló que, dada la necesidad de sigilo y el limitado número de hombres que podrían utilizarse, y habida cuenta de que el trabajo sólo se podría hacer durante la noche, se tardaría demasiado tiempo en terminar el túnel. Y, además había otros problemas. ¿Cómo desembarazarse, sin que nadie se diese cuenta, de la tierra excavada? Por otra parte, era un terrreno muy pedregoso. ¿Y si les traicionara alguno de los hombres reclutados? Sin embargo, la principal objeción de ambos expertos era que se tardaría por lo menos un año. Y Giuliano comprendió que insistían mucho en ello porque, en el fondo de su corazón, creían que él no iba a vivir tanto tiempo. Su madre también lo comprendió.

—Mi hijo os pide una cosa que pueda salvar su vida —les dijo—. Si os da pereza hacerlo, lo haré yo. Por lo menos, podemos intentarlo. ¿Qué podemos perder, aparte del esfuerzo? ¿Y qué pueden hacer las autoridades aunque descubran el túnel? Tenemos derecho a excavar en nuestra tierra. Les diremos que estamos construyendo una bodega para las hortalizas y el vino. Imaginaos. Ese túnel puede salvar un día la vida de Turi. ¿No merece la pena sudar un poco?

Hector Adonis, también presente en la reunión, dijo que conseguiría libros sobre trabajos de excavación así como el equipo necesario. Introdujo, además, una modificación que gustó mucho a todos: la construcción de un pequeño ramal que condujera a otra casa de Via Bella, para poder utilizarlo en caso de que la salida del túnel ofreciera peligro o se produjera alguna traición. El ramal debería excavarse primero, y sólo trabajarían en él dos hombres y Maria Lomabardo. Nadie más sabría de su existencia. Y no se tardaría tanto tiempo en terminarlo.

Mantuvieron después una larga discusión sobre cuál de las casas sería más segura. El padre de Giuliano propuso la de los padres de Aspanu Pisciotta, pero Giuliano vetó inmediatamente la idea. La casa era demasiado sospechosa y estaría constantemente vigilada. Y, además, vivía allí mucha gente y serían demasiados los que conocieran el secreto. Por otra parte, Aspanu no estaba en muy buenas relaciones con su familia. Su padre había muerto y, cuando su madre se volvió a casar, él jamás se lo perdonó.

Hector Adonis ofreció su propia casa, pero estaba demasiado lejos y Giuliano no quería comprometer a su padrino, ya que, en caso de que el túnel fuera descubierto, el propietario de la casa sería detenido. Se estudió y rechazó la posibilidad de otros parientes y amigos y, por fin, la madre de Giuliano dijo:

—Sólo hay una persona. Vive sola, justo cuatro casas más abajo. Los *carabinieri* mataron a su marido y ella les odia. Es mi mejor amiga y aprecia mucho a Turi: le ha visto crecer. ¿No os acordáis de que le estuvo mandando comida todo el invierno que pasó en el monte? Se trata de una buena mujer y yo confío plenamente en ella —dijo. Y después de una pausa añadió—: Es la Venera.

Desde el comienzo de la discusión, todos esperaban que ella propusiera aquel nombre. Todos habían pensado que la Venera era la opción más lógica. Pero como hombres y sicilianos no podían hacer semejante sugerencia. En caso de que la Venera se mostrara de acuerdo y alguien lo descubriera, su reputación quedaría dañada para siempre. Era una joven viuda que habría puesto su intimidad y su propia persona a la disposición de un hombre joven. ¿Quién dudaría de que había comprometido su virtud? Nadie, en aquella zona de Sicilia, aceptaría ya casarse con semejante mujer, y ni siquiera respetarla. La Venera no debía de haber cumplido los cuarenta años, pero le llevaba por lo menos quince a Turi Giuliano. Sus facciones no eran hermosas, pero sí muy atractivas, y ardía en sus ojos un extraño fuego. En cualquier caso, era una mujer, y él un hombre, y gracias al túnel podrían estar solos y se convertirían sin duda en amantes, pues en Sicilia nadie creía que un hombre y una mujer pudieran estar juntos y reprimir sus impulsos, por mucha que fuera la diferencia de edad. Por esa razón, el túnel que tal vez salvara algún día la vida de Turi Giuliano la marcaría a ella para siempre como mujer de dudosa reputación.

Por otra parte, todos ellos, menos el propio interesado, estaban preocupados por la castidad de Turi Giuliano. Era casi un mojigato, y aquello no era normal en un varón siciliano. Los hombres de su banda visitaban a las prostitutas de Palermo, Aspanu Pisciotta mantenía escandalosas relaciones, y era bien sabido que sus lugartenientes Passatempo y Terranova eran los amantes de viudas pobres a las que entregaban regalos a cambio. Passatempo tenía fama de ser un hombre que utilizaba métodos persuasivos más propios de un violador que de un pretendiente, pero desde que se encontraba a las órdenes de Giuliano, tenía mucho más cuidado. Porque Giuliano había decretado la ejecución de cualquiera de sus hombres que cometiera alguna violación.

Por todas estas razones, tuvieron que aguardar a que fuera la madre de Giuliano la que propusiera el nombre de su amiga y, cuando ésta lo hizo, se sorprendieron un poco, pues Maria Lombardo de Giuliano era una mujer muy religiosa y anticuada que no vacilaba en llamar rameras a las chicas de la ciudad que se atrevían a pasear por la plaza sin ir acompañadas. Ellos no sabían lo que sabía Maria Lombardo: que a causa de las dificultades del parto y de la falta de adecuada atención médica, la Venera ya no podría tener hijos, y tampoco sabían que Maria Lombardo ya había llegado a la conclusión de que la Venera podría proporcionar consuelo a su hijo en las mejores condiciones. Turi era un forajido a cuya cabeza habían puesto precio, y era fácil que una mujer le traicionara. Era joven y viril y necesitaba compañía femenina, ¿quién mejor que una mujer que no podía tener hijos y que no podría exigir el matrimonio? Y que, además, no querría casarse con un bandido. Ya estaba harta de todo eso. Le bastaba con un marido acribillado a balazos ante sus ojos. El arreglo sería perfecto. Sólo se resentiría de ello la reputación de la Venera y, por consiguiente, la decisión la tendría que tomar ella. En caso de que accediera, la responsabilidad sería suya.

Cuando la madre de Giuliano le hizo la proposición algunos días más tarde, se sorprendió de que la Venera accediera gozosamente. Ello confirmaba sus sospechas de que su amiga sentía debilidad por Turi. Pues que así fuera, pensó Maria Lombardo mientras abrazaba a la Venera con lágrimas de gratitud en los ojos.

El ramal se construyó en cuatro meses, aunque el túnel principal tardaría un año en estar listo. Giuliano bajaba periódicamente a la ciudad por la noche para visitar a su familia y dormir en una buena cama tras haber saboreado los platos calientes que le preparaba su madre; en tales ocasiones, siempre se organizaba un festín. Sin embargo, hasta llegada casi la primavera no tuvo necesidad de utilizar el ramal. Una patrulla de *carabinieri* bajó por la Via Bella y pasó de largo. Los hombres iban armados hasta los dientes. Los cuatro guardaespaldas de Giuliano, ocultos en casas cercanas, estaban dispuestos a presentar batalla, pero los *carabinieri* siguieron su camino. De todos modos, cabía la posibilidad de que, a la vuelta, quisieran registrar la casa de Giuliano. Éste decidió por tanto bajar al túnel usando la trampa abierta en la alcoba de sus padres.

Ocultaba el ramal una plancha de madera cubierta por unos treinta centímetros de tierra, para que no descubrieran su existencia los que trabajaban en la construcción del túnel principal. Giuliano tuvo que retirar la tierra y apartar la plancha circular de madera. Después tardó un cuarto de hora en llegar a gatas al estrecho pozo situado bajo la casa de la Venera. La trampa daba a la cocina y estaba disimulada por una pesada estufa de hierro. Giuliano llamó con los nudillos a la puerta caediza, según la señal convenida, y esperó. Repitió la llamada. Las balas no le daban miedo, pero, en cambio, temía la oscuridad. Por fin oyó arriba un leve rumor y se levantó la trampa. No se podía alzar del todo porque lo impedía la estufa situada encima. Giuliano serpenteó dificultosamente y emergió boca abajo en el suelo de la cocina de la Venera.

Aunque ya era muy entrada la noche, la Venera aún llevaba puesto el negro y holgado vestido de luto por la muerte de su marido, acaecida tres años antes. Iba descalza y sin medias y, al salir del pozo, Giuliano advirtió que la piel de sus piernas era sorprendentemente blanca, en contraste con la morena tez tostada por el sol y el hermoso cabello negro azabache, recogido en trenzas. Observó también, por primera vez, que su rostro no era tan ancho como el de la mayoría de las mujeres del pueblo, sino más bien triangular, y que, si bien tenía los ojos de color castaño oscuro, había en ellos unas minúsculas pintas negras que hasta entonces no había advertido. Sostenía ella en la mano un cubo de brasas, como si estuviera a punto de arrojarlas por la trampa, pero al verle las devolvió al interior de la estufa y cerro la puerta caediza. Parecía un poco asustada.

—Es sólo una patrulla que anda rondando por ahí —le dijo Giuliano para tranquilizarla—. En cuanto vuelvan al cuartel, me marcharé. Pero no te preocupes, tengo amigos en la calle.

Esperaron. La Venera preparó café y pasaron un rato charlando. Ella observó que Giuliano no estaba tan nervioso como solía mostrarse su marido. No atisbaba por las ventanas ni ponía el cuerpo en tensión cada vez que oía algún ruido en la calle. Se le veía completamente sosegado. No sabía que Turi se esforzaba en mantener esa calma porque recordaba lo que ella solía contar sobre su marido y porque no quería alarmar a su familia, especialmente a su madre. Irradiaba una confianza tal, que la Venera olvidó en seguida el peligro que corría y, muy pronto, se encontraban comentando los pequeños acontecimientos de la localidad.

Ella le preguntó si había recibido la comida que le mandaba a la montaña de vez en cuando. Giuliano le dio las gracias y dijo que tanto él como sus compañeros habían recibido sus paquetes de comida como si fueran regalos de los Reyes Magos y que los hombres alababan mucho sus habilidades culinarias. No le contó los groseros comentarios de algunos de ellos en el sentido de que, si era tan buena en la cama como en la cocina, debía ser una auténtica joya. Y, entre tanto, no dejaba de mirarla. No estaba tan amable con él como de costumbre, no le demostraba aquella ternura de que siempre había hecho gala en público, y se preguntó si la habría ofendido en algo sin darse cuenta. Una vez pasado el peligro, y llegada para él la hora de marchar, se despidieron con mucha ceremonia.

Giuliano regresó dos semanas más tarde. El invierno estaba tocando a su fin, pero las tormentas eran todavía muy frecuentes en la montaña y los santos, encerrados en sus capillitas al borde de los caminos, estaban empapados de lluvia. Giuliano soñaba en su cueva con los platos que preparaba su madre, con un baño caliente y el blando lecho de su infancia. Y a esos anhelos se añadía, para gran asombro suyo, el recuerdo de las blancas piernas de la Venera. Ya había anochecido cuando llamó con un silbido a sus guardaespaldas y bajó a Montelepre.

Su familia le acogió con gran alegría. La madre se puso a guisar sus platos preferidos y, entretanto, le preparó un baño caliente. Su padre acababa de ofrecerle una copa de anís, cuando uno de los espías se presentó en la casa, diciendo que las patrullas de *carabinieri* habían rodeado el pueblo y el propio *maresciallo* iba a salir del cuartel de Bellampo para efectuar una redada en casa de los Giuliano, al frente de una brigada ligera.

Giuliano abrió la trampilla del armario y bajó al túnel. Estaba fangoso a causa de la lluvia y la tierra se le pegaba al cuerpo y le dificultaba el avance. Cuando salió a la cocina de la Venera, tenía la ropa cubierta de barro y la cara negra.

Al verle, la Venera se echó a reír, y Giuliano se dio cuenta de que jamás la había visto reírse.

—Pareces un moro —le dijo ella.

Por un instante él se ofendió como un chiquillo, tal vez porque en Sicilia los moros eran siempre los malvados de las funciones de marionetas y, en lugar de parecer un héroe cuya vida estaba en peligro, se veía en el papel de un bellaco. O quizás porque aquella risa le hizo comprender que ella era inaccesible a sus deseos. La Venera se percató de que había herido en cierto modo su vanidad.

—Te voy a llenar la bañera y podrás asearte —le dijo—. Y tengo algunas prendas de mi marido que puedes utilizar mientras lavo las tuyas.

Esperaba que él pusiera reparos, que no quisiera bañarse en un momento de tanto peligro. Su marido estaba tan nervioso cuando la visitaba, que jamás se desvestía y siempre dejaba las armas al alcance de su mano. Giuliano, en cambio, la miró sonriendo y se quitó la gruesa chaqueta y las armas, dejándolo todo encima del arca de madera que contenía la leña para el fuego.

La Venera tardó un buen rato en calentar las ollas de agua y llenar la tina de latón. Mientras esperaban, le preparó un café y le observó con detenimiento. Era hermoso como un ángel pensó, pero ella no se engañaba. Su marido lo era tanto como él, pero asesinaba, y las balas que le mataron le dejaron hecho un guiñapo, recordó con tristeza; en Sicilia no era bueno amar el rostro de un hombre. Ella lloró mucho, pero en su fuero interno experimentó una sensación de alivio. Una vez convertido en bandido, su muerte era segura, y ella pedía a diario que por lo menos muriera en el monte, o en alguna lejana ciudad. Sin embargo, le abatieron ante sus ojos. Y desde entonces no había podido librarse de la vergüenza; no por el hecho de que fuera un bandido, sino por no haber muerto con valentía y haber caído de una manera tan ignominiosa. Se rindió y pidió compasión, y los *carabinieri* le acribillaron ante sus ojos. Menos mal que su hija no había presenciado su muerte. Una gracia de Jesucristo.

Vio que Turi Giuliano la estaba mirando con aquella luz especial que se encendía en los ojos de los hombres cuando ardían de deseo. Ella la conocía muy bien y la había visto a menudo en los compañeros de su marido. Sin embargo, sabía que Turi no intentaría seducirla, por respeto tanto a su madre como al sacrificio que ella había hecho permitiendo la construcción del túnel. Abandonó la cocina y se fue al pequeño cuarto de estar, para que él se pudiera bañar tranquilamente. Una vez se hubo retirado, Giuliano se desnudó y se metió en la bañera. El hecho de estar desnudo teniendo tan cerca a una mujer le resultaba erótico. Se lavó con escrupuloso cuidado y después se puso las prendas del marido de la Venera. Los pantalones le estaban un poco cortos y la camisa algo estrecha, por lo que tuvo que dejarse desabrochados los botones de arriba. Las toallas que ella había calentado en la estufa eran poco más que harapos y le habían dejado el cuerpo húmedo. Giuliano comprendió por primera vez lo pobre que era y decidió facilitarle dinero a través de su madre.

Llamó a la Venera, precisando que ya estaba vestido, y ella regresó a la cocina.

—Pero no te has lavado el cabello —exclamó—; llevas ahí un nido de salamanquesas.

Se lo dijo con cierta aspereza no exenta de afecto, para que no se lo tomara a mal. Después, como si fuera una abuela, le pasó las manos por el enmarañado cabello y, tomándole del brazo, le acompañó al fregadero.

Giuliano percibía como una especie de calor en la zona en que su mano le había tocado el cuero cabelludo.

Colocó rápidamente la cabeza bajo el grifo y ella le enjabonó con el amarillo jabón de la cocina, porque no tenía otra cosa. Mientras lo hacía, le rozó con el cuerpo y con las piernas, y él experimentó el súbito impulso de acariciarle el pecho y el suave vientre.

Cuando terminó de lavarle el pelo, la Venera le hizo sentarse en una de las sillas de la cocina, esmaltadas de negro, y le secó enérgicamente con una áspera y deshilachada toalla marrón. Tenía el cabello tan largo que le llegaba hasta el cuello de la camisa.

—Pareces uno de esos pícaros señores ingleses de las películas —le dijo—. Conviene que te corte ese pelo, pero no en la cocina. Caerían cabellos en las cacerolas y te estropearían la cena. Ven a la otra habitación.

A Giuliano le divertía su seriedad. Adoptaba el papel de una tía o una madre, para no revelar sentimientos más tiernos. Él era consciente de la sexualidad que se ocultaba detrás de todo aquello, pero prefería mostrarse precavido. Era inexperto en aquellas lides y no quería hacer el ridículo. Era como en las escaramuzas que dirigía en el monte: no quería lanzarse hasta tener la seguridad de que las circunstancias le serían favorables. Se trataba de un terreno inexplorado para él, pero el año que había pasado mandando y matando hombres le había librado en cierto modo de su natural temor infantil y el desprecio de una mujer ya no constituía una ofensa tan grave para su orgullo. A pesar de su fama de hombre casto, había visitado en varias ocasiones a las prostitutas de Palermo. Sin embargo, eso fue antes de convertirse en forajido y adquirir la dignidad de un jefe de bandidos y un romántico héroe, en quien semejante comportamiento hubiera parecido improcedente.

La Venera le acompañó al pequeño cuarto de estar, lleno de sillas tapizadas y de veladores de tapas barnizadas de negro. Sobre aquellas mesitas había fotografías de su marido y su hija muertos, juntos y por separado. En algunas la Venera aparecía con su familia. Las fotografías estaban enmarcadas en ovalados marcos negros, de madera, y reveladas en tonos sepia. Giuliano se asombró de la belleza de la Venera en aquellos felices tiempos, sobre todo cuando lucía alegres y juveniles vestidos. Había un retrato que la mostraba sola, luciendo un vestido rojo oscuro que a Giuliano le llamó mucho la atención, induciéndole a pensar súbitamente en los muchos delitos que debía de haber cometido su marido para regalarle ropas tan elegantes.

—No mires esas fotos —pidió ella con una triste sonrisa—, pertenecen a un tiempo en que yo creí que el mundo me podría hacer feliz.

Giuliano comprendió que le había traído a aquella habitación para que viera las fotografías.

Acercó un taburete de un rincón y Giuliano se sentó. De un estuche de cuero con adornos dorados, la Venera sacó unas tijeras, una navaja y un peine. Un regalo que le hizo el bandido Candeleria por Navidad, producto de alguno de sus delitos. Después se fue al dormitorio y volvió con un lienzo blanco, que le echó sobre los hombros, y con un cuenco de madera que dejó sobre una mesita próxima. Pasó un jeep frente a la casa.

—¿Quieres que te traiga las armas de la cocina? —le preguntó ella—. ¿Estarías más tranquilo?

Giuliano la miró muy sereno. No quería alarmarla. Ambos sabían que el jeep iba lleno de *carabinieri* que se disponían a hacer una redada en su casa. Pero él sabía dos cosas. Si los *carabinieri* se acercaban a la casa y trataban de forzar la puerta atrancada, Pisciotta y sus hombres los liquidarían a todos. Y que antes de abandonar la cocina, él había corrido la estufa, de modo que nadie pudiera levantar la trampa.

—No —contestó, tocándole suavemente el brazo—, no necesito las armas, a menos que quieras degollarme con esa navaja.

Ambos se echaron a reír.

Y después ella emprendió el corte de pelo. Lo hizo poco a poco y con mucho cuidado, tomando los mechones uno a uno y depositando después el cabello cortado en el cuenco de madera. Giuliano permanecía sentado muy quieto, contemplando las paredes de la estancia, casi hipnotizado por el leve rumor de los tijeretazos. En las paredes se veían varias fotografías de gran tamaño del marido de la Venera, el famoso bandido Candeleria. Pero famoso sólo en aquella reducida zona de Sicilia, pensó Giuliano, compitiendo ya, en su juvenil orgullo, con el muerto.

Rutillo Candeleria era un hombre muy apuesto. Tenía una despejada frente coronada de ondulado cabello castaño pulcramente cortado. Giuliano se preguntó si se lo habría cortado su mujer. Tenía el rostro adornado por unos poblados bigotes de oficial de caballería que le hacían parecer mayor, aunque apenas contaba treinta y cinco años cuando los *carabinieri* le mataron. Aquel rostro le contemplaba desde su marco ovalado casi como si le bendijera amablemente. Sólo los ojos y la boca traicionaban su fiereza. Y sin embargo, se advertía en sus rasgos una especie de resignación, como si ya supiera cuál iba a ser su destino. Como todos los que levantaban sus manos contra el mundo y le arrancaban a éste lo que querían por medio de la violencia y el asesinato, como todos los que forjaban sus propias leyes y trataban de gobernar con ellas a la sociedad, no tenía más remedio que encontrar una muerte súbita.

El cuenco de madera se estaba llenando de relucientes mechones castaños que parecían pajarillos apretujados en su nido. La Venera le tenía apoyadas las piernas en la espalda, y Giuliano percibía su calor a través del sencillo vestido de algodón. Cuando se colocó delante de él para cortarle el cabello de la frente, procuró mantenerse bien apartada de él, pero, al inclinarse hacia adelante, su busto casi le rozó la boca y el limpio perfume de su cuerpo le provocó en el rostro una oleada de calor, como si estuviera frente al fuego de una chimenea. La Venera se volvió hacia un lado, para depositar otro mechón en el cuenco, y por un instante su muslo le rozó el brazo, y pese al grueso vestido negro, él notó la sedosa suavidad de su piel. Procuró mantenerse inmóvil como una roca. Ella se apoyó en él con un poco más de fuerza. Para evitar meterle las manos por debajo de la falda y apresarle los muslos, Giuliano dijo en tono de chanza:

—¿Es que somos Sansón y Dalila?

Ella retrocedió de repente, y a Giuliano le sorprendió ver lágrimas en sus mejillas. Sin pensarlo ni un momento, adelantó las manos y la atrajo hacia sí. Lentamente, ella extendió el brazo y dejó las tijeras de plata sobre el montón de cabello castaño que llenaba el cuenco.

Las manos de Turi se perdieron entonces bajo el negro vestido de luto y le apresaron los cálidos muslos. La inicial ternura fue la chispa que encendió una pasión animal alimentada por tres años de casta viudedad y por el dulce anhelo de un joven que jamás había saboreado el amor de una mujer, sino únicamente los ejercicios comprados de las prostitutas.

Desde el primer momento, Giuliano perdió la conciencia de sí mismo y del mundo. El cuerpo de la Venera era sensual y ardía con un calor tropical que le llegaba a los huesos. Sus pechos, hábilmente protegidos y disimulados por el negro vestido de viuda eran más exuberantes de lo que él había imaginado. Al contemplar aquellos carnosos globos ovalados, notó que la sangre le latía con fuerza en las sienes. Después, ambos rodaron al suelo, desnudándose y haciendo simultáneamente el amor.

—Turi, Turi —murmuraba ella una y otra vez con voz quejumbrosa, pero él no decía nada.

Estaba perdido en el calor y la lozanía de su cuerpo. Al terminar, ella le acompañó a la alcoba y volvieron a hacer el amor. A Giuliano le parecía increíble poder gozar del placer que le deparaba aquel cuerpo, e incluso se avergonzó un poco de sucumbir con tanta vehemencia, tranquilizándose tan sólo cuando vio que ella se rendía con una intensidad todavía mayor.

Cuando se quedó dormido, ella permaneció largo rato contemplando su rostro y grabándoselo en la mente como si temiera no volverle a ver con vida. Recordaba que la última noche que pasó con su marido antes de que lo mataran, se volvió de espaldas, después de hacer el amor, y no vio la dulce expresión que siempre aparece en el rostro de los amantes. Se volvió de espaldas porque no podía soportar el nerviosismo que le dominaba a él cuando estaba en la casa, su terror a ser atrapado, que le impedía dormir, y el sobresalto que experimentaba cada vez que ella se levantaba de la cama para preparar algo de comer o atender a alguna tarea. Por eso le asombraba la tranquilidad de Giuliano y por eso le quiso. Le quiso porque, a diferencia de su marido, no se llevaba las armas a la cama y no interrumpía los transportes amorosos para prestar atención al rumor de posibles enemigos al acecho, no fumaba ni bebía y no le hablaba de sus temores mientras hacía el amor, sino que se entregaba al placer con intrépida y concentrada pasión. Se levantó sigilosamente de la cama y él no se movió. Esperó un momento y después se fue a la cocina para prepararle su mejor plato.

Cuando Giuliano abandonó la casa, lo hizo por la puerta principal, saliendo sin temor, pero con las armas ocultas bajo la chaqueta. Le dijo que no pasaría a despedirse de su madre y le pidió que lo hiciera ella en su nombre y le dijera que estaba a salvo. La Venera se asustó de su audacia, sin saber que tenía todo un pequeño ejército en el pueblo y sin haberse dado cuenta de que, antes de salir, él había dejado la puerta abierta unos segundos, para que Pisciotta estuviera sobre aviso y neutralizase a cualquier *carabinieri* que acertara a pasar por allí.

Ella le besó con una timidez conmovedora y luego le preguntó en voz bala:

—¿Cuándo volverás a verme?

—Siempre que venga a ver a mi madre, vendré después a verte a ti —contestó él—. En el monte soñaré contigo todas las noches.

Al oír sus palabras, ella experimentó la abrumadora alegría de haberle hecho feliz.

No fue a visitar a la madre de Giuliano hasta el mediodía siguiente. A Maria Lombardo le bastó con verle la cara para saber lo que había ocurrido. La Venera estaba rejuvenecida. En sus oscuros ojos castaños brillaban unas manchitas negras, sus mejillas estaban arreboladas y por primera vez se había puesto un vestido que no era negro. Era un vestido con volantes y adornos de cintas de terciopelo, como los que se ponían las muchachas para ir a ver a la madre de su enamorado. Maria Lombardo sintió una oleada de gratitud por la lealtad y el valor de su amiga y también cierta satisfacción por el hecho de que sus planes hubieran salido tan bien. Sería un arreglo maravilloso para su hijo, una mujer que jamás le traicionaría y que jamás le exigiría vínculos permanentes. A pesar de lo mucho que amaba a su hijo, no estaba celosa, en absoluto. Sólo se molestó un poco cuando la Venera le contó que le había preparado a Turi su mejor plato —una empanada rellena con carne de conejo y trozos de queso fuerte y aderezada con pimienta— y que había comido por cinco hombres, jurándole que jamás en su vida había saboreado nada mejor.

15

Incluso en Sicilia, una tierra donde los hombres se mataban unos a otros con el mismo feroz entusiasmo con que los toreros españoles mataban a los toros, la locura asesina de los habitantes de Corleone inspiraba un temor universal. Las familias rivales se exterminaban entre sí por un simple olivo, los vecinos se podían matar por la cantidad de agua que sacaban de una corriente comunal y un hombre podía morir de amor, es decir por haber mirado con excesivo atrevimiento a la esposa o la hija de otro. Los juiciosos «amigos de los amigos» sucumbieron también a esa locura y sus distintas ramas se estuvieron enfrentando a muerte en Corleone hasta que Don Croce impuso la paz.

Pero incluso en una ciudad tan sanguinaria como aquélla, Stefan Andolini se había ganado el apodo de *Fra Diavolo*, esto es, Fray Diablo.

Don Croce le mandó llamar a Corleone y le facilitó instrucciones. Debería unirse a la banda de Giuliano y ganarse su confianza, y después permanecer con ellos hasta que Don Croce le indicara lo que tenía que hacer. Entretanto habría de enviar información sobre la verdadera fuerza de Giuliano y la lealtad de Passatempo y Terranova. Puesto que la de Pisciotta era una lealtad a toda prueba, sólo sus debilidades reclamaban estudio. Y en caso de que se le presentara la ocasión, Andolini debía liquidar a Giuliano.

Andolini no temía al gran Giuliano. Además, era pelirrojo. Y los pelirrojos eran tan insólitos en Italia, que en su fuero interno él se consideraba eximido de la práctica de la virtud. Como el jugador convencido de que su sistema nunca puede fallar, Stefan Andolini se creía tan astuto que descartaba la posibilidad de que nadie le engañara jamás.

Eligió como acompañantes a dos jóvenes *picciotti*, es decir, dos aprendices de asesino que aún no habían ingresado en la Mafia, pero aspiraban a tal honor. Los tres se trasladaron a los dominios montañeses de Giuliano portando mochilas y *luparas* y, tal como era de esperar, fueron inmediatamente localizados por una patrulla de vigilancia encabezada por Pisciotta.

Pisciotta escuchó la historia de Stefan Andolini con rostro impasible. Le contó Andolini que los *carabinieri* y la policía de seguridad le estaban buscando por el asesinato de un agitador socialista de Corleone, lo cual era cierto. Lo que no dijo fue que la policía y los *carabinieri* no tenían ninguna prueba y que sólo le buscaban para interrogarle. Sin embargo, gracias a la influencia de Don Croce, el interrogatorio no hubiera sido exhaustivo: se habría limitado a una simple formalidad. Andolini añadió que los *picciotti* que le acompañaban también eran buscados por la policía por complicidad en el asesinato, cosa igualmente cierta. Sin embargo, mientras contaba todo eso, Stefan Andolini empezó a experimentar una creciente inquietud. Pisciotta le estaba escuchando con la expresión de quien conoce de antiguo a su interlocutor o ha oído hablar mucho de él.

Andolini dijo que había subido al monte con la esperanza de incorporarse a la banda de Giuliano. Y después decidió jugar a su mejor carta. Contaba con el refrendo del propio padre de Giuliano. Él, Stefan Andolini, era primo del gran Don Vito Corleone de Norteamérica. Pisciotta asintió y Andolini prosiguió su relato. Don Vito se apellidaba Andolini y había nacido en la localidad de Corleone. Tras el asesinato de su padre y la persecución de que él fuera objeto de muchacho, había huido a los Estados Unidos, donde se convirtió en el famoso Padrino. Cuando regresó a Sicilia para vengarse de los asesinos de su padre, Stefan Andolini fue uno de sus *picciotti*. Después Stefan visitó al Don en América para recibir su recompensa y, estando allí, conoció al padre de Giuliano, que trabajaba de albañil en la nueva mansión que el Don se estaba construyendo en Long Island y se hicieron amigos. Por eso, antes de subir a la montaña, Stefan había pasado por Montelepre para recibir la bendición de Salvatore Giuliano padre.

Mientras escuchaba su relato, Pisciotta adoptó una expresión pensativa. Desconfiaba de aquel hombre, de su pelo rojo, de su cara de asesino. Y tampoco le gustaba la pinta de los dos *picciotti* que acompañaban a «Malpelo», que así le llamaba él siguiendo la costumbre siciliana.

—Os llevaré hasta Giuliano —dijo Pisciotta—, pero mantened al hombro las *luparas* hasta que él os hable. No os las descolguéis sin permiso.

Stefan Andolini esbozó una ancha sonrisa y dijo afablemente:

—Yo te he reconocido, Aspanu, y me fío de ti. Quítame la *lupara* del hombro y que hagan tus hombres lo mismo con mis *picciotti*. Cuando hayamos hablado con Giuliano, estoy seguro de que él nos las devolverá.

—Nosotros no somos bestias de carga para llevaros las armas —contestó Pisciotta—. Llevadlas vosotros mismos.

Y a continuación encabezó la marcha a través del monte hasta llegar al escondrijo de Giuliano, al borde del peñasco que dominaba Montelepre.

Más de cincuenta hombres de la banda se hallaban diseminados alrededor del peñasco, limpiando armas y reparando los pertrechos. Giuliano estaba sentado junto a la mesa, con los prismáticos ante los ojos.

Pisciota habló con él antes de conducir a su presencia a los nuevos reclutas. Le contó las circunstancias del encuentro, y después añadió:

—Turi, a mí me parece un «mohoso» —«mohoso», en el argot siciliano, es el hombre que informa.

—¿Y tú crees haberle visto antes? —preguntó Giuliano.

—O haber oído hablar de él —contestó Pisciotta—. Me resulta conocido, pero los pelirrojos no abundan mucho por aquí. Tendría que recordarle.

—Has oído hablar de él a la Venera —dijo Giuliano serenamente—. Ella le llamaba «Malpelo», no sabía que se apellidara Andolini. A mí también me lo mentó. Se incorporó a la banda de su marido y al cabo de un mes, el marido murió en una emboscada de los *carabinieri*. La Venera tampoco se fiaba de él. Dijo que era muy fullero.

Silvestro se acercó a ellos y le susurró a Giuliano:

—No te fíes de ese pelirrojo. Le he visto en el cuartel general de Palermo, visitando al comandante de los *carabinieri*.

—Bajad a Montelepre y traed aquí a mi padre —dijo Giuliano—. Entretanto, tenedles vigilados.

Pisciotta envió a Terranova a buscar al padre de Giuliano y luego regresó junto a los sospechosos que estaban sentados en el suelo. Se agachó y tomó el arma de Stefan Andolini. Otros miembros de la banda rodearon a los tres hombres, como lobos cercando a una presa.

—No te importará que te ahorre la molestia de vigilar el arma, ¿verdad? —le preguntó a Andolini con una sonrisa.

Sorprendido por un instante, el otro contrajo el rostro en una mueca. Después se encogió de hombros. Pisciotta arrojó la *lupara* a uno de sus hombres.

Esperó un momento, para cerciorarse de que sus hombres estaban preparados, y entonces se inclinó para arrebatarles las *lupara*s a los dos *picciotti* de Andolini. Uno de ellos, más por miedo que por malicia, dio un empujón a Pisciotta y se llevó la mano al hombro. Inmediatamente, con la rapidez con que una serpiente saca la lengua, en la mano de Pisciotta apareció una navaja. Y abalanzándose sobre el *picciotto* le rebanó la garganta con la navaja. Una fuente de roja sangre estalló en el aire claro de la montaña y el *picciotto* ladeó el cuerpo y se desplomó. Pisciotta, que se encontraba a horcajadas de su víctima, se inclinó sobre ella y la remató con un último navajazo. Después, con una serie de rápidos puntapiés, hizo rodar el cadáver hasta una hondonada.

Los demás miembros de la banda de Giuliano se habían puesto en pie de un salto con las armas a punto. Andolini, sentado en el suelo, levantó las manos y miró a su alrededor con expresión suplicante. El otro *picciotto*, en cambio, hizo ademán de tomar su arma. Passatempo, que se encontraba de pie a su espalda, sonriendo gozoso, vació el cargador de su pistola en la cabeza del muchacho. El eco de los disparos resonó por todo el monte. Entonces se oyó la voz de Giuliano, que dijo serenamente desde el borde del peñasco:

—Libraos de los cadáveres y atad al «Malpelo» a un árbol, hasta que llegue mi padre.

Envolvieron los cadáveres en esteras de caña y los arrojaron al fondo de una profunda garganta. Después les echaron piedras encima para evitar, según la antigua superstición, que subiera el hedor. La tarea se la encomendaron a Passatempo que, antes de enterrarlos, los desvalijó. Giuliano tenía que reprimir constantemente la antipatía que le inspiraba Passatempo. Ningún razonamiento podría convertir a aquel animal en un guerrero.

El padre de Giuliano llegó finalmente al campamento al cabo de casi siete horas, anochecido ya. Stefan Andolini fue desatado del árbol y conducido a la cueva, iluminada con lámparas de petróleo. Al ver el estado en que se encontraba Andolini, el padre de Giuliano se disgustó.

—Este hombre es amigo mío —le dijo a su hijo—. Trabajamos juntos por cuenta del Padrino en Norteamérica. Le dije que podría incorporarse a tu banda, que le trataríais bien. Te pido disculpas —añadió, dirigiéndose a Andolini—, habrá sido una confusión, o algún chisme que les hayan contado sobre ti.

Se detuvo un instante porque le afligía ver tan asustado a su amigo. Andolini apenas podía tenerse en pie y estaba seguro de que le iban a matar y de que todo aquello era una comedia. Le dolía la nuca de tanto mantener los músculos en tensión a la espera de las balas. Estaba a punto de echarse a llorar, pensando en lo insensato que había sido subestimando a Giuliano. La rápida eliminación de sus dos *picciotti* le había llenado de espanto.

El *signor* Giuliano, comprendiendo que su amigo corría un peligro mortal por causa de su hijo, le dijo a éste:

—Turi, ¿cuántas veces te he pedido un favor? Si tienes algo contra ese hombre, perdónale y déjale marchar. Fue amable conmigo en América y te envió un regalo cuando te bautizamos. Confío en él y estimo mucho su amistad.

—Ahora que le has identificado —contestó Giuliano—, le trataremos como a un huésped de honor. Si quiere unirse a mi banda, será bien acogido.

El padre de Giuliano fue devuelto a Montelepre a lomos de una cabalgadura, para que pudiera dormir en su cama. Y una vez se hubo marchado, Giuliano se reunió a solas con Andolini y le dijo:

—Sé lo que hiciste con Candeleria. Eras un espía de Don Croce cuando te incorporaste a su banda. Al cabo de un mes, Candeleria murió. Su viuda se acuerda de ti. Por lo que me dijo, no es difícil comprender lo que ocurrió. Nosotros los sicilianos somos muy duchos en el arte de componer rompecabezas y traiciones. Las bandas de forajidos están desapareciendo. Las autoridades se están volviendo asombrosamente listas. Yo estoy aquí, en la montaña, y me paso el día pensando. Pienso en las autoridades de Palermo, que jamás habían sido tan listas. Y después me entero de que el ministro del Interior, en Roma, y Don Croce son uña y carne. Y tú y yo sabemos que Don Croce es más listo que todos ellos. Por consiguiente, el que está eliminando a los bandidos por cuenta de Roma es Don Croce. Y después pienso que pronto voy a recibir la visita de los espías de Don Croce. Y espero y espero y me pregunto por qué tarda tanto el Don. Porque, modestia aparte, yo soy el botín más codiciado. Y un buen día os veo a los tres por mis prismáticos. Y me digo: «Vaya, ahí está por fin el *Malpelo*». Me encantará verle. Aun así, tengo que matarte. Pero tu cuerpo desaparecerá porque no quiero que mi padre se lleve un disgusto.

Indignado, Stefan Andolini perdió el miedo por un instante.

—¿Engañarías a tu propio padre? —le preguntó a gritos—. ¿Y tú eres hijo de un siciliano? —escupió al suelo—. Pues, entonces, mátame y vete de una vez al infierno.

Pisciotta, Terranova y Passatempo también estaban asombrados. Sin embargo, en los últimos años habían tenido ocasión de asombrarse muchas veces. Giuliano, que era tan honrado, que se enorgullecía de cumplir siempre su palabra, que hablaba de justicia para todos, iba a hacer de repente algo que a todos les parecía una infamia. Y no es que se opusieran a que matara a Andolini, podía matar a cientos, a miles de Andolinis. Lo que les parecía imperdonable era que faltara a la palabra dada a su padre y le engañara. El único que parecía comprenderlo fue el cabo Silvestro.

—No puede poner en peligro la vida de todos nosotros por el hecho de que su padre sea un sentimental —observó.

—Reconcíliate con Dios —le dijo Giuliano a Andolini en tono pausado. Después, y tras una seña dirigida a Passatempo, añadió—: Dispones de cinco minutos.

A Andolini el rojo cabello se le erizó a causa del miedo.

—Antes de matarme, habla con el padre Manfredi —dijo, presa de la desesperación.

Giuliano le miró asombrado y el pelirrojo rompió a decir atropelladamente:

—Una vez le dijiste al padre Manfredi que estabas en deuda con él. Que te podía pedir lo que quisiera —Giuliano recordaba muy bien su promesa. Pero ¿cómo se había enterado de ella aquel sujeto? Andolini añadió—: Envíame junto a él y te pedirá que me respetes la vida.

—Turi —dijo Pisciotta en tono despectivo—, enviar un mensajero y recibir la respuesta nos llevará todo un día. ¿Acaso el franciscano ejerce en ti más influencia que tu propio padre?

Giuliano volvió a sorprenderles.

—Atadle los brazos y colocadle una soga en los pies, de modo que pueda andar pero no correr. Dadme una guardia de diez hombres. Yo mismo le acompañaré al convento y, si el superior no intercede por él le dejaré hacer su última confesión y luego lo ejecutaré yo mismo y entregaré su cadáver a los frailes, para que lo entierren.

Giuliano y sus hombres llegaron a la puerta del convento al amanecer, cuando los frailes lo abandonaban para ir a trabajar a los campos. Giuliano les contempló con una sonrisa en los labios. Hacía apenas dos años, él salía a trabajar con ellos metido en un hábito marrón y con la cabeza cubierta por un negro y abollado sombrero americano de ala ancha. Recordó lo bien que solía pasarlo. ¿Quién hubiera podido imaginar entonces su futura fiereza? Pensó con nostalgia en aquellos días de paz, pasados trabajando en los campos.

El superior iba ya camino de la puerta, para saludarles. Alto, envuelto en el hábito, el anciano vaciló un instante cuando el prisionero avanzó un paso y abrió los brazos. Stefan Andolini corrió a abrazar al anciano, le besó en ambas mejillas y le dijo:

—*Padre*, estos hombres van a matarme, sólo usted me puede salvar.

El prior asintió y extendió los brazos hacia Giuliano, que se adelantó para abrazarle. De pronto lo comprendía todo.

Andolini había pronunciado la palabra «padre» como quien se dirige no a un sacerdote, sino a su progenitor.

—Te pido la vida de este hombre como un favor especial —dijo el superior.

Giuliano le desató pies y brazos a Andolini y dijo:

—Es suyo.

Vencido por el miedo que llevaba en el cuerpo, Andolini se desplomó al suelo. El superior le sostuvo a pesar de su fragilidad.

—Pasad al refectorio —le dijo a Giuliano—; mandaré que sirvan comida a tus hombres y nosotros tres hablaremos de lo que hay que hacer. Mi querido hijo —le señaló a Andolini—, aún no estás fuera de peligro. ¿Qué pensará Don Croce cuando se entere de esto? Tenemos que discutir juntos la cuestión; de otro modo, estás perdido.

El superior disponía de un saloncito particular para tomar el café. Hizo servir queso y pan a sus dos invitados.

—Uno de mis muchos pecados —le dijo a Giuliano, son riendo con tristeza—. Yo engendré a este hombre de muy joven. Ah, nadie conoce las tentaciones de un párroco siciliano. Yo no pude resistirlas. El escándalo se disimuló y su madre se casó con Andolini. Hubo mucho dinero de por medio y yo fui ascendido en la Iglesia. Pero nadie puede predecir las ironías del Cielo. Al crecer, mi hijo se convirtió en un asesino. Y ésa es una de las cruces que tengo que soportar, aparte de los muchos pecados que pesan sobre mi alma. Escúchame atentamente, hijo mío —añadió, cambiando de tono al dirigirse a Andolini—. Te he salvado la vida por segunda vez. Entiende bien que ahora debes tu lealtad, ante todo, a Giuliano.

»No puedes regresar junto al Don. Se preguntaría por qué Turi te perdonó la vida y mató en cambio a los otros dos. Sospechará que le has traicionado y eso supondría tu muerte. Lo que debes hacer es confesárselo todo al Don y pedirle permiso para quedarte con la banda de Giuliano. Dile que le facilitarás información y actuarás de eslabón entre ella y los «amigos de los amigos». Acudiré al Don personalmente y le expondré las ventajas de este arreglo. Le diré también que serás leal a Giuliano, pero que eso no irá en contra de sus intereses. Él pensará que vas a vender al hombre que te ha perdonado la vida. Pero yo te digo que, si traicionas a Giuliano, caería sobre ti mi eterna maldición. Y te llevarás la maldición de tu padre a la tumba —dijo. Y, dirigiéndose a Giuliano, añadió—: Y ahora te pido un segundo favor, mi querido Turi. Acepta a mi hijo en tu banda. Luchará por ti y obedecerá tus órdenes, y yo te juro que te será fiel.

Giuliano lo meditó detenidamente. Estaba seguro de que, con el tiempo, se podría ganar el afecto de Andolini, y sabía que éste quería mucho a su padre, el superior del convento. Por consiguiente, las posibilidades de traición eran mínimas, y podía precaverse contra ellas. Stefan Andolini sería un valioso subjefe en las operaciones de su banda, y todavía más valioso como fuente de información sobre el imperio de Don Croce.

—¿Y qué le dirá usted al Don? —quiso saber Giuliano.

—Hablaré con él —contestó el superior después de una pausa—. Tengo influencia. Luego, ya veremos. ¿Vas a aceptar a mi hijo en tu banda?

—Sí, por el cariño que le profeso a usted y por la palabra que empeñé —contestó Giuliano—. Pero, si me traiciona, sus plegarias no serán lo suficientemente rápidas para impedir que vaya al infierno.

Stefan Andolini había vivido en un mundo gobernado por la desconfianza, y ésa era tal vez la razón de que al correr del tiempo su rostro se hubiera trocado en la imagen de un asesino. Sabía que, en los años futuros, sería como un trapecista, siempre en equilibrio en el alambre de la muerte. Pero no tenía otra salida. Le consolaba pensar que el espíritu compasivo de Giuliano le había salvado la vida. Aun así, no se hacía ilusiones. Turi

Giuliano era el único hombre que le había hecho temblar de miedo.

A partir de aquel día, Stefan Andolini pasó a formar parte de la banda de Giuliano. Y en los años sucesivos se hizo tan famoso por su crueldad y su fervor religioso, que el apodo de *Fra Diavolo* llegó a ser conocido en toda Sicilia. Su fervor religioso consistía en el hecho de ir a misa todos los domingos, generalmente en la ciudad de Villalba, donde el padre Benjamino ejercía su ministerio sacerdotal. Y en el confesionario, le contaba a su consejero espiritual los secretos de la banda de Giuliano, para que el otro se los transmitiera a Don Croce. Sin embargo, callaba los secretos que Giuliano le ordenaba no contar.

Libro Tercero

Michael Corleone
1950

16

El Fiat rodeó la ciudad de Trapani y enfiló la carretera del litoral. Michael Corleone y Stefan Andolini llegaron a una villa más grande que la mayoría, integrada por tres edificios. Estaba cercada por un muro que sólo tenía una abertura por el lado de la playa. La verja estaba vigilada por tres hombres, y detrás de ella Michael distinguió a un hombre grueso que vestía un atuendo un tanto insólito en aquel lugar: chaqueta y pantalones deportivos y un polo de punto, con el cuello desabrochado. Mientras esperaban a que se abriera la verja, Michael vio una sonrisa en el mofletudo rostro del otro, y se quedó estupefacto al comprobar que aquel hombre era Peter Clemenza.

Clemenza era, allá en Norteamérica, el principal subordinado del padre de Michael Corleone. ¿Qué estaba haciendo allí? Michael le había visto por última vez la fatídica noche en que Clemenza le entregó un arma para asesinar al capitán de la policía y a Sollozzo, el Turco. Recordaba la expresión de tristeza que Clemenza tenía en la cara en aquel momento.

Rebosante de sincero júbilo al ver a Michael, Clemenza le sacó casi a la fuerza del minúsculo Fiat y los abrazó calurosamente.

—Michael, qué alegría me da verte. Llevo años esperando para decirte lo orgulloso que me siento de ti.

Hiciste un trabajo magnífico. Y ahora todos tus problemas han terminado. Dentro de una semana estarás con la familia y daremos una gran fiesta. Todo el mundo aguarda tu regreso, Mikey.

Contempló con cariño el rostro de Michael mientras le estrechaba en sus fuertes brazos, y llegó a una conclusión. Ya no era un joven héroe guerrero. Durante su estancia en Sicilia, el muchacho se había convertido en un hombre. Es decir, el rostro de Michael ya no era un libro abierto, sino que mostraba la orgullosa, hermética expresión del típico siciliano. Michael estaba maduro para ocupar el lugar que por derecho le correspondía en la familia.

Michael también se alegró mucho de ver la voluminosa humanidad de Clemenza y su ancho rostro de duras facciones. Preguntó por su familia. Su padre se había recuperado del intento de asesinato, pero su salud no era muy buena. Clemenza sacudió la cabeza con pesadumbre.

—A nadie le sienta demasiado bien que le hagan varios agujeros en el cuerpo, por mucho que después se recupere. Pero no es la primera vez que le pegan un tiro a tu padre. Es como un roble. Se restablecerá. Lo que les afectó a él y a tu madre fue el asesinato de Sonny. Fue una brutalidad, Mikey, le hicieron picadillo con las ametralladoras. No estuvo bien, no debieron hacer eso. Actuaron por despecho. Pero estamos elaborando planes. Tu padre te los contará cuando regreses. Todo el mundo se alegra mucho de que vuelvas.

Stefan Andolini saludó con la cabeza a Clemenza, a quien debía conocer de antes. Después le estrechó la mano a Michael y dijo que debía marchar porque había cosas que hacer en Montelepre.

—Oigas lo que oigas —le dijo—, recuerda esto: que yo siempre fui leal a Turi Giuliano y que él confió en mí hasta el último momento. Si le traicionan, no será por mi causa —la sinceridad le hacía tartamudear—. Y a ti tampoco te traicionaré.

Michael le creyó.

—¿No quieres entrar y descansar un poco; tomar un bocado, beber algo...? —le preguntó.

Stefan Andolini sacudió la cabeza. Subió de nuevo al Fiat y cruzó la verja, que inmediatamente se cerró ruidosamente a su espalda.

Clemenza atravesó el jardín con Michael y se dirigió al edificio principal. Había hombres armados vigilando los muros y la playa por donde la finca se abría al mar. Un pequeño embarcadero apuntaba hacia la lejana costa de África y, amarrado al mismo, se podía ver una potente lancha motora en la que ondeaba la bandera italiana.

En el interior de la villa había dos viejas vestidas de riguroso negro, de piel renegrida por el sol y tocadas con negras pañoletas. Clemenza les pidió que llevaran un cuenco de fruta al dormitorio de Michael.

La terraza del dormitorio daba al Mediterráneo, cuyas azules aguas parecían hendirse bajo el sol matinal. Las embarcaciones de pesca, de velas azules y rojas, fluctuaban en el horizonte como pelotas que brincaran sobre el agua. Había en la terraza una mesita dispuesta con un mantel marrón oscuro, una cafetera de *espresso* y una botella de vino tinto. Dos hombres ocupaban sendas sillas ante ella.

—Te veo cansado —dijo Clemenza—. Duerme un rato, y después te lo explicaré todo detalladamente.

—No me vendrá nada mal un descanso —contestó Michael—. Pero antes dime una cosa. ¿Está bien mi madre?

—Está muy bien —contestó Clemenza—. Espera tu regreso. No podemos decepcionarla; sería demasiado, después de lo de Sonny.

—¿Y mi padre —añadió Michael—, se ha restablecido por completo?

—Desde luego que sí —contestó Clemenza, soltando una siniestra carcajada—. Las Cinco Familias se van a enterar. También él ansia verte de vuelta, Mikey. Tiene grandes planes para ti. No le podemos desilusionar. Así pues, no te preocupes demasiado por Giuliano; si aparece, nos lo llevaremos con nosotros. Si sigue escabulléndose, le dejaremos aquí.

—¿Son esas las órdenes de mi padre? —quiso saber el joven.

—Un enlace se traslada diariamente en avión a Túnez, y yo me desplazo hasta allí en lancha, para hablar con él —contestó Clemenza—. Ésas son las órdenes que recibí ayer. Al principio, Don Croce nos tenía que ayudar, o por lo menos eso me dijo tu padre cuando salí de los Estados Unidos. Pero, ¿sabes lo que ocurrió ayer en Palermo, después de que tú te marcharas? Alguien trató de liquidar a Croce. Se encaramaron por la tapia del jardín y mataron a cuatro de sus guardaespaldas. Pero Croce no sufrió ningún daño. Y yo me digo, ¿qué demonios está pasando?

—Jesús —exclamó Michael, recordando las precauciones que había adoptado Don Croce en los alrededores del hotel—. Creo que eso es obra de nuestro amigo Giuliano. Confío en que tú y mi padre sepáis lo que estáis haciendo. Estoy tan cansado que ni siquiera puedo pensar.

Clemenza se levantó y le dio unas palmadas en el hombro.

—Ve a dormir un poco, Mikey. Después te presentaré a mi hermano. Un hombre estupendo, igual que tu padre, tan listo y tan duro como él, y el que manda en esta zona, mal que le pese a Don Croce.

Michael se desnudó y se metió en la cama. Llevaba más de treinta horas sin dormir y, ello no obstante, el nerviosismo le impedía descansar. A pesar de haber cerrado las contraventanas de gruesa madera, percibía el calor del sol matinal. Aspiraba la intensa fragancia de las flores y los limoneros y, entretanto, su mente iba pasando revista a los acontecimientos de los últimos días. ¿Cómo era posible que Pisciotta y Andolini se movieran con tanta libertad? ¿Por qué había llegado Giuliano a la conclusión de que Don Croce era su enemigo precisamente en aquel momento tan inoportuno? Semejante error no era propio de un siciliano. Al fin y al cabo, aquel hombre llevaba siete años viviendo en el monte como forajido. Era más que suficiente. No cabía duda de que debía anhelar una existencia más agradable, si no allí, sí ciertamente en Norteamérica. Y estaba claro que sus planes eran ésos, de otro modo, no querría enviar anticipadamente a su novia a los Estados Unidos. Se le ocurrió pensar que la respuesta a todo aquel misterio era la voluntad de Giuliano de librar una última batalla. Que no temía morir en su tierra natal. Había allí planes y unas conspiraciones que estaban llegando a su desenlace y de los que él, Michael Corleone, no podía tener conocimiento, motivo por el cual debía andarse con mucho cuidado. Porque Michael Corleone no quería morir en Sicilia. Él no formaba parte de aquel mito.

Michael se despertó en un enorme dormitorio cuyas puertas vidrieras se abrían a un blanco balcón de piedra iluminado por el sol matinal. Bajo el balcón, el Mediterráneo extendía hasta el horizonte una alfombra color índigo. Las manchas carmesí de las barcas de pesca punteaban el agua hasta donde alcanzaba la vista. Michael contempló unos minutos aquel panorama, subyugado por la belleza del mar y de los majestuosos acantilados de Erice, visibles algo más al norte.

La habitación estaba llena de enormes muebles de estilo rústico. Había una mesa con una jofaina de esmalte azul y una jarra de agua. Sobre una silla vio una áspera toalla marrón. En las paredes había cuadros de diversos santos y de la Virgen con el Niño en brazos. Michael se lavó la cara y abandonó la habitación. Al pie de la escalera le estaba aguardando Peter Clemenza.

—Ah, ya tienes mejor cara, Mikey —le dijo Clemenza—. Una buena comida te devolverá las fuerzas, y después podremos hablar de negocios.

Acompañó a Michael a la cocina, que tenía una larga mesa de madera. Se sentaron y entonces, como por ensalmo, apareció una anciana enlutada que les sirvió inmediatamente dos tazas de *espresso*. También como por ensalmo, materializó una bandeja de huevos y embutidos y la depositó sobre la mesa. Después sacó del horno una crujiente y tostada hogaza en forma de sol, tras lo cual, y sin responder a las gracias que le dio Michael, desapareció en una dependencia situada detrás de la cocina. En ese momento, entró un hombre en la estancia. Aunque mayor que Clemenza, se parecía tanto a él que Michael comprendió en seguida que era Don Domenic Clemenza, el hermano de Peter. Domenic vestía de manera muy distinta a la de su hermano: pantalones de terciopelo negro remetidos en recias botas marrones, camisa de seda blanca con frunces en las mangas y un largo chaleco negro. Se cubría la cabeza con una gorra de pico y tenía en la diestra una fusta que arrojó a un rincón. Michael se levantó para saludarle y Don Domenic Clemenza le estrechó afectuosamente en sus brazos.

Los tres se sentaron a la mesa. Don Domenic poseía una dignidad natural y un aire de autoridad que a Michael le recordaron a su propio padre. Tenía también su misma cortesía un poco anticuada. Estaba claro que Peter Clemenza reverenciaba a su hermano mayor, el cual le trataba con el indulgente afecto que los hermanos mayores suelen dedicar a los más jóvenes y un poco alocados. A Michael le pareció divertido. Peter Clemenza era el *capo-regime* más duro y de más confianza que tenía su padre allá en los Estados Unidos.

—Michael, es para mí un gran placer y un gran honor que tu padre, Don Corleone, te haya encomendado a mis cuidados —dijo Don Domenic en tono muy serio, pero añadiendo un guiño—. Y ahora quiero que satisfagas mi curiosidad. Este inútil hermano mío que tenemos aquí... ¿de veras son sus éxitos en América tan grandes como él dice? Ha subido tan alto, que yo no me fiaría de que supiera sacrificar un cerdo como es debido. ¿Es de veras el brazo derecho de Don Corleone? Y me dice que tiene a cien hombres a sus órdenes. ¿Cómo puedo creer semejante cosa?

Pero, mientras hablaba, le dio a su hermano menor unas cariñosas palmadas en el hombro.

—Todo eso es verdad —contestó Michael—. Mi padre dice siempre que estaría vendiendo aceite de oliva, de no haber sido por su hermano de usted.

Todos se echaron a reír y Peter Clemenza comentó:

—Yo me hubiera pasado casi toda la vida en las cárceles. Él me enseñó a pensar, en lugar de limitarme a utilizar una pistola.

—Yo no soy más que un pobre labriego —dijo Don Domenic, suspirando—. Es cierto que mis vecinos me vienen a pedir consejo y dicen aquí, en Trapani, que soy un hombre importante. Me llaman el «Infiel» porque no obedezco las órdenes de Don Croce. Puede que eso no sea muy inteligente, seguramente el Padrino encontraría algún medio de llevarse mejor con Don Croce. Sin embargo, a mí me es imposible. Quizás sea infiel, pero sólo con aquellos que no tienen honor. Don Croce nos vende información al Gobierno, y a mi forma de ver, eso es una *infamità*. Por muy sutiles que sean las razones. Los métodos antiguos siguen siendo los mejores, Michael, tal como podrás ver cuando lleves aquí unos cuantos días.

—No me cabe la menor duda —contestó Michael cortésmente—. Y debo darle las gracias por la ayuda que me está prestando.

—Michael —dijo Peter Clemenza—, tu padre accedió a ayudar a Turi Giuliano a salir de este país por respeto a su padre. Sin embargo, tu seguridad es lo primero. Tu padre aún tiene enemigos aquí. Giuliano dispone de una semana para reunirse contigo. Pero, si no aparece, tendrás que regresar solo a los Estados Unidos. Ésas son mis órdenes. Tenemos un avión especial esperando en África y podemos marcharnos en cualquier momento. Tú debes decidir.

—Pisciotta dijo que me traería a Giuliano muy pronto —contestó Michael.

Clemenza lanzó un silbido.

—¿Has visto a Pisciotta? ¡Pero si le están buscando tanto como al propio Giuliano! ¿Cómo ha salido de las montañas?

—Tenía uno de esos pases especiales de color rojo firmados por el ministro del Interior —dijo Michael, encogiéndose de hombros—. Y eso también me preocupa un poco.

Peter Clemenza sacudió la cabeza.

—El tipo que me ha traído aquí, ese Andolini, ¿tú le conoces bien, Peter? —preguntó Michael.

—Sí —contestó Peter Clemenza—, trabajó para nosotros en Nueva York... un par de asuntillos de poca monta; en cambio, el padre de Giuliano era de toda confianza, y un gran maestro con el ladrillo. Lo de regresar fue una locura por parte de ambos. Pero muchos sicilianos son así. No pueden olvidar sus cochambrosas casitas de Sicilia. Esta vez me he traído a dos hombres para que me ayuden. Llevaban veinte años ausentes. Vamos a dar un paseo por el campo cerca de Erice, una ciudad preciosa, Mikey, y estábamos allí en medio de todas aquellas ovejas, bebiendo vino y demás, y de pronto nos entran a todos ganas de orinar. Nos ponemos a hacerlo y, al terminar, los dos tíos empiezan a pegar saltos de un metro, gritando como unos locos: «Viva Sicilia». ¿Qué se puede hacer con esta gente? Pero así son los sicilianos hasta el día en que se mueren.

—Sí, pero y Andolini, ¿qué? —dijo Michael.

—Es primo de tu padre —contestó Clemenza, encogiéndose de hombros—. Ha sido uno de los puntales de Giuliano durante los últimos cinco años. Antes era un estrecho colaborador de Don Croce. ¿Quién sabe? Es peligroso.

—Andolini va a traer aquí a la prometida de Giuliano —dijo Michael—. Está embarazada. La tenemos que mandar a los Estados Unidos y, una vez allí, ella le enviará a Giuliano una palabra clave, diciéndole que todo ha ido bien, y entonces Giuliano se pondrá en nuestras manos. ¿Te parece bien?

—No sabía que Giuliano tuviera una chica —dijo Clemenza dando un silbido—. Pero el proyecto es viable, desde luego.

Salieron a pasear al jardín. Michael vio centinelas junto a la verja y unos hombres armados paseaban arriba y abajo por la playa. La potente lancha motora seguía amarrada al pequeño embarcadero. En el jardín había un grupo de hombres aguardando a ser recibidos por Peter Clemenza. Eran unos veinte, todos ellos típicamente sicilianos, y con sus empolvadas ropas y sus sombreros de ala ancha resultaban versiones, a lo pobre, de Don Domenic.

En un rincón del jardín, bajo un limonero, había una mesa ovalada, de madera, con sillas de mimbre a su alrededor. Clemenza y Michael tomaron asiento allí, y después Clemenza llamó a los hombres que aguardaban. Se acercó uno de ellos y se sentó. Clemenza le hizo preguntas sobre su vida personal. ¿Estaba casado? ¿Tenía hijos? ¿Cuánto tiempo llevaba trabajando con Don Domenic? ¿Quiénes eran sus parientes en Trapani? ¿Había pensado alguna vez en buscar fortuna en América? La respuesta a esta pregunta era invariablemente afirmativa.

Una vieja vestida de negro les sirvió una enorme jarra de vino mezclado con limones frescos. Después acercó una bandeja cargada de vasos. Clemenza ofrecía un trago y un cigarrillo a cada entrevistado. Al terminar, cuando los hombres ya habían abandonado el jardín, Clemenza le preguntó a Michael:

—¿Alguno de ellos te ha dado mala espina?

—Todos me han parecido iguales —contestó Michael, encogiéndose de hombros—. Todos quieren irse a los Estados Unidos.

—Necesitamos sangre nueva allá en casa —dijo Clemenza—. Hemos perdido muchos hombres y puede que perdamos muchos más. Cada cinco años aproximadamente, vuelvo por aquí y me llevo a una docena de ellos. Yo mismo les adiestro. Trabajos sin importancia al principio: cobro de cuotas, intimidaciones, servicios de vigilancia... Pongo a prueba su lealtad. Cuando considero que ha llegado el momento y surge la ocasión, les doy la oportunidad de demostrar su valía. Pero tengo mucho cuidado. A esas alturas saben que podrán darse buena vida hasta el fin de sus días, siempre y cuando se mantengan leales. Aquí nadie ignora que vengo a reclutar efectivos para la familia Corleone y todos los hombres de la provincia quieren venir a verme. Pero quien los elige es mi hermano. Nadie se entrevista conmigo sin antes haber recibido su aprobación.

Michael contempló el hermoso jardín con sus flores multicolores, los perfumados limoneros, las antiguas estatuas de dioses procedentes de excavaciones arqueológicas, las imágenes de santos y la tapia rosada que rodeaba la villa. Era un decorado encantador para examinar a doce apóstoles del asesinato.

A última hora de la tarde, el pequeño Fiat se detuvo ante la verja de la villa y los guardas le franquearon el paso. Andolini iba al volante y llevaba al lado a una muchacha de largo cabello negro azabache y ovalado rostro de madona de retablo. Cuando descendió del vehículo, Michael advirtió que estaba encinta; aunque llevaba el decoroso y holgado vestido propio de las sicilianas, éste no era negro, sino estampado en una desacertada mezcla floreada de rosas y blancos. Sin embargo, su rostro era tan bonito que el vestido no tenía importancia.

Michael Corleone se sorprendió al ver surgir de la trasera del coche la personilla de Hector Adonis. Fue éste el encargado de hacer las presentaciones. La chica se llamaba Justina y no poseía la timidez propia de los jóvenes; a sus diecisiete años, su rostro tenía la fuerza del de una mujer hecha, como si ya hubiera conocido las amarguras de la vida. Estudió detenidamente a Michael antes de saludarle con la cabeza. Parecía que intentara descubrir en su rostro algún atisbo de falsedad.

Una de las viejas la acompañó a su habitación y Andolini sacó del automóvil su equipaje. Se reducía a una pequeña maleta que el propio Michael llevó al interior de la casa.

Aquella noche cenaron juntos, todos menos Andolini, que ya se había marchado en el Fiat; Hector Adonis se quedó. Durante la cena comentaron los planes para trasladar a Justina a los Estados Unidos. Don Domenic dijo que la embarcación ya estaba lista para salir hacia Túnez; lo estaba en todo momento, pues, no sabiendo cuándo llegaría Giuliano, tenían que actuar con rapidez en cuanto apareciera.

—Cualquiera sabe qué mala gente le estará pisando los talones —dijo Don Domenic con una leve sonrisa.

Peter Clemenza declaró que acompañaría a Justina a Túnez y la instalaría en un avión especial, con documentos que le permitieran entrar en los Estados Unidos sin tropiezos. Después regresaría a la villa.

Cuando Justina llegara a Norteamérica, enviaría la palabra clave, y entonces se iniciaría la operación final para salvar a Giuliano.

Justina habló muy poco durante la velada. Don Domenic le preguntó si estaba en condiciones de emprender viaje aquella misma noche después del largo trayecto en automóvil.

Al contestar la muchacha, Michael comprendió la atracción que debía haber ejercido sobre Giuliano. Tenía los ardientes ojos negros, la enérgica mandíbula y la boca de las valientes mujeres sicilianas, y hablaba con la misma arrogancia que éstas.

—Viajar es más fácil que trabajar y menos peligroso que esconderse —dijo—. Si he dormido en el monte, y en el campo con las ovejas, ¿por qué no puedo hacerlo en un barco o un avión? Seguro que no hará tanto frío —lo dijo con todo el orgullo de los jóvenes; sin embargo, cuando tomó la copa de vino, le temblaba la mano—. Lo único que me preocupa es que Turi consiga escapar. ¿Por qué no podía venir conmigo?

—Justina —le dijo Hector Adonis cariñosamente—, no quería ponerte en peligro con su presencia. Viajar es más difícil para él; hay que tomar más precauciones.

—La lancha zarpará antes del amanecer, Justina —señaló Peter Clemenza—, convendría que descansaras un poco.

—No —contestó Justina—, no estoy cansada, y los nervios no me dejarían dormir. ¿Podría beber otra copa de vino? Don Domenic se la llenó hasta el borde.

—Bebe, es bueno para el niño y te ayudará a dormir más tarde. ¿Te dio Giuliano algún mensaje para nosotros?

—Llevo meses sin verle —contestó Justina, sonriendo con tristeza—. Sólo se fía de Aspanu Pisciotta. No es que piense que yo le voy a traicionar, pero teme que le puedan atrapar aprovechando la debilidad que siente por mí. La culpa la tienen todos esos libros que lee, en los que el amor de las mujeres provoca la desgracia de los héroes. Piensa que su amor por mí es la peor de sus debilidades y, como es natural, nunca me cuenta sus planes.

Michael sentía deseos de averiguar más detalles sobre Giuliano, el hombre que él hubiera podido ser si su padre se hubiera quedado en Sicilia, el hombre que hubiera podido ser Sonny.

—¿Cómo conociste a Turi? —le preguntó a Justina.

—Me enamoré de él cuando tenía once años —repuso ella, y rió—. De eso hace seis, y fue el primero de su vida de forajido, aunque ya era famoso en nuestra pequeña aldea. Mi hermano menor y yo estábamos trabajando en los campos con mi padre y papá me dio un fajo de billetes, para que se los llevara a mi madre. Mi hermano y yo éramos muy ingenuos y nos emocionaba tanto tener todo aquel dinero, que se lo enseñamos a todo el mundo. Dos *carabinieri* nos vieron por el camino, nos quitaron los billetes y se pusieron a reír al ver que llorábamos. No sabíamos qué hacer, temíamos volver a casa y también regresar junto a nuestro padre. Entonces salió un joven de entre los arbustos. Era más alto que la mayoría de los sicilianos y también más ancho de espaldas. Se parecía a los soldados americanos que habíamos visto durante la guerra. Llevaba una metralleta bajo el brazo, pero tenía unos ojos castaños muy dulces. Era muy guapo. Nos preguntó: «¿Por qué lloráis en un día tan hermoso como éste, niños? Y tú, jovencita, si te estropeas esa cara tan preciosa que tienes, ¿quién querrá casarse contigo?». Pero como reía, comprendimos que le alegraba vernos, no sé por qué razón. Le contamos lo ocurrido y él volvió a reírse y nos dijo que tuviéramos siempre mucho cuidado con los *carabinieri*, y que aquello nos tenía que servir de lección en la vida.

»Después le entregó a mi hermano un montón de liras, para que se las llevara a nuestra madre, y a mí me dio una nota para papá. Aún recuerdo, palabra por palabra, lo que decía: «No regañe a estos dos hijos tan preciosos que tiene, porque van a ser la alegría y el consuelo de su vejez. La suma que les he dado es muy superior a la que han perdido. Y sépalo bien: a partir de hoy, usted y sus hijos quedan bajo la protección de GIULIANO». A mí aquel nombre escrito en mayúsculas me pareció muy bonito. Lo soñé durante muchos meses. Simplemente aquella palabra: GIULIANO.

«Sin embargo, lo que me indujo a quererle fue el placer que le producía hacer buenas obras. Le encantaba ayudar a la gente. Siempre vi en él ese mismo placer, como si disfrutara más dando que recibiendo. Por eso le quieren tanto en Sicilia.

—Hasta que ocurrió lo de Portella delle Ginestre —terció serenamente Hector Adonis.

—Aún le siguen queriendo —contestó Justina, bajando los ojos.

—Pero, ¿cómo volviste a encontrarle? —quiso saber Michael.

—Mi hermano mayor era amigo suyo —contestó Justina—. Y, a lo mejor, mi padre era miembro de su banda. No lo sé. Sólo mi familia, el sacerdote y Pisciotta saben que estamos casados. Giuliano les hizo jurar a todos que guardarían el secreto, porque teme que las autoridades me detengan.

Esas palabras sorprendieron mucho a los reunidos alrededor de la mesa. Justina se sacó un pequeño monedero del escote y lo abrió. Contenía un documento de grueso papel color crema, con un gran sello. Se lo tendió a Michael, pero Hector Adonis lo tomó antes y lo leyó.

—Mañana estarás en los Estados Unidos —le dijo luego con una sonrisa—. ¿Puedo comunicarles la buena noticia a los padres de Giuliano?

—Ellos pensaban que esperaba un hijo sin estar casada —contestó Justina, ruborizándose—. Y me miraban con un poco de desprecio. Sí, se la puede comunicar.

—¿Has visto o leído alguna vez el Testamento que Turi guarda escondido? —le preguntó Michael.

—No —contestó ella, sacudiendo la cabeza—. Turi jamás me ha hablado de eso.

Don Domenic puso una cara muy seria, aunque también sentía curiosidad. Había oído hablar del Testamento, pensó Michael, pero no lo aprobaba. ¿Cuántas personas lo sabían? Desde luego, ningún siciliano. Sólo algunos miembros del Gobierno de Roma, Don Croce, la familia de Giuliano y el círculo de sus camaradas.

—Don Domenic —dijo Hector Adonis—, ¿puedo abusar de su hospitalidad hasta que Justina nos comunique que se encuentra a salvo en Norteamérica? Entonces me encargaré personalmente de que Giuliano reciba la noticia. Se trata sólo de una noche.

—Me honrará usted con ello, mi querido profesor —contestó Don Domenic con vehemencia—. Quédese cuanto tiempo quiera. Pero ahora conviene que nos retiremos. Nuestra joven *signora* tiene que descansar un poco de su largo viaje, y yo soy demasiado viejo para permanecer levantado tan tarde. *Avanti* —añadió, con un amplio ademán de pájaro protector reuniendo a su nidada. Tomó a Hector Adonis del brazo, para acompañarle a su dormitorio, y ordenó a las criadas que atendieran a los demás huéspedes.

Cuando Michael se despertó a la mañana siguiente, Justina ya se había marchado.

Hector Adonis tuvo que pasar otras dos noches en la casa antes de que se recibiera por mediación del enlace la carta de Justina. En ella la joven decía que se encontraba a salvo en los Estados Unidos. La carta contenía la palabra clave que esperaba Adonis, y la mañana de su partida, el profesor solicitó hablar con Michael en privado.

Michael había pasado dos días de tensa espera, ansiando regresar a su vez a Norteamérica. Lo dicho por Peter Clemenza sobre el asesinato de Sonny le había llenado de siniestros presagios en relación con Turi Giuliano. En su mente, ambos hombres se confundían entre sí. Le parecían iguales porque poseían la misma vitalidad y potencia física. Giuliano tenía apenas la edad de Michael, y a éste le intrigaba su fama; por otra parte, la idea de encontrarse finalmente cara a cara con él le llenaba de inquietud. Se preguntaba para qué querría su padre a Giuliano en los Estados Unidos. Porque no cabía duda de que su padre se proponía algo. De otro modo, la misión que le habían encomendado, de llevar consigo a Giuliano, no hubiera tenido ningún sentido.

Michael bajó con Adonis a la playa, donde los guardianes les saludaron con el habitual «*Vossia*», señoría. Ninguno de ellos adoptó la menor expresión de burla al ver la minúscula estatura del elegante Hector Adonis. La lancha motora había regresado y, al contemplarla más de cerca, Michael pudo ver que era casi del tamaño de un pequeño yate. Sus tripulantes iban armados con *luparas* y metralletas.

El sol de julio brillaba ardoroso y el mar estaba tan azul y sereno, que el reflejo solar lo hacía parecer metálico. Michael y Adonis se acomodaron en sendas sillas en el embarcadero.

—Antes de marchar, tengo que darte unas últimas instrucciones —dijo Hector Adonis en voz baja—. Se trata del más importante servicio que puedes prestarle a Giuliano.

—Lo haré con sumo gusto —contestó Michael.

—Tienes que tomar el Testamento de Giuliano y enviárselo a tu padre a los Estados Unidos inmediatamente —dijo Adonis— . Él sabrá cómo usarlo. Se encargará de que Don Croce y el Gobierno de Roma se enteren de que el documento está a salvo en América y desistan, ante eso, de causarle ningún daño a Giuliano. Lo dejarán marchar tranquilamente.

—¿Lo tiene usted? —preguntó Michael.

El hombrecillo sonrió tímidamente y luego se echó a reír.

—El que lo tiene eres tú —dijo.

—Le han dado a usted una información errónea —dijo Michael asombrado—. A mí nadie me ha entregado nada.

—Sí te lo han entregado —replicó Hector Adonis, apoyando amistosamente una mano en el brazo de Michael. Éste observó que tenía unos dedos pequeños y delicados como los de un niño—. Te lo dio Maria Lombardo, la madre de Giuliano. Sólo ella y yo sabemos dónde está. Ni siquiera Pisciotta lo sabe —vio la perpleja expresión de Michael—. Está en el interior de la Virgen negra —dijo—. Es cierto que esa imagen pertenece a la familia hace muchas generaciones y es muy valiosa. Todo el mundo la conoce. Pero a Giuliano le regalaron una reproducción. Hueca. El Testamento está escrito en papel muy fino y cada página lleva la firma de Giuliano. Yo le ayudé a redactarlo en los últimos años. Hay también algunos documentos comprometedores. Turi siempre tuvo en cuenta cuál podía ser el final y quería estar preparado. Para ser tan joven, tenía un gran sentido de la estrategia.

—Y su madre es una gran actriz —rió Michael.

—Todos los sicilianos lo son —contestó Hector Adonis. No nos fiamos de nadie y fingimos delante de todo el mundo. El padre de Giuliano es de toda confianza, desde luego, pero podría ser indiscreto. Pisciotta es el mejor amigo de Giuliano desde su infancia, y Stefan Andolini le ha salvado la vida en sus choques con los *carabinieri*, pero los hombres cambian con el tiempo, o cuando se les somete a tortura. Por consiguiente, es mejor que no lo sepan.

—Pero confió en usted —apuntó Michael.

—Es un honor —se limitó a señalar Adonis—. Pero, ¿te das cuenta de lo listo que es Giuliano? El Testamento me lo confía a mí y la vida se la confía a Pisciotta. Para que le capturaran, le tendríamos que traicionar los dos.

17

Michael Corleone y Hector Adonis regresaron a la villa y se sentaron bajo un limonero en compañía de Peter Clemenza. Michael estaba deseando leer el Testamento, pero Hector Adonis dijo que Andolini estaba a punto de llegar, para devolverle a Montelepre, y Michael esperó por si Andolini tuviera algún mensaje para él.

Pasó una hora. Adonis consultó su reloj con expresión preocupada.

—Seguramente habrá tenido alguna avería en el coche —dijo Michael—. Ese Fiat está en las últimas. Adonis sacudió la cabeza.

—Stefan Andolini tiene corazón de asesino, pero es la puntualidad personificada. Y es muy cumplidor. Temo que le haya ocurrido algo; ya lleva una hora de retraso. Y yo tengo que estar en Montelepre antes de que anochezca y comience el toque de queda.

—Mi hermano le proporcionará un automóvil y un chófer dijo Peter Clemenza.

—No —contestó Adonis, tras reflexionar un instante—, prefiero esperar. Necesito verle.

—¿Le importa que leamos el Testamento sin usted? —preguntó Michael—. ¿Cómo se abre?

—Desde luego que no me importa —contestó Adonis—. En cuanto a abrirlo, la cosa es sencilla. La imagen tiene un hueco. La cabeza se soldó después de haber colocado Turi los documentos en el interior. Basta con cortar la cabeza. Si te cuesta leerlo, te ayudaré gustosamente. Mándame a una criada.

Michael subió a su dormitorio en compañía de Peter Clemenza. La imagen se encontraba todavía en la chaqueta de Michael, el cual había olvidado por completo su existencia. La sacó del bolsillo y los dos hombres la contemplaron un instante. Los rasgos eran netamente africanos, pero la expresión era idéntica a la de todas las Vírgenes blancas que presidían los hogares humildes de Sicilia. Michael la ponderó. Pesaba mucho: nadie hubiera podido imaginar que estuviera hueca.

Peter Clemenza se acercó a la puerta y dio una orden a una de las criadas de abajo. La mujer apareció en seguida con una cuchilla de carnicero. Miró un instante al interior de la estancia y le entregó la cuchilla a Clemenza, el cual cerró inmediatamente la puerta, para que sus curiosos ojos no pudieran espiarles.

Michael apoyó la Virgen negra en la sólida mesa del tocador. Asiendo la peana con una mano, sujetó con la otra la cabeza de la imagen. Clemenza aplicó cuidadosamente la cuchilla al cuello de la talla, levantó el musculoso brazo y, con un recio golpe, cercenó la cabeza, que voló al otro lado de la estancia. Un fajo de papeles atados con una fina cinta de cuero gris brotó del hueco cuello de la imagen.

Clemenza había asestado el golpe justo en el punto en que se había efectuado la soldadura, pues la cuchilla no hubiera podido cortar de ningún modo la dura madera de olivo. Dejó la tajadera en la mesa y extrajo los papeles que contenía la decapitada talla. Desató la cinta de cuero y extendió los papeles sobre la mesa. Eran unas cincuenta páginas de papel cebolla, cubiertas de prieta caligrafía en tinta negra. Al pie de cada página figuraba la firma de Giuliano, parecida a los descuidados garabatos con que suelen firmar los reyes. Había también unos documentos con sellos oficiales del Estado, cartas con membretes del Gobierno y declaraciones con sellos notariales. Los papeles estaban abarquillados por su encierro y Michael utilizó los dos fragmentos de la imagen y la cuchilla para mantenerlos abiertos sobre la mesa. Después tomó una botella de vino que había sobre la mesita de noche y llenó ceremoniosamente dos copas, ofreciéndole una a Clemenza. Ambos bebieron un sorbo y luego iniciaron la lectura del Testamento.

Les llevó casi dos horas.

A Michael le asombró el que Turi Giuliano, tan joven e idealista, hubiera sobrevivido a tantas traiciones. Michael tenía experiencia suficiente para imaginar que Giuliano era astuto y había elaborado sus propios esquemas a fin de llevar a cabo su misión. De pronto se sintió enormemente identificado con él y comprometido en la causa de su huida.

Lo que sin duda provocaría la caída del Gobierno democristiano de Roma no era tanto el diario de Giuliano, donde éste refería la historia de sus últimos siete años, sino los documentos que corroboraban las afirmaciones en él contenidas. ¿Cómo era posible que aquellos poderosos personajes hubieran sido tan insensatos?, se preguntó Michael: una nota firmada por el cardenal, una carta en la que el ministro del Interior preguntaba a Don Croce qué se podía hacer para sofocar las manifestaciones de Ginestre, todo redactado con mucho tacto, desde luego, pero muy comprometedor a la luz de los acontecimientos posteriores. Los elementos resultaban inofensivos por separado, pero en conjunto formaban una montaña de pruebas más impresionante que las pirámides.

Había una carta llena de amables cumplidos en la que el príncipe de Ollorto le aseguraba a Giuliano que las más altas autoridades del Gobierno democristiano de Roma le habían garantizado que harían todo lo posible por conseguir su indulto, siempre y cuando hiciera él lo que le pedían. En su carta, el príncipe afirmaba haber llegado a un completo acuerdo con el ministro.

Existían también copias de unos planes operativos preparados por oficiales de alta graduación de los *carabinieri* con vistas a la captura de Giuliano, copias que habían sido entregadas en pago de servicios prestados.

—No me extraña nada que no les interese apresar a Giuliano —dijo Michael—. Los puede comprometer a todos con estos papeles.

—Voy a llevarme todo esto a Túnez inmediatamente —dijo Peter Clemenza—. Mañana por la noche estará ya en la caja fuerte de tu padre —tomó la Virgen decapitada e introdujo de nuevo los papeles en la oquedad. Después se la guardó en el bolsillo y le dijo a Michael—: Vamos. Si salgo ahora mismo, podré estar de regreso por la mañana.

Antes de abandonar la villa, Clemenza le devolvió la cuchilla a la vieja en la cocina y ella la examinó recelosamente, como buscando rastros de sangre. Echaron a andar hacia la playa y, de pronto y con sorpresa, vieron que Hector Adonis seguía esperando. Stefan Andolini no había aparecido aún.

El hombrecillo se había aflojado el nudo de la corbata y quitado la chaqueta. Pese a encontrarse a la sombra de un limonero, tenía la pulcra camisa blanca empapada de sudor. Estaba, además, un poco embriagado por haberse bebido entera la botella de vino que había sobre la mesa del jardín.

Saludó a Michael y a Peter Clemenza muy angustiado.

—Las traiciones finales ya se han puesto en marcha. Andolini lleva tres horas de retraso. Tengo que ir a Montelepre y a Palermo. He de avisar a Giuliano

—Profesor —dijo Clemenza sin inquietarse—, puede que haya tenido una avería o que se haya retrasado por algún asunto más urgente, pueden haber ocurrido miles de cosas. Él sabe que usted se encuentra a salvo aquí y que esperará. Si no viene, quédese otra noche con nosotros.

—Todo saldrá mal, todo saldrá mal —musitaba Adonis una y otra vez.

Finalmente les rogó que le facilitaran un medio de transporte. Clemenza dijo a dos de los hombres que sacaran uno de los Alfa Romeo y acompañaran a Hector Adonis a Palermo, ordenándoles regresar sin falta a la villa antes del anochecer.

Ayudaron a Hector Adonis a subir al vehículo y le tranquilizaron. El Testamento llegaría a los Estados Unidos en veinticuatro horas, y entonces Giuliano estaría a salvo. Una vez el automóvil hubo cruzado la verja, Michael bajó con Clemenza a la playa. Le observó mientras subía a la lancha motora y le siguió observando cuando la embarcación zarpó rumbo a África.

—Estaré de regreso mañana por la mañana —le gritó Clemenza.

Y Michael se preguntó qué ocurriría si Giuliano decidiera aparecer aquella noche.

Más tarde, las dos viejas le sirvieron la cena. Después estuvo paseando por la orilla hasta llegar a la altura de los guardas que vigilaban el perímetro de la propiedad. Faltaban pocos minutos para que oscureciera y las aguas del Mediterráneo eran de un azul intenso y aterciopelado; percibía, de más allá del horizonte, el perfume del continente africano, la fragancia de las flores silvestres y el olor de los animales salvajes.

Allí, junto al agua, no se oía el zumbido de los insectos. Aquellos bichos necesitaban la frondosa vegetación y el brumoso y cálido aire del interior. Era casi como si una máquina hubiera dejado de funcionar. Permaneció de pie en la playa, aspirando la paz y la belleza de la noche siciliana, y se compadeció de todos los que se movían temerosos en la oscuridad: Giuliano en sus montañas, Pisciotta con el frágil escudo de su pase orlado de rojo cruzando las líneas enemigas, el profesor Adonis y Stefan Andolini buscándose el uno al otro por las polvorientas carreteras de Sicilia, y Peter Clemenza surcando el oscuro azul de las aguas camino de Túnez. Y, por cierto, ¿dónde estaba Don Domenic Clemenza, que no había aparecido a la hora de la cena? Todos ellos eran sombras en la noche siciliana y, cuando salieran de nuevo al escenario, el decorado ya estaría dispuesto para ofrecer la vida o la muerte de Turi Giuliano.

Libro Cuarto

Don Croce
1947

18

El rey Humberto de Saboya era un hombre sencillo y amable, muy querido por el pueblo, y acababa de aceptar el plebiscito mediante el cual se iba a decidir si Italia seguiría siendo o no una monarquía constitucional. No deseaba seguir siendo rey en caso de que el pueblo no le quisiera. En eso se parecía a sus antecesores. Los reyes de la casa de Saboya siempre fueron gobernantes poco ambiciosos y las suyas habían sido monarquías democráticas, administradas por el Parlamento. Su falta de apego al poder había permitido que Mussolini y sus fascistas se adueñaran del país; sin embargo, fue el Rey quien tuvo el valor de destituir oficialmente a Mussolini de su cargo. Los expertos en política estaban seguros de que el plebiscito se resolvería en favor de la monarquía.

Se contaba con que la isla de Sicilia votaría mayoritariamente por el statu quo. En aquellos momentos, las dos fuerzas más poderosas de la isla eran Turi Giuliano, cuya banda dominaba la zona noroccidental de Sicilia, y Don Croce Malo que, con sus «amigos de los amigos», tenía en sus manos el resto de Sicilia. Giuliano no participó en las estrategias de ningún partido político. Don Croce y la Mafia trataron por todos los medios de conseguir la reelección de los democristianos y la continuidad de la monarquía.

Sin embargo, para asombro de todo el mundo, Italia rechazó la monarquía y se convirtió en república, y entonces los comunistas y socialistas armaron tal alboroto, que la Democracia Cristiana se tambaleó peligrosamente y estuvo a punto de caer. Como cabía la posibilidad de que en las siguientes elecciones se instaurara en Roma un gobierno socialista ateo, la Democracia Cristiana echó mano inmediatamente de todos sus recursos para impedirlo.

La mayor sorpresa la deparó Sicilia, donde resultaron elegidos muchos diputados socialistas y comunistas. En Sicilia, donde los sindicatos seguían considerándose obra del diablo, muchos industriales y terratenientes se negaban a mantener tratos con los sindicalistas. ¿Qué había pasado?

Don Croce estaba furioso. Su gente había hecho bien el trabajo. Había amenazado y asustado a todos los campesinos de las zonas rurales, pero estaba claro que las amenazas no habían surtido efecto. Los sacerdotes de la Iglesia católica predicaban contra los comunistas, y las monjas sólo entregaban sus lotes de espaguetis y aceite de oliva a quienes prometían votar a la Democracia Cristiana. La jerarquía católica de Sicilia estaba anonadada. Había distribuido millones de liras en alimentos, pero el astuto campesino siciliano se había tragado el pan benéfico, para después escupir a la Democracia Cristiana.

El ministro del Interior, Franco Trezza, también estaba enojado con sus paisanos sicilianos. Eran unos traidores, actuaban con astucia incluso cuando ello no les reportaba ningún beneficio y se enorgullecían de su honor personal aunque no tuvieran donde caerse muertos. Estaba muy desilusionado de ellos. ¿Cómo era posible que hubieran votado por los socialistas y comunistas que acabarían destruyendo su estructura familiar y expulsarían a sus dioses cristianos de todas las impresionantes catedrales de Italia? Sólo había una persona capaz de responder a esa pregunta y resolver satisfactoriamente el tema de las inminentes elecciones que iba a decidir la futura vida política de Italia. Así pues, mandó llamar a Don Croce Malo.

Los campesinos de Sicilia que habían votado por los partidos de izquierda y en contra de su querido Rey se hubieran quedado asombrados ante la cólera de todos aquellos altos personajes. Se hubieran sorprendido de que naciones tan poderosas como los Estados Unidos, Francia y Gran Bretaña se preocuparan tanto por la posibilidad de que ellos se aliaran con Rusia. Muchos jamás habían oído hablar de Rusia.

Ante el regalo de unas elecciones democráticas por primera vez en veinte años, los pobres de Sicilia se limitaron a votar por los candidatos y los partidos políticos que les habían prometido la oportunidad de comprar alguna pequeña porción de tierra a cambio de una mínima cantidad de dinero.

Sin embargo, les hubiera horrorizado saber que su voto en favor de las izquierdas era un voto contra su estructura familiar, contra la Virgen y la Santa Iglesia católica, las imágenes de cuyos santos, iluminadas con velas rojas, presidían todas las cocinas y alcobas de Sicilia; les hubiera horrorizado saber que habían votado en favor de convertir sus catedrales en museos y expulsar al Papa, a quien tanto amaban, de los confines de Italia.

No. Los sicilianos habían votado no por un partido político sino por un pedazo de tierra para ellos y sus familias. No hubieran podido concebir mayor felicidad en la vida. Trabajar su propia tierra, poder quedarse con los frutos del sudor de su frente y alimentar a sus hijos. Su sueño dorado era un trigal, una huerta en la ladera de la montaña, una pequeña viña, un limonero y un olivo.

El despacho del ministro del Interior en Roma era muy espacioso y estaba amueblado con hermosas piezas antiguas. En las paredes había fotografías del presidente Roosevelt y de Winston Churchill. Tenía vidrieras de colores que daban a un pequeño balcón. El ministro le escanció una copa de vino a su ilustre visitante, Don Croce Malo.

El ministro Franco Trezza era natural de Sicilia y un auténtico antifascista que había pasado mucho tiempo en las cárceles de Mussolini antes de huir a Inglaterra. Era un hombre alto y de aspecto aristocrático, con el cabello negro azabache y unas facciones muy marcadas. Se le consideraba un auténtico héroe, pero también un burócrata y un político nato, lo cual constituía una insólita combinación.

Entre sorbos de vino, empezaron a hablar del escenario político de Sicilia y de las inminentes elecciones regionales. El ministro Trezza le expresó a Don Croce sus temores. En caso de que Sicilia siguiera inclinándose hacia la izquierda en los comicios electorales, el partido de la Democracia Cristiana podía llegar a perder la mayoría gubernamental, y la Iglesia su situación legal de religión oficial del Estado italiano.

Don Croce guardaba silencio. Estaba comiendo con muy buen apetito y tenía que reconocer que la comida romana era muy superior a la de su Sicilia natal. El Don inclinó su majestuosa cabeza de emperador sobre el plato de espaguetis con trufas mientras sus poderosas mandíbulas masticaban inexorablemente y sin cesar. De vez en cuando se secaba el bigotillo con la servilleta. Su nariz imperial aspiraba el aroma de los platos servidos por los criados como si tratara de detectar la presencia de algún veneno. Sus ojos recorrían ávidos los ricos manjares que cubrían la mesa. Siguió guardando silencio mientras el ministro le comentaba con voz monótona distintos y trascendentales asuntos de Estado.

La opípara comida terminó con una gran bandeja de fruta y un surtido de quesos. Después, mientras se tomaban el café y el coñac de rigor, el Don se dispuso a hablar. Se revolvió incómodo en la silla y el ministro se apresuró a acompañarle a un salón provisto de mullidos sillones. Ordenó al criado que les acercara el café y el coñac y después le mandó retirarse. El propio ministro le sirvió al Don el *espresso*, le ofreció un cigarro, que aquél rechazó, y se dispuso a escuchar los sabios y sin duda acertados consejos de su interlocutor.

Don Croce miró fijamente al ministro. No le impresionaba su aristocrático perfil y tampoco sus abultados rasgos ni su energía. Además, su barba le parecía una afectación. Era un hombre que podía impresionar en Roma, pero jamás en Sicilia. Sin embargo, en sus manos estaba consolidar el poder de la Mafia en Sicilia. En el pasado ésta había cometido el error de despreciar a los de Roma, y las consecuencias fueron Mussolini y los fascistas. Don Croce no se hacía ilusiones. Un Gobierno de izquierdas se tomaría muy en serio las reformas y trataría de eliminar el gobierno en la sombra de los «amigos de los amigos». Sólo un gabinete democristiano mantendría las estructuras legales que garantizaban la invulnerabilidad de Don Croce, el cual había accedido a trasladarse a la capital con la satisfacción de un curandero que visita a una horda de implorantes tullidos, aquejados en buena parte de histeria. Sabía que estaba en condiciones de sanar a los enfermos.

—Puedo entregarle Sicilia en las próximas elecciones —le dijo al ministro Trezza—. Pero necesitamos gente armada. Me tiene usted que asegurar que no actuará contra Turi Giuliano.

—Esa promesa no se la puedo hacer —contestó el ministro Trezza.

—Pues es indispensable —replicó Don Croce.

—¿Qué clase de hombre es el tal Giuliano? —preguntó el ministro, acariciándose la barbita—. Es demasiado joven para ser tan duro. Aun tratándose de un siciliano.

—Ah, no, es un buen chico —dijo Don Croce, pasando por alto la irónica sonrisa del ministro y sin precisar que no conocía a Giuliano personalmente.

—No me parece posible —dijo Trezza, sacudiendo la cabeza— . Un hombre que ha matado a diez *carabinieri* no puede ser un buen chico.

Era cierto. Don Croce opinaba que Giuliano había sido muy temerario durante el último año. Desde la ejecución del barbero Frisella, Giuliano había desatado su furia contra todos sus enemigos, tanto de la Mafia como de Roma.

Empezó por enviar cartas a los periódicos, proclamando que él era el amo de la Sicilia occidental, por mucho que afirmase Roma lo contrario. También cursó diversas cartas a los *carabinieri* de las localidades de Montelepre, Corleone y Monreale, con la prohibición de patrullar por las calles pasada la medianoche, alegando que sus hombres tenían que desplazarse a determinados lugares, para visitar a amigos o parientes, y él no quería que los detuvieran mientras dormían o les pegaran un tiro al salir de casa, ni que le ocurriese a él otro tanto cuando visitaba a su familia en Montelepre.

Los periódicos publicaban las cartas con grandes alardes tipográficos. ¿Salvatore Giuliano prohibía el empleo de la *casetta*? ¿El bandido impedía a la policía patrullar legalmente por las ciudades de Sicilia? Qué desfachatez. Qué escandalosa desvergüenza. ¿Acaso se había creído aquel muchacho que era el rey de Italia? Algunos chistes ilustrados mostraban a los *carabinieri* ocultos en una calleja de Montelepre mientras la impresionante figura de Giuliano aparecía en la plaza.

Como es natural, el *maresciallo* de Montelepre sólo podía hacer una cosa. Todas las noches enviaba a sus hombres a patrullar calles. Noche tras noche, su guarnición, cuyos efectivos se elevaban ya a cien hombres, permanecía en estado de alerta, vigilando los accesos a la ciudad, para qué Giuliano no pudiera organizar un ataque.

Sin embargo, en la única ocasión en que el *maresciallo* envió a sus *carabinieri* al monte, Giuliano y sus cinco jefes, Pisciotta, Terranova, Passatempo, Silvestre y Andolini, cada uno de ellos encabezando un grupo de cincuenta hombres, les tendieron una emboscada. Giuliano no tuvo la menor compasión y seis *carabinieri* resultaron muertos. Otros destacamentos tuvieron que emprender la retirada bajo el fuego de las ametralladoras y los fusiles.

Aunque Roma se indignó, era precisamente aquella temeridad de Giuliano lo que en esos momentos les podía sacar a todos del apuro, suponiendo que Don Croce consiguiera convencer a aquel insensato ministro del Interior.

—Confíe en mí —le dijo Don Croce al ministro Trezza—. Giuliano nos puede ser muy útil. Yo le convenceré de que declare la guerra a los partidos comunista y socialista de Sicilia. Atacará sus cuarteles generales, eliminará a sus organizadores. Será mi brazo militar en vasta escala. Y después, como es lógico, mis «amigos» y yo haremos el necesario trabajo que no puede hacerse en público.

El ministro Trezza no pareció escandalizarse ante aquella propuesta, pero dijo con arrogancia:

—Giuliano ya se ha convertido en un escándalo nacional. Internacional incluso. Tengo sobre mi escritorio un plan del jefe de Estado Mayor del ejército; ese plan contempla la utilización de las fuerzas armadas, para eliminarle. Hemos puesto un precio de diez millones de liras a su cabeza. Mil *carabinieri* están a punto de trasladarse a Sicilia para reforzar los efectivos ya existentes. ¿Y usted me pide que le proteja? Mi querido Don Croce, yo esperaba que usted consiguiera entregárnoslo tal como ha hecho ya con otros bandidos. Giuliano es la vergüenza de Italia. Todo el mundo piensa que es preciso acabar con él.

Don Croce tomó un sorbo de *espresso* y se secó el bigote con los dedos. La hipocresía romana estaba a punto de hacerle perder los estribos. Sacudió lentamente la cabeza.

—Turi Giuliano nos es mucho más útil vivo, en el monte, realizando heroicas hazañas. Los sicilianos le adoran y rezan por su alma y por su seguridad. Ningún hombre de mi isla le traicionaría. Y, además, él es mucho más listo que todos los demás bandidos. Tengo espías en su campamento, pero es tanta la atracción que ejerce sobre ellos su personalidad, que ya no sé en qué medida me son leales. Ésa es la clase de hombre de quien se habla. Inspira afecto a todo el mundo. Si envía usted a mil *carabinieri* y fracasa la operación, como ya han fracasado otras, ¿qué ocurrirá? Le diré una cosa: si Giuliano decide ayudar a los partidos de izquierda en las próximas elecciones, perderá usted Sicilia y, como sin duda debe ya saber, su partido perderá Italia —hizo una prolongada pausa, mirando fijamente al ministro—. Hay que llegar a un entendimiento con Giuliano.

—¿Y quién se encargará de concertarlo? —preguntó el ministro Trezza con aquella cortés sonrisita de superioridad que tanto despreciaba Don Croce. Era una sonrisa romana, y aquel hombre era siciliano. El ministro añadió—: Sé de buena tinta que Giuliano no le tiene a usted la menor simpatía.

—En estos últimos tres años —dijo Don Croce, encogiéndose de hombros— ha tenido inteligencia suficiente para olvidar rencores. Y, además, tengo una conexión con él. El doctor Hector Adonis es de los míos y es también el padrino y el más fiel amigo de Giuliano. Él será mi intermediario y concluirá la paz con nuestro hombre. Pero necesito que me dé usted seguridades concretas.

—¿Le gustaría que le firmara una carta, diciendo que aprecio mucho al bandido al que estoy intentando atrapar? —preguntó el ministro en tono sarcástico.

Una de las mayores cualidades del Don consistía en no darse jamás por enterado de los comentarios ofensivos y de las faltas de respeto, que, sin embargo, conservaba por siempre en el corazón.

—No —contestó, el rostro de caoba convertido en una máscara inescrutable—. Bastará con que me facilite una copia de los planes del jefe del Alto Estado Mayor para la eliminación de Giuliano. Y otra de la orden que usted ha firmado para el envío a la isla de mil *carabinieri* de refuerzo. Se las mostraré a Giuliano y le prometeré que no llevará usted adelante esos propósitos si él nos ayuda a educar a los electores sicilianos. Eso no puede comprometerle a usted más adelante, pues siempre podrá alegar que la copia le fue robada. Además, le prometeré a Giuliano que, en caso de que la Democracia Cristiana gane las próximas elecciones, le será concedido el indulto.

—Ah, eso no —dijo el ministro Trezza—. La concesión de un indulto rebasa mis atribuciones.

—Una promesa no rebasa sus atribuciones —replicó Don Croce—. Y después, si se puede hacer, pues muy bien. Y si no es posible, le comunicaré la mala noticia.

El ministro comprendió por fin. Vio, tal como Don Croce trataba de hacerle ver, que, a la larga, el Don tendría que librarse de Giuliano, que ambos no podían coexistir en Sicilia. Y que Don Croce asumiría toda la responsabilidad y él no tendría que preocuparse por la solución del problema. Que se podían hacer promesas con impunidad. Que bastaba con entregarle a Don Croce sendas copias de ambos planes militares.

El ministro reflexionó en silencio. Don Croce inclinó hacia él su poderosa cabeza y le dijo:

—Le ruego que haga todo lo posible para que se otorgue el indulto.

El ministro paseaba de un lado a otro de la estancia, estudiando las complicaciones que podrían surgir. Don Croce permanecía inmóvil, sin prestar atención a los paseos del otro.

—Prométale el indulto en mi nombre —dijo el ministro—, pero sepa ya desde ahora que va a ser muy difícil. El escándalo podría ser excesivo. Si los periódicos se enteraran de esta reunión, me desollarían vivo y tendría que retirarme a mi granja de Sicilia, a recoger boñigas y trasquilar ovejas. ¿Es realmente necesario que le entregue las copias de esos planes y de mi orden?

—Sin ellas no se podría hacer nada —contestó Don Croce. Su voz de tenor era tan poderosa y convincente como la de un gran cantante—. Giuliano necesita alguna prueba de que usted y yo somos amigos, y alguna recompensa anticipada a cambio de sus servicios. Conseguiremos ambas cosas cuando yo le muestre los planes y le prometa que no se llevarán a la práctica. Entonces él podrá actuar con la misma libertad de antes, sin tener que luchar contra un ejército y unos efectivos policiales extraordinarios. El hecho de que yo tenga en mi poder los planes probará mi relación con usted y, suspendidos esos planes, quedará demostrada la influencia que ejerzo en Roma.

El ministro Trezza le ofreció a Don Croce otra taza de *espresso*.

—Estoy de acuerdo —dijo—. Confío en su amistad. La discreción lo es todo. Pero me preocupa su seguridad. Cuando Giuliano cumpla su misión y no reciba el indulto, le hará a usted responsable de ello.

El Don asintió con su imponente cabeza, pero no dijo nada. Se limitó a beberse el *espresso*. El ministro le observó detenidamente, y después añadió:

—Ustedes dos no pueden coexistir en una isla tan pequeña.

—Yo le haré sitio —contestó el Don, sonriendo—. Tenemos mucho tiempo por delante.

—Bien, bien —dijo el ministro Trezza—. Téngalo muy en cuenta. Si puedo prometerle a mi partido los votos de Sicilia en las próximas elecciones y si después consigo resolver el problema de Giuliano a mayor gloria del Gobierno, no tengo que decirle cómo me encumbraré en la política italiana. Sin embargo, por muy alto que suba, jamás me olvidaré de usted, mi querido amigo. Siempre gozará usted de mi confianza.

Don Croce desplazó su enorme mole en el sillón y se preguntó si merecería realmente la pena convertir a aquel zopenco de siciliano en primer ministro de Italia.

Sin embargo, su misma estupidez sería una ventaja para los «amigos de los amigos» y, en caso de que cometiera alguna traición, sería fácil destruirle. Con aquella sinceridad suya que tan justa fama le había reportado, le dijo:

—Le agradezco su amistad y haré cuanto esté en mi mano por favorecerle. Estamos de acuerdo. Yo salgo hacia Palermo mañana por la tarde, y le agradecería muchísimo que por la mañana me enviara al hotel los planes y demás documentos. En cuanto a Giuliano, si no puede usted conseguirle el indulto una vez haya realizado su trabajo, yo me encargaré de que desaparezca. Enviándole quizás a los Estados Unidos o a cualquier otro lugar donde no pueda causarle a usted ningún quebradero de cabeza.

Y así se despidieron el siciliano Trezza, que se había propuesto defender a la sociedad, y Don Croce, en cuya opinión las estructuras y las leyes de Roma eran un instrumento diabólico destinado a esclavizarle. Porque Don Croce creía en la libertad, en su libertad personal, ganada a pulso sin la intervención de terceros, y basada en el respeto que le tenían sus paisanos sicilianos. Era una pena, pensó Don Croce, que el destino le hubiera enfrentado a Turi Giuliano, un hombre de los que a él le gustaban, no como aquel ministro hipócrita y bribón.

De vuelta en Palermo, Don Croce mandó llamar a Hector Adonis y le habló de su reunión con Trezza y del acuerdo a que ambos habían llegado. Después le mostró las copias de los planes elaborados por el Gobierno para acabar con Giuliano. El hombrecillo se inquietó muchísimo, tal como el Don esperaba que ocurriera.

—El ministro me ha prometido que desautorizará esos planes y nunca se llevarán a la práctica —dijo Don Croce—. Pero su ahijado deberá utilizar todo su poder para influir en los resultados de las próximas elecciones. Tiene que mostrarse fuerte y firme y no ocuparse tanto de los pobres. Tiene que pensar en su propio pellejo. Tiene que comprender que cualquier alianza con Roma y el ministro del Interior es una gran oportunidad. Trezza ejerce autoridad sobre los *carabinieri*, la policía y los jueces. Es posible que algún día llegue a ser jefe del Gobierno. Si eso ocurriera, Turi Giuliano podría regresar al seno de su familia y quizás incluso abrirse camino en el campo de la política. Los sicilianos le adoran. Pero, de momento, debe perdonar y olvidar. Cuento con que sabrá usted convencerle.

—Pero, ¿cómo puede creer en las promesas de Roma? —preguntó Hector Adonis—. Turi siempre ha luchado en favor de los pobres. De ningún modo querrá hacer nada contra sus intereses.

—No creo que sea comunista —replicó Don Croce con aspereza—. Prepáreme un encuentro con Giuliano —añadió—. Yo le convenceré. Somos los dos hombres más poderosos de Sicilia. ¿Por qué no íbamos a colaborar? Se ha negado a ello otras veces, pero los tiempos cambian. Ahora eso va a ser su salvación y también la nuestra. Los comunistas nos aplastarían a los dos con análogo placer. Un Estado comunista no se puede permitir el lujo de un héroe como Giuliano o de un villano como yo. Acudiré a verle donde él quiera. Y dígale que le garantizo las promesas de Roma. Si la Democracia Cristiana gana las próximas elecciones, yo le conseguiré el indulto. Empeño en ello mi vida y mi honor.

Hector Adonis comprendió esas últimas palabras. En caso de que las promesas del ministro Trezza no se cumplieran, Don Croce incurriría en la cólera de Giuliano.

—¿Me puedo llevar estos planes para mostrárselos a Giuliano? —preguntó.

Don Croce reflexionó un instante. Le constaba que jamás los recuperaría y que entregándolos le daba a Giuliano una poderosa arma para el futuro.

—Mi querido profesor —contestó sonriendo—, pues claro que se los puede llevar.

Mientras aguardaba a Hector Adonis, Turi Giuliano empezó a pensar en su futura actuación. Sabía que las elecciones y la victoria de los partidos de izquierdas obligarían a Don Croce a pedirle ayuda.

En los últimos tres años, Giuliano había distribuido entre los pobres cientos de millones en efectivo y en comida en su rincón de Sicilia, pero sólo podría ayudarles de veras en caso de que ostentara cierto poder.

Los libros de economía y política de Adonis le habían causado mucha inquietud. La historia demostraba que los partidos de izquierda eran la única esperanza de los pobres en todos los países menos en Norteamérica. Aun así, él no podía aliarse con ellos. Los odiaba porque iban contra la Iglesia y se burlaban de los tradicionales vínculos familiares de los sicilianos. Y sabía, además, que un Gobierno socialista pondría más empeño que los cristianodemócratas en aplastarle.

Era de noche y Giuliano estaba contemplando las hogueras de sus hombres, diseminadas por la montaña. Desde el peñasco que dominaba Montelepre, podía oír de vez en cuando algunos retazos de la música que transmitían los altavoces de la plaza del pueblo. Pensó por un instante que, cuando llegara su padrino y una vez resueltos los asuntos pendientes, bajaría con él y visitaría a sus padres y a la Venera. No tenía miedo. Al cabo de tres años, dominaba por completo todos los movimientos de la provincia. El destacamento de *carabinieri* de la ciudad estaba constantemente vigilado y, además, llevaría consigo hombres bastantes para provocar una matanza en caso de que los *carabinieri* se atrevieran a acercarse a la casa de su madre. En la propia Via Bella vivían muchos partidarios suyos que disponían de armas.

Cuando llegó Adonis, Turi Giuliano le acompañó al interior de la gran cueva iluminada con linternas del ejército norteamericano y acondicionada con una mesa y varias sillas. Hector Adonis le abrazó y le entregó una pequeña bolsa de libros, que él aceptó agradecido. Adonis le dio también una cartera de documentos.

—Creo que te parecerán interesantes. Debes leerlos inmediatamente.

Giuliano extendió los documentos sobre la mesa de madera. Eran las órdenes, firmadas por el ministro Trezza, que autorizaban el envío de otros mil *carabinieri* a Sicilia para luchar contra la banda de Giuliano. Estaban también los planes elaborados por el jefe del Alto Estado Mayor del ejército. Giuliano lo estudió todo con expresión muy seria. No tenía miedo; sólo se vería obligado a adentrarse un poco más en la montaña. De todos modos, la advertencia era muy oportuna.

—¿Quién te los ha conseguido? —quiso saber.

—Don Croce —contestó Adonis—. Los ha recibido de manos del propio ministro Trezza.

La noticia no pareció sorprender demasiado a Turi, el cual esbozaba incluso una leve sonrisa.

— ¿Es para asustarme? —preguntó—. La montaña es muy grande. Los hombres que envíen pueden ser liquidados, y yo me echaré a dormir debajo de un árbol.

—Don Croce quiere reunirse contigo en un lugar que tú elijas —dijo Adonis—. Estos planes son una muestra de su buena voluntad. Quiere hacerte una propuesta.

—¿Y tú, mi padrino, me aconsejas que converse con Don Croce? —inquirió Turi, mirando a Hector fijamente.

— Sí —se limitó a contestar Adonis. Turi Giuliano asintió.

—Entonces nos reuniremos en tu casa de Montelepre. ¿Estás seguro de que Don Croce querrá correr ese riesgo?

—¿Y por qué no? —replicó Adonis muy serio—. Le daré mi palabra de que estará a salvo. Y tendré tu palabra, en la que confío más que en cosa alguna del mundo.

— Como yo en la tuya —contestó Giuliano, estrechando en las suyas las manos de Hector—. Gracias por estos documentos y por los libros que me has traído. ¿Me ayudarás a estudiar alguno de ellos esta noche, antes de marcharte?

—Pues claro —contestó Hector Adonis.

Y se pasó el resto de la noche, explicándole a su ahijado con su sonora voz de profesor, los pasajes difíciles de los libros que le había traído. Giuliano escuchaba con atención y le hacía preguntas. Parecían el maestro y el colegial de antaño.

Aquella noche Hector Adonis le sugirió a Giuliano que redactara un Testamento, una especie de diario que diese cuenta del quehacer de la banda y especificara todos los acuerdos secretos concertados entre Giuliano por una parte y Don Croce y el ministro Trezza por otra. Ello constituiría para él una garantía de protección.

A Giuliano le encantó la idea. Aunque el documento no tuviera ninguna fuerza, incluso aunque se perdiera, soñaba con que algún día, tal vez al cabo de cien años lo descubriera otro rebelde. Del mismo modo que él y Pisciotta habían descubierto los huesos del elefante de Aníbal.

19

El histórico encuentro se celebró dos días más tarde. Y durante ese breve lapso de tiempo, corrieron por todo Montelepre rumores de que el gran Don Croce Malo iba a trasladarse allí, sombrero en mano, para reunirse con el gran Turi Giuliano, el héroe de la región. Nadie supo cómo se divulgó el secreto. Quizá se debió a las extraordinarias medidas de precaución adoptadas por Giuliano con vistas al encuentro. Sus patrullas establecieron un servicio de vigilancia en la carretera de Palermo, y casi cincuenta de sus hombres, unidos por vínculos de sangre a los habitantes de Montelepre, acudieron a visitar a sus parientes y pernoctaron en sus casas.

Passatempo fue enviado con sus hombres a vigilar el cuartel de Bellampo e inmovilizar a los *carabinieri* en caso de que éstos se atrevieran a salir. Los hombres de Terranova montaban guardia por su parte en la carretera de Castellammare y Trapani. El cabo Canio Silvestre se encontraba apostado en un tejado con sus cinco mejores tiradores y una ametralladora camuflada entre los cañizos que muchas familias de Montelepre utilizaban para secar los tomates.

Don Croce se presentó al anochecer, en un gran turismo Alfa Romeo que se detuvo frente a la casa de Hector Adonis. Le acompañaban su hermano el padre Benjamino y dos hombres armados que se quedaron en el automóvil con el chófer. Hector Adonis les estaba aguardando en la puerta, más elegante que nunca con su traje gris a la medida, confeccionado en Londres, y una corbata a rayas rojas y negras que destacaba sobre su camisa deslumbradoramente blanca. Su estampa contrastaba vivamente con la del Don, vestido con más desaliño que de costumbre, con su enorme circunferencia rodeada por unos pantalones que le daban el aspecto de un gigantesco pato, una camisa desabrochada y una gruesa chaqueta negra que ni siquiera alcanzaba a cerrarse por delante y permitía ver los sencillos tirantes blancos de cinco centímetros de ancho que le sostenían los pantalones. Iba calzado con unas zapatillas.

El padre Benjamino llevaba su sotana habitual y un polvoriento sombrero negro en forma de cacerola. Bendijo la casa antes de entrar, haciendo la señal de la cruz y murmurando unas oraciones.

Hector Adonis era el propietario de la casa más bonita de Montelepre y estaba muy orgulloso de ello. Los muebles eran franceses y los cuadros, cuidadosamente seleccionados, pertenecían a artistas italianos contemporáneos, de segunda fila. La vajilla era alemana, y la criada, una italiana de mediana edad, se había adiestrado en Inglaterra antes de la guerra. Mientras los tres hombres se sentaban en el salón, aguardando la llegada de Giuliano, la criada les sirvió café.

Don Croce se sentía absolutamente seguro. Sabía que Giuliano no afrentaría a su padrino faltando a su palabra. El Don saboreaba el encuentro por anticipado y con auténtico placer. Por fin podría ver y juzgar por sí mismo la verdadera grandeza de aquel astro naciente. Y, sin embargo, hasta él se sorprendió del sigilo con que penetró Giuliano en la casa. Ni un solo rumor en la calle adoquinada, ni un solo ruido de puerta que se abriera o cerrara. Giuliano apareció de repente bajo el arco que daba acceso al comedor. Don Croce se quedó asombrado de su apostura.

La vida en el monte le había ensanchado el pecho y afinado el rostro todavía ovalado, pero de mejillas enjutas y prominente barbilla. Sus ojos de estatua eran de un castaño dorado y tenían una curiosa orla plateada que parecía engastar el globo del ojo en la cuenca. Vestía, además, unas prendas muy favorecedoras: pantalones de pana, camisa blanca recién planchada y una cazadora de terciopelo rojo oscuro, desabrochada, bajo la cual asomaba la pistola automática que siempre llevaba al cinto. Parecía jovencísimo, apenas un chiquillo, aunque tenía ya veinticuatro años.

¿Cómo era posible que aquel muchacho hubiera desafiado a Roma, superado en ingenio a los «amigos de los amigos», inspirado la lealtad del sanguinario Andolini, mantenido a raya al brutal Passatempo, conquistado una cuarta parte de Sicilia y logrado el afecto de las gentes de toda la isla? Don Croce sabía que Giuliano era sobremanera valiente, pero Sicilia estaba llena de hombres valientes que habían acabado prematuramente en la tumba, víctimas de la traición.

Y entonces, mientras Don Croce se formulaba esas preguntas, Turi Giuliano hizo algo que le alegró el corazón y le hizo comprender que no se había equivocado en su deseo de convertir a aquel muchacho en su aliado. Entró en la estancia y, acercándose a Don Croce, dijo:

—*Bacia tu mani.*

Era el tradicional saludo del campesino siciliano al hombre de superior nivel social, un sacerdote, un terrateniente o un aristócrata: «Beso tu mano». Giuliano estaba sonriendo afablemente. Sin embargo, Don Croce comprendió muy bien el sentido de su saludo. No era una muestra de pleitesía y ni siquiera de respeto a su edad. Era porque el Don se entregaba a su poder y él quería agradecerle la confianza. Don Croce se levantó lentamente y sus mofletudas mejillas adquirieron un color todavía más oscuro, a causa del esfuerzo. Después abrazó a Giuliano. Y, mientras lo hacía, reparó en el rostro de Hector Adonis, radiante de orgullo porque su ahijado acababa de demostrar que era todo un caballero.

Pisciotta cruzó el arco y observó la escena con una leve sonrisa en su melancólico rostro. Su apostura era también muy notable, pero contrastaba vivamente con la de Giuliano. Su enfermedad pulmonar le había enflaquecido el cuerpo y afilado las facciones. Los huesos de su rostro parecían comprimidos por la piel aceitunada. Llevaba el liso cabello negro cuidadosamente peinado, mientras que Giuliano lucía el suyo, castaño, muy corto y como si fuera un casco.

Por su parte, Turi Giuliano, que esperaba sorprender al Don con su saludo se quedó sorprendido a su vez ante la total comprensión y afectuosa aceptación que aquél le había demostrado. Observó la enorme humanidad de Don Croce y se puso en guardia. Era un hombre peligroso. No sólo por su fama sino por la aureola de poder que le rodeaba. Su voluminoso cuerpo, que hubiera tenido que resultar grotesco, irradiaba una cálida energía que llenaba toda la estancia. Y, cuando el Don habló, la sonora voz surgió de su impresionante cabeza casi con la magia de la música coral. Cuando pretendía convencer a alguien, ejercía una extraña fascinación, mezcla de sinceridad, fuerza y exquisita cortesía, muy insólita en un hombre que daba la sensación de ser muy rudo en todo lo demás.

—Llevo años observándote y he esperado largamente este día. Ahora que por fin ha llegado, cumples todas mis expectativas.

—Me siento muy halagado —contestó Giuliano. Pero midió las siguientes palabras, sabiendo exactamente lo que se esperaba de él—. Siempre he esperado que pudiéramos ser amigos.

Don Croce asintió y pasó a exponerle el acuerdo a que había llegado con el ministro Trezza. En caso de que Giuliano contribuyera a «educar» al pueblo de Sicilia para que votara de forma apropiada en las inminentes elecciones, se encontraría el medio de otorgarle el indulto. Entonces podría regresar junto a su familia convertido en un ciudadano corriente y dejaría de ser un bandido. Como prueba de la realidad del acuerdo, el ministro Trezza le había entregado al Don unas copias de los planes elaborados para su captura. El Don levantó su poderosa mano para mejor subrayar lo que iba a decir.

—Si estás de acuerdo, el ministro vetará esos planes. No habrá ninguna expedición del ejército y no se enviarán a Sicilia los mil *carabinieri*.

Don Croce observó que Giuliano le escuchaba atentamente, pero no parecía sorprenderse.

—Toda Sicilia conoce tu preocupación por los pobres —añadió—. Cabría imaginar que apoyaras a los partidos izquierdistas. Pero yo sé que crees en Dios y que por encima de todo eres siciliano. ¿Quién no conoce el amor que sientes por tu madre? ¿Quieres de veras que los comunistas gobiernen Italia? ¿Qué ocurriría con la Iglesia? ¿Qué ocurriría con la familia? Los jóvenes de Italia y de Sicilia que combatieron en la guerra se han contagiado de creencias extranjeras y doctrinas políticas que no tienen cabida en esta tierra. Los sicilianos sabrán encontrar por sus propios medios un destino mejor ¿Y quieres de veras un Estado todopoderoso que no tolerara la menor rebeldía de sus individuos? Un Gobierno izquierdista organizaría sin duda una vasta campaña contra nosotros dos, porque, ¿acaso no somos nosotros los que de verdad mandamos en Sicilia? Si los partidos izquierdistas ganan las próximas elecciones, podría llegar un día en que los rusos vinieran a decirnos en las aldeas de Sicilia quién puede ir a la iglesia. Nuestros niños tendrían que acudir a escuelas donde les enseñarían que el Estado está por encima de los sacrosantos padre y madre. ¿Merece eso la pena? No. Ahora es el momento de que todos los auténticos sicilianos defiendan su familia y su honor contra el Estado.

Se produjo una inesperada interrupción. Pisciotta, apoyado todavía en el arco, dijo en tono sarcástico:

—A lo mejor los rusos nos concederán el indulto.

Un viento helado recorrió el cerebro del Don, pero éste no dio la menor muestra de haberse enojado con aquel insolente petimetre del bigotito. Estudió a aquel hombre. ¿Por qué había querido llamar la atención precisamente en aquel momento? ¿Por qué había querido que el Don se fijara en él? Don Croce se preguntó si le podría ser útil. Su infalible instinto percibió el olor de la corrupción en aquel fidelísimo lugarteniente de Giuliano. Tal vez fuera la enfermedad pulmonar o quizás su cinismo. Pisciotta era un hombre que jamás se fiaba de nadie por completo, siendo pues, por definición, un hombre en quien nadie podía confiar tampoco por completo. Don Croce analizó todas estas cuestiones antes de contestar:

—¿Cuándo alguna nación extranjera ha ayudado a Sicilia? —dijo—. ¿Cuándo ha hecho justicia un extranjero a un siciliano? Los jóvenes como tú —añadió, dirigiéndose a Pisciotta— son nuestra única esperanza. Astutos, valientes y orgullosos de su honor. Durante miles de años, esos jóvenes se han unido a los «amigos de los amigos», para luchar contra los opresores y buscar la justicia por la que ahora lucha Turi Giuliano. Ha llegado el momento de que nos unamos para proteger a Sicilia.

Giuliano parecía inmune al poder de la voz del Don.

—Pero nosotros siempre hemos luchado contra Roma y los hombres que nos han enviado para que nos gobiernen —contestó Giuliano con deliberada brusquedad—. Ellos siempre han sido nuestros enemigos. ¿Y ahora nos pide usted que les ayudemos y confiemos en ellos?

—Hay ocasiones en que conviene hacer causa común con el enemigo —contestó Don Croce gravemente—. Los democristianos son los menos peligrosos para nosotros en caso de que ganen las elecciones de Italia. Nos conviene por tanto que gobiernen ellos. ¿Podría haber algo más sencillo de entender? —hizo una breve pausa. Y después añadió—: Los izquierdistas jamás te concederán el indulto, de eso puedes estar seguro. Son demasiado hipócritas, demasiado implacables, no comprenden el carácter siciliano. Los pobres tendrán ciertamente sus tierras, pero, ¿podrán quedarse con sus cosechas? ¿Te imaginas a nuestra gente trabajando en una cooperativa? Santo cielo, pero si son capaces de pelearse por el manto que llevará la Virgen en la procesión; que si unos lo quieren blanco, que si otros lo quieren rojo...

Todo ello lo dijo Don Croce con el irónico ingenio del hombre que quiere patentizar que está exagerando, pero que se comprenda al mismo tiempo que la exageración contiene una buena dosis de verdad.

Giuliano le escuchó con una leve sonrisa en los labios. Sabía que algún día podía ser necesario liquidar a aquel hombre, pero la presencia y el poder de su personalidad le inspiraban tanto respeto, que se estremeció ante aquella idea. Como si, el mero hecho de pensarlo, fuera un ataque a su propio padre, a algún profundo sentimiento familiar. Tenía que adoptar una decisión, la más importante de su vida de forajido.

—Estoy de acuerdo con usted en lo de los comunistas —dijo suavemente—. No les convienen a los sicilianos —hizo una pausa. Había llegado el momento de obligar a Don Croce a someterse a su voluntad—. Pero, si le hago el trabajo sucio a Roma, tengo que prometer alguna recompensa a mis hombres. ¿Qué puede hacer Roma por nosotros?

Don Croce se había terminado el café. Hector Adonis se levantó en seguida para volver a llenarle la taza, pero él le atajó con una seña. Después le dijo a Giuliano:

—No está mal lo que ya hemos hecho por ti. Andolini te trae información sobre los movimientos de los *carabinieri*, para que puedas vigilarlos constantemente. No han adoptado ninguna medida extraordinaria para obligarte a abandonar tus montañas. Pero ya sé que eso no es suficiente. Permíteme prestarte un servicio que me llenará el corazón de gozo y llevará la alegría a tu madre y a tu padre. Delante de tu padrino, aquí en esta mesa, delante de tu fiel amigo Aspanu Pisciotta, te diré lo siguiente. Removeré cielo y tierra para conseguirte el indulto y conseguírselo también, como es lógico, a tus hombres.

Giuliano ya había adoptado una decisión, pero quería obtener las mayores garantías posibles.

—Estoy de acuerdo con casi todo lo que ha dicho —contestó—. Amo a Sicilia y a su gente y, aunque sea un bandido, creo en la justicia. Estaría dispuesto a hacer casi cualquier cosa con tal de regresar a mi casa junto a mis padres. Pero, ¿cómo conseguirá usted que Roma cumpla sus promesas? Ésa es la clave. El servicio que me pide es peligroso, tengo que recibir mi recompensa.

El Don reflexionó en silencio. Después contestó despacio y con cuidado.

—Tu cautela está justificada —dijo—. Pero ya tienes esos planes que el profesor Adonis te ha mostrado. Guardalos como prueba de tus relaciones con el ministro Trezza. Yo trataré de conseguirte otros documentos que puedas utilizar y que Roma tema que divulgues en una de tus famosas cartas a los periódicos. Y, por último, te garantizo personalmente el indulto si cumples tu tarea y la Democracia Cristiana gana las elecciones. El ministro Trezza me tiene un gran respeto y de ningún modo faltaría a su palabra.

En el rostro de Hector Adonis se observaba una expresión de emocionada complacencia. Ya imaginaba la felicidad de Maria Lombardo viendo a su hijo de regreso en casa, tras haber dejado de ser un fugitivo de la justicia. Sabía que Giuliano actuaba por necesidad, pero pensaba que aquella alianza entre Giuliano y Don Croce contra los comunistas podía ser el primer eslabón de la cadena que uniera a ambos hombres en una sincera amistad.

El hecho de que el gran Don Croce garantizara el indulto del Gobierno impresionó incluso al propio Pisciotta. Sin embargo, Giuliano descubrió el defecto esencial de los argumentos de su interlocutor. ¿Cómo podía él saber que todo aquello no era más que una simple invención del Don? ¿Que los planes no habían sido robados? ¿Que habían sido vetados por el ministro? Necesitaba una entrevista personal con el ministro.

—Eso me tranquiliza —contestó—. Su garantía personal demuestra la bondad de su corazón y explica por qué nuestras gentes le llaman el «alma buena». Pero las traiciones de Roma son tristemente famosas y los políticos, ya sabemos cómo son. Me gustaría que alguien de mi confianza oyera la promesa de Trezza de sus propios labios y recibiera de él algún documento que me ofrezca seguridades.

El Don se quedó perplejo. A lo largo de la entrevista se había encariñado con Giuliano, pensando en lo hermoso que hubiera sido que aquel joven fuera su hijo. Qué bien hubieran gobernado juntos Sicilia. Y con qué donaire le había dicho «Beso tu mano». Por una insólita vez en su vida, el Don se sintió subyugado. Pero ahora veía que Giuliano no aceptaba sus garantías, y su sentimiento de aprecio disminuyó. Sentía fijos en él aquellos curiosos ojos entornados que le miraban con una extraña expresión, a la espera de otras pruebas, otras seguridades. Las garantías de Don Croce Malo no bastaban.

Hubo un largo silencio en cuyo transcurso el Don reflexionó acerca de lo que debía decir y los demás esperaron. Hector Adonis trató de disimular su angustia ante la insistencia de Giuliano y la posible reacción del Don. El blanco rostro mofletudo del padre Benjamino mostraba toda la expresión de un bulldog ofendido. Pero cuando el Don habló por fin, tranquilizó a todos. Había adivinado lo que pensaba Giuliano y lo que convenía decirle.

—A mí me interesa tu conformidad —le señaló a Giuliano— y es posible que por eso me haya dejado llevar por mis razonamientos. Pero voy a ayudarte a adoptar una decisión. Permíteme decirte ante todo que el ministro Trezza nunca te facilitará documento alguno; eso sería demasiado peligroso. Pero hablará contigo y te repetirá las promesas que me hizo a mí. Puedo conseguir cartas del príncipe de Ollorto y de otros poderosos miembros de la nobleza que están comprometidos en nuestra causa. Pero tengo otra cosa mejor, tengo un amigo que seguramente podrá convencerte, la Iglesia apoyará tu indulto. Tengo la palabra del cardenal de Palermo. Cuando hayas hablado con el ministro Trezza, te concertaré una audiencia con el cardenal. Él te confirmará personalmente la promesa. Ahí tienes: la promesa del ministro italiano del Interior, la palabra sagrada de un cardenal de la Iglesia que un día puede ser papa, y la mía propia.

Hubiera sido imposible describir el tono que empleó el Don al pronunciar estas dos últimas palabras. Su voz de tenor se convirtió en un murmullo, como si no se atreviera a mezclar su nombre con los de tan altos personajes, pero adquirió al mismo tiempo una particular carga de energía, para que no quedara ninguna duda en cuanto a la importancia de su promesa.

—Yo no puedo ir a Roma —contestó Giuliano, echándose a reír.

— Entonces envía a alguien de tu absoluta confianza. Yo le acompañaré personalmente a ver al ministro Trezza. Y después le acompañaré a ver al cardenal. Supongo que confiarás en la palabra de un príncipe de la Santa Iglesia, ¿no?

Giuliano observó a Don Croce con atención. Se había disparado un timbre de alarma en su cerebro. ¿Por qué tenía tanto interés el Don en ayudarle? Sabía muy bien que él, Giuliano, no podía ir a Roma, que jamás correría aquel riesgo, por muchos miles de cardenales y ministros que le dieran su palabra. Por consiguiente, ¿quién esperaba el Don que fuera su emisario?

—En nadie confío tanto como en mi brazo derecho —le dijo al Don—. Llévese consigo a Roma y Palermo a Aspanu Pisciotta. A él le gustan las grandes ciudades, y hasta es posible que si le oye en confesión, el cardenal le perdone sus pecados.

Don Croce se reclinó en su asiento y le indicó a Hector Adonis con una seña que le volviera a servir café. Era un viejo truco suyo para disimular su satisfacción y su sensación de triunfo. Como si el asunto de que se estaba tratando tuviera tan poco interés, que pudiera ser sustituido por cualquier deseo externo. Pero Giuliano, que había demostrado ser un brillante guerrillero una vez convertido en bandido, sabía interpretar intuitivamente los gestos de los hombres y adivinar sus pensamientos. Y captó inmediatamente aquel sentimiento de satisfacción. Don Croce había alcanzado un importante objetivo. Pero ni él podía adivinar que lo que más le interesaba a Don Croce era tener algún tiempo bajo su influencia a Aspanu Pisciotta.

Dos días más tarde, Pisciotta acompañaba a Don Croce a Palermo y a Roma. Don Croce le trató a cuerpo de rey. Y, de hecho, Pisciotta tenía toda la estampa de un César Borgia: los mismos rasgos duros, el fino bigote, el asiático color cetrino de la piel, la insolencia y la crueldad de los ojos, tan llenos de encanto y de descarado recelo frente a todo.

En Palermo, ambos se alojaron en el Hotel Umberto, propiedad de Don Croce, y Pisciotta fue objeto de toda clase de atenciones. Le acompañaron a comprarse ropa nueva, con miras a su reunión en Roma con el ministro del Interior, cenó con Don Croce en el mejor restaurante y después ambos fueron recibidos por el cardenal de Palermo.

Fue muy curioso que a Pisciotta, un joven educado en la fe católica en una pequeña localidad de Sicilia, no le impresionara el marco en que transcurrió la audiencia; los grandes salones del palacio arzobispal, la reverente pleitesía que todos ponían de manifiesto ante el sacro poder. Cuando Don Croce besó el anillo del cardenal, Pisciotta miró con orgullo al príncipe de la Iglesia.

El cardenal, que era un hombre de elevada estatura, se cubría la cabeza con un solideo rojo y llevaba una faja escarlata. Tenía unas facciones toscas, y picadas de viruela. No era un personaje con posibilidades de llegar a papa, en contra de la retórica de Don Croce, pero sí se revelaba, en cambio, un siciliano muy experto en intrigas.

Hubo las acostumbradas cortesías. El cardenal se informó sobre la salud espiritual de Pisciotta y le recordó que, por muchos pecados que cometiera aquí en la tierra, ningún nombre debía olvidar la eterna misericordia de que se beneficiaría en caso de que se comportara como un buen cristiano.

Tras asegurarle a Pisciotta la amnistía espiritual, el cardenal fue directamente al grano. Le dijo a Pisciotta que la Iglesia estaba corriendo un peligro mortal en Sicilia. Supuesto que los comunistas ganaran las elecciones nacionales, ¿qué iba a ocurrir? Las grandes catedrales serían incendiadas, destruidas y convertidas en fábricas; las imágenes de la Virgen, los crucifijos y las imágenes de todos los santos, arrojadas al mar; los sacerdotes, asesinados; y las monjas, violadas.

Al oír esto último, Pisciotta esbozó una sonrisa. ¿Qué siciliano, por más comunista que fuera, sería capaz de violar a una monja? El cardenal observó su sonrisa. En caso de que Giuliano contribuyera a neutralizar la propaganda comunista antes de las elecciones, él mismo, el cardenal de Palermo, predicaría un sermón el domingo de Pascua, ensalzando las virtudes de Giuliano y pidiendo la clemencia del Gobierno de Roma. Don Croce se lo podía decir así al ministro cuando le viera en la capital.

Dicho eso, el cardenal dio por concluida la entrevista e impartió su bendición a Aspanu Pisciotta. Antes de marcharse, Aspanu Pisciotta le pidió al cardenal una nota para demostrarle a Giuliano que la entrevista había tenido efecto. El cardenal accedió a la petición. El Don se quedó asombrado de la estupidez del príncipe de la Iglesia, pero nada dijo.

La reunión de Roma estuvo más en línea con el estilo de Pisciotta. El ministro Trezza no tenía las cualidades espirituales del cardenal. Al fin y al cabo, él era el ministro del Interior, y el tal Pisciotta, sólo el representante de un bandido. Le explicó a Pisciotta que, en la eventualidad de que la Democracia Cristiana perdiera las elecciones, los comunistas adoptarían medidas extraordinarias para la eliminación de los últimos bandidos que quedaban en Sicilia. Era cierto que los *carabinieri* seguían organizando operaciones contra Giuliano, pero tal cosa no se podía evitar. Había que conservar las apariencias, de otro modo, la prensa radical pondría el grito en el cielo.

—¿Me está diciendo el señor ministro que su partido jamás le podrá conceder la amnistía a Giuliano? —le preguntó interrumpiéndole, Pisciotta.

—Será difícil —contestó Trezza—, pero no imposible. Si Giuliano nos ayuda a ganar las elecciones, si se está quieto algún tiempo sin cometer robos ni secuestros, si su nombre deja de ser tan tristemente famoso. Tal vez podría incluso emigrar a los Estados Unidos por una temporada y regresar después con el perdón de todo el mundo. Pero una cosa sí puedo garantizar. Si ganamos las elecciones, no haremos ningún serio esfuerzo por capturarle. Y, si desea emigrar a Norteamérica, no se lo impediremos ni pediremos a las autoridades estadounidenses que lo expulsen —el ministro hizo una breve pausa. Personalmente, haré cuanto esté en mi mano por convencer al presidente de la República de que le otorgue el indulto.

—Pero, si nos convertimos en unos ciudadanos ejemplares —dijo Pisciotta, volviendo a sonreír con astucia—, ¿cómo vamos a comer Giuliano, sus hombres y las familias de éstos? ¿Podría el Gobierno pagarnos alguna cosa? Al fin y al cabo, vamos a encargarnos de hacer el trabajo sucio.

Don Croce, que había estado escuchando con los ojos cerrados como una serpiente dormida, se apresuró a intervenir para evitar una enfurecida respuesta del ministro del Interior, indignado ante el hecho de que aquel forajido se atreviera a pedir dinero al Gobierno.

—Ha sido una broma, señor ministro —dijo Don Croce—. Es la primera vez que este muchacho sale de Sicilia. No entiende los severos preceptos morales del mundo exterior. La cuestión del respaldo no tiene que preocuparle en absoluto. Yo mismo resolveré ese asunto con Giuliano.

Después miró a Pisciotta para imponerle silencio.

De repente, sin embargo, el ministro esbozó una sonrisa y le dijo a Pisciotta:

—Vaya, me alegro de ver que la juventud de Sicilia no ha cambiado. Yo también era así en otros tiempos. No tememos pedir lo que nos corresponde. Quizás quiera usted algo más concreto que las promesas —abrió un cajón de su escritorio y sacó una tarjeta plastificada y con orla roja. Se la entregó a Pisciotta y le dijo—: Esto es un pase especial firmado personalmente por mí. Le permitirá desplazarse a cualquier lugar de Sicilia o de Italia sin que la policía le moleste. Vale su peso en oro.

Pisciotta inclinó la cabeza en señal de agradecimiento y se guardó el documento en el bolsillo interior de la chaqueta. En su viaje a Roma, había visto a Don Croce utilizar un pase semejante y sabía por tanto que le acababan de entregar algo muy valioso. Y entonces dio en preguntarse qué ocurriría si le capturaran con él encima. El escándalo sería mayúsculo y sacudiría todo el país. ¿El lugarteniente de la banda de Giuliano provisto de un pase de seguridad facilitado por el ministro del Interior? ¿Cómo era posible? Su mente trató de resolver el acertijo, pero no pudo dar con la respuesta. El ministro Trezza debía estar muy seguro de su poder. Pero, ¿por qué le había dado el pase? No acertaba a descubrir la solución del enigma.

El regalo de un documento de tanta importancia constituía un acto de fe y buena voluntad por parte del ministro. Las atenciones que le había prodigado el Don durante el viaje habían sido muy agradables. Pero todo eso no bastaba para satisfacer a Pisciotta. Le pidió a Trezza que escribiera una nota a Giuliano en la que dejara constancia de la celebración del encuentro. Trezza se negó.

Cuando Pisciotta regresó al monte, Giuliano le interrogó con mucho detenimiento, haciéndole repetir cuanto recordara de las entrevistas. Al mostrarle Pisciotta el pase orlado de rojo, manifestando su extrañeza por el hecho de que se lo hubiera dado y por el peligro que corría el ministro firmándolo, Giuliano le dio una palmada en el hombro.

—Eres un verdadero hermano —le dijo—. Eres mucho más desconfiado que yo y, sin embargo, tu lealtad hacia mí te ha impedido ver lo evidente. Don Croce debe haberle dicho que te dé el pase. Esperan que hagas un viaje especial a Roma y te conviertas en su confidente.

Pisciotta comprendió en seguida que ésa debía ser la explicación.

—El muy hijo de puta —exclamó enfurecido—. Voy a utilizar el pase para volver y cortarle el pescuezo.

—No —dijo Giuliano—. Quédate con el pase. Nos será útil. Y otra cosa. Eso puede parecer la firma de Trezza, pero, como es lógico, no lo es. Es una falsificación. Según les convenga, podrán negar la autenticidad del pase o bien afirmarla y demostrar documentalmente que lo extendió el propio Trezza. En caso de que digan que es falso, les bastará con destruir las pruebas documentales.

Pisciotta volvió a comprender que ésa era la verdad. Se asombró de que Giuliano, tan sincero y honrado en sus tratos, pudiera adivinar los tortuosos planes de sus enemigos y comprendió que, en la raíz del romanticismo de Giuliano, estaba la brillante intuición del paranoico.

—En tal caso, ¿cómo podemos estar seguros de que mantendrán sus promesas? —dijo Pisciotta—. ¿Por qué tenemos que ayudarles? Lo nuestro no es la política.

Giuliano ponderó la cuestión. Aspanu siempre había sido cínico y también un poco codicioso. A veces habían discutido por el botín de los robos y Pisciotta pedía a menudo una participación más elevada para los miembros de la banda.

—No tenemos otra alternativa —dijo Giuliano—. Los comunistas jamás me concederán la amnistía si alcanzan la mayoría en el Gobierno. En estos momentos, la Democracia Cristiana, el ministro Trezza, el cardenal de Palermo y, por supuesto, Don Croce tienen que ser nuestros amigos y compañeros de armas. Tenemos que neutralizar a los comunistas, eso es lo más importante. Nos reuniremos con Don Croce y resolveremos la cuestión —hizo una pausa y de nuevo le dio a Pisciotta una palmada en el hombro—. Hiciste bien en pedirle la nota al cardenal. Y este pase nos va a ser muy útil.

Sin embargo, Aspanu no estaba demasiado convencido.

—Les vamos a hacer el trabajo sucio —dijo—. Y después tendremos que esperar como unos pordioseros a que nos concedan el indulto. No creo ni una palabra de lo que han dicho, nos hablan como si fuéramos busconas estúpidas y nos prometen el oro y el moro si nos acostamos con ellos. Yo digo que es mejor luchar por nuestra cuenta y quedarnos con el dinero que robamos, en lugar de distribuirlo entre los pobres. Podríamos ser ricos y vivir como unos reyes en los Estados Unidos o en el Brasil. Esa es nuestra solución; de esa forma no tendríamos que contar para nada con esos *pezzonovante*.

Giuliano decidió precisar su punto de vista.

—Aspanu —dijo—, tenemos que apostar por la Democracia Cristiana y por Don Croce. Si ganamos y obtenemos el indulto, el pueblo de Sicilia nos elegirá como representantes suyos. De esa manera, lo conseguiremos todo —se detuvo un instante y miró con una sonrisa a Pisciotta—. Si nos engañan, ni tú ni yo nos sorprenderemos demasiado. Pero, ¿qué habremos perdido? Tenemos que luchar contra los comunistas en cualquier caso, son mucho peores que los fascistas y también peores enemigos nuestros. Así pues, su ruina es segura. Y ahora escúchame con atención. Tú y yo pensamos lo mismo. La batalla final se producirá cuando hayamos derrotado a los comunistas y tengamos que tomar las armas contra los «amigos de los amigos» y Don Croce.

—Estamos cometiendo un error —dijo Pisciotta, encogiéndose de hombros.

Giuliano sonrió, pero adoptó una expresión pensativa. Sabía que a Pisciotta le gustaba la vida de forajido porque estaba muy en consonancia con su forma de ser. Era un hombre ingenioso y astuto, pero no tenía imaginación. No podía dar un salto hacia el futuro y ver el destino inexorable que les aguardaba como forajidos.

Aquella noche, Aspanu Pisciotta se sentó a la orilla del peñasco e intentó fumar un cigarrillo. Pero un agudo dolor de pecho le obligó a apagarlo y guardárselo en el bolsillo. Sabía que su tuberculosis estaba empeorando, pero también que, si descansara unas cuantas semanas en la montaña, se encontraría mejor. Lo que más le preocupaba era algo que no le había contado a Giuliano.

A lo largo de toda su gira de visitas al ministro Trezza y al cardenal de Palermo, Don Croce había sido su compañero constante. Ambos habían comido y cenado juntos todas las noches y el Don le había hablado del futuro de Sicilia y de los difíciles tiempos que se avecinaban. Pisciotta tardó un poco en darse cuenta de que el Don le estaba cortejando, tratando de atraerle hacia el bando de los «amigos de los amigos» e intentando hacerle ver que su porvenir, como el de Sicilia, quizás podría ser más halagüeño con él que con Giuliano. Pisciotta no dio muestras de haber entendido el mensaje. Pero las intenciones del Don le tenían preocupado. Jamás había temido a nadie, como no fuera, tal vez, a Turi Giuliano. Sin embargo, Don Croce, que había tardado toda una vida en adquirir ese «respeto» que es la cualidad esencial de un gran jefe de la Mafia, le causaba pavor. Temía que el Don les engañara y traicionara y que algún día tuvieran que morder el polvo y verse abocados a una muerte violenta.

20

Las elecciones sicilianas de abril de 1948 fueron un desastre para el Partido de la Democracia Cristiana. El Bloque Popular, una coalición de partidos comunistas y socialistas, obtuvo seiscientos mil votos contra los trescientos treinta mil obtenidos por la Democracia Cristiana. Otros quinientos mil votos se repartieron entre los monárquicos y otros dos partidos escindidos. En Roma cundió el pánico. Había que emprender alguna acción drástica antes de las elecciones generales, pues, en caso contrario, Sicilia, la región más atrasada del país, sería un factor determinante para que Italia se convirtiese en un país socialista.

Giuliano llevaba varios meses cumpliendo lo pactado con Roma. Arrancaba los carteles de los partidos rivales, llevaba a cabo incursiones en las sedes de los grupos izquierdistas y había «reventado» sus mítines en Corleone, Montelepre, Castellammare, Partinico, Piani dei Greci, San Giuseppe Jato y la ciudad de Monreale. Sus bandidos se dedicaban a fijar en las paredes de todas las localidades carteles que pedían en grandes letras negras MUERTE A LOS COMUNISTAS, y habían incendiado algunas casas del pueblo de los obreros socialistas. Sin embargo, la campaña se inició muy tarde para poder influir en las elecciones, y él no quiso recurrir al asesinato como instrumento de presión. Hubo intercambios de mensajes entre Don Croce, el ministro Trezza, el cardenal de Palermo y Turi Giuliano. Hubo reproches y se instó a Giuliano a intensificar su campaña, de forma que se pudiera invertir la tendencia con vistas a las elecciones nacionales. Giuliano guardó todos los mensajes para incluirlos en su Testamento.

Había que dar un gran golpe y fue la fértil imaginación de Don Croce la que lo concibió. El Don envió un mensaje a Giuliano a través de Stefan Andolini.

Las dos localidades más izquierdistas y rebeldes de Sicilia eran Piani dei Greci y San Giuseppe Jato. Durante muchos años, incluso bajo el régimen de Mussolini, habían celebrado el Primero de Mayo como día de la revolución. Puesto que esa fecha coincidía con la festividad de Santa Rosalia, los festejos podía disfrazarse de fiestas religiosas y las autoridades fascistas no los prohibían. Ahora, en cambio, las celebraciones del Primero de Mayo eran muy audaces y en ellas se exhibían banderas rojas y se pronunciaban discursos incendiarios. Faltaba una semana para la celebración del Primero de Mayo más sonado de toda la historia. Según la costumbre, ambas localidades iban a organizar conjuntamente los festejos y a ellos asistirían simpatizantes de toda la isla, con sus familias, para celebrar la reciente victoria. El senador comunista Lo Causi, célebre por su exaltada oratoria, iba a pronunciar el principal discurso. Con ello la izquierda pretendía conmemorar de manera oficial su reciente y asombroso triunfo en las elecciones.

Desde hacía tres años, los festejos se celebraban siempre en un alto situado entre ambas ciudades. Piani dei Greci se encontraba al pie de una de las montañas y San Giuseppe Jato, en la falda de la otra. La gente subía por la sinuosa carretera que bordeaba parcialmente el curso del río Jato.

Don Croce quería que la banda de Giuliano atacara a la multitud y la obligara a dispersarse, disparando al aire fuego con sus ametralladoras. Iba a ser el primer paso de una campaña de intimidación, una advertencia paternal y un suave aviso. Después de aquello, el senador comunista Lo Causi comprendería que su elección al Parlamento ni le otorgaba libertad de acción en Sicilia ni confería invulnerabilidad a su persona. Giuliano aceptó el plan y ordenó a sus jefes Pisciotta, Terranova, Passatempo, Silvestro y Stefan Andolini que se encargaran de llevarlo a efecto.

El alto donde se iban a celebrar los festejos estaba situado entre las dos moles gemelas del monte Pizzuta y el monte Kumeta. Las dos tortuosas carreteras convergían en determinado punto, a partir del cual las poblaciones de ambas localidades formaban una sola procesión. El paso se llamaba Portella delle Ginestre.

Las localidades de Piani dei Greci y de San Giuseppe Jato eran pobres, sus casas viejas y su agricultura arcaica. Sus habitantes creían en los antiguos códigos del honor, y las mujeres sentadas a la puerta de sus casas tenían que hacerlo de perfil para no manchar su reputación. Sin embargo, se trataba de las dos poblaciones más rebeldes de toda Sicilia.

Los pueblos eran tan antiguos que la mayoría de sus construcciones eran de piedra y algunas no tenían ventanas sino tan sólo unas pequeñas aberturas cubiertas con discos de hierro. Muchas familias albergaban a los animales en su propia vivienda. Las panaderías tenían las cabras y los corderos junto a los hornos y, si alguna barra de pan recién hecha caía al suelo, lo más probable era que aterrizara sobre un montón de estiércol.

Los hombres trabajaban de braceros en las propiedades de los grandes terratenientes a cambio de una miseria que apenas bastaba para el sustento de sus familias. Por consiguiente, cuando las monjas y los curas, los «cuervos negros», acudían con sus paquetes de macarrones y de ropa, los aldeanos juraban que iban a votar por la Democracia Cristiana.

Sin embargo, en las elecciones regionales de abril de 1948, votaron a traición y abrumadoramente por los comunistas y socialistas. Don Croce se enfureció muchísimo porque estaba seguro de que el jefe de la Mafia local tenía la zona en sus manos; sin embargo, dijo que lo que más le afligía era la falta de respeto hacia la Iglesia. ¿Cómo era posible que aquellos devotos sicilianos se hubieran burlado de las buenas monjas que con tanta caridad cristiana les llevaban el pan con que alimentar a sus hijos?

El cardenal de Palermo estaba también muy molesto. Había realizado un viaje especial para celebrar misa en ambos pueblos, les había advertido que no votaran por los comunistas, incluso había bendecido y bautizado a los niños y, a pesar de todo ello, se habían revuelto contra la Iglesia. Mandó llamar a los párrocos de los pueblos a Palermo y les dijo que debían intensificar sus esfuerzos con vistas a las elecciones generales. No sólo para defender los intereses políticos de la Iglesia sino también para salvar del infierno a las almas ignorantes.

El ministro Trezza no se sorprendió tanto. Era siciliano y conocía la historia de su isla. Los habitantes de los dos pueblos siempre habían luchado con orgullo contra los ricos de Sicilia y contra la tiranía de Roma. Fueron los primeros que se unieron a Garibaldi, y antes habían luchado contra los dominadores musulmanes y franceses de la isla. Los habitantes de Piani dei Greci descendían de los griegos que se habían establecido en Sicilia huyendo de los invasores turcos. Conservaban todavía sus costumbres griegas, hablaban griego y celebraban las fiestas griegas luciendo sus antiguos trajes regionales. Pero la población era un reducto de la Mafia, que siempre había fomentado su rebelión. Por eso el ministro Trezza se sentía muy decepcionado por la actuación de Don Croce y por su incapacidad para educar a aquella gente. Sabía también, empero, que el voto de aquellas poblaciones y de toda la campiña circundante era fruto de la labor de un solo hombre, un organizador del partido socialista llamado Silvio Ferra.

Silvio Ferra era un ex combatiente del ejército italiano en la segunda guerra mundial, distinguido con numerosas condecoraciones. Ganó varias medallas en la campaña de África, y posteriormente fue apresado por el Ejército norteamericano. Estuvo en un campo de concentración en los Estados Unidos, donde asistió a unos cursos educativos destinados a instruir a los prisioneros en las ventajas de los sistemas democráticos. Él no creyó demasiado lo que le contaban, hasta que le dieron permiso para trabajar fuera del campo, en una panadería de la localidad. Le asombró entonces la libertad de la vida norteamericana, la facilidad con que el duro trabajo podía trocarse en una prosperidad duradera y la mejora constante de las clases humildes. En Sicilia, un campesino que se matara a trabajar sólo podía abrigar la esperanza de proporcionar techo y comida a sus hijos, sin posibilidad alguna de asegurarse el porvenir.

Cuando regresó a su Sicilia natal, Silvio Ferra se convirtió en un ardiente defensor de los Estados Unidos. Pero pronto se dio cuenta de que la Democracia Cristiana era un instrumento de los ricos, y entonces se incorporó al Grupo de Estudio del Obrero Socialista de Palermo. Tenía afán de aprender y le entusiasmaban los libros. Tras empaparse de las teorías de Marx y Engels, se afilió al Partido Socialista y recibió el encargo de organizar el Club del Partido en su aldea de San Giuseppe Jato.

Hizo en tres años lo que los agitadores del norte de Italia no habían podido conseguir: tradujo la revolución roja y la doctrina socialista en términos sicilianos. Convenció a la gente de que votar por el Partido Socialista equivaldría a conseguir un trozo de tierra. Eso era lo único que quería el campesino siciliano y Silvio Ferra lo comprendió muy bien. Predicó la necesidad de distribuir las tierras de las grandes fincas de la nobleza que no las cultivaba, unas tierras que serían pan para los hijos. Convenció a la gente de que, bajo el Gobierno de los socialistas, se eliminaría la corrupción de la sociedad siciliana, nadie tendría que sobornar a los funcionarios, dar un par de huevos al cura para que le leyera una carta de América, darle una propina al cartero para que entregara la correspondencia y vender en subasta el sudor de la propia frente, para trabajar a cambio de una miseria en los campos de los duques y los barones. Se acabarían los jornales de hambre, y los funcionarios del Gobierno serían servidores públicos, tal como ocurría en los Estados Unidos. Silvio Ferra citó toda clase de referencias para demostrar que la Iglesia oficial apoyaba al desprestigiado sistema capitalista, pero no atacó en ningún momento a la Virgen, a la hueste de los santos ni a Jesucristo. La mañana de Pascua, saludaba a sus convecinos con el tradicional «Cristo ha resucitado», y los domingos iba a misa. Su mujer y sus hijos se atenían a todas las estrictas normas sicilianas porque él creía en todos los viejos valores, en el respeto de los hijos hacia el padre y la madre, en el sentido de obligación que le ligaba incluso a sus más lejanos primos.

Cuando la *cosca** de San Giuseppe Jato le dijo que estaba yendo demasiado lejos, él se limitó a sonreír y dio a entender que, en el futuro, acogería con agrado su amistad, aunque sabía muy bien que la última y la mayor de todas las batallas tendría que librarse contra la Mafia. Don Croce le envió emisarios especiales, para llegar a un acuerdo, pero él los rechazó. Su fama de valiente en la guerra, el respeto que le tenían sus paisanos y sus insinuaciones en el sentido de que iba a ser juicioso con los «amigos de los amigos», indujo a Don Croce a tener paciencia, en la suposición de que las elecciones ya estaban ganadas de todos modos.

Su mejor cualidad era, sin embargo, el amor que le inspiraba el prójimo, cosa insólita en un campesino siciliano. Si un vecino se ponía enfermo, le llevaba comida para su familia; ayudaba en sus quehaceres a las viudas ancianas y achacosas que vivían solas; y alentaba a los hombres que apenas podían ganarse la vida y miraban con desconfianza el porvenir. Preconizaba una aurora de esperanza bajo el Partido Socialista, y en sus discursos políticos echaba mano de la retórica sureña que tanto apreciaban los sicilianos. No explicaba las teorías económicas de Marx, pero hablaba, con ardor, de venganza contra quienes habían oprimido a los campesinos durante siglos.

—Tan dulce como para nosotros el pan, es la sangre de los pobres para los ricos que se la beben —decía.

Silvio Ferra organizó la primera cooperativa de trabajadores que se negó a someterse a las subastas laborales que daban trabajo a quienes se avenían a cobrar me-

* *Cosca* (plural *cosche*): especie de célula local de las «familias» de la Mafia. *(N. de la T.)*

nos. Estableció un jornal fijo, y la nobleza tuvo que aceptarlo cuando llegaba el tiempo de las cosechas so pena de que las aceitunas, la uva y el trigo se pudrieran y fueran devorados por las salamanquesas. Silvio Ferra era por todo ello un hombre marcado.

Le salvaba el hecho de encontrarse bajo la protección de Turi Giuliano. Ésa fue una de las consideraciones que tuvo en cuenta Don Croce para no descargar su mano sobre él. Silvio Ferra había nacido en Montelepre y ya de muchacho destacaba por sus extraordinarias cualidades. Turi Giuliano le admiraba mucho, pero no era íntimo amigo suyo debido a la diferencia de edad —era cuatro años menor que él— y al hecho de que Silvio se fue a la guerra, de la cual regresó convertido en un héroe condecorado. Silvio conoció a una chica de San Giuseppe Jato y se trasladó a vivir allí al casarse con ella. Después empezó a hacerse famoso y Giuliano hizo saber a todo el mundo que aquel hombre era amigo suyo, aunque las ideas políticas de ambos no coincidieran. Cuando inició su programa de «educación» de los electores de Sicilia, Giuliano dio orden de que no se emprendiera ninguna acción contra el pueblo de San Giuseppe Jato ni contra la persona de Silvio Ferra.

Ferra se enteró y tuvo la inteligencia de enviarle a Giuliano un mensaje en el que le daba las gracias y afirmaba estar a sus órdenes. El mensaje fue enviado por mediación de los padres de Ferra, que vivían en Montelepre con sus restantes hijos. Uno de ellos era una muchacha de sólo catorce años, llamada Justina, que fue la encargada de llevar la nota a casa de Giuliano y entregársela a su madre. Giuliano se encontraba casualmente visitando a su familia y pudo recibir personalmente la misiva. A los catorce años, casi todas las niñas sicilianas son ya mujeres y, como no podía ser de otro modo, la muchacha se enamoró de Turi Giuliano. Su prestancia física y su felina gracia le fascinaron hasta el punto de inducirla a mirarle casi con descaro.

Turi Giuliano, sus padres y la Venera estaban bebiendo café e invitaron a la chica a tomar una taza, pero ella se excusó. Sólo la Venera se fijó en su belleza y en su emoción. Giuliano no reconoció en ella a la chiquilla a la que una vez había encontrado llorando y había regalado unas liras.

—Dile a tu hermano que gracias por su ofrecimiento —le encargó— y que, aunque no coincidamos en política, él nunca será mi enemigo. Y dile también que no se preocupe por sus padres, porque siempre estarán bajo mi protección.

Justina abandonó a toda prisa la casa y regresó junto a sus padres. A partir de aquel día, soñó con ser la amante de Turi Giuliano, Y, además, estaba muy orgullosa del afecto que éste sentía por su hermano.

Así pues, tras haber accedido a desbaratar los festejos de Portella delle Ginestre, Giuliano envió a Silvio Ferra una amistosa advertencia, a fin de que no tomara parte en la celebración del Primero de Mayo. Le aseguró que los habitantes de San Giuseppe Jato no iban a sufrir daño alguno, si bien podían crearse situaciones de peligro y él no podría protegerle en caso de que persistiera en sus actividades socialistas. Giuliano jamás le habría causado el menor daño, pero los «amigos de los amigos» estaban decididos a aplastar el socialismo siciliano y Ferra iba a ser sin duda uno de sus objetivos. Al recibir la nota, Silvio Ferra creyó, sin embargo, que se trataba de un simple intento de intimidarle, propiciado por Don Croce. Era inútil. Los socialistas habían emprendido el camino de la victoria y él no pensaba perderse la celebración del gran triunfo ya alcanzado.

El Primero de Mayo de 1948 los habitantes de las localidades de Piani dei Greci y San Giuseppe Jato se levantaron temprano para iniciar la larga marcha a través de los senderos de montaña hasta el paso llamado de Portella delle Ginestre. Les acompañaban bandas de música de Palermo contratadas para la ocasión. Silvio Ferra, flanqueado por su mujer y sus dos hijos, iba en cabeza del grupo de San Giuseppe, portando orgullosamente una de las enormes banderas rojas. Unos carros pintados de brillantes colores y con las caballerías vistosamente enjaezadas con penachos rojos y llamativas mantas con borlas, transportaban utensilios de cocina, enormes cajas de espaguetis y grandes cuencos para la ensalada. Otro carro especial transportaba las garrafas de vino, y un tercero, provisto de barras de hielo, llevaba ruedas de queso, salamis de gran tamaño, hornos portátiles y masa de harina para cocer el pan.

Los niños brincaban e impulsaban con los pies sus balones de fútbol. Los jinetes sometían a prueba a sus cabalgaduras con vista a las carreras, que iban a ser la máxima atracción de los festejos de la tarde.

En el momento en que Silvio Ferra llegaba con sus conciudadanos al estrecho paso montañoso que daba acceso al alto de Portella delle Ginestre, los habitantes de Piani dei Greci aparecieron por el otro lado con sus banderas rojas y sus estandartes del Partido Socialista. Ambos grupos se mezclaron y empezaron a intercambiar saludos a gritos, a comentar los últimos escándalos habidos en sus respectivos pueblos y a hacer conjeturas acerca de lo que iba a reportarles su reciente victoria y sobre los peligros que se avecinaban. Habían corrido rumores de que podría haber disturbios durante los festejos de aquel día, pero ellos no estaban asustados. Despreciaban a los de Roma y temían a la Mafia, pero no hasta el punto de someterse a ella. Al fin y al cabo, habían desafiado a ambos poderes en las últimas elecciones y nada había ocurrido.

A mediodía, ya se habían congregado más de tres mil personas. Las mujeres encendieron las cocinas portátiles para poner a hervir el agua de la pasta y los niños lanzaron al aire sus cometas, sobre las cuales podían verse volar los pequeños halcones rojos de Sicilia. El senador comunista Lo Causi estaba repasando las notas del discurso que iba a pronunciar, y unos hombres dirigidos por Silvio Ferra estaban ultimando la plataforma que iban a ocupar él y otros destacados ciudadanos de ambas localidades. Sus ayudantes le aconsejaron que hiciera una presentación muy breve del senador, porque los niños ya pedían comer.

En aquel momento se oyeron detonaciones en la montaña. Algunos niños habrían traído petardos, pensó Silvio Perra. Y se volvió para mirar.

Aquella misma mañana, pero mucho más temprano —en realidad, antes de que el sol siciliano despuntara entre la bruma—, dos escuadras de doce hombres cada una habían iniciado la marcha desde el cuartel general de Giuliano en las montañas de Montelepre hacia el paso de Portella delle Ginestre. Passatempo iba al mando de una escuadra y Terranova conducía la otra. Cada una de ellas portaba una ametralladora. Passatempo subió con sus hombres por la ladera del monte Kumeta e inspeccionó cuidadosamente el emplazamiento de su ametralladora. Cuatro hombres iban a encargarse de su manejo. Los ocho restantes se desplegaron por la ladera, con sus carabinas y *luparas*, listos para repeler cualquier ataque.

Terranova y sus hombres ocuparon por su parte la ladera del monte Pizzuta, al otro lado de Portella. Desde aquella posición ventajosa, el árido llano que conducía a las aldeas de abajo se encontraba a tiro de su ametralladora y de los fusiles de sus hombres. No querían verse sorprendidos por una incursión de los *carabinieri*.

Desde ambas laderas montañosas, los hombres de Giuliano observaron la larga marcha de los habitantes de Piani dei Greci y de San Giuseppe Jato hacia el paso. Algunos tenían parientes en aquella concentración, pero no sentían el menor remordimiento. Las instrucciones de Giuliano habían sido muy claras. Había que disparar al aire, hasta que todo el mundo se dispersara y regresara a sus aldeas. No se tenía que causar daño alguno a nadie.

Giuliano tenía previsto participar en la expedición y mandarla personalmente, pero una semana antes del Primero de Mayo, los débiles pulmones de Aspanu Pisciotta sufrieron finalmente una hemorragia. Pisciotta estaba subiendo por la ladera del monte para dirigirse al cuartel general de la banda cuando, de repente, le empezó a brotar sangre de la boca y cayó al suelo, rodando por la pendiente. Giuliano, que iba detrás, pensó al principio que era una de las habituales bromas de su primo. Detuvo el cuerpo con el pie y vio entonces que Pisciotta tenía toda la pechera manchada de sangre. Creyó en un primer momento que le habría alcanzado el disparo de algún francotirador y que él no lo había oído. Tomando a Aspanu en brazos, lo llevó monte arriba. Pisciotta, aún consciente, repetía sin cesar:

—Déjame en el suelo, déjame en el suelo.

Giuliano comprendió entonces que no era una bala. La voz denotaba una rotura interior, no el violento trauma de un cuerpo herido por el metal.

Colocaron al enfermo en una camilla y, acompañado por diez hombres, Giuliano le llevó a un muy discreto médico de Monreale que curaba a menudo las heridas de bala de sus hombres. Sin embargo, el médico comunicó a Don Croce lo ocurrido a Pisciotta, tal como antes había hecho en todos sus contactos con Giuliano. Quería que le nombraran director de un hospital de Palermo y sabía que ello no sería posible sin el beneplácito del Don.

El médico envió a Pisciotta al hospital de Monreale y le sometió a otras pruebas, pidiéndole a Giuliano que se quedara para aguardar los resultados. Por un instante Giuliano temió que el médico le traicionase.

—Regresaré por la mañana —le dijo a éste.

Dejó a cuatro hombres vigilando a Pisciotta en el hospital y fue a ocultarse en casa de uno de los hombres de su banda.

Al día siguiente el médico le dijo que Pisciotta necesitaba un medicamento llamado estreptomicina, que sólo se podía obtener en los Estados Unidos. Giuliano reflexionó un instante y decidió pedir a su padre y a Stefan Andolini que escribieran a Don Corleone y le solicitaran el envío de la medicina. Comunicó esa decisión al médico y le preguntó si Pisciotta podía abandonar el hospital. El médico dijo que sí, pero a condición de que guardara cama varias semanas.

Y de ese modo, mientras se llevaba a cabo la operación de Portella delle Ginestre, Giuliano se encontraba en Monreale, atendiendo a Pisciotta y buscándole una casa donde recuperarse.

Cuando Silvio Ferra se volvió, alertado por el ruido de los petardos, tres cosas se grabaron simultáneamente en su mente. La primera fue el espectáculo de un chiquillo con el brazo en alto y una expresión de asombro en el rostro. Al final del brazo, y en lugar de la mano que antes dirigía una cometa, podía verse un muñón horriblemente ensangrentado, mientras la cometa se escapaba hacia el cielo sobre las cimas. La segunda cosa fue su espanto al descubrir que los petardos eran, en realidad, disparos de ametralladora. Y la tercera, un gran caballo negro corriendo desbocado por entre la gente, sin jinete y con los costados chorreando sangre. Entonces Silvio Ferra echó a correr, buscando a su mujer y a sus hijos.

Desde la ladera del monte Kumeta, Terranova observaba la escena con sus gemelos de campaña. Al principio pensó que la gente se arrojaba al suelo por miedo, pero después vio los cuerpos inmóviles, caídos en ese especial abandono que da la muerte, y ordenó al ametrallador que se apartara del arma. Aunque ésta enmudeció, seguía oyéndose el tableteo de la ametralladora del monte Pizzuta. Terranova pensó que Passatempo no se habría dado cuenta de que sus hombres habían apuntado demasiado bajo y se había producido una matanza. A los pocos minutos, cesaron los disparos de la otra ametralladora, y un horrible silencio se abatió sobre Portella delle Ginestre. Y después, flotando por encima de las cumbres gemelas, se empezaron a oír los lamentos de los vivos y los gritos de los heridos y los moribundos. Terranova ordenó a sus hombres que se reunieran y desmontaran la ametralladora, y alejándose con ellos por la otra ladera del monte, emprendió la huida. No sabía si presentarse o no ante Giuliano e informarle de la tragedia. Temía que, en un arrebato de cólera, Giuliano mandara ejecutarle junto con sus hombres. Sin embargo, estaba seguro de que antes le escucharía, y tanto él como sus hombres jurarían que habían disparado al aire. Decidió regresar al cuartel general e informar de lo ocurrido. Se preguntó si Passatempo haría lo mismo.

Cuando Silvio Ferra encontró a su mujer y sus hijos, las ametralladoras ya habían dejado de disparar. Sus familiares, que no habían resultado heridos, se estaban poniendo en pie. El les obligó a tenderse de nuevo y a permanecer inmóviles otros quince minutos. Vio a un hombre a caballo, galopando hacia Piani dei Greci para recabar la ayuda de los *carabinieri* del cuartel y, al comprobar que no le disparaban, comprendió que el ataque ya había terminado, y se levantó.

En la explanada del paso de Portella delle Ginestre, miles de personas iniciaban el regreso hacia sus aldeas del pie de las montañas. Y en el suelo habían quedado los muertos y heridos, y los familiares que lloraban arrodillados a su lado. Los estandartes que por la mañana enarbolaran orgullosos, yacían olvidados en el polvo, y sus dorados, sus verdes brillantes y sus solitarios rojos fulguraban bajo el sol del mediodía. Silvio Ferra dejó a su familia al cuidado de los heridos, mandó detenerse a algunos de los hombres que huían y les pidió que actuaran de camilleros. Vio con horror que algunos de los muertos eran mujeres y niños, y entonces las lágrimas asomaron a sus ojos. Sus maestros, los que creían con firmeza en la acción política, estaban equivocados. Los votos jamás cambiarían a Sicilia. Todo era una locura. Para defender sus derechos, tendrían que asesinar.

Fue Hector Adonis quien le comunicó la noticia a Giuliano junto al lecho de enfermo de Pisciotta. Giuliano regresó inmediatamente a su cuartel de la montaña y dejó a su primo recuperándose sin su protección personal.

Una vez en los peñascos que dominaban Montelepre, mandó llamar a Passatempo y a Terranova.

—Permitidme haceros una advertencia antes de que habléis —les dijo Giuliano—. El responsable será descubierto por mucho tiempo que ello exija. Y cuanto más se tarde, tanto más grave será el castigo. Si fue un error de buena fe, confesadlo ahora mismo y os prometo que no seréis ejecutados.

Passatempo y Terranova jamás habían visto a Giuliano tan enfurecido. Permanecieron de pie sin atreverse a mover un solo dedo mientras Giuliano les interrogaba. Juraron que habían elevado las ametralladoras, para que los disparos no alcanzaran a la multitud y que, al observar que ocurría lo contrario, habían interrumpido el fuego.

Giuliano interrogó después a los hombres de las escuadras y a los encargados de manejar las ametralladoras. Y se hizo una composición de lugar. La ametralladora de Terranova disparó durante cinco minutos, antes de detenerse. Y la de Passatempo durante unos diez. Los ametralladores juraron haber disparado al aire. Ninguno de ellos quiso reconocer que había cometido un error o que había inclinado, por la razón que fuera, el ángulo de tiro.

Giuliano los despidió a todos y se quedó a solas. Por primera vez en su vida de forajido, experimentaba una sensación de insoportable vergüenza. A lo largo de aquellos cuatro años se había jactado de jamás haber causado daño alguno a los pobres. Y de pronto eso ya no era cierto. Había provocado una matanza entre ellos. En el fondo de su corazón, ya no podía considerarse un héroe. Después reflexionó acerca de lo ocurrido. Podía haber sido un error: los hombres de su banda manejaban muy bien las *luparas*, pero no estaban familiarizados con las ametralladoras. Disparando hacia abajo, era posible que hubieran elegido un ángulo equivocado. No podía creer que Terranova y Passatempo le hubieran engañado, pero cabía también la espantosa posibilidad de que uno de ellos, o tal vez ambos, hubieran sido sobornados para llevar a cabo la matanza. Cuando se enteró de la noticia, pensó también que podía haber un tercer grupo de hombres apostados.

Sin embargo, si el ataque hubiera sido deliberado, hubiera muerto mucha más gente, la sarracina habría sido mucho mayor. A no ser, pensó, que con ella sólo se pretendiera deshonrar el nombre de Giuliano. ¿Y a quién se le había ocurrido la idea del ataque contra Portella delle Ginestre? La coincidencia era demasiado grande para que cupiera alguna duda.

La inevitable y humillante verdad era que Don Croce le había engañado.

21

La matanza de Portella delle Ginestre conmovió a toda Italia. Los periódicos denunciaron en sus titulares aquella horrenda carnicería de mujeres y niños inocentes. Hubo quince muertos y más de cincuenta heridos. Al principio se creyó que todo había sido obra de la Mafia, y el propio Silvio Ferra, en sus discursos, atribuyó la hazaña a Don Croce. Pero el Don ya estaba preparado. Miembros secretos de los «amigos de los amigos» juraron ante los magistrados haber visto a Passatempo y a Terranova tendiendo la emboscada. Las gentes de Sicilia se preguntaban por qué Giuliano no negaba aquella atroz acusación en una de sus ramosas cartas a los periódicos. El bandido guardaba un silencio muy impropio de él.

Cuando faltaban dos semanas para las elecciones, Silvio Ferra tomó su bicicleta, para trasladarse de San Giuseppe Jato a Piani dei Greci. Bordeó el río Jato y rodeó la falda del monte. Por el camino, se cruzó con dos hombres que gritaron para que se detuviera, pero él aceleró el pedaleo. Miró hacia atrás y vio que le seguían. Pronto les dejó rezagados y, al llegar a Piani dei Greci, ya les había perdido de vista.

Ferra se pasó tres horas en la Casa del Pueblo con otros dirigentes socialistas de la zona. Cuando terminaron, ya era el crepúsculo, y él quería regresar a casa antes de que oscureciera. Atravesó la plaza principal del pueblo, montado en la bicicleta y saludando cordialmente a algunos conocidos. De repente, se vio rodeado por cuatro hombres. Silvio Ferra reconoció en uno de ellos al jefe de la Mafia de Montelepre y lanzó un suspiro de alivio. Conocía a Quintana desde niño y sabía también que la Mafia procuraba no irritar a Giuliano en aquella zona de Sicilia y no quebrantar sus normas sobre las «ofensas a los pobres». Por eso, al ver a Quintana, le saludó con una sonrisa y le dijo:

—Estás muy lejos de casa.

—Hola, amigo mío —le contestó Quintana—. Te vamos a acompañar un rato. No armes jaleo y no te pasará nada. Sólo queremos discutir un asunto contigo.

—Lo podemos discutir aquí —respondió Ferra.

Experimentó un primer estremecimiento del mismo pánico que había sentido en el campo de batalla durante la guerra, pero que él sabía dominar muy bien, lo cual evitó que en ese momento cometiera una imprudencia. Flanqueándole, dos de los hombres le agarraron por los brazos y le empujaron hacia el otro lado de la plaza.

La bicicleta rodó sola un momento, y después cayó al suelo.

Ferra observó que los vecinos, sentados a la puerta de sus casas, se habían dado cuenta de lo que ocurría. Estaba seguro de que alguien acudiría en su ayuda. Pero la matanza de Portella les había sumido en el terror, quebrantando su temple, por lo que nadie emitió un solo grito de protesta. Silvio Ferra clavó los talones en el suelo e intentó volverse hacia la Casa del Pueblo. Incluso a aquella distancia, distinguió en la puerta a algunos de sus compañeros del partido. ¿Acaso no veían que estaba en dificultades? Sin embargo, nadie se movió de aquel rectángulo de luz.

—Ayudadme —gritó.

Pero no hubo la menor reacción. Y Silvio Ferra se avergonzó profundamente de ellos. Quintana le dio un brusco empujón.

—No seas tonto —le dijo—. Sólo queremos hablar. Acompáñanos y no armes jaleo. No vayamos a lastimar a tus amigos por tu culpa.

Ya casi había oscurecido y la luna brillaba en el cielo. Notó el cañón de un arma en la espalda y comprendió que si de veras hubieran querido matarle, lo habrían hecho allí mismo, en la plaza. Liquidando, además a cualquiera que acudiese en su ayuda. Tal vez no quisieran matarle: había demasiados testigos y algunos habrían reconocido sin duda a Quintana. En caso de que forcejeara con ellos, podían asustarse y disparar. Era mejor esperar a ver.

Quintana le estaba diciendo amablemente:

—Queremos convencerte de que abandones todas esas insensateces comunistas. Te hemos perdonado el ataque contra los «amigos de los amigos» cuando les acusaste de lo de Portella. Pero nuestra paciencia no ha sido recompensada y se nos está acabando por momentos. ¿Te parece juicioso? Como sigas así, nos obligarás a dejar huérfanos a tus hijos.

A todo eso habían salido de la aldea y estaban adentrándose por un pedregoso sendero que conducía a la cima del monte Kumeta. Silvio Ferra miró hacia atrás, desesperado, pero no vio a nadie que les siguiera.

—¿Vas a matar a un padre de familia por tonterías políticas? —le dijo a Quintana.

—He matado a hombres por haberme escupido en el zapato —contestó Quintana, soltando una áspera carcajada.

Los hombres que le sujetaban por los brazos le soltaron, y en ese momento, Silvio Ferra comprendió cuál iba a ser su destino. Girando en redondo, echó a correr por el pedregoso sendero iluminado por la luna.

Los aldeanos oyeron los disparos, y uno de los dirigentes del Partido Socialista acudió a los *carabinieri*. A la mañana siguiente, el cadáver de Silvio Ferra apareció en una hondonada. La policía interrogó a la población. Nadie había visto nada. Nadie mencionó a los cuatro hombres, nadie afirmó haber reconocido a Guido Quintana. Por muy rebeldes que fueran, eran sicilianos y no podían quebrantar la ley de la *omertà*. Sin embargo, alguien le contó que había visto a uno de los miembros de la banda de Giuliano.

La victoria electoral de la Democracia Cristiana se debió a toda una combinación de factores. Don Croce y los «amigos de los amigos» hicieron bien su trabajo. La matanza de Portella delle Ginestre conmovió a toda Italia, pero a los sicilianos los dejó traumatizados. La Iglesia, haciendo campaña electoral en nombre de Cristo, se mostró mucho más cuidadosa con sus actividades benéficas. El asesinato de Silvio Ferra fue el golpe decisivo. La Democracia Cristiana obtuvo una abrumadora victoria en Sicilia en 1948, y ese resultado influyó «en todo el resto de Italia. Estaba claro que dicho partido iba a gobernar largo tiempo en un previsible futuro. Don Croce era el amo de Sicilia. La Iglesia católica iba a ser la religión oficial del Estado, y era más que probable que en algunos años, no muchos, el ministro Trezza se convirtiera en presidente del Consejo.

Los hechos dieron la razón a Pisciotta. Don Croce mandó decir, por mediación de Hector Adonis, que la Democracia Cristiana no podía conceder el indulto a Giuliano y a sus hombres, a causa de la matanza de Portella delle Ginestre. El escándalo sería enorme y volverían a mencionarse las raíces políticas del suceso. Los periódicos pondrían el grito en el cielo y se producirían violentas reacciones en toda Italia. Don Croce dijo que el ministro Trezza tenía las manos atadas, que el cardenal de Palermo ya no podía ayudar a un hombre acusado de la matanza de mujeres y niños inocentes, pero que él, Don Croce, seguiría trabajando en favor de la amnistía. Sin embargo, a Giuliano le convendría mucho más emigrar al Brasil o a los Estados Unidos, y en tal caso él, Don Croce, le prestaría toda clase de ayuda.

Los hombres de Giuliano se asombraron de que a éste no le enfureciera aquella traición e incluso la aceptara como algo esperado. Él se adentró un poco más con su banda en el monte y pidió a sus jefes que levantaran sus campamentos más cerca del suyo, para poder reunirles con mayor rapidez. A medida que pasaban los días, se fue encerrando cada vez más en su mundo particular. Transcurrieron varias semanas sin que sus impacientes jefes recibieran ninguna orden.

Cierta mañana se internó en el monte sin ningún guardaespaldas. Al regresar, anochecido ya, se acercó a la luz de las hogueras.

—Aspanu —dijo—, reúne a todos los jefes.

El príncipe de Ollorto tenía una finca de miles de hectáreas en la que se cultivaba todo lo que había convertido a Sicilia en la despensa de Italia a lo largo de un milenio: limones y naranjas, cereales de todo tipo, plantaciones de caña, olivares y productivos y fértiles viñedos; y había océanos de tomates, pimientos verdes y berenjenas de un precioso color púrpura y tan grandes como la cabeza de un carretero. Parte de las tierras estaban cedidas a los campesinos en régimen de aparcería al cincuenta por ciento; pero como la mayoría de los terratenientes, el príncipe de Ollorto hacía primero toda clase de deducciones: amortización de la maquinaria utilizada, coste de las semillas, gastos de transporte, y todo ello con sus correspondientes intereses. El campesino podía considerarse afortunado si le quedaba el veinticinco por ciento de todos los tesoros obtenidos con el sudor de su frente. Aun así, su situación era infinitamente mejor que la de aquellos que trabajaban como braceros y tenían que aceptar unos jornales de pura miseria.

La tierra era fértil, pero, por desgracia, la nobleza terrateniente mantenía sin explotar buena parte de sus fincas. Ya en 1860, el gran Garibaldi había prometido a los campesinos la propiedad de las tierras. Y sin embargo, el príncipe de Ollorto seguía manteniendo veinticinco mil hectáreas sin cultivar. Y lo mismo hacían los demás aristócratas, los cuales utilizaban las tierras como reserva económica, vendiendo parcelas para poder entregarse a sus derroches.

En las últimas elecciones todos los partidos, incluida la Democracia Cristiana, habían prometido reforzar y hacer cumplir las leyes relativas a la distribución de tierras, leyes según las cuales las superficies no explotadas de las grandes fincas podían ser reclamadas por los campesinos contra el pago de una suma simbólica.

Sin embargo, dicha legislación siempre había sido soslayada por los nobles a través de los jefes de la Mafia, que intimidaban a los posibles reivindicadores. Al jefe de la Mafia le bastaba con pasear a caballo por los lindes de la finca reclamada para que ningún campesino se atreviera a ocuparla cuando le era concedida. Los pocos que se atrevían a hacerlo acababan invariablemente asesinados junto con los miembros varones de su familia. Tal era la situación desde hacía un siglo, y todos los sicilianos conocían la norma. Si una finca estaba protegida por un jefe de la Mafia, sus tierras no se podían reclamar. Las leyes que se aprobaban en Roma carecían de todo significado. Tal como le dijo Don Croce al ministro Trezza en un momento de descuido: —¿Qué tienen sus leyes que ver con nosotros?

Poco después de las elecciones, se fijó un día para la ocupación legal de las tierras no cultivadas del príncipe de Ollorto. Por orden del Gobierno, se iba a distribuir la totalidad de las veinticinco mil hectáreas. Los dirigentes de los partidos de izquierdas instaron a la gente a presentar sus solicitudes. El día previsto, casi cinco mil campesinos se congregaron frente al palacio del príncipe. Los funcionarios del Gobierno aguardaban en el interior de una enorme tienda provista de mesas y sillas y de todo el material necesario para la formalización de los títulos de propiedad. Algunos de los campesinos procedían de Montelepre.

El príncipe de Ollorto, siguiendo los consejos de Don Croce, había contratado a seis jefes de la Mafia para que intimidaran a los campesinos. Así, pues, aquella luminosa mañana, mientras el ardiente sol de Sicilia les hacía sudar a mares, los seis jefes mañosos empezaron a pasearse a caballo por los límites de la finca expropiada. Los campesinos congregados bajo unos olivos más viejos que la fe cristiana, contemplaban a aquellos seis hombres, famosos en toda Sicilia por su crueldad.

Esperaron que se produjera algún milagro, sin atreverse a dar un solo paso.

Pero el milagro no iban a ser las fuerzas del orden. El ministro Trezza envió instrucciones directas al general que ostentaba el mando de los *carabinieri*, ordenando que éstos no abandonaran el cuartel. Aquel día no se vio en toda la provincia de Palermo ni un solo miembro uniformado de la policía nacional.

La multitud congregada frente a la finca del príncipe de Ollorto esperó. Los seis jefes de la Mafia paseaban arriba y abajo, con sus caballos, el rostro impasible, los rifles metidos en sus fundas, las *luparas* colgadas del hombro y las pistolas al cinto, ocultas bajo las chaquetas. No intentaron ningún gesto de amenaza; haciendo caso omiso de la gente, se limitaban a continuar su ronda. Los campesinos, como si esperasen que los caballos se cansaran o acabaran por llevarse lejos a aquellos dragones guardianes, abrieron sus bolsas de comida y descorcharon sus botellas de vino. Casi todos eran hombres, con la excepción de unas pocas mujeres entre las cuales se encontraba Justina, en compañía de su padre. Habían acudido allí para desafiar a los asesinos de Silvio Ferra. Y, sin embargo, nadie se atrevió a cruzar la línea marcada por los caballos en lento movimiento. Nadie se atrevió a reclamar una tierra que por derecho le pertenecía.

No era sólo el miedo, sino también el saber que se las habían con «hombres de respeto», los cuales eran, en definitiva, los vedaderos legisladores de aquellas tierras. Los «amigos de los amigos» habían establecido un gobierno en la sombra que funcionaba con mucha más eficacia que el Gobierno de Roma. ¿Que algún cuatrero robaba vacas y ovejas? Si la víctima denunciaba el hecho a los *carabinieri*, podía tener por seguro que jamás recuperaría los bienes perdidos. En cambio, si acudía a los jefes de la Mafia y pagaba una cuota de un veinte por ciento del valor reclamado, se le devolvía lo sustraído y se le garantizaba que el hecho no volvería a repetirse. Si un matón exaltado asesinaba a algún inocente trabajador por culpa de un vaso de vino, las autoridaes rara vez podían declararle culpable del asesinato, debido a los testigos perjuros y a la ley de la *omertà*. En cambio, si la familia de la víctima acudía a uno de aquellos hombres de respeto, obtenían pronta justicia y venganza.

A los ladronzuelos que robaban a los pobres se les ejecutaba sin más, las enemistades se resolvían mediante el código del honor y las disputas sobre los límites de las tierras se zanjaban sin gastos de abogados. Aquellos seis hombres eran jueces cuyos fallos inapelables no se podían echar en saco roto y cuyos castigos eran gravísimos y no se podían eludir a menos que uno emigrara. Aquellos seis hombres ejercían un poder en Sicilia que no ostentaba siquiera el primer ministro de la República. Por eso la gente no traspasó los confines de la propiedad del príncipe de Ollorto.

Los seis jefes de la Mafia no cabalgaban demasiado juntos, porque eso hubiera sido una señal de debilidad. Montaban por separado como monarcas independientes, cada cual caracterizado por la clase de terror que practicaba. El más temido, y que montaba un caballo gris pintado, era Don Siano, de la parroquia de Bisacquino. Tenía sesenta y tantos años y una cara tan gris y moteada como el pellejo de su montura. Se convirtió en una leyenda, a los veintiséis años de edad, al asesinar al anterior jefe de la Mafia, asesino a su vez de su padre cuando él contaba doce años. Siano esperó catorce años para consumar su venganza. Un día, se abatió desde un árbol sobre su víctima montada a caballo y, agarrándole por detrás, le obligó a atravesar la calle principal del pueblo. Y allí, delante de todo el mundo, lo despedazó cortándole la nariz, los labios, las orejas y los genitales. Después, llevando en brazos el ensangrentado cadáver, desfiló a caballo por delante de la casa de la víctima. A partir de aquel momento, impuso su dominio en la zona con sanguinaria mano de hierro.

El segundo jefe de la Mafia, jinete de un caballo negro con penachos escarlata detrás de las orejas, era Don Arzana, de Piani dei Greci. Era un hombre tranquilo y reposado que, convencido de que una disputa siempre tenía dos caras, se había opuesto al asesinato de Silvio Ferra por razones políticas, habiendo conseguido aplazar durante varios años el destino de aquel hombre. El asesinato de Ferra le dolió muchísimo, pero no pudo hacer nada para evitarlo porque Don Croce y los demás jefes de la Mafia insistieron en que había llegado el momento de imponer un castigo ejemplar a la comarca. Mandaba con generosidad y compasión y era el más querido de los seis tiranos. Pero en este momento, montado en su cabello delante de aquella multitud, todas sus dudas internas se habían desvanecido.

El tercer jinete era Don Piddu, de Caltanissetta, cuya cabalgadura lucía una brida adornada con guirnaldas de flores. Era muy sensible a los halagos y muy presumido y celoso de su poder y a menudo se mostraba muy duro con las aspiraciones de los hombres más jóvenes. Una vez, durante las fiestas de una aldea, un joven y gallardo campesino volvió locas a las mujeres porque bailaba luciendo cascabeles en los tobillos y una camisa y pantalones de seda verde confeccionados en Palermo, y cantaba acompañándose con una guitarra fabricada en Madrid. Don Piddu se puso furioso ante los halagos de que fue objeto aquel Valentino de pueblo, y le ofendió el que las mujeres no admiraran a un hombre de cuerpo entero como él, prefiriendo en su lugar a aquel mozalbete afeminado que sonreía como un estúpido. Y que ya no volvió a bailar después de aquel día fatídico, porque le encontraron, en el camino que llevaba a su alquería, con el cuerpo acribillado a balazos.

El cuarto jefe de la Mafia era Don Marcuzzo, de la localidad de Villamura, de quien se sabía que era muy religioso y tenía capilla propia en su casa, como los nobles de antaño. Sin embargo, a pesar de este alarde, Don Marcuzzo vivía con sencillez y personalmente era pobre porque no quería aprovecharse de su poder. El poder, en cambio, le encantaba, y era incansable en sus esfuerzos por ayudar a sus paisanos sicilianos, aunque fuera un firme defensor de los antiguos métodos de los «amigos de los amigos». Su figura adquirió visos de leyenda cuando ejecutó a su sobrino predilecto por la *infamitá* de quebrantar la ley del silencio facilitando a la policía información sobre una facción rival de la Mafia.

El quinto hombre era Don Bucilla, el que había acudido a Hector Adonis para interceder en favor de su sobrino el fatídico día en que Turi Giuliano se convirtió en forajido. Ahora, cinco años más tarde, había aumentado veinte kilos de peso. Lucía el mismo atuendo de campesino de opereta, a pesar de haberse enriquecido enormemente durante aquellos años. Aunque benévolo por temperamento, no podía soportar la falta de honradez y ejecutaba a los ladrones con la misma severidad de aquellos jueces ingleses del siglo dieciocho que condenaban a muerte a los niños por un simple delito de ratería.

El sexto jinete era Guido Quintana, el cual, aunque oficialmente era de Montelepre, se había hecho famoso por la toma del sanguinario campo de batalla de la ciudad de Corleone. No había tenido más remedio que hacerlo, habida cuenta de que Montelepre se encontraba bajo la protección directa de Giuliano. En Corleone, sin embargo, Guido Quintana encontró lo que su malvado corazón andaba buscando. Resolvió cuatro disputas familiares por el sencillo método de liquidar a los que se oponían a sus decisiones. Había asesinado a Silvio Ferra y era posiblemente el único jefe de la Mafia que suscitaba más odio que respeto.

Tales eran los seis hombres que, con su fama y el respeto y temor que inspiraban, impidieron que las tierras del príncipe de Ollorto fueran a parar a manos de los pobres campesinos de Sicilia.

Dos jeeps repletos de hombres armados bajaron a gran velocidad por la carretera Montelepre-Palermo y se desviaron por el camino que conducía a la finca. Todos los hombres, menos dos, se cubrían la cabeza con pasamontañas. Los dos que iban con la cara descubierta eran Turi Giuliano y Aspanu Pisciotta. Entre los enmascarados figuraban el cabo Canio Silvestro, Passatempo y Terranova. Cuando los jeeps se encontraban a unos quince metros de los jefes de la Mafia, otros hombres se abrieron paso por entre los campesinos. Todos ellos iban enmascarados a su vez. Anteriormente habían estado almorzando en el olivar. Al aparecer los dos jeeps, abrieron sus cestas de provisiones y sacaron las armas y las máscaras, desplegándose en semicírculo para apuntar con sus carabinas a los jinetes. Debían de ser, en total, unos cincuenta.

Turi Giuliano saltó de su jeep para comprobar que todos estuvieran en sus puestos. Contempló a los seis jinetes en ronda. Sabía que éstos le habían visto y que la gente también le había reconocido. El sol de la brumosa tarde siciliana empezó a teñir de rojo el verde de los campos. El habitual zumbido de incontables insectos quedó ahogado por la presencia de la multitud. Giuliano se preguntó cómo era posible que aquellos miles de rudos campesinos se dejaran intimidar hasta el punto de permitir que seis hombres les quitaran el pan de la boca a sus hijos.

Aspanu Pisciotta esperaba a su lado como una víbora impaciente por atacar. Sólo Aspanu se había negado a cubrirse el rostro. Los demás temían la *vendetta* de las familias de los seis jefes mañosos y de los «amigos de los amigos». Giuliano y Pisciotta iban a soportar todo el peso de la *vendetta*.

Ambos lucían las hebillas de oro con el león y el águila. Giuliano llevaba tan sólo una pistola al cinto, metida en su funda, y exhibía en el meñique la sortija de esmeralda arrebatada a la duquesa tiempo atrás. Pisciotta acunaba en los brazos una metralleta. La palidez de su rostro era debida a su dolencia pulmonar y a la emoción; se estaba impacientando con Giuliano porque tardaba demasiado. Pero Turi lo inspeccionaba todo con mucho cuidado, para asegurarse de que se habían cumplido sus órdenes. Sus hombres habían formado un semicírculo para dejar una ruta de huida a los jefes de la Mafia en caso de que quisieran escapar. Si huyeran, perderían el «respeto» y una buena parte de su influencia, y los campesinos dejarían de temerles. Sin embargo, vio que Don Siano daba la vuelta y que los otros seguían su ejemplo, situándose junto al muro de la finca. No tenían intención de huir.

Desde una de las torres de su antiguo palacio, el príncipe de Ollorto estaba observando la escena a través del telescopio que utilizaba para seguir el curso de las estrellas. Vio claramente y con todo detalle el rostro de Turi Giuliano, los ojos almendrados, los limpios planos de su cara, la generosa boca, ahora con los labios fuertemente apretados; y comprendió que la fuerza de su rostro era la fuerza de la virtud, lamentando con toda su alma que la virtud no engendrara sentimientos más compasivos. Porque en su estado puro —tal como ocurría en aquel caso—, era algo terrible. Se avergonzaba de su propio papel. Conocía muy bien a sus paisanos sicilianos, y él iba a ser el responsable de lo que estaba a punto de suceder. Los seis hombres a quienes había contratado por dinero, lucharían por él, no huirían. Habían intimidado a la muchedumbre que se agolpaba a la entrada de su finca. Pero Giuliano se había plantado delante de ellos como un ángel vengador. Y al príncipe le pareció que el sol ya se había empezado a ocultar.

Giuliano se adelantó hacia el camino que estaban recorriendo los jinetes. Eran unos hombres achaparrados y corpulentos, y paseaban lentamente con sus cabalgaduras. De vez en cuando, se detenían para que sus caballos comieran de una gran montaña de avena amontonada contra el muro. Pretendían con ello que los animales defecaran sin cesar y dejaran un insultante reguero de excrementos; después reanudaban su lento ir y venir.

Turi Giuliano se situó a muy escasa distancia del camino que seguían los jinetes, y Pisciotta un paso más atrás. Los seis hombres no les miraron ni se detuvieron.

Sus rostros mostraban expresiones inescrutables. Aunque todos llevaban *lupara*s al hombro, no intentaron echar mano de ellas. Giuliano esperó. Los hombres pasaron por su lado otras tres veces. Él retrocedió y le dijo en voz baja a Pisciotta:

—Oblígales a desmontar y tráemelos.

Después atravesó el camino y se apoyó en la blanca tapia de la finca.

Sabía que haciendo aquello cruzaba una línea fatídica y que su acto de aquel día iba a decidir su destino. Pero no vaciló ni experimentó inquietud, tan sólo una fría cólera contra el mundo. Le constaba que detrás de aquellos hombres se ocultaba la gigantesca figura de Don Croce y que su enemigo final era el Don. Se enfureció también contra la gente a la que estaba ayudando. ¿Por qué eran tan dóciles y asustadizos? Si pudiera armarlos y ponerse al frente de todos ellos, forjaría una nueva Sicilia. Sin embargo, se compadeció en seguida de aquellos campesinos pobremente vestidos y casi muertos de hambre y levantó el brazo en ademán de saludo, para animarles. La multitud permaneció en silencio. Por un instante, pensó en Silvio Ferra, que tal vez hubiera sabido despertarles de su apatía.

Seguidamente Pisciotta tomó el mando de la situación. Vestía su jersey color crema con unos dragones rampantes de color oscuro entretejidos en la lana. Su fina cabeza morena, de perfil afilado como un cuchillo, destacaba bajo la luz rojo sangre del sol siciliano. Movió la cabeza, como si fuera una hoja de cuchillo, en dirección a los seis obeliscos montados a caballo y los contempló un buen rato con su mortífera mirada de víbora. La montura de Don Siano defecó a sus pies mientras los seis hombres pasaban por su lado. Pisciotta dio un paso atrás. A una señal suya, Terranova, Passatempo y Silvestre corrieron hacia los cincuenta hombres armados y enmascarados que formaban en arco. Los hombres se desplegaron un poco más, para cerrar la ruta de huida que habían dejado abierta. Los jefes de la Mafia siguieron paseando orgullosamente como si no hubieran visto nada, pese a haberlo observado y comprendido todo muy bien. Sin embargo, habían ganado la primera parte de la batalla. A continuación era Giuliano quien debía decidir si dar o no el último y más peligroso paso. Pisciotta atajó al caballo de Don Siano y levantó la mano autoritariamente hacia aquel temible rostro grisáceo.

Pero Don Siano no se detuvo. El animal trató de retroceder, pero el jinete mantuvo la cabeza alta, y Pisciotta hubiera sido aplastado de no haberse apartado a tiempo, con una cruel sonrisa en los labios, inclinándose en profunda reverencia al paso del Don. Pero entonces Pisciotta se situó directamente detrás de montura y jinete, apuntó la metralleta a los cuartos traseros del caballo gris y apretó el gatillo.

El aire perfumado por la fragancia de las flores se llenó de viscosas entrañas, en medio de una impresionante ducha de sangre y miles de doradas manchas de estiércol. La lluvia de balas le arrancó las patas al animal, que se desplomó al suelo. Don Siano quedó atrapado debajo y cuatro hombres de Giuliano le sacaron y le ataron los brazos a la espalda. El caballo aún estaba vivo, y Pisciotta, compasivo, le atravesó a balazos la cabeza.

Un ahogado murmullo de terror y júbilo se elevó de la multitud. Giuliano seguía apoyado en el muro, sin desenfundar la pistola. Permanecía con los brazos cruzados, como preguntándose qué iba a hacer Aspanu Pisciotta a continuación.

Los cinco jefes restantes de la Mafia prosiguieron el paseo como si nada hubiera ocurrido. Al oír los disparos, sus cabalgaduras se encabritaron, pero ellos consiguieron dominarlas sin tardanza. Siguieron paseando tan despacio como antes. Y Pisciotta volvió a cerrarles el paso, levantando una vez más la mano. Don Bucilla, que era el que iba en cabeza, se detuvo. Los cuatro que le seguían refrenaron sus caballos.

—Vuestra familias van a necesitar los caballos en los próximos días —les gritó Pisciotta—. Prometo enviárselos. Ahora, desmontad y presentad vuestros respetos a Giuliano.

Su voz pudo ser oída con toda claridad por la multitud.

Hubo un largo silencio, tras el cual los cinco hombres desmontaron y permanecieron de pie, mirando con orgullo e insolencia a la muchedumbre. El amplio arco que formaban los hombres de Giuliano se rompió cuando veinte de ellos se adelantaron con las armas en posición de disparo. Ya llevaban preparadas unas cuerdas, con las cuales, cuidadosamente, les ataron los brazos a la espalda a los cinco hombres. Después llevaron a los seis jefes a presencia de Giuliano.

Giuliano les contempló con mirada inexpresiva. Quintana le había humillado una vez y había tratado incluso de asesinarle, pero ahora las tornas habían cambiado. La cara de Quintana no había sufrido ninguna alteración en cinco años, tenía la misma pinta zorruna de siempre, pero en aquellos momentos sus ojos estaban como perdidos y parecían querer huir de aquella máscara mañosa de desafío.

El grisáceo rostro de Don Siano miraba despectivamente a Turi. Don Bucilla estaba un poco perplejo, como si le sorprendiera toda aquella malquerencia en un asunto que, en realidad, le importaba un bledo. Los otros jefes mañosos lo miraron fríamente a los ojos, tal como tenían que hacer siempre los hombres de respeto cabales. Giuliano les conocía a todos de nombre, y de chiquillo les temía, sobre todo a Don Siano. Ahora les había humillado delante de toda Sicilia y ellos jamás se lo iban a perdonar. Serían, para siempre, mortales enemigos suyos. No ignoraba lo que debía hacer, pero también le constaba que aquellos hombres eran maridos y padres reverenciados y que sus hijos iban a llorar por ellos. Los seis seguían mirándole con orgullo, sin dar la menor muestra de sentir miedo. El mensaje estaba muy claro. Que Giuliano hiciera lo que debía hacer, si tenía valor para ello. Don Siano escupió a los pies de Giuliano.

Él les miró uno tras otro a la cara.

—Arrodillaos y reconciliaos con Dios —les dijo.

Ninguno de ellos se movió. Entonces Giuliano dio media vuelta y se alejó. Los seis jefes de la Mafia destacaban sobre la blanca tapia. Giuliano llegó hasta la línea que formaban sus hombres y se volvió. Después dijo, levantando la voz para que la gente le pudiera oír:

—Os ejecuto en nombre de Dios y de Sicilia.

Tras lo cual le dio a Pisciotta una palmada en el hombro.

En aquel momento, Don Marcuzza hizo ademán de arrodillarse, pero Pisciotta ya había apretado el gatillo. Passatempo, Terranova y el cabo, todavía enmascarados, rompieron también a disparar. La lluvia de balas de la metralleta arrojó los seis cuerpos contra el muro de la finca. Las blancas piedras melladas quedaron salpicadas de sangre rojo púrpura y fragmentos de carne arrancada de los galvanizados cuerpos. Éstos parecían danzar como pendientes de hilos conforme la incesante ráfaga de proyectiles los alzaba una y otra vez del suelo.

En la alta torre de su palacio, el príncipe de Ollorto se apartó del telescopio. Y, de ese modo, no pudo ver lo que sucedió a continuación.

Giuliano se adelantó y avanzó hacia el muro, sacó la pistola que llevaba al cinto y poco a poco y con gran solemnidad, disparó a la cabeza de cada uno de los jefes de la Mafia caídos en el suelo.

La muchedumbre lanzó un rugido y, en cuestión de segundos, miles de personas cruzaron la verja de la finca del príncipe de Ollorto. Giuliano miró a la gente y advirtió que nadie se le acercaba.

22

Aquella mañana de Pascua del año 1949 fue esplendorosa. Toda la isla estaba tapizada de flores, y en los balcones de Palermo podían verse enormes macetas que eran estallidos de brillante color; en las grietas de la acera crecían brotes de pétalos rojos, azules y blancos, al igual que en las fachadas de las viejas iglesias. Las calles de Palermo estaban llenas de gente que iba a la misa mayor de las nueve en la gran catedral de Palermo, donde el cardenal administraría la comunión a los fieles. Habían llegado campesinos de las aldeas cercanas, enfundados en sus trajes negros de luto y acompañados de sus esposas e hijos; dirigían a todos los que se cruzaban con ellos el tradicional saludo de Pascua de los campesinos: «Cristo ha resucitado». Turi Giuliano contestó con el no menos tradicional: «Bendito sea Su Nombre».

Giuliano y sus hombres habían llegado clandestinamente a Palermo la víspera. Vestían el sencillo traje negro de los campesinos, pero con las chaquetas abultadas y sin abrochar porque debajo llevaban las metralletas. Giuliano estaba muy familiarizado con las calles de Palermo porque, en los seis años que llevaba de bandido, había entrado subrepticiamente en la ciudad en diversas ocasiones, para dirigir el secuestro de algún aristócrata o cenar en algún famoso restaurante, donde dejaba después su habitual nota de desafío debajo del plato.

Giuliano jamás corrió peligro durante aquellas visitas. Siempre recorría las calles acompañado del cabo Canio Silvestre. Dos hombres caminaban veinte pasos por delante de él; cuatro más iban por la otra acera; y otros dos, veinte pasos detrás. Dos últimos hombres les seguían a mayor distancia. En caso de que los *carabinieri* se hubieran acercado a Giuliano para pedirle la documentación, hubieran sido un blanco muy fácil para aquella numerosa escolta dispuesta a disparar sin piedad. Cuando entraba en algún restaurante, sus guardaespaldas ocupaban otras mesas del comedor.

Aquella mañana Giuliano se había llevado cincuenta hombres a la ciudad. Entre ellos figuraban Aspanu Pisciotta, el cabo y Terranova; Passatempo y Andolini se habían quedado en el monte. Cuando Giuliano y Pisciotta entraron en la catedral, cuarenta de sus hombres entraron con él y los diez restantes se quedaron con el cabo y Terranova, junto a los vehículos de huida, en la parte posterior de la catedral.

El cardenal estaba presidiendo la celebración de la misa y, con sus vestiduras blancas y doradas, el gran crucifijo que pendía sobre su pecho y la melodiosa sonoridad de su voz, creaba a su alrededor un aura de invulnerable santidad. En la catedral abundaban las imágenes de Jesucristo y la Virgen, Giuliano mojó los dedos en la pila de agua bendita adornada con relieves de la Pasión de Cristo. Al arrodillarse, vio el vasto techo abovedado y las velas color de rosa que servían de lámparas votivas ante las imágenes de los santos a lo largo de los muros laterales.

Los hombres de Giuliano se dispersaron hacia las paredes del ábside. Los bancos estaban totalmente ocupados por una inmensa cantidad de fieles: campesinos vestidos de negro y habitantes de la ciudad ataviados con sus mejores galas de Pascua. Giuliano se situó de pie junto al famoso retablo de la Virgen y los Apóstoles y, por un breve instante, quedó subyugado por su belleza.

Las invocaciones de los sacerdotes y los acólitos, el murmullo de las respuestas de los fieles, el perfume de las flores subtropicales que adornaban el altar y la devoción de la gente impresionaron a Giuliano. Había estado en la iglesia por última vez una semana antes de convertirse en forajido, hacía seis años. En aquella mañana de Pascua, experimentó una sensación de soledad y temor. ¡Cuántas veces había dicho a sus enemigos sentenciados a muerte «Te ejecuto en nombre de Dios y de Sicilia», esperando a que musitaran las plegarias que en ese momento escuchaba! Por un instante, deseó poder resucitarlos a todos, tal como había resucitado Cristo, poder rescatarlos de las tinieblas eternas adonde los había arrojado. Y ahora, en aquella mañana de Pascua, quizá tuviera que enviar a un cardenal de la Iglesia a hacerles compañía. El cardenal había faltado a su palabra, le había mentido y traicionado, convirtiéndose en su enemigo. Nada importaba que entonara hermosas invocaciones en aquella impresionante catedral. ¿Sería una impertinencia decirle al cardenal que se reconciliara con Dios? ¿Acaso un cardenal no se hallaba siempre en estado de gracia? ¿Sería lo bastante humilde para confesar que había traicionado a Giuliano?

La misa ya estaba tocando a su fin y los fieles se iban acercando en fila al altar, para recibir la comunión. Algunos de los hombres de Giuliano se habían arrodillado e iban a comulgar porque se habían confesado la víspera en el convento con el superior Manfredi y estaban puros, ya que no tendrían que cometer el crimen hasta finalizada la ceremonia.

La multitud de los fieles, felices por la Resurrección pascual de Jesucristo y por haber podido purificarse de sus pecados, empezó a salir de la catedral, llenando la *piazza*, donde desembocaba la avenida. El cardenal se situó detrás del altar y un acólito le ciñó la frente con la cónica mitra arzobispal. Con ella, el cardenal parecía treinta centímetros más alto y las intrincadas filigranas del dorado frontal resplandecían sobre sus rudas facciones sicilianas; la impresión que producía era más de poder que de santidad. Acompañado de un séquito de sacerdotes, inició los tradicionales pasos de oración en cada una de las cuatro capillas de la catedral. La primera albergaba el sepulcro del rey Roger I, en la siguiente estaba la tumba del emperador Federico II, en la tercera se encontraba el sarcófago de Enrique IV y la cuarta custodiaba las cenizas de Constanza, madre de Federico II. Los sarcófagos eran de mármol blanco, con hermosas incrustaciones de mosaico. En otra capilla aparte se podía ver un templete de plata que cobijaba la imagen, de media tonelada de peso, de Santa Rosalia, la patrona de Palermo, que los ciudadanos llevaban en procesión por las calles del día de su fiesta. Allí se conservaban los restos de todos los arzobispos de Palermo y allí sería enterrado también el cardenal cuando muriera. La primera estación la hizo el cardenal en aquella capilla, y allí fue donde Giuliano y sus hombres le rodearon junto con sus acompañantes mientras se arrodillaba para rezar. Otros hombres de Giuliano cerraron las restantes entradas de la capilla, para que nadie pudiera dar la voz de alarma.

El cardenal se levantó para enfrentarse con ellos. Vio a Pisciotta y recordó su rostro, pero no con la expresión que ahora mostraba. En ese momento era el rostro del demonio que venía a apoderarse de su alma para asar su carne en el infierno.

—Eminencia, es usted mi prisionero —le dijo Giuliano—. Si hace lo que le diga, no sufrirá ningún daño. Pasará la Pascua en el monte como invitado mío y le prometo que comerá tan bien como en su palacio arzobispal.

—¿Te atreves a entrar con hombres armados en la casa de Dios? —replicó el cardenal, enfurecido.

Giuliano se echó a reír, y todo su temor reverente se esfumó al pensar en lo que estaba a punto de hacer.

—Me atrevo a eso y a mucho más —contestó—. Me atrevo a reprocharle el incumplimiento de su sagrada palabra. Me prometió usted el indulto para mí y para mis hombres, y no ha cumplido su promesa. Ahora usted y la Iglesia lo tendrán que pagar.

—No me moveré de este sagrado lugar —dijo el cardenal, sacudiendo la cabeza—. Mátame si tienes valor, y te convertirás en un hombre infame en todo el mundo.

—Ya tengo ese honor —contestó Giuliano—. Y ahora, si no hace lo que le ordeno, me veré obligado a emplear métodos más violentos. Mataré a todos los sacerdotes que le acompañan y a usted le ataré y le amordazaré. Si viene conmigo tranquilamente, nadie sufrirá ningún daño y usted regresará a esta catedral dentro de una semana.

El cardenal se santiguó y se encaminó hacia la puerta de la capilla que le indicaba Giuliano. La puerta conducía a la parte posterior del templo, donde otros miembros de la banda ya se habían apoderado del coche oficial del cardenal y apresado a su chófer. El enorme automóvil negro estaba adornado con ramilletes de flores pascuales y lucía banderolas de la Iglesia a ambos lados del radiador. Los hombres de Giuliano habían requisado también los vehículos de otros dignatarios. Giuliano acompañó al cardenal al automóvil y se sentó a su lado. Otros dos hombres se acomodaron también en los asientos de atrás y Pisciotta se sentó en el delantero, junto al chófer. Inmediatamente después los vehículos se pusieron en marcha y atravesaron la ciudad, siendo saludados al paso por las patrullas de los *carabinieri*. Por orden de Giuliano, el cardenal respondía con bendiciones. Al llegar a un tramo desierto de la carretera, el cardenal fue obligado a abandonar el automóvil. Otro grupo de hombres de Giuliano estaba aguardando con una camilla para transportar al cardenal. Dejaron allí los vehículos con sus choferes y se perdieron entre el mar de flores de la montaña.

Giuliano cumplió su palabra: en las cuevas del monte, el cardenal comió tan bien como en su palacio arzobispal. Los respetuosos bandidos, reverenciando su autoridad espiritual, le pedían la bendición cada vez que le servían un plato.

Los periódicos de toda Italia clamaron indignados y los habitantes de Sicilia experimentaron dos clases de emoción: horror ante el sacrilegio cometido y perverso júbilo por el hecho de que los *carabinieri* hubieran sido humillados. Pero, por encima de todo ello, destacaba el inmenso orgullo que sentían por Giuliano, el siciliano vencedor de Roma; Giuliano se había convertido de pronto en el «hombre de respeto» por excelencia.

¿Qué iba a pedir Giuliano, se preguntaba todo el mundo, a cambio del cardenal? La respuesta era muy sencilla: un rescate impresionante.

La Santa Iglesia, al fin y al cabo custodia de almas, no se rebajó a los tacaños regateos de los aristócratas y los ricos comerciantes y pagó en seguida el rescate de cien millones de liras. Pero Giuliano aún tenía otro motivo.

—Yo soy un aldeano y nada sé de los caminos del Cielo —le dijo al cardenal—, pero jamás he faltado a mi palabra. En cambio, usted, un cardenal de la Iglesia, con todos sus ornamentos sagrados y sus cruces de Jesucristo, me mintió como un moro pagano. Su sagrado ministerio por sí solo no bastará para salvarle la vida.

El cardenal notó debilidad en las rodillas.

—Pero tiene usted suerte —añadió Giuliano—. Puedo hacerle otra propuesta.

Y entonces le dio a leer el Testamento.

Sabiendo ya que su vida estaba a salvo, el cardenal, avezado a esperar el castigo de Dios, empezó a mostrar más interés por los documentos del Testamento que por los reproches de Giuliano. Al ver la carta que él mismo le había escrito a Pisciotta, se santiguó, dominado por una santa cólera.

—Mi querido cardenal —dijo Giuliano—, comunique la existencia de este documento a la Iglesia y al ministro Trezza. Es la prueba de mi capacidad de destruir el Gobierno de la Democracia Cristiana. Mi muerte será su mayor desgracia. El Testamento se encontrará en un lugar seguro, inaccesible para ustedes. Si alguien duda de mi palabra, dígale que le pregunten a Don Croce cómo trato a mis enemigos.

Una semana después del secuestro del cardenal, la Venera abandonó a Giuliano.

Turi se había pasado cuatro años visitando subrepticiamente su casa a través del túnel. En su lecho, encontraba calor y cobijo y gozaba de los consuelos de su espléndido cuerpo. Ella nunca se quejaba y jamás le pedía otra cosa que no fuera su placer.

Pero aquella noche fue distinto. Después de hacer el amor, ella le anunció que se iba a vivir con unos parientes que tenía en Florencia.

—Tengo el corazón demasiado débil —le dijo—. No puedo soportar el peligro que corre tu vida. En mis sueños te veo muerto a balazos ante mis ojos. A mi marido le mataron los *carabinieri* como si fuera un animal, frente a esta casa. No pararon de disparar hasta que le dejaron el cuerpo convertido en un guiñapo ensangrentado. Y en mis sueños veo que a ti te ocurre lo mismo —acercó la cabeza de Giuliano a su pecho y le dijo—: Escucha, escucha los latidos de mi corazón.

Y él escuchó y se llenó de compasión y amor al oír los irregulares latidos. La piel desnuda de su exuberante busto estaba cubierta de un salado sudor provocado por el pánico que se albergaba en su cuerpo. La Venera se echó a llorar y él le acarició la abundante melena negra.

—Jamás tuviste miedo —le dijo—. Nada ha cambiado.

—Turi —contestó ella, sacudiendo violentamente la cabeza—, te has vuelto demasiado temerario. Te has creado enemigos muy poderosos. Tus amigos temen por tu vida. Tu madre palidece cada vez que llaman a la puerta. No podrás seguir escapando siempre.

—Yo no he cambiado —dijo Giuliano.

—Ah, Turi —respondió la Venera, echándose de nuevo a llorar—, sí has cambiado. Ahora matas por cualquier cosa. No digo que seas cruel, pero no tienes prudencia.

Giuliano lanzó un suspiro. Vio lo asustada que estaba y se sintió invadido por una incomprensible tristeza.

—Entonces tienes que irte —le dijo—. Te daré suficiente dinero para que puedas vivir en Florencia. Todo esto terminará algún día. Ya no habrá más muertes. Tengo mis planes. No pienso ser un bandido toda la vida. Mi madre podrá dormir por las noches y todos volveremos a estar juntos de nuevo.

Adivinó que ella no le creía.

A la mañana siguiente, antes de que él se marchara, volvieron a hacer el amor y sus cuerpos se entrelazaron por última vez con salvaje frenesí.

23

Turi Giuliano consiguió finalmente lo que jamás había logrado ningún estadista ni político de la nación. Unió a todos los partidos italianos en la persecución de un mismo objetivo: la destrucción de Giuliano y su banda.

En julio de 1949 el ministro Trezza anunciaba a la prensa la creación de un ejército especial de *carabinieri* integrado por cinco mil hombres, y denominado Fuerzas Combinadas para la Represión del Bandidaje, sin hacer ninguna referencia explícita a Giuliano. Los periódicos rectificaron muy pronto el taimado comedimiento del Gobierno, reacio a reconocer que su principal objetivo era el forajido siciliano. La prensa aprobó con entusiasmo el proyecto y felicitó a la Democracia Cristiana en el poder por la adopción de aquella enérgica medida.

La prensa nacional se maravilló también por la habilidad demostrada por el ministro Trezza con la creación de aquel ejército especial de cinco mil hombres, formado únicamente por solteros, para que no hubieran viudas, o, en todo caso, esposas e hijos que pudieran ser objeto de amenazas. Habría comandos, tropas paracaidistas, carros blindados, armamento pesado e incluso aviones. ¿Cómo podría un bandido de tres al cuarto resistir semejante ofensiva? Al mando de las fuerzas estaría el coronel Hugo Luca, uno de los grandes héroes italianos de la segunda guerra mundial, combatiente, al lado del legendario general Rommel del ejército alemán. «El Zorro del Desierto italiano», le llamaba la prensa, experto en la guerra de guerrillas, cuyas tácticas y estrategias desconcertarían al sencillo campesino que era Turi Giuliano.

La prensa comunicaba en un pequeño párrafo el nombramiento de Federico Velardi para el cargo de jefe de la policía de seguridad de toda Sicilia, sin atribuir la menor trascendencia a la noticia. Del inspector Velardi apenas se sabía nada, como no fuera el hecho de haber sido elegido personalmente por el ministro Trezza para que ayudara en sus tareas al coronel Luca.

Hacía apenas un mes se había celebrado un trascendental encuentro entre Don Croce, el ministro Trezza y el cardenal de Palermo. El cardenal había comunicado a sus interlocutores la existencia del Testamento de Giuliano y sus comprometedores documentos.

El ministro Trezza se asustó. Habría que destruir el Testamento antes de que el ejército cumpliera su misión. Pensaba que ojalá pudiera revocar la orden de creación de las fuerzas especiales, pero no podía porque el Gobierno estaba sometido a presiones muy fuertes.

Para Don Croce, el Testamento era una simple complicación adicional que no alteraba para nada sus propósitos. El asesinato de sus seis jefes no le dejaba otra alternativa. Sin embargo, ni él ni los «amigos de los amigos» podían eliminar directamente a Giuliano. Era un héroe demasiado querido y su asesinato sería un crimen cuyo peso no podrían soportar ni siquiera los «amigos», en los cuales se concentraría todo el odio de Sicilia.

Don Croce comprendía, por otra parte, que tendría que adaptarse a las necesidades de Trezza. Al fin y al cabo, era el hombre que él pretendía aupar al cargo de primer ministro de la República.

—Nuestro plan de acción debe ser el siguiente —le dijo al ministro—. Usted no tiene más remedio que perseguir a Giuliano. Sin embargo, le pido que procure mantenerle vivo hasta que yo destruya el Testamento, cosa que le garantizo conseguir.

El ministro asintió con cara muy seria. Pulsó el botón del dictáfono y dijo en tono autoritario:

—Mándeme al inspector.

A los pocos segundos entró en la estancia un hombre de elevada estatura y gélidos ojos azules. Era delgado, iba elegantemente vestido y poseía un rostro de rasgos aristocráticos.

—Les presento al inspector Federico Velardi —dijo el ministro—. Acabo de nombrarle jefe de la policía de seguridad de toda Sicilia. Él se encargará de coordinar toda la operación junto con el jefe del ejército que voy a enviar a la isla —y pasó a exponerle el problema del Testamento y la amenaza que éste suponía para el Gobierno de la Democracia Cristiana—. Mi querido inspector —añadió—, le pido que considere a Don Croce mi representante personal en Sicilia. Deberá usted facilitarle cualquier información que él le pida, tal como haría conmigo. ¿Comprendido?

El inspector tardó un rato en digerir aquella curiosa petición. Después lo comprendió todo. Su tarea consistiría en revelar a Don Croce todos los planes que elaborara el ejército de invasión para capturar a Giuliano. Don Croce, a su vez, transmitiría la información a Giuliano para que éste pudiera escapar hasta que Don Croce considerara llegado el momento de capturarle.

—¿Facilitar toda la información a Don Croce? —exclamó el inspector Velardi—. El coronel Luca no es tonto y pronto sospechará que hay una filtración, y puede que me excluya de sus sesiones de planificación.

—Si tiene alguna dificultad —contestó el ministro—, comuníquemelo. Su verdadera misión consistirá en conseguir el Testamento y proteger la vida y la libertad de Giuliano hasta que eso se consiga.

—Tendré mucho gusto en servirle —dijo el inspector, mirando con sus fríos ojos azules a Don Croce—. Pero necesito una aclaración. Si capturan a Giuliano con vida antes de que hayamos destruido el Testamento, ¿qué debo hacer?

El Don no se anduvo con rodeos porque no era un funcionario del Gobierno y podía hablar con entera libertad.

—Sería una desgracia irreparable —contestó.

La prensa acogió con mucho agrado la designación del coronel Hugo Luca para el cargo de comandante de las Fuerzas Especiales para la Represión del Bandidaje, y todos los periódicos se apresuraron a publicar su historial militar, mencionando las medallas al valor con que había sido condecorado, su habilidad táctica, su temperamento tranquilo y reposado y el aborrecimiento que le inspiraba cualquier tipo de fracaso. Era un pequeño buldog, decían, y sería una buena horma para el zapato de la violencia siciliana.

Antes de iniciar su actuación, el coronel Luca estudió todos los documentos relativos a Turi Giuliano que obraban en poder de los servicios de espionaje. El ministro Trezza le encontró en su despacho, rodeado de carpetas de informes y periódicos atrasados. Al preguntarle aquél cuándo se iba a trasladar con su ejército a Sicilia, el coronel contestó muy tranquilo que estaba reuniendo a un equipo de colaboradores y que Giuliano no se movería de su sitio por mucho que tardara en hacerlo.

El coronel Luca se pasó una semana estudiando los informes y llegó a determinadas conclusiones: Giuliano era un genio de la guerra de guerrillas y tenía un singular método de actuación. Mantenía a su alrededor un reducido grupo de veinte hombres entre los cuales figuraban sus jefes; Aspanu Pisciotta era su lugarteniente, Canio Silvestro su guardaespaldas personal y Stefan Andolini su jefe de espionaje y el hombre que le servía de enlace con Don Croce y toda la cadena de la Mafia. Terranova y Passatempo tenían sus propias bandas y podían actuar sin recibir órdenes directas de Giuliano a menos que se tratara de alguna acción concertada. Terranova se encargaba de llevar a cabo los secuestros y Passatempo estaba especializado en asaltos a bancos y a trenes.

El coronel dedujo que toda la banda de Giuliano estaba formada por un total de no más de trescientos individuos. ¿Cómo era posible, se preguntó, que aquel hombre hubiera durado seis años, mantenido en jaque a los *carabinieri* de toda una provincia e impuesto su ley prácticamente en todo el noroeste de Sicilia? ¿Cómo era posible que él y sus hombres hubieran escapado a los rastreos llevados a cabo por grandes contingentes de fuerzas policiales? La única explicación plausible era que Giuliano contaba con más efectivos entre los campesinos de Sicilia y echaba mano de ellos cuando los necesitaba. Y cuando las fuerzas policiales efectuaban batidas por las montañas, aquellos bandidos en régimen de dedicación parcial se refugiaban en las aldeas y las alquerías, mezclándose con la gente y viviendo como campesinos corrientes. Lo cual significaba que muchos de los habitantes de Montelepre debían ser miembros secretos de la banda. Sin embargo, el factor más importante era la popularidad de Giuliano; había muy pocas posibilidades de que le traicionaran, y no cabía duda de que si hiciera una llamada a la revolución, millares de hombres seguirían sus consignas.

Y, por último, otro elemento desconcertante: la invisibilidad de Giuliano. Aparecía en un sitio y después se esfumaba como por ensalmo. Cuantas más cosas leía el coronel, tanto más se llenaba de asombro. Después descubrió algo contra lo que podría emprender una acción inmediata. Parecería una bagatela, pero, a la larga, daría sus frutos.

Giuliano escribía a la prensa frecuentes cartas que siempre iniciaba con el mismo preámbulo: «Si, tal como me han inducido a creer, no somos enemigos, publicaréis esta carta», pasando después a exponer las razones de sus últimos actos de bandidaje. Al coronel Luca le pareció que aquella frase inicial era una especie de amenaza o coacción. El resto de las cartas era propaganda. Se explicaban los secuestros y los robos y se especificaba de qué manera el dinero iba a parar a los pobres de Sicilia. Cuando Giuliano se enzarzaba en alguna batalla campal con los *carabinieri* y mataba a unos cuantos, siempre enviaba una carta para explicar que las guerras presuponían soldados caídos, pidiendo directamente a los *carabinieri* que no lucharan. En otra carta, cursada tras la ejecución de los seis jefes de la Mafia, exponía que sólo gracias a aquel hecho habían podido los campesinos ocupar unas tierras que por derecho y humanidad les correspondían.

Al coronel Luca le sorprendió que el Gobierno hubiera permitido la publicación de aquellos mensajes y decidió solicitar del ministro Trezza la implantación del estado de sitio en Sicilia, para poder aislar a Giuliano de sus seguidores.

Buscó información sobre la posible existencia de una mujer en la vida de Giuliano, pero no encontró nada. Aunque se tenía noticia de que los bandidos frecuentaban los burdeles de Palermo y de que Pisciotta era un mujeriego, Giuliano, al parecer, llevaba seis años viviendo una existencia exenta de relaciones sexuales. Siendo italiano, el coronel Luca no podía creerlo. Tenía que haber alguna mujer en Montelepre y, cuando la descubrieran, la mitad del trabajo estaría hecho.

La pareció también muy interesante el mutuo apego entre Giuliano y su madre. Giuliano era un hijo afectuoso con sus dos progenitores, pero trataba con especial veneración a su madre. El coronel Luca tomó nota de ese dato. En caso de que verdaderamente no hubiera ninguna mujer en la vida de Giuliano, se podría utilizar a la madre para tenderle una trampa.

Una vez finalizada esa labor de información previa, el coronel Luca organizó su equipo de colaboradores. El nombramiento más importante fue el del capitán Antonio Perenze para el puesto de ayudante de campo y guardia personal. Perenze era un hombre corpulento, con tendencia a la gordura, de rostro simpático y temperamento afable, aunque el coronel Luca sabía que era también valiente por demás. Tal vez, en un momento dado, aquella valentía pudiera salvar la vida del coronel.

El coronel Luca llegó a Sicilia en septiembre de 1949 con un primer contingente de dos mil hombres. Esperaba que fueran suficientes; no quería glorificar a Giuliano enviando contra él a cinco mil hombres. Al fin y al cabo, no era más que un simple bandido, al que hubieran tenido que eliminar hacía ya tiempo.

Su primera medida consistió en prohibir a los periódicos de la isla la publicación de las cartas de Giuliano. La segunda fue detener al padre y la madre de Giuliano por complicidad con su hijo; y la tercera, arrestar e interrogar a más de doscientos hombres de Montelepre acusados de ser miembros secretos de la banda de Giuliano. Los detenidos fueron trasladados a las cárceles de Palermo celosamente custodiados por los hombres del coronel Luca. Todas esas acciones se pudieron emprender gracias a las leyes del régimen fascista de Mussolini, todavía en vigor.

La casa de Giuliano fue registrada y se descubrieron los túneles secretos. La Venera fue detenida en Florencia, pero puesta inmediatamente en libertad tras haber afirmado desconocer la existencia de los túneles. El inspector Velardi no la creyó, pero quería que estuviera libre, ante la posibilidad de que Giuliano decidiera visitarla.

La prensa italiana puso al coronel Luca por las nubes; por fin se había encontrado a un hombre que iba «en serio». El ministro Trezza estaba muy satisfecho y, cuando recibió una cordial carta de felicitación del primer ministro, su alegría no tuvo límites. El único que no estaba tan contento eran Don Croce.

Turi Giuliano se pasó un mes estudiando la actuación de Luca y el despliegue de fuerzas de los *carabinieri*. Admiraba la astucia demostrada por el coronel al prohibir a la prensa la publicación de sus cartas, cortando de ese modo su línea vital de comunicación con el pueblo de Sicilia. Sin embargo, cuando Luca empezó a detener indiscriminadamente a los habitantes de Montelepre —culpables e inocentes por igual—, su admiración se trocó en odio. La detención de sus padres, en particular, provocó en Giuliano una cólera asesina.

Giuliano se pasó dos días sin salir de su cueva de los montes Cammarata. Elaboró planes y revisó todo lo que sabía acerca del ejército de dos mil *carabinieri* del coronel Luca. Por lo menos mil de ellos se encontraban en Palermo y sus alrededores, aguardando a que él intentara rescatar a sus padres. Los otros mil estaban concentrados en la zona de las localidades de Montelepre, Piani dei Greci, San Giuseppe Jato, Partinico y Corleone, muchos de cuyos habitantes era miembros secretos de la banda a los que se podría reclutar en caso de que hubiera de presentar batalla.

El coronel Luca había establecido su cuartel general en Palermo, donde su persona era invulnerable. Habría que sacarle de allí por medio de algún engaño.

Turi Giuliano canalizó toda su cólera en la elaboración de planes tácticos. Todos ellos tenían una aritmética muy clara y eran tan sencillos como un juego infantil. Casi siempre daban resultado y, en caso de que no lo dieran, se podría ocultar de nuevo en el monte. Sabía, sin embargo, que todo dependía de que la ejecución fuera impecable y no se descuidara ningún detalle.

Mandó llamar a Aspanu Pisciotta a su cueva y le expuso los planes. A los demás jefes —Passatempo, Terranova, el cabo Silvestro y Stefan Andolini— sólo les dijo lo que cada uno necesitaba saber para el desempeño de su cometido particular.

En el cuartel general de los *carabinieri* de Palermo estaba la tesorería de todas las fuerzas de la Sicilia occidental. Una vez al mes, salía un furgón estrechamente custodiado que transportaba las nóminas de las guarniciones de las diversas localidades de la zona. El pago se hacía en efectivo, en sobres que contenían el sueldo exacto, en billetes y moneda fraccionaria, de cada soldado. Los sobres se colocaban en unas cajas de madera provistas de ranuras y se cargaban en un vehículo en otro tiempo utilizado por el ejército norteamericano para el transporte de armas.

El conductor iba armado con una pistola y el soldado que le acompañaba llevaba un fusil. Cuando aquel furgón cargado con millones de liras salía de Palermo, lo hacía precedido por tres jeeps de reconocimiento, cada uno de ellos con ametralladoras y cuatro hombres, y un vehículo de transporte de tropas con veinte hombres provistos de metralletas y fusiles. Detrás iban otros dos vehículos, cada uno con seis hombres. Todos los vehículos podían establecer comunicación radiofónica con Palermo o el cuartel de *carabinieri* más próximo para solicitar el envío de refuerzos. No se abrigaba ningún temor de que los bandidos atacaran semejante convoy porque ello hubiera equivalido a un suicidio.

La caravana de la nómina abandonó Palermo a primera hora de la mañana y efectuó su primera parada en la localidad de Tommaso Natale. Desde allí enfiló la sinuosa carretera de Montelepre. El cajero y los guardias sabían que iba a ser una jornada muy larga y circulaban a gran velocidad. Por el camino comieron pan con salami y bebieron vino a pico de botella. Bromeaban y se reían, y los conductores de los jeeps que abrían la marcha posaron las armas en el suelo de los vehículos. Al llegar a lo alto de la última colina, desde la cual se bajaba a Montelepre, se asombraron de ver un enorme rebaño de ovejas en la carretera. Los jeeps se abrieron paso por entre el rebaño y los hombres increparon a los miserables pastores que lo guardaban. Los soldados estaban deseando llegar al cuartel para comer algo caliente, quitarse la ropa y echarse en la cama o jugar una partida de cartas durante el descanso del mediodía. No podía haber ningún peligro; Montelepre, a sólo unos cuantos kilómetros de distancia, tenía una guarnición integrada por quinientos hombres del ejército del coronel Luca. Vieron a su espalda que el vehículo que transportaba el dinero penetraba en el vasto mar de ovejas, pero no se dieron cuenta de que se había quedado detenido y no podía avanzar.

Los pastores estaban tan ocupados tratando de despejar el camino que no parecían darse cuenta de los bocinazos de los vehículos, ni de que los guardias gritaban, se reían y soltaban palabrotas. La situación seguía sin ser alarmante.

De improviso, seis pastores se acercaron al furgón del dinero, sacaron armas de bajo las chaquetas y obligaron al conductor y al cajero a descender del vehículo, desarmando a los dos *carabinieri*. Los otros cuatro hombres descargaron las cajas que contenían los sobres con las pagas. Passatempo era el jefe de aquella banda, y su rostro de animal y la violencia de sus modales acobardaron a los guardias mucho más que las armas.

Simultáneamente, las laderas que rodeaban la carretera se llenaron de bandidos armados con carabinas y metralletas. Los neumáticos de los dos vehículos que cerraban la marcha fueron reventados por los disparos y Pisciotta se plantó entonces delante del primer vehículo.

—Bajad despacio y sin las armas —gritó— y esta noche podréis comeros los espaguetis en Palermo. No queráis haceros los héroes, porque no es a vosotros a quien quitamos el dinero.

Carretera abajo, el vehículo de transporte de tropas y los tres jeeps de reconocimiento habían llegado al pie de la última colina y estaban a punto de entrar en Montelepre, cuando el oficial que iba al mando se percató de que no había nada detrás. Sólo ovejas, de pronto aún más numerosas, aislándoles del resto del convoy. Tomó la radio y ordenó a uno de los jeeps que retrocediera. Con una seña, ordenó a los demás vehículos que se arrimaran a la cuneta y esperaran.

El jeep de reconocimiento dio la vuelta y empezó a subir hacia la colina que acababa de dejar atrás. A mitad de camino, fue recibido con ráfagas de ametralladora y disparos de fusil. Sus cuatro ocupantes fueron acribillados a balazos y el vehículo, sin gobierno, empezó a retroceder lentamente por la empinada carretera hacia el punto que ocupaba el resto del convoy.

El oficial que mandaba el grupo saltó de su jeep y ordenó a los hombres del vehículo de transporte de tropas que descendieran y formaran una línea de escaramuza. Los otros dos jeeps escaparon como liebres asustadas buscando cobijo, pero fueron neutralizados en seguida. No pudieron rescatar el furgón de la nómina porque se encontraba en la otra vertiente de la colina, y ni siquiera pudieron disparar contra los hombres de Giuliano, que se estaban embolsando los sobres del dinero. Los forajidos dominaban por entero la situación y su potencia de fuego les permitiría enfrentarse con éxito a cualquier atacante. Lo mejor que podían hacer los soldados era establecer una línea de escaramuza a cubierto y seguir disparando.

El *maresciallo* de Montelepre aguardaba con ansia la llegada del cajero. A finales de mes, siempre andaba escaso de fondos y, al igual que sus hombres, ya estaba soñando con la noche que iba a pasar en Palermo, cenando con sus amigos en un buen restaurante en compañía de mujeres encantadoras. Cuando oyó los disparos, se quedó perplejo. Giuliano no se hubiera atrevido a atacar en pleno día a una de sus patrullas, teniendo en cuenta los refuerzos auxiliares de quinientos soldados que el coronel Luca había establecido en la zona.

Inmediatamente después, el *maresciallo* oyó una tremenda explosión junto a la entrada del cuartel de Bellampo. Uno de los carros blindados estacionados en la parte de atrás había estallado, convirtiéndose en una antorcha color naranja. El *maresciallo* percibió a continuación el tableteo de ametralladoras que disparaban por la parte de la carretera que conducía a Castelvetrano y a la ciudad costera de Trapani, seguido por el incesante fuego de armas de pequeño calibre hacia la base de la cadena montañosa, en las afueras del pueblo. Vio que las patrullas de Montelepre regresaban a toda prisa al cuartel, a pie y en jeeps, como si les persiguiera el diablo; y, aunque lentamente, empezó a comprender que Turi Giuliano había atacado con todos sus efectivos a la guarnición de quinientos hombres del coronel Luca.

Desde uno de los peñascos que dominaban Montelepre Turi Giuliano contempló a través de sus prismáticos el asalto al furgón de la nómina. Efectuando un giro de noventa grados, pudo observar también la batalla que se estaba librando en las calles de la ciudad: el ataque directo contra el cuartel de Bellampo y el combate con las patrullas de *carabinieri* de las carreteras de la costa. La actuación de sus jefes había sido perfecta. Passatempo y sus hombres tenían el dinero de la nómina, Pisciotta había inmovilizado la retaguardia de la columna de *carabinieri*, Terranova y su banda, con la ayuda de nuevos refuerzos, habían atacado el cuartel de Bellampo, trabando combate con las patrullas. Los hombres directamente a las órdenes de Giuliano dominaban la falda de la montaña. Stefan Andolini, auténtico *Fra Diavolo*, estaba preparando una sorpresa.

En su cuartel general de Palermo, el coronel Luca recibió la noticia de la pérdida de la nómina con una serenidad muy insólita, en opinión de sus subordinados. Pero interiormente debía estar echando chispas contra la astucia de Giuliano, preguntándose cómo habría podido averiguar la disposición de las tropas. Cuatro *carabinieri* resultaron muertos durante el asalto y hubo otras cinco bajas en la batalla campal que habían librado contra las restantes fuerzas de Giuliano.

El coronel Luca se encontraba todavía al teléfono, recibiendo los informes sobre las bajas, cuando el capitán Perenze irrumpió en el despacho con las mofletudas mejillas temblándole a causa del nerviosismo. Se acababan de recibir noticias de que unos bandidos habían resultado heridos y uno de ellos había muerto, quedando abandonado en el campo de batalla. El cadáver había sido identificado por la documentación que llevaba y merced al testimonio personal de dos habitantes de Montelepre. El muerto era nada más y nada menos que Turi Giuliano.

En contra de toda cautela y del mínimo sentido común, el coronel Luca se sintió invadido por una sensación de triunfo. La historia militar estaba llena de grandes victorias y también de brillantes tácticas frustradas por pequeños accidentes personales. Una estúpida bala dirigida por el destino había buscado y encontrado al esquivo espectro del gran bandido. Pero la cautela resurgió en seguida. Era una suerte excesiva, podía ser una trampa. Bien, pues en caso de que lo fuera, él se acercaría a ella y entramparía al entrampador.

El coronel Luca tomó las necesarias disposiciones y ordenó preparar una columna volante capaz de resistir cualquier ataque. Los carros acorazados abrían la marcha. Seguía el vehículo blindado en que viajaban el coronel Luca y el inspector Velardi, el cual había insistido en acompañar al coronel para identificar el cadáver, aunque lo que pretendía, en realidad, era cerciorarse de que entre los documentos encontrados no figuraba el Testamento. Detrás iban los vehículos de transporte de tropas con los hombres en estado de alerta y las armas en posición de disparo. Veinte jeeps de reconocimiento llenos de tropas paracaidistas armadas, precedían a la columna. Se había ordenado a la guarnición de Montelepre vigilar las carreteras inmediatas y establecer puestos de observación en los montes circundantes. Patrullas de a pie integradas por gran número de hombres armados hasta los dientes, inspeccionaban toda la ruta.

El coronel Luca tardó menos de una hora en llegar a Montelepre con su columna volante. No hubo ningún ataque porque la demostración de fuerza fue excesiva para los bandidos. Pero, al llegar, el coronel sufrió una decepción.

El coronel Velardi dijo que el cadáver, que ahora descansaba en una ambulancia en el cuartel de Bellampo, no podía pertenecer a Giuliano. La bala causante de la muerte le había desfigurado, pero no hasta el punto de que él pudiera equivocarse. Se había obligado a otros habitantes de Montelepre a identificar el cadáver y éstos también habían dicho que no era Giuliano. Se trataba de una trampa; Giuliano debía de esperar que el coronel acudiera a toda prisa al lugar de los hechos con una pequeña escolta, para poder tenderle una emboscada. El coronel ordenó que se adoptaran toda clase de precauciones y emprendió el camino de regreso a Palermo. Tenía prisa por regresar a su cuartel general e informar personalmente a Roma de lo ocurrido, evitando que alguien pudiera transmitir el falso informe sobre la muerte de Giuliano. Tras haber comprobado que todas las tropas ocupaban sus puestos, de modo que no pudieran tenderles ninguna emboscada a la vuelta, el coronel confiscó para su uso uno de los rápidos jeeps de reconocimiento que iban en cabeza de la columna. Le acompañaba el inspector Velardi.

La rapidez del coronel les salvó la vida a ambos. Cuando la columna volante ya se encontraba en las cercanías de Palermo, con el vehículo de mando de Luca en medio, se oyó una tremenda explosión. El vehículo saltó por los aires hasta una altura de más de tres metros y cayó envuelto en llamas y hecho pedazos, con los restos diseminados por la ladera de la montaña. En el vehículo de transporte de tropas que le seguía hubo ocho muertos y quince heridos, sobre un total de treinta hombres. Los dos oficiales que viajaban en el vehículo de Luca quedaron totalmente destrozados.

Al llamar al ministro Trezza para comunicarle la mala noticia, el coronel Luca aprovechó para pedir también el inmediato envío a Sicilia de los tres mil hombres que aguardaban en la península.

Don Croce sabía que aquellos ataques se irían sucediendo mientras los padres de Giuliano permanecieran en la cárcel, y se encargó de que les pusieran inmediatamente en libertad.

Sin embargo, no pudo impedir la llegada de las tropas de refuerzo, y en esos momentos mil soldados ocupaban la localidad de Montelepre y la zona circundante. Otros tres mil hombres se dedicaban a rastrear el monte. Setecientos habitantes de Montelepre y de toda la provincia de Palermo se encontraban en la cárcel, para ser interrogados por el coronel Luca, a quien el Gobierno de la Democracia Cristiana de Roma había otorgado poderes especiales. Se estableció un toque de queda que empezaba al anochecer y terminaba a la salida del sol; los habitantes se vieron obligados a permanecer en sus casas, y los viajeros que no disponían de pase especial eran enviados a la cárcel. Toda la provincia se encontraba bajo el reinado oficial del terror.

Don Croce observaba con cierta inquietud el desfavorable sesgo que tomaban las cosas para Giuliano.

24

Antes de la llegada del ejército de Luca, cuando aún podía entrar y salir de Montelepre a su antojo, Giuliano había visto a menudo a Justina. A veces, ésta iba a su casa para dar algún recado o recibir el dinero que Giuliano entregaba a sus padres. Él apenas se había dado cuenta de que era una joven muy hermosa hasta el día en que la vio por las calles de Palermo con sus padres. La familia se había trasladado a la ciudad con intención de comprar para los festejos de Pascua algunas prendas de vestir que no hubieran podido encontrar en la pequeña ciudad de Montelepre. Giuliano y algunos hombres de su banda se encontraban en Palermo con el fin de acopiar suministros.

Giuliano llevaba unos seis meses sin verla y, durante aquel tiempo, la muchacha había crecido y adelgazado. Era alta para ser siciliana, y sus largas piernas se balanceaban sobre unos zapatos nuevos, de tacón alto. Tenía tan sólo dieciséis años, pero su rostro y su figura habían florecido en la tierra subtropical de Sicilia, haciendo que pareciera mayor. Llevaba el cabello negro azabache recogido con tres vistosas peinetas, y tenía el cuello tan largo y dorado como el de las mujeres que aparecían representadas en algunos vasos egipcios. Sus enormes ojos inquisitivos y su boca sensual eran los únicos rasgos de su rostro que permitían adivinar su extremada juventud. Lucía un vestido blanco con un lazo rojo en la pechera.

Estaba tan preciosa que Giuliano se la quedó mirando un buen rato. Se encontraba en la terraza de un café, con sus hombres distribuidos en otras mesas, cuando la vio entrar acompañada de sus padres. Ellos le vieron en seguida. El padre de Justina mantuvo una expresión impasible y no dio muestras de haberle reconocido. La madre apartó rápidamente la mirada. Sólo Justina le miró al pasar. Era lo bastante siciliana para no saludarle, pero clavó sus ojos en los de él, y Giuliano se dio cuenta de que le temblaban los labios en su intento de reprimir una sonrisa. En medio de la calle inundada de sol, era como un luminoso espejeo de esa sensual belleza siciliana que florece ya a muy temprana edad. Desde que era forajido, Giuliano desconfiaba del amor. Para él, era un acto de sumisión que albergaba la fatal semilla de la traición; en aquel momento, sin embargo, sintió lo que jamás había sentido. Un intenso deseo de arrodillarse ante otro ser humano y jurar su voluntad de convertirse en esclavo suyo. Pero no vio en eso el amor.

Al cabo de un mes, descubrió que estaba obsesionado con la imagen de Justina Ferra de pie en aquel dorado charco de luz de la calle de Palermo. Pensó que era una simple apetencia sexual y que echaba de menos las apasionadas noches con la Venera. Pero después empezó a observar que, en sus sueños, se veía no sólo haciendo el amor con Justina sino también paseando con ella por el monte, mostrándole sus cuevas y los angostos valles cubiertos de flores y preparándole la comida en las hogueras del campamento. Aún conservaba su guitarra envuelta en una lona impermeable y soñaba con tocar alguna melodía para ella. Le mostraría poemas de los que había escrito a lo largo de los años, algunos de ellos publicados en la prensa siciliana. Hasta soñó con bajar subrepticiamente a Montelepre y visitarla en su casa, a pesar de los dos mil soldados de las Fuerzas Especiales del coronel Luca. Entonces recuperó el buen sentido y comprendió que en su interior estaba ocurriendo algo muy peligroso.

Todo aquello era una locura. No había más que dos alternativas en su vida: que lo mataran los *carabinieri* o que pudiera refugiarse en Estados Unidos, pero, como siguiera pensando en aquella chica, ya podía despedirse de Norteamérica. Tenía que apartarla de su mente. En caso de que la sedujera o la raptara, su padre se convertiría en su enemigo mortal, y de ésos ya tenía demasiados. Además, había reprendido a Aspanu por haber seducido a una muchacha inocente y, a lo largo de los años, había ejecutado a tres de sus hombres por violación. Él deseaba hacer feliz a Justina, hacer el amor con ella y que ella le admirara y le viera tal como antes se veía él. Quería que sus ojos se llenaran de confianza y amor.

Pero todo aquello no eran más que supuestos tácticos de su mente, porque él ya había decidido lo que iba a hacer. Se casaría con la chica. En secreto. No lo sabrían más que la familia de Justina y, como era lógico, Aspanu Pisciotta y algunos miembros de confianza de su banda. Siempre que fuera prudente, mandaría que la escoltaran hasta el monte para que pudiera pasar uno o dos días con él. Sería muy peligroso ser la esposa de Turi Giuliano, pero él se encargaría de enviarla a los Estados Unidos, para que le aguardara allí hasta que él consiguiera huir. Sólo había un problema. ¿Qué pensaba Justina de él?

Cesáreo Ferra era un miembro secreto de la banda de Giuliano desde hacía cinco años y no participaba jamás en las operaciones, sino que se dedicaba estrictamente a la recogida de información. Él y su mujer conocían a los padres de Giuliano, eran vecinos suyos y vivían en la Via Bella, diez casas más abajo de la de Giuliano. Era un hombre un poco más instruido que la mayoría de los habitantes de Montelepre y la vida de campesino no le gustaba. Cuando Justina perdió el dinero y Giuliano le entregó un fajo de liras y la envió a casa con una nota, diciendo que la familia estaba bajo su protección, Cesáreo Ferra visitó a Maria Lombardo y le ofreció sus servicios. Recogía información sobre los movimientos de las patrullas de *carabinieri* y de los ricos comerciantes que iban a ser secuestrados por la banda de Giuliano, y también sobre la identidad de los confidentes de la policía. Recibía una parte del producto de los secuestros y, gracias a ello, había podido inaugurar un pequeño café en Montelepre, que también le era muy útil en sus actividades secretas.

Cuando su hijo Silvio regresó de la guerra convertido en un agitador socialista, Cesáreo Ferra le echó de casa. No porque fuera contrario a las ideas de su hijo sino por el peligro que ello suponía para el resto de la familia. No se hacía ninguna ilusión con respecto a la democracia y los gobernantes de Roma. Le recordó a Turi Giuliano su promesa de proteger a la familia Ferra, y éste hizo cuanto pudo por salvar a Silvio. Tras el asesinato, Giuliano le prometió vengar su muerte.

Ferra no le echó la culpa a Giuliano en ningún momento.

Sabía que la matanza de Portella le había trastornado y afligido profundamente, y que aún le seguía atormentando. Lo supo a través de su esposa, a quien Maria Lombardo se lo había contado en el transcurso de las largas conversaciones que ambas solían mantener. Qué felices eran todos antes de aquel aciago día en que su hijo fue abatido a tiros por Quintana y sus secuaces. Como es lógico, todos los sucesivos asesinatos habían sido necesarios y los habían provocado hombres malvados. Maria Lombardo disculpaba todos los asesinatos y crímenes, pero vacilaba un poco cuando hablaba de la matanza de Portella delle Ginestre. Oh, los chiquillos destrozados por los disparos de ametralladora, la muerte de mujeres indefensas. ¿Cómo podía creer la gente que su hijo hubiera hecho semejante cosa? ¿Acaso no era el protector de los pobres y el paladín de Sicilia? ¿No había prestado su ayuda a todos los sicilianos que necesitaban casa o comida? No era posible que su Turi hubiera ordenado aquella matanza. Lo juró ante la imagen de la Virgen negra, y ambas se echaron a llorar una en brazos de otra.

Y, de ese modo, Cesáreo Ferra se pasó varios años tratando de desentrañar el misterio de lo ocurrido en Portella. ¿Se equivocaron de veras los ametralladores de Passatempo en el ángulo de tiro? ¿Mató Passatempo a toda aquella gente por simple placer sanguinario? ¿Y si todo aquello lo hubiera tramado alguien para perjudicar a Giuliano? ¿Y si hubieran disparado otros hombres, enviados tal vez por los «amigos de los amigos» o incluso por alguna rama de la policía de seguridad? Cesáreo no excluía a nadie de su lista de sospechosos, con la excepción de Giuliano. Porque si Giuliano fuera culpable, todo su mundo se hubiera venido abajo. Quería a Giuliano tanto como a su propio hijo. Le había visto crecer de niño a hombre y nunca había observado en él la menor bajeza de espíritu o perversidad.

Cesáreo Ferra mantuvo por tanto los ojos y los oídos bien abiertos. Invitaba a beber a otros miembros secretos de la banda que no habían sido enviados a la cárcel por el coronel Luca. Captaba fragmentos de conversaciones entre los «amigos de los amigos» que vivían en la ciudad y acudían de vez en cuando a su café para tomar unas copas o jugar una partida de cartas. Una noche les oyó comentar entre carcajadas la visita que el Bruto y el Demonio le habían hecho a Don Croce, y la forma en que el gran Don convirtió a aquellos temidos hombres en un par de angelitos. Ferra empezó a reflexionar y, en su infalible paranoia siciliana, ató cabos. Passatempo y Stefan Andolini se habían reunido con Don Croce. A Passatempo le llamaban el Animal, y el nombre de guerra de Andolini era *Fra Diavolo*. ¿Para qué habían acudido a hablar en privado con Don Croce en su casa de Villalba, tan lejos de su campamento de las montañas? Envió a su hijo menor a casa de Giuliano con un mensaje urgente y, a los dos días, Giuliano le dio una cita en el monte. Una vez allí, le contó la historia, y Giuliano le escuchó con rostro impasible, ordenándole después que guardara silencio sobre todo aquel asunto. Ferra no se enteró de nada más. Tres meses más tarde, Giuliano volvió a citarle, y él creyó que le iba a contar el resto de la historia.

Giuliano y su banda se habían adentrado mucho más en el monte, lejos del alcance del ejército de Luca. Cesáreo Ferra viajó de noche y se reunió con Pisciotta en un lugar previamente acordado para que éste le condujera al campamento. Llegaron a primera hora de la mañana y encontraron un desayuno caliente aguardándoles. Fue un desayuno espléndido, servido sobre la mesa plegable, con mantel de hilo y cubiertos de plata. Turi Giuliano lucía una camisa de seda blanca y unos pantalones de pana color canela remetidos en las relucientes botas marrones. Llevaba el cabello recién lavado y peinado y en su vida había estado más guapo.

Pisciotta se retiró y ambos hombres se quedaron solos. Giuliano parecía un poco nervioso.

—Quiero darte las gracias por la información que me trajiste —dijo—. He comprobado los datos y ahora sé que es verdad. Y tiene mucha importancia. Pero hoy te he mandado llamar para hablarte de otra cosa. Una cosa que me consta te sorprenderá y que espero no te ofenda.

Ferra se inquietó un poco, pero dijo amablemente:

—Tú jamás me podrías ofender, te debo demasiado. Entonces Giuliano esbozó aquella sincera y abierta sonrisa que Ferra recordaba de cuando era un chiquillo.

—Escúchame con atención —le dijo Giuliano—. Estas palabras son el primer paso. Si no estás de acuerdo, no seguiré. Olvídate de que soy el jefe de la banda; ahora te estoy hablando como el padre de Justina. Sabes que es muy bonita y habrá seguramente muchos jóvenes de la ciudad rondando tu puerta. Sé que has velado cuidadosamente por su virtud y debo decirte que es la primera vez en mi vida que siento algo parecido. Quiero casarme con tu hija. Si te opones, no diré una palabra más. Seguirás siendo mi amigo y tu hija continuará bajo mi protección, igual que siempre. Si dices que sí, le preguntaré a tu hija si le agracia la idea. Y, si ella me rechaza, el asunto quedará zanjado.

Cesáreo Ferra se quedó tan aturdido ante aquellas palabras, que sólo pudo balbucir:

—Deja que lo piense, deja que lo piense. Después permaneció en silencio un buen rato y, cuando por fin habló, lo hizo con profundo respeto.

—Te prefiero para marido de mi hija a cualquier hombre del mundo. Y sé que mi hijo Silvio, que en paz descanse, estaría de acuerdo conmigo —el nerviosismo le hacía tartamudear—. Sólo me preocupa la seguridad de Justina. Sabiendo que es tu esposa, el coronel Luca aprovecharía el menor pretexto para meterla en la cárcel. Los «amigos» son ahora tus enemigos y le podrían causar algún daño. Y tú tienes que huir a América o morir aquí, en el monte. No quisiera verla viuda tan joven, y perdona que te hable con tanta franqueza. Pero es que, además, eso también te iba a complicar la vida a ti, y me preocupa esa posibilidad. Un marido feliz no es tan consciente de las trampas, no se guarda tanto de sus enemigos. El matrimonio podría ser tu muerte. Te hablo con esta sinceridad porque te aprecio y te respeto. Podríamos dejarlo para una ocasión más propicia, cuando ya conozcas tu futuro con más detalle y lo hayas organizado todo con inteligencia.

Al terminar, miró cautelosamente a Giuliano, para ver si le había molestado.

Pero Giuliano sólo estaba deprimido, y Ferra comprendió que era la desilusión de un joven enamorado. Le pareció tan asombroso, que experimentó el impulso de añadir:

—No te estoy diciendo que no, Turi.

—Ya he pensado en todas estas cosas —dijo Giuliano, lanzando un suspiro—. Mi plan es el siguiente. Me casaría en secreto con tu hija. El padre Manfredi oficiaría la ceremonia. Sería aquí, en el monte. Cualquier otro lugar resulta demasiado peligroso para mí. Me encargaría de que tú y tu mujer acompañarais a vuestra hija, para que pudierais estar presentes en la boda. Ella se quedaría aquí conmigo tres días y después la enviaría de nuevo a vuestra casa. Si tu hija se queda viuda, tendrá suficiente dinero para iniciar una nueva vida. Por consiguiente, no debes preocuparte por su seguridad. Amo a Justina y la cuidaré y protegeré toda su vida. Me encargaré de que tenga el futuro asegurado en caso de que ocurriera lo peor. Aun así, casarse con un hombre como yo es un riesgo y tú, como padre prudente, tienes perfecto derecho a no permitir que tu hija corra ese riesgo.

Cesáreo Ferra estaba profundamente conmovido por la sencillez y claridad de las palabras de aquel joven. Y por la esperanzada tristeza que denotaban. Lo importante, sin embargo, era que había ido al grano. Ya había tomado medidas con vistas a las calamidades de la vida y el bienestar futuro de su hija. Ferra se levantó para abrazar a Giuliano..

—Tienes mi bendición —le dijo—. Hablaré con Justina.

Antes de marcharse, Ferra dijo que se alegraba mucho de que su información hubiera sido útil. Le sorprendió el cambio que se había operado en el rostro de Giuliano. Los ojos parecían más grandes y la belleza de su rostro se hubiera dicho la de una estatua esculpida en mármol blanco.

—He invitado a mi boda a Stefan Andolini y a Passatempo —dijo—. Será entonces cuando resolvamos el asunto.

Sólo más tarde se le ocurrió pensar a Ferra que todo aquello era un poco raro, teniendo en cuenta que la boda se quería mantener en secreto.

En Sicilia no era insólito que una muchacha se casara con un joven con quien jamás hubiera pasado un momento a solas. Cuando las mujeres se sentaban a la puerta de la casa, tenían que hacerlo siempre de perfil, sin mirar directamente a la calle, so pena de que las llamaran descaradas. Los jóvenes que pasaban sólo podían hablar con ellas en la iglesia, donde las chicas estaban protegidas por las imágenes de la Virgen y las frías miradas de la madre. Si un joven se enamoraba locamente del perfil o de las pocas palabras de respetuosa charla, tenía que escribir una preciosa carta, exponiendo sus intenciones. Se trataba de un asunto muy serio en el que a veces se utilizaban los servicios de un escribano profesional. Un tono impropio podía dar lugar no a una boda sino a un funeral. De ahí que la declaración de Turi Giuliano a través del padre no fuera insólita, a pesar de no haberle dado a Justina la menor señal de interés.

Cesáreo Ferra sabía muy bien cuál iba a ser la respuesta de Justina. Cuando era más jovencita, la muchacha siempre terminaba sus oraciones con la frase «Y salva a Turi Giuliano de los *carabinieri*». Siempre quería ser ella quien le entregara los mensajes a Maria Lombardo, la madre de Giuliano. Cuando se averiguó la existencia del túnel que conducía a la casa de la Venera, Justina se puso hecha una furia. Al principio, sus padres pensaron que se había enojado por la detención de aquella mujer y de los padres de Giuliano, pero después comprendieron que estaba celosa.

Por consiguiente, Cesáreo Ferra no tenía la menor duda acerca de la respuesta de su hija y sabía que no se producirían sorpresas. Lo sorprendente fue la manera en que ella recibió la noticia. Miró a su padre, con picardía, como si fuera ella quien hubiera planeado la seducción y ya supiera que podía conquistar a Giuliano.

En lo más hondo de la montaña, había un pequeño castillo normando casi en ruinas que llevaba veinte años vacío. Allí decidió Giuliano celebrar su boda y pasar su luna de miel. Ordenó a Aspanu Pisciotta que estableciera un cinturón de hombres armados en previsión de cualquier ataque. El padre Manfredi abandonó el convento en un carro tirado por un asno, y después los hombres de Giuliano le transportaron en una silla de manos por los senderos de montaña. Se alegró de encontrar en el viejo castillo una capilla familiar, pese a que sus valiosas imágenes y piezas de madera tallada hubieran sido robadas tiempo atrás. Pero los muros desnudos eran muy hermosos, al igual que el altar de piedra. El superior del convento no aprobaba del todo la boda de Giuliano y, tras haberle abrazado, le dijo en tono de chanza:

—Hubieras tenido que recordar el viejo proverbio: «El hombre que juega solo nunca pierde».

—Pero yo tengo que pensar en mi felicidad —contestó Giuliano, echándose a reír. Después añadió uno de los proverbios campesinos que solía invocar el superior en justificación de las artimañas que utilizaba para ganar dinero—: Recuerde que San José se afeitó la barba antes de afeitárselas a los apóstoles.

El superior se puso un poco más contento al oír esas palabras y, abriendo el cofre que llevaba, le entregó a Giuliano la certificación de matrimonio. Era un bellísimo documento, escrito con tinta dorada y letra gótica.

—La boda quedará registrada en el convento —dijo el padre superior—. Pero no temas, nadie lo sabrá.

La novia y sus padres habían llegado la víspera a lomos de asno y se habían alojado en unas habitaciones del castillo, que Giuliano había mandado limpiar y amueblar con camas de caña y paja. Giuliano lamentó mucho que sus padres no pudieran asistir a la ceremonia, pero las Fuerzas Especiales del coronel Luca les tenían sometidos a estrecha vigilancia.

Sólo estuvieron presentes Aspanu Pisciotta, Stefan Andolini, Passatempo, el cabo Silvestre y Terranova. Justina se había quitado la ropa de viaje y lucía el vestido blanco que tanto éxito le había valido en Palermo. Miró sonriendo a Giuliano y a él le dejó sin aliento el resplandor de su sonrisa. El superior ofició una breve ceremonia, tras la cual todos salieron al prado del castillo donde se había dispuesto una mesa con vino, pan y fiambres. Todos comieron rápidamente, brindando después por los novios. El viaje de regreso del padre superior y los Ferra iba a ser muy largo y peligroso. Se temía que una patrulla de *carabinieri* se acercara a la zona y el cinturón de hombres armados tuviera que enzarzarse en combate con ellos. El superior de los franciscanos estaba deseando marcharse, pero Giuliano le retuvo un momento.

—Quiero darle las gracias por lo que hoy ha hecho por mí —le dijo—. Y en el día de mi boda, quiero realizar una obra de misericordia. Pero necesito su ayuda.

Hablaron un instante en voz baja y después el clérigo asintió en silencio.

Justina abrazó a sus padres y la madre lloró, mirando con ojos implorantes a Giuliano. Entonces la joven le murmuró algo al oído y la mujer se echó a reír. Tras abrazarse todos una última vez, los padres montaron en sus asnos.

Los recién casados pasaron su noche de bodas en la cámara principal del castillo. La habitación estaba completamente desnuda, pero Turi Giuliano había hecho enviar a lomos de asno un enorme colchón, sábanas de seda, un edredón de pluma de oca y almohadas compradas en la mejor tienda de Palermo. Había también un cuarto de baño tan espacioso como el dormitorio, con una bañera de mármol y un lavabo muy grande. Como es natural, no había agua corriente y el propio Giuliano llenó la bañera sacando cubos de agua del fresco arroyo que discurría junto al castillo. Puso también artículos de tocador y perfumes que Justina no había visto en su vida.

Una vez desnuda, Justina, un poco avergonzada al principio, mantuvo las manos cruzadas entre las piernas. Tenía la piel dorada y, a pesar de su delgadez, poseía el busto de una mujer madura. Cuando él la besó, apartó ligeramente la cabeza y Giuliano le rozó únicamente la comisura de los labios. Giuliano tuvo paciencia, pero no con la habilidad del amante sino con aquel sentido táctico que tanto éxito solía reportarle en sus escaramuzas. Justina se había soltado su larga melena azabache, que le cubría todo el busto. Giuliano le acarició el cabello y le empezó a hablar del día en que la había visto por primera vez como mujer en Palermo. De lo guapa que estaba. Le recitó de memoria algunos de los poemas que le había escrito cuando estaba solo en el monte y soñaba con su belleza. Una vez acostada y cubierta con el edredón, ella se sosegó un poco. Giuliano descansaba sobre el edredón, pero ella mantenía los ojos apartados.

Justina le dijo que se había enamorado de él el día en que fue a llevarle un mensaje de su hermano, y le contó lo mucho que le había ofendido el que no reconociera en ella a la chiquilla a quien había entregado dinero unos años antes. Le dijo que rezaba por él todas las noches desde que tenía once años y que le amaba desde aquel día.

Turi Giuliano experimentó una extraordinaria sensación de felicidad oyendo decirle que le amaba y pensaba y soñaba con él mientras él estaba en el monte. Siguió acariciándole el cabello y ella le tomó la mano y la sostuvo en la suya, tibia y seca.

—¿Te sorprendiste cuando le pedí a tu padre que te hablara del matrimonio? —le preguntó.

—No después de haber visto cómo me mirabas, en Palermo —contestó ella con una clara sonrisa triunfal—. A partir de aquel día, me preparé para ti.

Él se inclinó para besar sus carnosos labios rojos como el vino y esta vez ella no apartó el rostro. Giuliano se asombró de la dulzura de su boca y de su aliento y de su propia reacción física. Por primera vez en su vida, notó que el cuerpo se le derretía y se le escapaba. Empezó a temblar y Justina apartó el edredón de pluma para que pudiera acostarse a su lado y abrazarla, fundiéndose estrechamente con ella. Giuliano la vio cerrar los ojos y pensó que su cuerpo era distinto de cuantos hubiera tocado jamás.

La besó la boca, los ojos cerrados y los pechos; su piel era tan fina que el calor de la carne casi le quemaba los labios, y percibió el dulce aroma de su cuerpo, no contaminado por el dolor de la vida y tan lejos aún de la muerte. Le acarició un muslo, y la suavidad de su piel le produjo un estremecimiento que, desde los dedos, se le transmitió a las ingles y a la cabeza, provocándole lo que parecía casi un dolor que le indujo a reír en voz alta. Pero entonces ella introdujo suavemente la manó entre sus piernas y le hizo poco menos que perder el sentido. Empezó a hacerle el amor con una pasión ardiente y suave a la vez, y ella correspondió a sus caricias, primero despacio y con cierta vacilación, y al cabo de un rato, con tanta vehemencia como él. Se pasaron la noche amándose sin hablar, exceptuando alguna que otra exclamación de placer, y, al llegar la aurora, Justina se hundió en el sueño, rendida por el cansancio.

Cuando despertó, hacia el mediodía, encontró la enorme bañera de mármol llena de agua fría y unos cubos de agua junto al lavabo. No vio a Turi por ninguna parte. Se asustó un instante, pero después se metió en la bañera y se lavó. Al salir, se secó con una enorme y áspera toalla de color marrón y utilizó uno de los frascos de perfume que había junto al lavabo. Una vez terminado su aseo, se puso su vestido de viaje —falda marrón oscuro y jersey blanco abrochado— y se calzó unos cómodos zapatos de paseo.

Fuera, el sol de mayo brillaba con fuerza, como siempre ocurre en Sicilia, pero el aire de la montaña refrescaba la atmósfera. Vio una hoguera junto a una mesa plegable donde Giuliano la estaba aguardando con el desayuno a punto; rebanadas de pan tostado, jamón y un poco de fruta. Había también jarras de leche sacadas de un recipiente de metal envuelto en hojas de árbol.

Puesto que no había nadie más a la vista, Justina corrió a arrojarse en brazos de Turi y le besó apasionadamente. Después le dio las gracias por haberle preparado el desayuno, pero le reprochó que no la hubiera despertado para que lo hiciera ella. Era inaudito que un varón siciliano se encargara de aquellas cosas.

Comieron al sol, rodeados por los muros encantados del castillo en ruinas, donde destacaban los restos de la torre normanda con su aguja de mosaico de brillantes colores. La entrada del castillo estaba formada por un precioso pórtico normando a través de cuyas rotas piedras se podía ver el arco del altar de la capilla.

Recorrieron las ruinas y pasearon por un olivar y un pequeño limonar, en medio de las flores que con tanta abundancia crecían en toda Sicilia, los asfódelos de los poetas griegos, la rosada anémona, las campanillas, la escarlata peonía que, según la leyenda, se había manchado con la sangre del amante de Venus. Turi Giuliano rodeó con sus brazos a Justina, cuyo cuerpo y cabello tenían ya el perfume de las flores. En el olivar, Justina atrajo audazmente a Giuliano hacia sí sobre la inmensa alfombra florida y volvieron a hacer el amor. Por encima de ellos un solitario y pequeño halcón rojo siciliano empezó a volar en círculo y después se elevó hacia el azul del cielo infinito.

En su tercero y último día, oyeron un lejano eco de disparos en la montaña. Justina se alarmó, pero Giuliano la tranquilizó. A lo largo de aquellos tres días, procuró no darle ningún motivo de temor. Nunca iba armado y no había ninguna arma a la vista, pues las había ocultado todas en la capilla. No dio a entender en ningún momento que estuviera prevenido contra un posible ataque, y ordenó a sus hombres que se mantuvieran apartados. Al poco rato, apareció Aspanu Pisciotta con un par de ensangrentados conejos al hombro. Los arrojó a los pies de Justina y le dijo:

—Prepáraselos a tu marido, es su plato favorito. Y, si los estropeas, tenemos otros veinte.

La miró sonriendo y, mientras ella empezaba a despellejar y limpiar los conejos, le hizo una seña a Giuliano. Juntos se dirigieron a un derruido arco del muro y se sentaron.

— Qué, Turi —preguntó Pisciotta sonriendo—, ¿merece la pena el que nos hayamos jugado la vida por ella?

—Me siento muy feliz —contestó Giuliano en tono pausado—. Pero háblame de esos veinte conejos que has cobrado.

—Una de las patrullas de Luca, con muchos hombres —contestó Pisciotta—. La hemos detenido junto al cinturón de defensa. Dos carros blindados. Uno de ellos ha tropezado con una de nuestras minas y se ha asado como se asarán los conejos que te va a preparar tu mujer. El otro carro disparó hacia las rocas y salió corriendo hacia Montelepre. Seguramente volverán mañana en busca de sus compañeros. Serán muchos. Te aconsejo que te marches esta noche.

—El padre de Justina vendrá a recogerla al amanecer —dijo Giuliano—. ¿Te has encargado de organizar nuestro pequeño encuentro?

—Sí —contestó Pisciotta.

—Cuando se haya marchado mi mujer... —Giuliano tartamudeó al pronunciar esa palabra y Pisciotta se echó a reír. Giuliano sonrió y continuó—: ...tráeme a esos hombres a la capilla y resolveremos el asunto —se detuvo un instante. Y después añadió—: ¿Te sorprendiste cuando te conté la verdad sobre lo de Portella?

—No —contestó Pisciotta.

—¿Te quedarás a cenar? —quiso saber Giuliano.

—¿En la última noche de tu luna de miel? —dijo Pisciotta, sacudiendo la cabeza—. Ya conoces el proverbio. Guárdate de los guisos de una recién casada.

El viejo proverbio se refería, como es lógico, a la traición latente de los nuevos amigos a los que se convierte en cómplices de algún crimen. Pero lo que Pisciotta estaba diciendo una vez más era que Giuliano no hubiera debido casarse.

—Todo esto ya no puede durar mucho —repuso Giuliano sonriente—, tenemos que prepararnos para otro tipo de vida. Encárgate de que el cinturón resista mañana hasta que hayamos resuelto todo este asunto.

Pisciotta asintió y miró hacia la hoguera donde Justina estaba guisando.

—Es una chica preciosa —dijo—. Y pensar que creció delante de nuestras mismas narices y no nos dimos cuenta. Pero ándate con ojo, porque su padre dice que tiene mal genio. No dejes que toque tus armas.

Era otra vulgar broma siciliana, pero Giuliano pareció no darse por enterado y Pisciotta se levantó y, rodeando el muro, desapareció por el olivar.

Justina recogió unas flores y las puso en un viejo jarrón que había encontrado en el castillo, para adornar la mesa. Después sirvió la comida que había preparado: conejo con ajo y tomate, una ensalada aliñada con aceite de oliva y rojo vinagre de vino. A Turi le pareció que estaba un poco triste y nerviosa. Quizás a causa de los disparos o de la aparición de Aspanu Pisciotta en su Jardín del Edén, con su melancólico rostro y las negras armas que le cubrían el cuerpo.

Se sentaron uno frente a otro y empezaron a comer despacio. No era mala cocinera, pensó Giuliano, mientras ella se apresuraba a servirle el pan y más carne y a llenarle el vaso de vino; su madre la había enseñado muy bien. Observó satisfecho que no era melindrosa y comía con buen apetito. Justina levantó los ojos y vio que él la estaba mirando.

—¿Es tan buena la comida como la de tu madre? —indagó con una sonrisa.

—Mejor —contestó él—. Pero no se te ocurra decírselo.

Ella seguía mirándole como un gato.

—¿Y es tan buena como la de la Venera?

A Turi Giuliano le sorprendió el exabrupto porque jamás había tenido amores con una joven, pero el sentido táctico de su mente analizó rápidamente la pregunta. Después vendrían otras, sobre sus relaciones amorosas con la Venera. No quería oír las preguntas ni quería contestar a ellas. El amor que sentía por aquella mujer era distinto del que le inspiraba la muchacha, y aún le profesaba cariño y respeto. Era una mujer que había sufrido unas tragedias y unos dolores que Justina, con todo su encanto, no podía imaginar siquiera.

Sonrió con un asomo de tristeza, mirando a Justina. Ella se había levantado para quitar los platos, pero continuaba esperando su respuesta.

—La Venera guisaba de maravilla; no estaría bien que te comparara con ella —contestó.

Un plato pasó volando por encima de su cabeza, y él se echó a reír, sin poderlo evitar. Se rió por el hecho de intervenir en aquella escena tan doméstica y porque, por vez primera, había desaparecido del rostro de la muchacha aquella máscara de dulzura y docilidad. Al ver que se echaba a llorar, la estrechó en sus brazos.

Permanecieron en pie a la plateada luz de ese crepúsculo que tan repentinamente suele presentarse en Sicilia.

—Era una broma —le susurró él junto a la sonrosada oreja—. Eres la mejor cocinera del mundo.

Pero hundió el rostro en su cuello para que ella no pudiera ver su sonrisa.

En su última noche juntos, hablaron más que hicieron el amor. Justina le preguntó por la Venera y él contestó que era agua pasada. Después le preguntó cómo iban a verse en el futuro y él le explicó que estaba tratando de organizar su marcha a los Estados Unidos, donde después se reuniría con ella. Pero eso se lo había dicho ya su padre, y lo que Justina quería saber era cómo conseguirían verse antes de emigrar a los Estados Unidos. Giuliano observó que a la muchacha no le había pasado siquiera por la cabeza la posibilidad de que él no lograra escapar: era demasiado joven para imaginar finales tristes.

Su padre llegó con las primeras luces del alba. Justina abrazó por última vez a Turi Giuliano y se marchó.

Giuliano entró en la capilla del castillo y aguardó la llegada de Aspanu Pisciotta con sus jefes. Mientras esperaba, se ciñó las armas que había ocultado en la capilla.

En su conversación con el padre Manfredi, el día de su boda, Giuliano le habló al anciano de sus sospechas acerca de una posible reunión de Stefan Andolini y Passatempo con Don Croce dos días antes de lo de Portella delle Ginestre. Le aseguró al franciscano que no causaría el menor daño a su hijo, pero insistió en conocer la verdad. El superior del convento le contó toda la historia. Tal como Turi suponía, su hijo se lo había confesado todo.

Don Croce pidió a Stefan Andolini que acudiera a su casa de Villalba en compañía de Passatempo para celebrar con ambos una reunión secreta. Después le ordenó que saliera de la estancia, mientras él conversaba con Passatempo. Luego de la tragedia del Primero de Mayo, Andolini habló con Passatempo y éste le reveló que Don Croce le había pagado una crecida suma de dinero para que desobedeciera las órdenes de Giuliano y disparara contra la multitud. Después le amenazó diciendo que, si llegaba a revelarle algo a Giuliano, afirmaría que él también se encontraba presente en la habitación cuando se hizo el trato con Don Croce. Y Andolini sólo se atrevió a hablar con su padre, el superior Manfredi, el cual le aconsejó que mantuviera la boca cerrada. Una semana después de la matanza, Giuliano seguía tan furioso que les quería ejecutar a los dos.

Reiteró al franciscano su intención de no causar ningún daño a su hijo y dio instrucciones a Pisciotta acerca de lo que debería hacer, si bien dijo que resolvería el asunto pasada su luna de miel, cuando Justina ya hubiera regresado a Montelepre. No quería interpretar el papel de carnicero antes que el de marido.

Ahora estaba aguardando en la capilla en ruinas del castillo normando, cuya bóveda era el azul cielo mediterráneo. Se apoyó en el altar semiderruido, y así fue cómo recibió a sus jefes cuando Aspanu Pisciotta entró con ellos. El cabo, que ya había recibido instrucciones, se situó donde pudiera tener a tiro a Passatempo y a Andolini. Éstos fueron conducidos directamente a presencia de Giuliano, ante el altar. Terranova, que nada sabía, se había sentado en uno de los bancos de piedra de la capilla. Después de dirigir la defensa del cinturón durante las largas horas nocturnas estaba agotado. Giuliano no había dicho a nadie lo que iba a hacer con Passatempo.

Giuliano sabía que Passatempo era como una bestia salvaje... olía los cambios de tiempo en la atmósfera y olfateaba el peligro que podían representar otras personas. Giuliano procuró por tanto comportarse con él exactamente igual que otras veces. Siempre se había mantenido a más distancia de Passatempo que de los demás. De hecho, había encomendado a él y a su banda las operaciones de la lejana comarca de Trapani porque la violencia de Passatempo le desagradaba. Utilizaba siempre a Passatempo para ejecutar a los confidentes y para amenazar a los «invitados» recalcitrantes a fin de que pagaran los rescates. La sola presencia de Passatempo bastaba para asustar a los prisioneros y abreviar las negociaciones; pero no contento con eso, el bandido les contaba lo que se proponía hacer con ellos y sus familias en caso de que no pagaran, y los infelices dejaban de regatear, para que les soltaran cuanto antes. Giuliano apuntó a Passatempo con la metralleta y le dijo:

—Antes de despedirnos, tenemos que saldar nuestras deudas. Desobedeciste mis órdenes y recibiste dinero de Don Croce para provocar una matanza en Portella delle Ginestre.

Terranova estaba mirando a Giuliano con los ojos entornados. Temía por su propia seguridad y no sabía si Giuliano, tratando de averiguar quién era el culpable, le iba a acusar también a él. Hubiera intentado defenderse, pero vio que Pisciotta estaba apuntando con su pistola a Passatempo.

— Sé que tu banda y tú obedecisteis mis órdenes —le dijo Giuliano a Terranova—. Passatempo no lo hizo. Con ello, puso también en peligro tu vida porque, si yo no hubiera averiguado la verdad, os hubiera tenido que ejecutar a los dos. Pero ahora tengo que arreglarle las cuentas a él.

Stefan Andolini no había movido ni un solo músculo. Había sido fiel a Giuliano y, como quienes no pueden creer que Dios sea perverso y cometen toda clase de crímenes en su nombre, tenía una confianza ciega en que no iba a sufrir daño alguno.

Passatempo sabía también lo que iba a ocurrir. Con su instinto animal, comprendió que su muerte estaba muy próxima. Nada le podía salvar como no fuera su propia fiereza, pero había dos armas apuntándole. Sólo podía intentar ganar tiempo y lanzar un último y desesperado ataque.

— Stefan Andolini me dio el dinero y el mensaje —dijo—, pídele cuentas a él.

Esperaba que Andolini hiciera algún movimiento para protegerse y que, al amparo de aquel movimiento, se le ofreciera alguna oportunidad de atacar.

—Andolini ha confesado sus pecados —dijo Giuliano— y su mano no tocó jamás las ametralladoras. Don Croce le engañó como me engañó a mí.

—Sin embargo, yo he matado a cien hombres y tú jamás te has quejado —replicó Passatempo, sorprendido—. Hace dos años de aquello. Llevamos juntos siete años y es la primera vez que te desobedezco. Don Croce me dio a entender que no te ibas a disgustar demasiado por ello. Que eras demasiado blando para hacerlo tú mismo. Y, al fin y al cabo, ¿qué son unos cuantos muertos más o menos después de todos los hombres que hemos matado? Jamás te he sido desleal personalmente.

Giuliano comprendió entonces que sería inútil el intento de hacerle comprender la enormidad de su acción. Y, sin embargo, ¿por qué estaba tan disgustado? A lo largo de los años, ¿acaso no había ordenado él acciones casi tan horribles como aquélla? ¿La ejecución del barbero, la crucifixión del falso monje, los secuestros, la matanza de *carabinieri*, las despiadadas ejecuciones de los espías? Si Passatempo era un bruto de nacimiento, ¿qué era él, el defensor de Sicilia? Le daba reparo tener que ejecutarle él mismo.

—Te daré tiempo para que te reconcilies con Dios — dijo— Arrodíllate y reza tus oraciones.

Los demás hombres se habían apartado de Passatempo, dejándole solo en su fatídico círculo de tierra. Passatempo hizo ademán de arrodillarse, pero, en lugar de eso, su achaparrado cuerpo se abalanzó sobre Giuliano, el cual dio un paso al frente y apretó el gatillo. Las balas alcanzaron a Passatempo en el momento en que saltaba, pero, pese a ello, éste se adelantó e intentó agarrarle al caer. Giuliano retrocedió, para apartarse.

Aquella tarde, una patrulla de *carabinieri* encontró el cuerpo de Passatempo en un camino de montaña. El cadáver llevaba prendida una nota que decía lo siguiente: ASÍ MUEREN TODOS LOS QUE TRAICIONAN A GIULIANO.

Libro Quinto

Turi Giuliano
y Michael Corleone
1950

25

Michael estaba durmiendo como un tronco, pero se despertó de repente. Era como si acabara de salir de un profundo pozo. El dormitorio estaba completamente a oscuras porque previamente había cerrado los postigos para impedir que la luz amarillo limón de la luna penetrara en la habitación. No se oía el menor ruido; sólo los violentos latidos de su corazón rompían el pavoroso silencio. Había notado la presencia de otra persona en la estancia.

Se dio la vuelta en la cama y le pareció ver una mancha de negrura más clara junto a su lecho. Extendió la mano y encendió la lámpara de la mesita. La mancha se convirtió en la cabeza cercenada de la Virgen negra. Pensó que ésta habría caído de la mesa y que el ruido le había despertado. Más sosegado, esbozó una sonrisa, lanzando un suspiro de alivio. En aquel momento, oyó una especie de crujido junto a la puerta. Se volvió y, en las sombras que no alcanzaba del todo la suave luz anaranjada de la lámpara, vio el chupado y moreno rostro de Aspanu Pisciotta.

Estaba sentado en el suelo, de espaldas a la puerta. Su boca decorada por el bigotillo, esbozaba una sonrisa triunfal, como diciendo: me he burlado de tus vigilantes y de la seguridad de tu refugio.

Michael consultó la hora en el reloj de pulsera que había dejado en la mesilla. Eran las tres de la madrugada.

—Tienes unos horarios un poco raros. ¿Qué estabas esperando? —dijo. Se levantó de la cama y se vistió rápidamente, abriendo después los postigos. La luz de la luna penetró como un espectro, visible pero inmaterial—. ¿Por qué no me has despertado? —preguntó.

Pisciotta se incorporó desenroscándose como una serpiente que levantara la cabeza para atacar.

—Me gusta ver dormir a la gente —contestó—. A veces, en sueños, las personas revelan sus secretos.

—Yo nunca cuento ningún secreto —dijo Michael—. Ni siquiera en sueños.

Salió a la terraza y le ofreció a Pisciotta un cigarrillo. Ambos se dedicaron a fumar. Michael oyó que Pisciotta se esforzaba por reprimir la tos y contempló su rostro a la luz de la luna. Tenía las mejillas tan hundidas y una piel tan pálida, que casi parecía hermoso.

Guardaron silencio hasta que Pisciotta preguntó:

—¿Conseguiste el Testamento?

—Sí —contestó Michael.

—Turi se fía de mí más que de nadie —dijo Pisciotta, lanzando un suspiro—. Me ha confiado su vida y ahora soy la única persona que puede encontrarle. Y sin embargo, el Testamento no me lo encomendó a mí. ¿Lo tienes tú?

Michael vaciló un instante.

—Eres igual que Turi —dijo Pisciotta, echándose a reír.

—El Testamento está en Norteamérica —contestó Michael—. Lo guarda mi padre en lugar seguro.

No quiso decirle que se encontraba camino de Túnez simplemente porque no quería que lo supiera nadie.

Michael casi temía hacer la siguiente pregunta. Sólo podía haber una razón para que Pisciotta le visitara con tanto sigilo. Y para que hubiera corrido el peligro de burlar la vigilancia de la villa; ¿o acaso le habían franqueado la entrada? Esa única razón no podía ser sino la inminente llegada de Giuliano.

—¿Cuándo va a venir Giuliano? —preguntó.

—Mañana por la noche. Pero no aquí.

—¿Por qué no? Esto es terreno seguro.

—Pero yo he conseguido entrar, ¿no? —dijo Pisciotta, echándose a reír.

Aquella verdad irritó a Michael. Volvió a preguntarse si los guardianes le habrían franqueado el paso por orden de Don Domenic e incluso le habrían acompañado hasta su habitación.

—Es Giuliano quien debe decidirlo —dijo Michael.

—No. Yo tengo que decidirlo por él. Tú prometiste a su familia qué estaría a salvo. Sin embargo, Don Croce sabe que estás aquí y el inspector Velardi también lo sabe. Tienen espías en todas partes. ¿Qué planes tienes para Giuliano? ¿Una boda, una fiesta de cumpleaños? ¿Un funeral? ¿Qué clase de estupideces nos estás contando? ¿Crees que aquí, en Sicilia, somos imbéciles? —preguntó en frío tono amenazador.

—No pienso revelarte mi plan de huida —contestó Michael—. Puedes confiar en mí o no, a tu gusto. Dime dónde entregarás a Giuliano, y allí estaré. Si no me lo quieres decir, mañana por la noche yo estaré a salvo en los Estados Unidos, mientras que tú y Giuliano seguireis aquí, temiendo por vuestra vida.

—Has hablado como un verdadero siciliano —dijo Pisciotta, rompiendo a reír—; los años que has pasado aquí no han sido en balde —lanzó un suspiro—. Casi no puedo creer que todo vaya a terminar —dijo—. Siete años de luchas y huidas, de traiciones y asesinatos. Pero Turi y yo éramos los reyes de Montelepre y alcanzamos una enorme fama. Él estaba en favor de los pobres y yo en favor de mí mismo. Yo al principio no creía en su altruismo, pero durante nuestro segundo año de forajidos, él nos lo demostró tanto a mí como a toda la banda. Recuerda que yo soy su lugarteniente, su primo, su hombre de confianza. Llevo un cinturón con una hebilla de oro como la suya; me la regaló él. Pero yo seduje a la hija de un granjero de Partinico y la dejé embarazada. Su padre le fue con el cuento a Giuliano. ¿Sabes qué hizo Turi? Me ató a un árbol y me dio una tanda de azotes con un látigo, pero no delante del granjero ni de ninguno de nuestros hombres. Jamás me hubiera sometido a esa humillación. Era nuestro secreto. Pero yo comprendí que, si volvía a desobedecer sus órdenes, él me mataría. Así es nuestro Turi.

Pisciotta se acercó una temblorosa mano a la boca. Bajo la pálida luz de la luna a punto de ocultarse, su fino bigote brillaba como el azabache.

Michael pensó, qué historia tan rara. ¿Por qué me la cuenta?

Entraron de nuevo en el dormitorio y Michael cerró los postigos. Pisciotta recogió del suelo la cabeza cercenada de la Virgen y se la entregó a Michael.

—La tiré al suelo para despertarte —dijo—. Dentro estaba el Testamento, ¿verdad?

—Sí —contestó Michael.

—Maria Lombardo me mintió —dijo Pisciotta con expresión abatida—. Le pregunté si lo tenía y me dijo que no. Y después te lo entregó a ti delante de mis narices —soltó una risa amarga—. He sido para ella como un hijo —hizo una pausa, y después añadió—: Y ella era como una madre para mí.

Pisciotta pidió otro cigarrillo. Quedaba todavía un poco de vino en la botella de la mesita de noche. Michael llenó sendas copas y Pisciotta bebió con fruición.

—Gracias —dijo—. Y ahora tenemos que hablar de nuestros asuntos. Te entregaré a Giuliano en las afueras de Castelvetrano. Utiliza un coche descapotable, para que pueda reconocerte, y circula por la carretera de Trapani, sin dejarla. Te interceptaré en el punto que yo elija. Si hay peligro, ponte una gorra, y no saldremos. La hora será en cuanto amanezca. ¿Crees que podrás hacerlo?

— Sí —contestó Michael—. Todo está arreglado. Pero hay una cosa que debo decirte: Stefan Andolini no acudió ayer a la cita que tenía concertada con el profesor Adonis. El profesor estaba preocupadísimo.

Pisciotta experimentó por primera vez un sobresalto, pero después se encogió de hombros.

—Ese hombrecillo siempre ha sido gafe —dijo—. Ahora tenemos que despedirnos hasta mañana al amanecer —añadió, estrechándole la mano a Michael.

—Ven con nosotros a Norteamérica —le pidió él impulsivamente.

—He vivido en Sicilia toda la vida y me gusta —contestó Pisciotta, sacudiendo la cabeza—. Por eso, si tengo que morir, moriré en Sicilia. De todos modos, te lo agradezco.

Michael se sintió extrañamente conmovido por aquellas palabras. Aunque no conocía muy bien a Pisciotta, comprendió que jamás se podría alejar a aquel hombre de la tierra y las montañas de Sicilia. Era demasiado cruel y sanguinario, el color de su tez y su voz resultaban demasiado sicilianas. Jamás se adaptaría a un país extranjero.

—Te acompañaré a la verja, para que te dejen salir —dijo Michael.

—No —contestó Pisciotta—. Nuestra pequeña reunión tiene que mantenerse en secreto.

Tras la partida de Pisciotta, Michael permaneció tendido en la cama hasta el amanecer, sin poder pegar el ojo. Por fin se iba a encontrar cara a cara con Turi Giuliano, y viajarían juntos a los Estados Unidos. Se preguntó qué clase de hombre le iba a resultar Giuliano. ¿Estaría a la altura de su leyenda? ¿Haría honor a la impresionante figura que había dominado la isla e influido en el curso de los acontecimientos de la nación? Saltó de la cama y abrió los postigos. Ya había amanecido y el sol estaba trazando sobre las aguas del mar un dorado sendero con sus rayos; navegando en aquel haz luminoso descubrió la lancha motora, que se acercaba al embarcadero. Salió corriendo de la villa y bajó a la playa, para recibir a Peter Clemenza.

Desayunaron juntos y Michael le refirió la visita de Pisciotta. Clemenza no pareció sorprenderse de que Pisciotta hubiera podido penetrar en la bien custodiada villa.

—¿Fue tu hermano quien le permitió entrar? —preguntó Michael.

—Pregúntaselo a él —dijo Clemenza.

Pasaron el resto de la mañana elaborando planes con vistas al encuentro con Giuliano. Podía haber espías observando la villa en espera de algún movimiento sospechoso, y una caravana de automóviles llamaría sin duda la atención. Además, no cabía duda de que estarían vigilando estrechamente a Michael. La policía de seguridad de Sicilia a las órdenes del inspector Velardi no se inmiscuiría, pero, ¿qué traiciones podían producirse?

Una vez organizados los planes, almorzaron juntos, y después Michael se fue a echar la siesta en su habitación. Quería estar descansado para la larga noche que le aguardaba. Peter Clemenza tenía que atender muchos detalles, dar órdenes a sus hombres, preparar el transporte y aguardar el regreso de su hermano Domenic, a fin de comunicarle la noticia.

Michael cerró los postigos de su dormitorio y se tendió en la cama. Tenía el cuerpo en tensión y no conseguía dormir. En las veinticuatro horas siguientes, podían ocurrir infinidad de cosas terribles. Tenía un mal presentimiento. Pero entonces empezó a soñar despierto con el regreso a su casa de Long Island, en cuya puerta sus padres le estarían aguardando al término de su largo exilio.

26

En su séptimo año de forajido, Turi Giuliano comprendió que tendría que abandonar su reino de la montaña y huir a la América donde había sido concebido, la América de la que tantas cosas le habían contado sus padres de pequeño, la fabulosa tierra donde había justicia para los pobres, donde el Gobierno no era el lacayo de los ricos y donde los sicilianos sin un céntimo podían hacer fortuna trabajando, simplemente, con honradez.

Insistiendo en sus declaraciones de amistad, el Don había establecido contacto con Don Corleone en Estados Unidos, para que ayudase a rescatar a Giuliano y le ofreciera cobijo allí. Turi Giuliano era consciente de que Don Croce actuaba también por propio interés, pero en aquellos momentos las alternativas que le quedaban eran muy pocas. El poder de su banda se había esfumado.

Aquella noche se pondría en camino para reunirse con Aspanu Pisciotta y se entregaría en manos del americano Michael Corleone. Abandonaría aquellas montañas que habían sido su refugio durante siete años. Abandonaría su reino, su poder, a su familia y a todos sus compañeros. Sus ejércitos se habían desvanecido, sus montañas estaban siendo invadidas y el pueblo de Sicilia, su antiguo protector, estaba siendo aplastado por las Fuerzas Especiales del coronel Luca. En caso de que permaneciera en su puesto, alcanzaría algunas victorias, pero su derrota final sería inevitable. De momento, no se le ofrecía ninguna otra solución.

Turi Giuliano se ajustó la correa de la pistolera, tomó la metralleta e inició el largo recorrido hacia Palermo. Llevaba una camisa blanca, sin mangas, y una chaqueta de cuero en cuyos bolsillos guardaba munición para sus armas. Empezó a caminar despacio. Su reloj indicaba las nueve y aún quedaban vestigios de luz diurna en el cielo, a pesar del tímido resplandor de la luna. Corría peligro de tropezarse con las patrullas de las Fuerzas Especiales. Sin embargo, caminaba sin miedo. A lo largo de los años había adquirido el don de la invisibilidad. Todos los habitantes de aquella campiña le protegían. En caso de que aparecieran patrullas, se lo dirían, y si surgía algún peligro, le ocultarían en sus casas. Si le atacaran, los pastores y los campesinos se reunirían bajo su solitaria bandera. Él había sido su defensor y ellos no iban ahora a traicionarle.

En los meses que siguieron a su boda, hubo varias batallas campales entre las fuerzas especiales del coronel Luca y algunas facciones de la banda de Giuliano. El coronel Luca ya se había apuntado el éxito de la muerte de Passatempo y los periódicos habían anunciado en grandes titulares que uno de los jefes más temidos de Giuliano había resultado muerto durante un feroz enfrentamiento a tiros con las heroicas Fuerzas Especiales para la Represión del Bandidaje. Como es natural, el coronel Luca silenció la existencia de la nota dejada en el cadáver, pero Don Croce se enteró de ella a través del inspector Velardi y comprendió, de ese modo, que Giuliano estaba plenamente al tanto de la traición de Portella delle Ginestre.

El ejército de cinco mil hombres del coronel Luca estaba sometiendo a intensa presión a Giuliano. Éste ya no se atrevía a bajar a Palermo para adquirir suministros ni a entrar subrepticiamente en Montelepre para visitar a su madre y a Justina. Muchos de sus hombres estaban siendo traicionados y muertos. Otros comenzaban a emigrar por su cuenta a Argelia y Túnez. Y otros habían buscado escondrijos y se mantenían apartados de las actividades de la banda. La Mafia estaba ahora abiertamente en contra suya, y utilizaba toda su red para entregar a sus hombres en manos de los *carabinieri*.

Por fin uno de sus jefes fue apresado.

Terranova tuvo mala suerte por culpa precisamente de su bondad. Carecía de la crueldad de Passatempo, de la maliciosa astucia de Pisciotta y de la mortífera perversidad de *Fra Diavolo*. Tampoco poseía las dotes ascéticas de Giuliano. Era inteligente y cariñoso por naturaleza y Giuliano le utilizaba a menudo para ganarse el aprecio de las víctimas de sus secuestros y distribuir dinero y mercancías entre los pobres. Junto con sus hombres, era el encargado de fijar por la noche en las paredes de Palermo los carteles de propaganda de Giuliano, y no solía participar en las operaciones más sangrientas.

Era un hombre que necesitaba amor y afecto. Tenía, desde hacía algunos años, una amante en Palermo, una viuda con tres hijos de corta edad. Ella no sabía que era un bandido y le creía un funcionario del Gobierno de Roma que pasaba sus vacaciones en Sicilia. Le agradecía el dinero que le entregaba y los regalos que hacía a sus hijos, pero sabía que no podría casarse con él y se conformaba con darle el afecto y los cuidados que necesitaba. Cuando acudía a verla, le guisaba laboriosos platos, le lavaba la ropa y hacía apasionadamente el amor con él. Los «amigos de los amigos» acabaron enterándose de las relaciones y Don Croce se reservó la información para poder utilizarla en el momento oportuno.

Justina visitaba a Giuliano algunas veces en el monte, y en tales ocasiones, Terranova era su guardaespaldas. Su belleza despertó los anhelos de afecto del bandido y, aunque sabía que era una imprudencia, éste decidió visitar a su amante por última vez. Quería entregarle una suma de dinero para que ella y sus hijos pudieran vivir sin agobios en lo por venir.

Así pues, una noche marchó solo a Palermo. Entregó el dinero a la mujer y le dijo que quizás tardaría mucho tiempo en visitarla de nuevo. Ella se echó a llorar y protestó y, por fin, él le reveló quién era realmente. La mujer se quedó de piedra. Un hombre tan amable y cariñoso y, sin embargo, era uno de los temidos jefes de Giuliano. Hicieron el amor con ardiente pasión y pasaron después una agradable velada con los tres niños. Terranova les había enseñado a jugar a las cartas y esa vez, cuando ganaron, les pagó con dinero de verdad, y ellos se volvieron locos de contento.

Una vez acostados los niños, Terranova y la viuda estuvieron haciendo el amor hasta el amanecer. Cuando él se dispuso por fin a marcharse, se abrazaron por última vez, junto a la puerta. El bandido bajó a toda prisa por la callejuela y salió a la plaza de la catedral. Se sentía físicamente saciado y mentalmente en paz. Estaba sosegado y desprevenido.

Un rugido de motores quebró el aire de la mañana. Tres vehículos negros se acercaron a él a gran velocidad. Aparecieron, por todas partes, hombres armados. Otros, también armados, saltaron de los vehículos. Uno de ellos le gritó que se rindiera y levantara las manos.

Terranova contempló por última vez la catedral, las estatuas de los santos en sus hornacinas, los balcones azules y amarillos y el sol naciente iluminando con sus rayos el azul del cielo. Comprendió que era la última vez que contemplaba aquellas maravillas y que sus siete años de suerte habían tocado a su fin. Sólo podía hacer una cosa.

Pegó un gran brinco, como si quisiera saltar por encima de la muerte y arrojarse a un universo seguro. Mientras su cuerpo se desplazaba a un lado y aterrizaba en el suelo, sacó la pistola y disparó. Un soldado se tambaleó y dobló una rodilla. Terranova trató de apretar de nuevo el gatillo, pero esa vez cien balas convergieron en su cuerpo, haciéndolo pedazos y arrancándole la carne de los huesos. En cierto modo tuvo suerte, pues todo ocurrió con tanta rapidez, que no le dio tiempo siquiera a preguntarse si su amante le había traicionado.

La muerte de Terranova fue un mal presagio para Giuliano. Sabía que el dominio de su banda ya había terminado, que ya no podían contraatacar con éxito ni seguir ocultándose en las montañas. Pero siempre había creído que él y sus jefes podrían escapar y no se verían condenados a morir. Ahora sabía que les quedaba muy poco tiempo. Quedaba una cosa que siempre había querido hacer, y llamó al cabo Canio Silvestro.

—El tiempo se nos acaba —le dijo—. Tú me contaste una vez que tenías en Inglaterra amigos que te protegían. Ha llegado el momento de que te marches. Tienes mi permiso.

—Puedo hacerlo cuando tú estés a salvo en América —dijo el cabo Silvestro, sacudiendo la cabeza—. Aún me necesitas y sabes que nunca te traicionaré.

—Lo sé —dijo Giuliano—. Y tú también sabes lo mucho que te aprecio. Pero tú nunca fuiste un bandido de verdad. Siempre fuiste un soldado y un policía. Tu corazón siempre ha amado la ley. Y, por consiguiente, podrás rehacer tu vida cuando todo esto haya terminado. A los demás nos va a ser más difícil. Siempre seremos bandidos.

—Yo nunca te consideré un bandido —dijo Silvestro.

—Ni yo —contestó Giuliano—. Y, sin embargo, ¿qué he hecho durante estos siete años? Creía estar luchando por la justicia. Traté de ayudar a los pobres. Esperaba liberar a Sicilia. Quería ser un hombre bueno. Pero ni el momento ni el método eran adecuados, y ahora tenemos que hacer lo que podamos para salvar la vida. Tú debes ir a Inglaterra. Me alegrará saber que estás a salvo —después abrazó a Silvestro y le dijo—: Has sido mi fiel amigo y ésas son mis órdenes.

Al anochecer, Turi Giuliano abandonó su cueva y se trasladó al convento que los frailes capuchinos tenían en las afueras de Palermo donde debía aguardar noticias de Aspanu Pisciotta. Uno de los frailes era miembro secreto de su banda y tenía a su cargo el cuidado de los subterráneos del convento, que albergaban centenares de cadáveres momificados.

Durante siglos y hasta la primera guerra mundial, los ricos y los nobles tenían por costumbre colgar de las paredes del convento los vestidos con que deseaban ser enterrados. Al morir, sus restos eran entregados, después de los funerales, a los frailes del convento, consumados maestros en el arte de embalsamar. Exponían el cadáver durante seis meses a un calor moderado, y después secaban las partes blandas. Durante el proceso de secado, la piel se encogía y los rasgos se deformaban en muecas horrendas o ridículas que causaban el espanto de quien las contemplaba. Después, los cadáveres eran vestidos con la ropa elegida y se depositaban en urnas de cristal. Las urnas se hallaban en unas hornacinas de la pared, o bien colgadas del techo mediante alambres. Algunos cadáveres estaban sentados en sillas y otros permanecían adosados a la pared. Otros se conservaban en el interior de cajas de cristal, como si fueran muñecos en traje de época.

Giuliano se tendió en el húmedo suelo de la catacumba y apoyó la cabeza en una de las urnas, contemplando a todos aquellos sicilianos muertos hacía cientos de años. Había un caballero de la corte enfundado en un traje azul con adornos de volantes, un casco en la cabeza y un bastón de estoque en la mano; otro cortesano vestido al estilo francés, con peluca blanca y botas de tacón alto; un cardenal con sus vestiduras moradas; y un arzobispo con su mitra. Había bellezas de la corte cuyos vestidos dorados parecían ahora telarañas que hubieran atrapado sus momificados cuerpos como si fueran moscas. Había una muchacha con guantes blancos y un blanco camisón de encaje, encerrada en una caja de cristal.

Giuliano durmió muy mal las dos noches que pasó allí. No era para menos, pensó él. Allí estaban los grandes hombres y mujeres de Sicilia de los tres o cuatro últimos siglos, tratando de aquella manera de huir de los gusanos. Tal era el orgullo y la vanidad de los ricos, los mimados del destino. Mucho mejor morir en la calle, como el marido de la Venera.

Sin embargo, lo que de veras mantenía despierto a Giuliano era una inquietante duda. ¿Cómo era posible que el Don hubiera salido bien librado de aquel último ataque? Giuliano sabía que los planes eran perfectos. El Don estaba tan bien protegido que había que encontrar algún hueco en sus defensas. Giuliano pensó que la mejor oportunidad se les ofrecería cuando el Don se encontrara seguro en el bien guardado Hotel Umberto de Palermo. La banda tenía un espía en el establecimiento, uno de los camareros, el cual había informado sobre el programa del Don y el despliegue de sus guardaespaldas. Con dichos datos, Giuliano estaba convencido de que su plan alcanzaría el éxito.

Eligió a treinta hombres para que se reunieran con él en Palermo. Sabía que Michael Corleone visitaría al Don y almorzaría con él, por lo que esperó hasta última hora de la tarde, cuando le comunicaron que Michael ya se había marchado. Después lanzó un ataque frontal contra el hotel con veinte de sus hombres para distraer a los guardas del jardín. A los pocos momentos, él mismo y los diez hombres restantes colocaron junto a la tapia una carga explosiva que abrió un boquete por el cual pudieron ver que sólo quedaban cinco guardianes en el jardín; Giuliano disparó contra uno de ellos y los otros cuatro huyeron. El bandido corrió a la suite del Don, pero la encontró vacía. Le pareció extraño que no estuviera vigilada. Entretanto, el grueso de su banda había conseguido atravesar la barrera defensiva y reunirse con él. Por el camino, sus hombres habían registrado las habitaciones y los pasillos, sin resultado. El Don estaba muy grueso y no hubiera podido moverse con rapidez, por lo que sólo cabía deducir una cosa: había abandonado el hotel poco después de la partida de Michael. Por primera vez, Giuliano comprendió que alguien había advertido a Don Croce.

Era una lástima, pensó. Hubiera sido un último golpe espectacular, aparte el hecho de eliminar a su más peligroso enemigo. Cuántas baladas se habrían compuesto si hubiera encontrado al Don en aquel soleado jardín. Pero habría otras ocasiones. Él no se quedaría eternamente en Norteamérica.

Al llegar la tercera mañana, el fraile capuchino, cuyo rostro estaba tan apergaminado como los de las momias que tenía a su cargo, le entregó un mensaje de Pisciotta. «En la casa de Carlomagno», decía el mensaje.

Giuliano lo entendió en seguida. *Zu* Peppino, el carretero de Castelvetrano, tenía tres carros y seis asnos. Los tres carros estaban adornados con escenas de la vida del gran emperador y, de niños, Turi y Aspanu llamaban a su casa la «casa de Carlomagno». La hora de la cita se había establecido previamente.

Aquella noche, la última que iba a pasar en Sicilia, Giuliano emprendió el camino de Castelvetrano. Al salir de Palermo, se reunió con unos pastores que eran miembros secretos de su banda y los utilizó como escolta armada. Hicieron el recorrido con tanta facilidad, que los recelos empezaron a aflorar a su mente. La ciudad parecía demasiado accesible. Despidió a sus guardaespaldas y éstos se perdieron en la noche. Después se dirigió a una casita de piedra de las afueras de Castelvetrano, en cuyo patio había tres carros en los que ahora figuraban pintadas algunas escenas de su propia vida. Era la casa de *Zu* Peppino, el carretero que le había ayudado en el asalto a los camiones del Gobierno y que, desde entonces, se había convertido en uno de sus secretos aliados.

Zu Peppino no pareció sorprenderse de verle. Dejó la brocha con que estaba pintando uno de los carros, cerró la puerta y le dijo:

—Tenemos dificultades. Atraes a los *carabinieri* como una mula muerta a las moscas.

Giuliano sintió una pequeña descarga de adrenalina.

—¿Son las Fuerzas Especiales de Luca? —quiso saber.

—Sí —contestó *Zu* Peppino—. Están escondidos, no patrullan por las calles. Al volver del trabajo, he visto algunos de sus vehículos en la carretera y unos carreteros me han dicho que han visto otros. Pensamos que estaban tendiendo trampas a gente de tu banda, pero no imaginábamos que vinieran por ti. Nunca habías venido tan al sur, tan lejos de tus montañas.

Giuliano se preguntó cómo era posible que los *carabinieri* se hubieran enterado de la cita. ¿Habrían seguido a Aspanu? ¿Habría habido alguna indiscreción por parte de Michael Corleone y su gente? ¿O había tal vez algún confidente? Sea como fuere, no podía reunirse con Pisciotta en Castelvetrano. De todos modos, tenían un lugar de cita alternativo, en previsión de que uno de los dos no acudiera al primero.

—Gracias por la advertencia —dijo Giuliano—. Busca a Pisciotta en la ciudad y dile lo que ocurre. Y, cuando vuelvas con tu carro a Montelepre, ve a ver a mi madre y dile que estoy a salvo en Norteamérica.

—Permite a este viejo que te abrace —dijo *Zu* Peppino, besando a Giuliano en la mejilla—. Nunca creí que pudieras ayudar a Sicilia, nadie pudo hacerlo, ni Garibaldi y ni siquiera aquel charlatán del *Duce*. Ahora, si lo deseas, puedo enganchar las mulas y llevarte donde me mandes.

Giuliano estaba citado con Pisciotta a medianoche. En ese momento no eran más que las diez. Había llegado temprano a propósito, para reconocer el terreno. Y sabía que la cita con Michael Corleone estaba fijada para el amanecer. El lugar alternativo de cita se encontraba por lo menos a dos horas, a pie, de Castelvetrano. Sin embargo, era mejor ir andando que utilizar uno de los carros de *Zu* Peppino. Dio las gracias al viejo y se perdió en la noche.

El lugar alternativo de cita eran las famosas ruinas griegas llamadas la Acrópolis de Selinunte. Al sur de Castelvetrano, cerca de la localidad de Mazara, se levantaban junto al mar las ruinas en un desolado llano que se extendía hasta los mismos acantilados. Selinunte había quedado sepultada por un terremoto antes del nacimiento de Cristo, pero aún se conservaban en pie toda una serie de columnas y arquitrabes de mármol, descubiertas durante unas excavaciones arqueológicas. Todavía se podía ver la calle principal, flanqueada por los esqueletos de los antiguos edificios. Había un templo con la techumbre cubierta de enredaderas y llena de agujeros, como un cráneo, y unas columnas de piedras gastadas y grises a causa de sus muchos siglos de antigüedad. La acrópolis propiamente dicha, es decir, la ciudadela fortificada de las antiguas ciudades griegas, se levantaba, como de costumbre, en la parte más elevada y sus ruinas dominaban los áridos campos circundantes.

El siroco, el terrible viento del desierto que había soplado todo el día y seguía soplando entonces, ya de noche, junto al mar, había empujado la bruma hacia las ruinas. Giuliano, agotado por la larga caminata, se desvió hacia los acantilados, a fin de dominar los campos y poder escudriñarlos.

La vista era tan hermosa que, por un instante, se olvidó del peligro que corría. El templo de Apolo se había derrumbado en un enorme amasijo de columnas. Otros templos en ruinas, sin paredes, brillaban bajo la luz de la luna; sólo restaban de ellos las columnas, parte de la techumbre y una muralla con los restos de una ennegrecida ventana enrejada en lo alto, a través de la cual penetraba ahora el resplandor lunar. Más abajo, en la ciudad propiamente dicha, se levantaba una solitaria columna rodeada de ruinas que, a pesar de sus miles de años, permanecía en pie. Era el famoso «fusu di la vecchia», el huso de la vieja. Los sicilianos estaban tan acostumbrados a los monumentos griegos diseminados por toda la isla, que los trataban con cariñoso desprecio. Los únicos que hacían aspavientos al verlos eran los extranjeros.

Y extranjeros eran los que habían levantado las doce columnas que ahora estaban contemplando los ojos de Giuliano. Su aspecto resultaba impresionante, pero detrás de ellas no había más que un panorama de ruinas. Al pie de aquellas doce columnas, alineadas como soldados que miraran a su comandante, había una plataforma de escalones de piedra que parecían surgidos de la tierra. Giuliano se sentó en el peldaño superior, con la espalda apoyada en una de las columnas. Introdujo la mano bajo la chaqueta y sacó la metralleta y la *lupara*, colocándolas en el escalón inferior. La bruma se arremolinaba por entre las ruinas, pero él sabía que oiría a quienesquiera que se acercara sobre el cascote, y que les podría ver fácilmente antes de que ellos le vieran a él.

Se reclinó en la columna, y se alegró de que su fatigado cuerpo pudiera descansar un poco. La luna de julio pareció pasar de largo por encima de las columnas blanco grisáceas, para ir a detenerse sobre los acantilados. Más allá del mar estaba América. Y en América estaba Justina y el niño que iba a nacer. Pronto estaría a salvo y sus siete años de bandidaje se convertirían en un sueño. Se preguntó por un instante qué tal iba a ser su vida y si podría ser feliz lejos de Sicilia. Esbozó una sonrisa. Algún día regresaría y les daría a todos una sorpresa. Lanzó un suspiro de cansancio, se desabrochó las botas y se descalzó. Se quitó los calcetines y sus pies agradecieron el contacto con la fría piedra. Hundió la mano en el bolsillo, sacó dos higos chumbos, se los metió en la boca y su dulce jugo le refrescó. Con una mano apoyada en la metralleta que tenía al lado, esperó a Aspanu Pisciotta.

27

Michael, Peter Clemenza y Don Domenic cenaron juntos muy temprano. Si querían acudir a la cita del amanecer, la operación para recoger a Giuliano tendría que empezar al anochecer. Revisaron nuevamente el plan y Don Domenic lo aprobó, añadiendo un detalle. Michael no debería ir armado. En caso de que hubiera algún fallo y los *carabinieri* o la policía de seguridad les detuviera, no podrían formular ninguna acusación contra él y podría salir de Sicilia con independencia de lo que ocurriera.

Tomaron, en el jardín, vino con zumo de limón y después llegó la hora de ponerse en marcha. Don Domenic se despidió de su hermano con un beso y abrazó rápidamente a Michael.

—Mis mejores saludos a tu padre —le dijo—. Rezaré por tu bienestar y te deseo suerte. Si en los años venideros precisaras de mis servicios, mándamelo decir.

Los tres bajaron al embarcadero. Michael y Peter Clemenza subieron a la lancha motora, llena de hombres armados. La lancha zarpó rumbo a África y Don Domenic se despidió de ellos con la mano desde el embarcadero. Michael y Peter Clemenza bajaron al camarote, donde Clemenza se tumbó a dormir en una de las literas. Había tenido un día muy ajetreado y tendrían que permanecer en el barco hasta casi el amanecer.

Habían modificado los planes. El avión de Mazara, que tenían previsto utilizar para escapar a África, serviría de señuelo y la huida a África se realizaría en la lancha. La idea había partido de Clemenza, el cual señaló que, si bien podía dominar la carretera y vigilar la lancha con sus hombres, no podía hacer otro tanto con el pequeño aeródromo. Los accesos eran demasiado extensos y el avión excesivamente frágil, y podía convertirse en una trampa mortal cuando todavía estuvieran en tierra. Importaba más el engaño que la velocidad, y era más fácil esconderse en el mar que en el aire. Además, en caso necesario se podía cambiar de barco, mientras que en el aire no era posible cambiar de avión.

Clemenza se había pasado todo el día organizando el envío de hombres y vehículos a un punto de reunión de la carretera de Castelvetrano. También había enviado hombres a vigilar la localidad de Mazara, ordenándoles que salieran a intervalos de una hora, a fin de evitar el insólito espectáculo de un convoy cruzando la entrada de la villa. Los automóviles seguirían después distintas direcciones, para confundir a posibles observadores. Entretanto la lancha motora rodearía la punta suroccidental de Sicilia y navegaría hacia el horizonte hasta que empezara a rayar el día, momento en el cual pondría rápidamente proa al puerto de Mazara, donde habría hombres y vehículos aguardándoles. Desde allí no tardarían más de media hora en llegar a Castelvetrano a pesar del rodeo que tendrían que dar por el norte para tomar la carretera de Trapani hacia el punto donde iban a ser interceptados por Giuliano.

Michael se tendió en la otra litera. Oyó roncar a Clemenza y se asombró de que aquel hombre pudiera dormir en momentos como aquéllos. Michael pensó que dentro de veinticuatro horas estaría en Túnez, y que doce horas más tarde se encontraría ya en casa, junto a su familia. Al cabo de tres años de exilio, se le ofrecerían todas las opciones de un hombre libre, ya no tendría que huir de la policía ni que ajustarse a las normas de sus protectores. Podría hacer exactamente lo que le viniera en gana. Eso, si conseguía superar las treinta y seis horas que tenía por delante. Mientras soñaba despierto en lo que iba a hacer durante sus primeros días en Norteamérica, el suave balanceo de la embarcación le tranquilizó los nervios y le permitió conciliar el sueño.

Fra Diavolo estaba durmiendo un sueño mucho más profundo.

La mañana en que iba a recoger al profesor Hector Adonis en Trapani, Stefan Andolini pasó primero por Palermo. Tenía una cita con el inspector Velardi, el jefe de la policía de seguridad de toda Sicilia. Se trataba de una de las frecuentes reuniones que ambos mantenían y en cuyo transcurso el inspector le informaba de los planes operativos del coronel Luca. Andolini le comunicaba la información a Pisciotta, el cual, a su vez, se la transmitía a Giuliano.

Era una mañana preciosa y los campos que bordeaban la carretera estaban alfombrados de flores. Puesto que tenía tiempo de sobras, se detuvo a fumarse un cigarrillo junto a una de las capillitas del camino y después se arrodilló ante la imagen de Santa Rosalia. Su plegaria fue muy práctica y sencilla: una súplica a la santa para que le protegiera de sus enemigos. El domingo confesaría con el padre Benjamino y recibiría la comunión. El radiante sol le calentaba la cabeza descubierta y el aire perfumado por las flores le limpió de nicotina las ventanas de la nariz y el paladar, abriéndole enormemente el apetito. Tras su encuentro con el inspector Velardi, se hizo el propósito de desayunar por todo lo alto en el mejor restaurante de Palermo.

El inspector Federico Velardi, jefe de la policía de seguridad de toda Sicilia, estaba experimentando la virtuosa alegría del hombre que ha esperado con paciencia a que Dios pusiera orden en su universo y que al fin ve cumplidos sus anhelos. Durante casi un año, actuando a las órdenes directas y secretas del ministro Trezza, había ayudado a Giuliano a escapar de los *carabinieri* y de sus propias escuadras volantes y se había reunido periódicamente con el siniestro Stefan Andolini, *Fra Diavolo*. De hecho, el inspector Velardi había estado a las órdenes de Don Croce Malo.

Velardi era del norte de Italia, donde la gente se ganaba la vida trabajando y no asesinaba a un vecino por haberle escupido en los zapatos, donde la gente progresaba mediante la educación, el respeto al contrato social y la confianza en la ley y en el Gobierno. Los años de servicio en Sicilia le habían llevado a despreciar y odiar con toda su alma a los sicilianos, tanto a los de arriba como a los de abajo. Los de arriba carecían de toda conciencia social y oprimían a los pobres por medio de sus criminales conexiones con la Mafia. Y la propia Mafia, que simulaba proteger a los pobres, se vendía a los ricos para oprimir a los infortunados. Los campesinos eran, por su parte, tan orgullosos y altaneros, que disfrutaban asesinando aunque después tuvieran que pasarse el resto de la vida en la cárcel.

Pero en adelante las cosas iban a ser distintas. El inspector Velardi tenía finalmente las manos libres e iba a desatar a sus escuadras volantes. Y la gente podría ver la diferencia entre su policía de seguridad y aquellos payasos de *carabinieri*.

Para asombro de Velardi, el propio ministro Trezza había ordenado que ya no se siguiera protegiendo a Giuliano. Le tendrían que matar o capturar, aunque un cadáver sería preferible a un hombre vivo con una lengua demasiado larga. Además, habría que detener y confinar en encierro solitario a todas aquellas personas que disponían de pases orlados de rojo firmados por el ministro, aquellos pases todopoderosos que permitían a sus portadores pasar los puestos de vigilancia de las carreteras, llevar armas y sustraerse a los arrestos de rutina. Y se deberían retirar los pases. Especialmente los entregados a Aspanu Pisciotta y a Stefan Andolini.

Velardi se dispuso a poner manos a la obra. Andolini estaba aguardando en la antesala y esa vez se iba a llevar una sorpresa. Velardi tomó el teléfono y mandó llamar a un capitán y cuatro sargentos de la policía y les pidió que estuvieran prevenidos contra posibles dificultades. El llevaba una pistola al cinto, cosa que no solía hacer cuando estaba en su despacho. Después ordenó que hicieran pasar a Stefan Andolini.

Stefan Andolini llevaba el pelirrojo cabello cuidadosamente peinado y vestía traje negro a rayas, camisa blanca y corbata oscura. Al fin y al cabo, una visita al jefe de la policía de seguridad era una ocasión importante en la que había que guardar las formas. No iba armado. Sabía por experiencia que todos los que entraban en la jefatura superior eran cacheados. Permaneció de pie frente al escritorio de Velardi, aguardando a que éste le invitara a sentarse. Al ver que no lo hacía, siguió de pie, y se disparó en su cerebro un timbre de alarma.

—Déjeme ver su pase especial —le dijo el inspector Velardi.

Andolini no se movió. Estaba tratando de comprender el significado de aquella extraña petición. Mintió por principio.

—No lo llevo —dijo—. Al fin y al cabo, he venido a visitar a un amigo —añadió, subrayando especialmente la palabra «amigo».

Eso enfureció a Velardi, el cual rodeó el escritorio y se situó frente a Andolini.

—Usted nunca fue mi amigo. Cuando partía el pan con un cerdo como usted, obedecía órdenes. Y ahora escúcheme con atención. Está bajo arresto. Quedará confinado en mis calabozos hasta nuevo aviso, y debo decirle que allí abajo tengo una *cassetta*. De todos modos, mañana por la mañana mantendremos aquí, en mi despacho, una pequeña conversación y, si es usted listo, se ahorrará ciertas molestias.

A la mañana siguiente, Velardi recibió una nueva llamada telefónica del ministro Trezza y otra, mucho más explícita, de Don Croce. A los pocos momentos, Andolini fue sacado de su celda y conducido al despacho de Velardi.

La noche de soledad pasada en la celda, pensando en aquella extraña detención, llevó a Andolini a suponer que se encontraba en peligro mortal. Al entrar, vio a Velardi paseando arriba y abajo, con sus ojos azules encendidos de rabia. Stefan Andolini estaba más frío que el hielo y pudo observarlo todo con tranquilidad. El capitán y los cuatro sargentos de la policía en actitud de alerta, la pistola en el cinto de Velardi. Sabía que el inspector siempre le había odiado, y él le odiaba a su vez con toda su alma. Si consiguiera convencer al inspector de que mandara retirar a los guardias, por lo menos podría intentar matarle, antes de que le mataran a él. Así pues, le dijo:

—Hablaré, pero no en presencia de estos *sbirri*.

Sbirri, esbirros, era la denominación que solía utilizarse vulgarmente para referirse a los agentes de la policía de seguridad.

Velardi ordenó que se retiraran los cuatro agentes, pero al oficial le indicó por señas que se quedara. Después volvió a prestar toda su atención a Stefan Andolini.

—Quiero toda la información que necesito para echarle el guante a Giuliano —dijo el inspector—. Empecemos por la última vez que se reunió usted con él y Pisciotta.

Stefan Andolini se echó a reír y su rostro asesino se torció en una perversa mueca. La piel, donde empezaba a despuntar la roja barba, pareció encenderse de furia bestial.

No era de extrañar que le llamaran *Fra Diavolo*, pensó Velardi. Era un hombre auténticamente peligroso. No debía tener idea de lo que le aguardaba.

— Conteste a mi pregunta si no quiere que le mande tender en la *cassetta* —le dijo Velardi muy tranquilo.

—Traidor hijo de puta —replicó Andolini con desprecio—, estoy bajo la protección del ministro Trezza y de Don Croce. Cuando ellos me liberen, les arrancaré el corazón a sus *sbirri*.

Velardi extendió la mano y abofeteó dos veces a Andolini, una con la palma y otra con el revés. Vio la sangre que le brotaba de la boca y la cólera de sus ojos y se volvió lentamente de espaldas, para ir a sentarse en el sillón de su escritorio.

En ese momento, la rabia ofuscó el instinto de conservación de Andolini y éste arrancó de su funda la pistola que el inspector llevaba al cinto y trató de disparar. En el mismo instante, el oficial de policía sacó su propia arma y efectuó cuatro disparos sobre el agresor, el cual fue lanzado contra la pared y después se desplomó al suelo. La camisa blanca había quedado completamente manchada de rojo y Velardi pensó que armonizaba bellamente con el cabello. Después se inclinó y tomó la pistola que empuñaba Andolini, mientras otros policías irrumpían en la estancia. Felicitó al capitán por la rapidez de sus reflejos y, delante de éste, cargó la pistola con las balas que había guardado en su bolsillo antes del comienzo de la reunión. No quería que al capitán se le subieran los humos a la cabeza y pensara de veras que había salvado la vida de un imprudente jefe de la policía de seguridad.

A continuación ordenó a sus hombres que registraran el cadáver. Tal como suponía, el pase orlado de rojo se encontraba entre los distintos documentos de identidad que todos los sicilianos estaban obligados a llevar. Velardi tomó el pase y lo guardó en su caja fuerte. Se lo entregaría personalmente al ministro Trezza y, con un poco de suerte, le podría entregar también al mismo tiempo el de Pisciotta.

En cubierta, uno de los hombres les sirvió unas tacitas de *espresso* caliente que ambos bebieron, apoyados en la borda. La lancha se estaba acercando lentamente a tierra, con los motores en silencio, y ambos distinguieron los débiles puntos azules de las luces del muelle.

Clemenza iba de un lado para otro, dando órdenes a los hombres armados y al piloto. Michael contempló las luces azules, que parecían correr a su encuentro. La embarcación adquirió velocidad y fue como si las aguas agitadas por la lancha disiparan la oscuridad de la noche. Las primeras luces del alba estaban empezando a iluminar el cielo y Michael divisó el muelle y las playas de Mará y, en segundo término, el rosa oscuro de los parasoles de los cafés.

Al llegar a tierra, vieron tres automóviles aguardándoles. Clemenza acompañó a Michael al primer vehículo, un viejo descapotable ocupado sólo por el conductor. Clemenza se acomodó en el asiento delantero y Michael se sentó en el de atrás.

—Si nos detiene una patrulla de *carabinieri*, échate al suelo —le dijo Clemenza—. No podemos andarnos con tonterías aquí, en la carretera; tendremos que saltarnos la barrera y largarnos a toda prisa.

Los tres vehículos empezaron a atravesar, bajo los pálidos rayos del sol naciente, una campiña casi intacta desde los tiempos de Cristo. Antiguos acueductos y caños arrojaban el agua a borbotones sobre los campos. El rumor de incontables insectos se elevaba por encima del potente zumbido de los motores. Ya se notaba el calor y la humedad, y en el aire se percibía el olor de las flores que empezaban a pudrirse a causa del calor estival de Sicilia. Estaban pasando por las ruinas de la antigua ciudad griega de Selinunte y Michael distinguió las columnas en ruinas de los templos de mármol que habían diseminado en la zona occidental de Sicilia los colonizadores griegos de hacía dos mil años. Bajo la amarillenta luz, las columnas ofrecían un espectáculo impresionante y los restos de las techumbres medio derruidas semejaban negra lluvia destacando sobre el azul del cielo. La fértil tierra negra se arremolinaba contra un muro de farallones graníticos y las antiguas ruinas formaban montañas de cascote de mármol. No se veía ni una sola casa, animal u hombre. Parecía un paisaje creado por el tajo de una espada gigantesca.

Después giraron hacia el norte, a fin de tomar la carretera Trapani-Castelvetrano, y tanto Michael como Clemenza pusieron ojo avizor, pues precisamente en aquella carretera les iba a interceptar Pisciotta para llevarles junto a Giuliano. Michael estaba excitadísimo. De pronto los tres automóviles empezaron a circular más despacio. Clemenza tenía una metralleta a su izquierda, sobre el asiento, para poder utilizarla inmediatamente, apoyada en la portezuela del vehículo. Mantenía las manos posadas en el arma. El sol ya estaba despuntando y sus dorados rayos quemaban con fuerza. Los tres automóviles siguieron avanzando despacio; estaban por entrar en Castelvetrano.

Clemenza ordenó al conductor que redujese todavía más la marcha. Él y Michael estaban buscando alguna señal de Pisciotta. Ya se encontraban en las afueras de Castelvetrano, subiendo por una empinada calle. Se detuvieron para contemplar la principal arteria de la localidad, visible desde allí arriba.

Desde aquella alta atalaya, Michael vio que la carretera de Palermo estaba llena de vehículos militares y todas las calles invadidas por *carabinieri*, reconocibles por sus uniformes negros con ribetes blancos. El silbido de las numerosas sirenas no lograba dispersar a la muchedumbre que se agolpaba en la calle principal. En lo alto, dos avionetas sobrevolaban la ciudad en círculo.

El conductor del vehículo soltó una maldición y pisó el freno, acercando el vehículo al bordillo. Después miró a Clemenza y le preguntó:

—¿Quieres que siga?

Michael experimentó una sensación de náusea en la boca del estómago y le dijo a Clemenza:

—¿Cuántos hombres tienes esperándonos en la ciudad?

—No los bastantes —contestó Clemenza con amargura mientras en su rostro se dibujaba una expresión casi de miedo—. Michael, tenemos que largarnos de aquí. Tenemos que regresar a la lancha.

—Espera —dijo Michael al ver un carro que, tirado por un asno, subía trabajosamente la cuesta.

El carretero era un viejo que se cubría la cabeza con un sombrero de paja. El carro, con escenas pintadas en las ruedas, los astiles y los costados, se detuvo al llegar a la altura de los vehículos. El arrugado rostro del carretero era absolutamente inexpresivo y sus brazos incongruentemente musculosos estaban desnudos hasta los hombros, ya que el hombre sólo llevaba un chaleco negro sobre unos holgados pantalones de lona. Se situó a un lado del vehículo y preguntó:

—¿Es usted Don Clemenza?

—*Zu* Peppino —contestó Clemenza, lanzando un suspiro de alivio—, ¿qué demonios ocurre? ¿Por qué no han salido mis hombres a advertirme?

—Podéis volver a América —dijo *Zu* Peppino sin que en su arrugado rostro se observara el menor cambio de expresión—. Han matado a Turi Giuliano.

Michael experimentó un extraño aturdimiento. En aquel instante le pareció que la luz desaparecía del cielo. Pensó en el padre y la madre, en Justina aguardando en los Estados Unidos, en Aspanu Pisciotta y Stefan Andolini. Y en Hector Adonis. Porque Turi Giuliano había sido la luz estelar de sus vidas y no era posible que aquella luz ya no existiera.

— ¿Estás seguro de que es él? —preguntó Clemenza con aspereza.

—Era uno de los trucos de Giuliano —dijo el viejo, encogiéndose de hombros—, dejar un cadáver o un maniquí para atraer a los *carabinieri* y poder matarlos. Pero lleva muerto dos horas y no ha pasado nada. Está tendido en el patio donde le han matado. Ya han venido periodistas de Palermo con sus cámaras y están fotografiando a todo el mundo, hasta a mi burro. De modo que podéis creer lo que se os antoje.

Michael estaba mareado, pero consiguió decir:

—Tendremos que echar un vistazo. Necesito estar seguro.

—Vivo o muerto, ya no le podemos ayudar —dijo bruscamente Clemenza—. Voy a llevarte a casa, Mike.

—No —replicó Michael en voz baja—. Tenemos que ir. A lo mejor, Pisciotta nos está esperando. O Stefan Andolini. Para decirnos lo que hay que hacer. A lo mejor, no es él, no puedo creer que lo sea. No es posible que haya muerto, estando tan cerca de la huida y ahora que el Testamento ya se encuentra a salvo en Norteamérica.

Viendo la expresión de sufrimiento del rostro de Michael, Clemenza lanzó un suspiro.

A lo mejor no era Giuliano, a lo mejor Pisciotta estaba aguardando para acudir a la cita. Tal vez todo formara parte del plan y Giuliano pretendiera con ello distraer la atención de las autoridades en caso de que éstas le estuvieran pisando los talones.

El sol ya había salido por completo. Clemenza ordenó a sus hombres que estacionaran los vehículos y le siguieran. Después, él y Michael recorrieron a pie el resto de la calle abarrotada de gente. La multitud se agolpaba a la entrada de una travesía llena de vehículos del ejército y bloqueada por un cordón de *carabinieri*. En la travesía había una hilera de casas separadas entre sí por patios. Clemenza y Michael se situaron detrás de la gente y miraron. Un oficial de *carabinieri* estaba permitiendo el paso de periodistas y funcionarios, tras haber examinado su documentación.

—¿Podrías conseguir que ese oficial nos dejara pasar? —le preguntó Michael a Clemenza.

Clemenza agarró a Michael del brazo y lo apartó de la muchedumbre.

Al cabo de una hora, ya se encontraban en una de las casitas de una callejuela, también aquélla con un patio y distante unas veinte casas del lugar en que se había congregado la muchedumbre. Clemenza dejó allí a Michael con cuatro hombres y regresó con otros dos a la calle. Estuvo ausente una hora y, al regresar, Michael le vio muy trastornado.

—La cosa tiene mal cariz, Mike —dijo Clemenza—. Van a traer a la madre de Giuliano desde Montelepre para que identifique el cadáver. Acaba de aparecer el coronel Luca, el comandante de las Fuerzas para la Represión del Bandidaje. Y están empezando a llegar periodistas de todo el mundo, hasta de los Estados Unidos van a venir. Esta ciudad va a convertirse en un manicomio. Tenemos que largarnos.

—Mañana —dijo Michael—. Nos iremos mañana. Ahora vamos a ver si podemos cruzar el cordón policial. ¿Has conseguido algo?

—Todavía no.

—Pues vamos a ver qué puede hacerse.

A pesar de las protestas de Clemenza, salieron a la calle. Toda la ciudad estaba llena de *carabinieri*. Debía de haber por lo menos mil, dijo Michael. Y había literalmente centenares de fotógrafos. La calle estaba atestada de furgonetas y automóviles y no había modo de acercarse al patio. Vieron a un grupo de oficiales de alta graduación entrando en un restaurante y corrió la voz de que eran el coronel Luca y sus colaboradores, que iban a celebrar el triunfo con un almuerzo. Michael pudo ver fugazmente al coronel. Era un hombre menudo y vigoroso, de melancólico rostro. Se había quitado la gorra debido al calor y se estaba secando la cabeza, medio calva, con un pañuelo blanco. Un enjambre de fotógrafos empezó a fotografiarle mientras los numerosos periodistas le hacían preguntas. Los despidió a todos con un gesto, sin responder a ninguna pregunta, y entró en el restaurante.

Las calles de la ciudad estaban tan abarrotadas de gente, que apenas se podía dar un paso. Clemenza decidió regresar a la casa y esperar nuevas informaciones. Aquella tarde, a última hora, uno de sus hombres le comunicó que Maria Lombardo había identificado el cadáver como perteneciente a su hijo.

Cenaron en un restaurante al aire libre, donde una radio puesta a todo volumen daba constantes boletines de noticias sobre la muerte de Giuliano. Se decía en las noticias que la policía había rodeado la casa en la que se suponía que se ocultaba Giuliano. Al salir éste, le ordenaron que se rindiera, pero él abrió fuego inmediatamente. El coronel Perenze, jefe de las fuerzas del coronel Luca, había accedido a responder a las preguntas de un grupo de periodistas en un programa de radio. Contó que Giuliano había echado a correr y que él le había seguido y acorralado en el patio. Allí Giuliano se revolvió como un león, dijo el capitán Perenze, y él respondió a sus disparos y le mató. En el restaurante todos los clientes estaban pendientes de la radio y nadie comía. Los camareros también estaban escuchando y no servían a las mesas. Clemenza le dijo a Michael:

—Aquí hay gato encerrado. Nos vamos esta noche.

Pero, en aquel momento, la calle se llenó de agentes de la policía de seguridad. Un vehículo oficial se acercó al bordillo y de él descendió el inspector Velardi. Éste se acercó a la mesa y apoyó una mano en el hombro de Michael.

—Queda usted detenido —le dijo. Después clavó sus gélidos ojos azules en Clemenza—. Y a usted le llevaremos también, para que le dé suerte. Y un consejo. Tengo a cien hombres rodeando este restaurante. No armen alboroto si no quieren reunirse con Giuliano en el infierno.

Un furgón de la policía se acercó al bordillo. Michael y Clemenza se vieron rodeados de agentes por todas partes, cacheados y empujados sin miramientos al interior del vehículo. Unos fotógrafos de prensa que estaban cenando en el restaurante se levantaron con sus cámaras, pero inmediatamente fueron rechazados por los policías. El inspector Velardi contempló la escena con una sonrisa de satisfacción.

A la mañana siguiente el padre de Turi Giuliano habló desde el balcón de su casa de Montelepre a la gente congregada en la calle, y de acuerdo con la tradición siciliana, anunció una *vendetta* contra el hombre que había traicionado a su hijo. Aquel hombre, dijo, no era el capitán Perenze ni ningún *carabinieri*. El hombre que mencionó era Aspanu Pisciotta.

28

El negro gusano de la traición llevaba un año creciendo en el corazón de Aspanu Pisciotta.

Pisciotta siempre había sido leal y ya desde la infancia había aceptado la primacía de Giuliano sin la menor envidia. Y Giuliano siempre había afirmado que Pisciotta era algo así como el jefe adjunto de la banda y no un subjefe como Passatempo, Terranova, Andolini o el cabo. Sin embargo, la personalidad de Giuliano era tan abrumadora que el liderazgo compartido no era más que una palabra hueca. Giuliano mandaba y Pisciotta lo aceptaba sin reservas.

Giuliano era más valiente que todos los demás. Su táctica en la guerra de guerrillas era incomparable. Su capacidad de inspirar amor al pueblo de Sicilia no tenía igual desde los tiempos de Garibaldi. Era idealista y romántico y poseía aquella astucia animal que tanto admiraban los sicilianos. Pero tenía también unos defectos que Pisciotta veía y trataba de corregir.

Cuando Giuliano insistió en distribuir por lo menos el cincuenta por ciento del botín de la banda entre los pobres, Pisciotta le dijo:

—Puedes ser rico o puedes ser amado. Tú crees que el pueblo de Sicilia se levantará y seguirá tu bandera en una guerra contra Roma. Eso no ocurrirá jamás. Te amarán cuando reciban tu dinero, te esconderán cuando necesites refugio, nunca te traicionarán. Pero carecen de espíritu revolucionario. No combatirían aunque Roldán y Carlomagno se levantaran de entre los muertos para encabezar la lucha.

Pisciotta se mostró contrario a ceder a las lisonjas de Don Croce y de la Democracia Cristiana y no quería aplastar a las organizaciones comunistas y socialistas de Sicilia. Cuando Giuliano esperaba que la Democracia Cristiana le concediera el indulto, él le dijo:

—Nunca te concederán el indulto y Don Croce jamás permitirá que tengas poder. Nuestro destino es comprarnos con dinero la salida del bandidaje o acabar muriendo algún día como bandidos. No es una mala manera de morir, por lo menos para mí.

Pero Giuliano no le hizo caso, y por fin el resentimiento hizo mella en el ánimo de Pisciotta y propició el desarrollo del gusano oculto de la traición.

Giuliano siempre había sido muy crédulo e inocente; Pisciotta, en cambio, veía las cosas con más realismo. Cuando llegó el coronel Luca con sus fuerzas especiales, Pisciotta comprendió que el fin estaba muy próximo. Podrían obtener cien victorias, pero una sola derrota significaría su muerte. Como Roldán y Oliveros en la leyenda de Carlomagno, Giuliano y Pisciotta disputaron también, y Giuliano se mostró excesivamente obstinado en su heroísmo. Pisciotta era como Oliveros, suplicándole repetidamente a Roldán que hiciera sonar el cuerno.

Después, cuando Giuliano se enamoró de Justina y se casó, Pisciotta comprendió que los destinos de ambos se habían separado definitivamente. Giuliano huiría a Norteamérica, tendría una mujer y unos hijos. Y él, Pisciotta, sería un eterno fugitivo. No viviría mucho tiempo: una bala o su enfermedad pulmonar acabarían con él. Aquél iba a ser su destino. Jamás hubiera podido vivir en América.

Lo que más preocupaba a Pisciotta era el hecho de que Giuliano, desde que había encontrado el amor y la ternura en una muchacha, se hubiera vuelto más cruel como bandido. Mataba a los *carabinieri* cuando antes se limitaba a capturarlos. Ejecutó a Passatempo durante su luna de miel. No tenía la menor compasión cuando sospechaba que alguien era un confidente. Pisciotta temía que el hombre a quien había amado y defendido durante tantos años acabara revolviéndose contra él. Temía que Giuliano se enterara de algunas cosas que había hecho últimamente y le ejecutara también a él.

Don Croce se había pasado los últimos cuatros años estudiando detenidamente las relaciones que unían a Giuliano y Pisciotta. Ambos eran el único peligro que amenazaba su imperio. Ambos eran el único obstáculo que le impedía dominar Sicilia. Al principio abrigó la esperanza de que Giuliano y su banda se convirtieran en el brazo armado de los «amigos de los amigos» y envió a Hector Adonis con una propuesta muy clara. Turi Giuliano sería el gran guerrero y Don Croce el gran estadista. Pero Giuliano tendría que hincar la rodilla y besar la mano del Don. Y eso Giuliano no quería hacerlo. Tenía que seguir su propia estrella, ayudar a los pobres, convertir a Sicilia en un país libre y salvarla del yugo de Roma, cosa que Don Croce no acertaba a entender.

Pero, entre los años 1943 y 1948, la estrella de Giuliano brilló con gran fuerza, mientras que el Don aún tenía que reorganizar a los «amigos», que seguían sin recuperarse del terrible descalabro provocado en sus filas por el Gobierno fascista de Mussolini. De ahí que el Don quisiera atraerse a Giuliano, empujándole a una alianza con la Democracia Cristiana. Simultáneamente se dedicó a reconstruir el imperio de la Mafia y a esperar el momento oportuno. Su primer golpe, la matanza de Portella delle Ginestre, cuya responsabilidad recayó en Giuliano, fue una auténtica obra maestra de cuyo mérito no pudo, sin embargo, alardear. Aquel golpe destruyó para siempre toda posibilidad de que el Gobierno de Roma indultara a Giuliano y le apoyara en sus apetencias de poder en Sicilia. También echó un borrón sobre la fama de defensor de los pobres de que gozaba el forajido. Y cuando éste ejecutó a los seis jefes de la Mafia, el Don ya no tuvo ninguna otra alternativa. Los «amigos de los amigos» y la banda de Giuliano deberían enzarzarse en una lucha a muerte.

En los años siguientes Don Croce empezó a fijarse en Pisciotta, el cual era muy inteligente, pero con la inteligencia propia de los jóvenes que no atribuyen excesiva importancia al terror y la maldad que puede ocultar el corazón de los mejores hombres. Y, además, Pisciotta era muy sensible a los frutos y las tentaciones del mundo. A Pisciotta le encantaban los privilegios que el dinero podía comprar. Giuliano no tenía personalmente ni un céntimo, a pesar de haber obtenido más de mil millones de liras con sus delitos. Distribuía su parte entre los pobres y ayudaba a su familia.

Pero Don Croce había observado que Pisciotta se vestía a la medida en los mejores sastres de Palermo y visitaba a las prostitutas más caras. Además, la familia de Pisciotta vivía mucho mejor que la de Giuliano. Don Croce averiguó que Pisciotta tenía cuentas en diversos bancos, con nombre supuesto, y había adoptado otras medidas que sólo hubiera adoptado un hombre que tuviera interés en seguir viviendo. Como, por ejemplo, documentación falsa con tres nombres distintos y un piso franco en Trapani. Y Don Croce sabía que Giuliano no tenía conocimiento de nada de todo eso. Por consiguiente, estaba aguardando la visita de Pisciotta, una visita solicitada por el propio Pisciotta, sabedor de que la casa del Don siempre estaba abierta para él y que su dueño le atendería con sumo placer e interés. Y también con prudencia y previsión. Había guardias armados por todas partes, y el Don había advertido al coronel Luca y al inspector Velardi que estuvieran preparados para una entrevista en caso de que todo saliera bien. Si salía mal, o si hubiera juzgado erróneamente a Pisciotta y aquello no fuese sino una infame traición urdida por Giuliano para eliminar al Don, Aspanu Pisciotta acabaría en la tumba.

Pisciotta permitió que le desarmaran antes de ser conducido a presencia de Don Croce. No tenía miedo porque hacía apenas unos días había prestado al Don un gran servicio advirtiéndole del plan de ataque de Giuliano contra su hotel.

Los dos hombres se quedaron a solas. Los criados de Don Croce habían dispuesto una mesa con vino y comida y el propio Don Croce, que era un anticuado anfitrión de pueblo, llenó el plato y la copa de Pisciotta.

—Los buenos tiempos han terminado —dijo—. Ahora tú y yo tenemos que hablar en serio. Ha llegado el momento de adoptar una decisión definitiva. Espero que estés preparado para escuchar lo que tengo que decir.

—No sé cuál es su problema —le dijo Pisciotta al Don—. Sólo sé que he de ser muy listo para salvar el pellejo.

—¿No quieres emigrar? —le preguntó el Don—. Podrías irte a Norteamérica con Giuliano. El vino no es tan bueno y el aceite de oliva es como agua, y allí tienen la silla eléctrica porque, en el fondo, no son tan civilizados como nuestro Gobierno de aquí. No podrías cometer ninguna temeridad. Pero tampoco se vive mal del todo.

—¿Y qué iba a hacer yo en América? —dijo Pisciotta, echándose a reír—. Prefiero correr peligro aquí. Cuando Giuliano se haya marchado, a mí ya no me buscarán tanto, y el monte es muy grande.

—¿Aún te dan guerra los pulmones? —le preguntó el Don en tono solícito—. ¿Sigues tomando tus medicinas?

— Sí —contestó Pisciotta—. Pero no se trata de eso. Corro peligro de que mis pulmones no tengan ocasión de matarme —añadió, mirando a Don Croce con una sonrisa.

—Vamos a hablar en siciliano —dijo Don Croce con el semblante muy serio—. Cuando somos niños, cuando somos jóvenes, es natural querer a nuestros amigos, ser generosos con ellos y perdonar sus defectos. Cada día nos trae una novedad y miramos el porvenir con alegría y sin temor. El mundo tampoco es tan peligroso, son épocas de felicidad. Pero a medida que vamos creciendo y tenemos que ganarnos el pan, la amistad ya no se conserva tan fácilmente. Tenemos que estar siempre en guardia. Los mayores ya no cuidan de nosotros y ya no nos satisfacen los sencillos placeres de la infancia. El orgullo nace en nuestro interior, deseamos ser poderosos o ricos o, simplemente, estar prevenidos contra la mala suerte. Sé lo mucho que quieres a Turi Giuliano, pero ahora tienes que preguntarte: ¿cuál es el precio de ese cariño? Y, al cabo de todos estos años, ¿perdura ese cariño, o lo que existe es simplemente un recuerdo?

Esperó la respuesta de Pisciotta, pero el joven le miraba con un semblante más inexpresivo y más blanco que las rocas de los montes Cammarata. Porque Pisciotta había palidecido intensamente.

—Yo no puedo permitir que Giuliano viva o escape —añadió Don Croce—. Si tú le sigues siendo fiel, serás también mi enemigo. Debes comprenderlo. Cuando Giuliano se haya quitado de en medio, tú no podrás conservar la vida en Sicilia sin mi protección.

—El Testamento de Turi se encuentra a salvo con sus amigos en América —dijo Pisciotta—. Si usted le mata, se dará a conocer el contenido del Testamento y caerá el Gobierno. Y entonces es posible que un nuevo Gobierno le obligue a usted a retirarse a su granja de Villalba o haga alguna otra cosa peor. El Don ahogó una risita, pero después soltó una estruendosa carcajada.

—Pero ¿tú has leído este famoso Testamento? —preguntó con desprecio.

— Sí —contestó Pisciotta, sorprendido por la reacción del otro.

—Pues yo, no. Pero he decidido actuar como si no existiera.

—Me pide usted que traicione a Giuliano —dijo Pisciotta—. ¿Qué le induce a suponer que eso es posible?

—Tú me advertiste de su ataque contra mi hotel —contestó el Don sonriendo—. ¿Acaso no fue eso un acto de amistad?

—Lo hice por Giuliano, no por usted —dijo Pisciotta—. Turi ya no discurre con lógica. Se ha propuesto matarle. Y si usted muere, yo sé que ya no habrá esperanza para ninguno de nosotros. Los «amigos de los amigos» no descansarán hasta matarnos, con Testamento o sin él. Giuliano hubiera podido salir del país, hace ya días, pero sigue aplazando la partida porque espera vengarse y matarle. He venido aquí para llegar a un acuerdo. Giuliano abandonará el país dentro de unas fechas y entonces terminará la *vendetta* que tenía contra usted. Deje que se vaya.

Don Croce posó el plato de la comida en la mesa y, reclinándose en su asiento, tomó un sorbo de vino.

—Te estás comportando como un chiquillo —dijo—. Ya hemos llegado al final de la historia. Giuliano es demasiado peligroso para continuar vivo. Pero yo no puedo matarle. Tengo que vivir en Sicilia y, por consiguiente, no puedo eliminar al más grande de sus héroes y hacer lo que tengo que hacer. Hay demasiadas personas que aman a Giuliano, muchos de sus seguidores querrían vengar su muerte. Tienen que ser los *carabinieri* quienes hagan el trabajo. Así es como debe hacerse. Y tú eres el único que puede conducir a Giuliano a esa trampa —el Don hizo una pausa deliberada y luego añadió—: Ha llegado el final de tu mundo. Puedes quedarte en él hasta su destrucción o puedes abandonarlo y trasladarte a otro.

—Aunque estuviera bajo la misma protección de Cristo, no viviría mucho tiempo si se supiera que he traicionado a Giuliano —contestó Pisciotta.

—Basta con que me digas dónde te vas reunir de nuevo con él —dijo Don Croce—. Nadie más lo sabrá. Yo arreglaré el asunto con el coronel Luca y el inspector Velardi. Ellos se encargarán del resto —se detuvo un instante—. Giuliano ha cambiado, ya no es el compañero de tu infancia ni tu mejor amigo. Es un hombre que mira su propio interés. Tal como tú debes hacer ahora.

Y, de ese modo, la noche del cinco de julio, cuando emprendió el camino de Castelvetrano, Pisciotta ya se había vendido a Don Croce. Le dijo dónde se reuniría con Giuliano y sabía que el Don se lo iba a comunicar al coronel Luca y al inspector Velardi. No precisó que iba a ser en casa de *Zu* Peppino, sino tan sólo que se verían en Castelvetrano. Y les advirtió que tuvieran cuidado, porque Giuliano tenía un sexto sentido para olfatear las trampas.

Sin embargo, cuando Pisciotta llegó a la casa de *Zu* Peppino, el viejo carretero le recibió con insólita frialdad. Pisciotta se preguntó si el anciano sospecharía algo. Al observar la desusada actividad de los *carabinieri* en la población, su infalible paranoia siciliana debió inducirle a atar los correspondientes cabos.

Por un instante, Pisciotta experimentó una sensación de angustia, y después acudió a su mente un inquietante pensamiento. ¿Y si la madre de Giuliano llegara a enterarse de que su querido Aspanu había traicionado a su hijo? ¿Y si un día se le plantara delante y le escupiera a la cara, llamándole traidor y asesino? Ambos habían llorado abrazados y él había jurado proteger a su hijo y le había dado un beso de Judas. Pensó fugazmente en la posibilidad de matar a *Zu* Peppino y en la de suicidarse.

—Si buscas a Turi, ha estado aquí y se ha marchado —le dijo el viejo. Al ver la palidez de su rostro y su afanosa respiración, se compadeció de él y le preguntó: —¿Quieres una copita de anís?

Pisciotta sacudió la cabeza y dio media vuelta para marcharse.

—Ten cuidado —le dijo el anciano—, la ciudad está llena de *carabinieri*.

Pisciotta experimentó una oleada de terror. Había sido un necio al suponer que Giuliano no iba a olerse la trampa. ¿Y si a continuación intuyera quién había sido el traidor?

Pisciotta abandonó corriendo la casa, rodeó la población y se adentró en los senderos de la campiña que le iban a conducir al lugar de cita alternativo, la acrópolis de la antigua y fantasmagórica ciudad de Selinunte.

Las ruinas de la antigua ciudad griega brillaban bajo la luna estival. Giuliano permanecía sentado en los peldaños del templo, soñando con América.

Se sentía dominado por una abrumadora melancolía. Los antiguos sueños se habían desvanecido. Tenía tantas esperanzas para su futuro y el de Sicilia, estaba tan absolutamente convencido de su propia inmortalidad... Le había querido mucha gente. Él había sido su dicha, y de pronto le parecía que era su maldición. En contra de toda lógica, se sentía abandonado. Pero aún le quedaba Aspanu Pisciotta. Y un día ambos resucitarían de nuevo aquellos viejos amores y sueños. Al fin y al cabo, al principio sólo estaban ellos dos.

La luna se había ocultado y ahora que las sombras envolvían la antigua ciudad, las ruinas parecían esqueletos dibujados en el negro lienzo de la noche. En medio de aquella oscuridad, Giuliano oyó crujidos de piedrecillas y de tierra y se ocultó entre las columnas de mármol, con la metralleta en la mano. La luna emergió serena de una masa de nubes y Giuliano distinguió entonces a Aspanu Pisciotta de pie en la ancha avenida en ruinas que bajaba desde la acrópolis a la ciudad propiamente dicha.

Pisciotta avanzó despacio por el camino sembrado de cascotes, buscando con los ojos y susurrando el nombre de Turi. Oculto tras las columnas del templo, Giuliano dejó que pasara de largo, y después salió de su escondrijo.

—Aspanu, he vuelto a ganar —dijo, repitiendo de nuevo su juego infantil.

Le extrañó que Pisciotta diera media vuelta y le mirara aterrorizado.

Se sentó en los peldaños y posó el arma a su lado.

—Ven a sentarte un rato —dijo—, debes estar cansado, y quizá sea la última vez que podamos hablar a solas.

—Podemos hablar en Mazara; allí estaremos más seguros.

—Tenemos tiempo de sobra —dijo Giuliano—, y, si no descansas un poco, volverás a escupir sangre. Ven a sentarte aquí, a mi lado —añadió, acomodándose en el peldaño superior.

Vio que Pisciotta se quitaba el arma del hombro y pensó que era para dejarla a su lado. Se levantó y extendió la mano para ayudar a Aspanu a subir los escalones. Y entonces se dio cuenta de que su amigo le estaba apuntando con el arma. Se quedó petrificado al ver que, por primera vez en siete años, le pillaban desprevenido.

En la mente de Pisciotta se arremolinaron todos los terrores de lo que Giuliano iba a preguntarle en caso de que hablaran. Le preguntaría: «Aspanu, ¿quién es el Judas de nuestra banda? Aspanu, ¿quién ha advertido a Don Croce? Aspanu, ¿quién ha guiado a los *carabinieri* a Castelvetrano? Aspanu, ¿por qué fuiste a ver a Don Croce?». Y, sobre todo, temía que Giuliano le dijera: «Aspanu, tú eres mi hermano». Este último terror fue el que le indujo a apretar el gatillo.

La lluvia de balas le arrancó la mano a Giuliano y le destrozó todo el cuerpo. Horrorizado por lo que acababa de hacer, Pisciotta aguardó a que su amigo se desplomara al suelo. Pero en vez de eso, Giuliano bajó lentamente los peldaños, mientras la sangre brotaba profusamente de sus heridas. Lleno de supersticioso temor, Pisciotta se volvió y echó a correr, y vio que Giuliano le perseguía hasta caer finalmente al suelo.

Mientras moría, Giuliano creyó que aún estaba corriendo. Se le enredaron las destrozadas neuronas del cerebro y pensó que estaba corriendo por el monte con Aspanu, siete años atrás, mientras el agua fresca fluía de las antiguas cisternas romanas y el perfume de extrañas flores le intoxicaba la mente, que estaba corriendo ante las imágenes de los santos encerrados en sus capillitas a la vera del camino, gritando como aquella noche: «Aspanu, yo creo», creyendo en su afortunado destino y en el sincero afecto de su amigo. Después, la compasiva muerte le libró del conocimiento de la traición y de su derrota final. Y murió soñando.

Aspanu Pisciotta huyó. Corrió por los campos y salió a la carretera de Castelvetrano. Allí utilizó su pase especial para establecer contacto con el coronel Luca y el inspector Velardi. Ellos fueron quienes hicieron pública la versión según la cual Giuliano había caído en una trampa y había muerto de resultas de los disparos del capitán Perenze.

Maria Lombardo de Giuliano se levantó temprano aquella mañana del 5 de julio de 1950. La despertó una llamada a la puerta. Su marido fue a abrir y, al volver a la alcoba, le dijo que tenía que salir y que quizás estaría ausente todo el día. Ella miró por la ventana y le vio subir al carro de *Zu* Peppino con sus escenas pintadas en brillantes colores en las ruedas y los costados. ¿Habría alguna noticia de Turi, habría huido su hijo a América o habría ocurrido algo malo? Se sintió invadida por aquella ansiedad que llevaba siete años experimentando y que siempre acababa trocándose en terror. Estaba nerviosa y, tras haber ordenado la casa y preparado la verdura de la comida, abrió la puerta y echó un vistazo a la calle.

En la Via Bella no había ningún vecino. No había niños jugando. Muchos de los hombres se encontraban en la cárcel, sospechosos de colaborar con la banda de Giuliano. Las mujeres tenían miedo y no permitían que sus hijos salieran a jugar. Pero había escuadras de *carabinieri* a ambos extremos de la Via Bella. Soldados con los rifles al hombro patrullaban a pie arriba y abajo de la calle. Vio más soldados en los tejados y jeeps militares estacionados junto a las casas. Un carro blindado bloqueaba la entrada de la Via Bella por la parte del cuartel de Bellampo. Dos mil hombres del ejército del coronel Luca ocupaban la localidad de Montelepre y se habían ganado la antipatía de sus habitantes molestando a las mujeres, asustando a los niños y sometiendo a malos tratos a los hombres que no estaban en prisión. Y todos aquellos soldados estaban allí para matar a su hijo. Pero él había huido a América, sería libre y, cuando llegara el momento, ella y su marido se reunirían con él allí. Vivirían en libertad y sin temor.

Entró de nuevo en la casa y buscó algún trabajo en que entretenerse. Salió al balcón de la parte de atrás y contempló las montañas. Aquellas montañas desde las cuales Giuliano contemplaba su casa con los prismáticos. Ella siempre había sentido su presencia, y ahora no la sentía. Seguro que estaba en América.

Una fuerte llamada a la puerta la llenó de terror. Salió despacio a abrir. Lo primero que vio fue a Hector Adonis con un aspecto que ella jamás en su vida le había visto. Iba sin afeitar, con el cabello desgreñado y sin corbata. La camisa bajo la chaqueta estaba toda arrugada y el cuello tenía manchas de suciedad. Sin embargo, lo que más le llamó la atención fue el ver que su rostro había perdido toda la dignidad y sólo mostraba una inmensa tristeza. Al contemplar sus ojos anegados en lágrimas, Maria emitió un ahogado grito.

—No, Maria, te lo suplico —dijo él, entrando en la casa.

Un teniente de *carabinieri* muy joven entró detrás. Maria miró hacia la calle. Había tres automóviles negros parados frente a la casa, con *carabinieri* al volante. Y, a ambos lados de la puerta, policías armados.

El teniente era joven y de sonrosadas mejillas. Se quitó la gorra y se la puso bajo el brazo.

—¿Es usted Maria Lombardo de Giuliano? —preguntó ceremoniosamente.

—Hablaba con acento toscano.

Maria Lombardo dijo que sí con la voz quebrada por la desesperación. No tenía saliva en la boca.

—Debo pedirle que me acompañe a Castelvetrano —dijo el oficial—. Tengo un automóvil aguardando. Su amigo vendrá con nosotros. Si usted quiere, naturalmente.

Maria Lombardo mantenía los ojos muy abiertos.

—¿Por qué razón? —preguntó con voz más firme—. No conozco nada de Castelvetrano ni a nadie de allí.

—Hay un hombre que deseamos que usted identifique —contestó el teniente en voz baja y tono vacilante—. Creemos que es su hijo.

—No es mi hijo, él nunca va a Castelvetrano —dijo Maria Lombardo—. ¿Está muerto?

—Sí —contestó el oficial.

Maria Lombardo emitió un prolongado gemido y cayó de rodillas.

—Mi hijo nunca va a Castelvetrano—dijo. Hector Adonis se acercó a ella y le apoyó una mano en el hombro.

—Debes ir —le dijo—. Puede que sea uno de sus trucos, ya lo ha hecho otras veces.

—No —contestó ella—. No iré, no iré.

—¿Está su marido en casa? —preguntó el teniente—. Podría venir él.

Maria Lombardo recordó que *Zu* Peppino había recogido a su marido a primera hora de la mañana. Recordó el presentimiento que había tenido al ver el carro tirado por el asno.

—Un momento —dijo.

Se fue a la alcoba, se puso un vestido negro y se anudó un pañuelo negro a la cabeza. El teniente abrió la puerta y ella salió a la calle. Había soldados armados por todas partes. Miró hacia el extremo de la Via Bella que desembocaba en la plaza. Bajo la trémula luz del sol de julio, tuvo una clara visión de Turi y Aspanu siete largos años atrás, conduciendo al asno que se iba a parear con la mula el día en que su hijo se convirtió en un asesino y un forajido. Rompió a llorar, y el teniente la tomó del brazo y la ayudó a subir a uno de los automóviles negros que aguardaban. Hector Adonis se acomodó a su lado. El vehículo se puso en marcha entre los silenciosos grupos de *carabinieri* y ella hundió el rostro en el hombro amigo, sin llorar, pero mortalmente aterrorizada por lo que iba a ver al término de su viaje.

El cadáver de Turi Giuliano permaneció tres horas en el patio. Parecía estar durmiendo, con la cara boca abajo y vuelta hacia la izquierda, una rodilla doblada y el cuerpo tendido en el suelo. Pero la camisa blanca estaba, casi toda, teñida de escarlata y junto al brazo mutilado podía verse una metralleta. Los reporteros y fotógrafos de prensa de Palermo y Roma ya se habían trasladado al lugar de los hechos. Un fotógrafo de la revista *Life* estaba fotografiando al capitán Perenze. El pie de la foto diría que era el hombre que había matado al gran Giuliano, y en ella se le veía con una expresión bondadosa y triste y también un poco perpleja. Se cubría la cabeza con una gorra que le daba el aspecto no de un oficial de policía sino más bien el de un tendero bonachón.

Sin embargo, fueron las fotografías de Turi Giuliano las que llenaron los periódicos de todo el mundo. En la mano extendida brillaba la sortija de esmeralda que le había arrebatado a la duquesa. Le ceñía el cuerpo el cinturón con la hebilla de oro del águila y el león, y a su lado destacaba un charco de sangre.

Antes de la llegada de Maria Lombardo, el cuerpo fue trasladado al depósito de cadáveres de la ciudad y colocado sobre una losa de mármol ovalada. El depósito de cadáveres formaba parte del cementerio, cercado por altos cipreses negros. Allí condujeron a Maria Lombardo y la hicieron sentarse en un banco de piedra. Estaban aguardando a que el coronel y el capitán terminaran su almuerzo de celebración del triunfo en el cercano hotel Selinus. Maria Lombardo se echó a llorar al ver toda aquella multitud de periodistas y curiosos, a los que a duras penas podían contener los muchos *carabinieri* presentes. Hector Adonis trató de consolarla.

Por fin la condujeron al depósito. Los funcionarios que rodeaban la losa ovalada estaban haciendo preguntas. Ella levantó los ojos y vio el rostro de su hijo.

Jamás le había visto tan joven. Tenía la misma cara que cuando niño, tras haberse pasado todo el día jugando sin cesar con Aspanu. En su rostro no había la menor magulladura, sólo una mancha de tierra donde su frente había rozado el suelo del patio. La realidad la tranquilizó y la serenó.

—Sí —dijo, contestando a las preguntas—, éste es mi hijo Turi, nacido de mi cuerpo hace veintisiete años. Sí, lo identifico.

Los funcionarios seguían hablando con ella y entregándole papeles para que los firmara, pero ella no les veía ni les escuchaba. No vio ni oyó el murmullo de la gente que se apretujaba a su alrededor, las voces de los periodistas ni los forcejeos entre los *carabinieri* y los fotógrafos que querían retratar el cadáver.

Le besó la frente, tan blanca como el mármol de la losa, los labios violáceos y la mano destrozada por las balas.

—Oh, mi sangre, mi sangre —exclamó con el alma deshecha por el dolor—, de qué muerte tan terrible has muerto.

Después perdió el sentido y, cuando volvió en sí y el médico presente le hubo administrado una inyección, insistió en trasladarse al patio en que habían encontrado el cuerpo de su hijo. Allí se arrodilló y besó las manchas de sangre del suelo.

Cuando la acompañaron de nuevo a su casa de Montelepre, encontró a su marido aguardándola. Fue entonces cuando se enteró de que el asesino de su hijo había sido su querido Aspanu.

29

Inmediatamente después de la detención, Michael Corleone y Peter Clemenza fueron trasladados a la cárcel de Palermo. Desde allí les condujeron al despacho del inspector Velardi, para ser interrogados.

Velardi estaba acompañado de seis oficiales de *carabinieri* cargados de armas. Saludó a Michael y Clemenza con fría cortesía y habló primero con Clemenza.

—Es usted ciudadano norteamericano —le dijo—. En su pasaporte dice que ha venido a visitar a su hermano. Don Domenic Clemenza de Trapani. Un hombre muy respetable según me han dicho. Un hombre de respeto —pronunció la tradicional expresión en tono de evidente sarcasmo—. Le sorprendemos con este tal Michael Corleone, armado con armas letales, en la ciudad en la que pocas horas antes Turi Giuliano halla la muerte. ¿Qué desea declarar al respecto?

—Había salido a cazar—contestó Clemenza—, buscábamos conejos y zorros. Y al detenernos en Castelvetrano para tomar un café, vimos todo el jaleo. Y nos acercamos para ver qué ocurría.

—¿Se cazan en Norteamérica los conejos con metralleta? —preguntó el inspector Velardi. Después se dirigió a Michael Corleone—: Usted y yo nos hemos visto en otra ocasión y sabemos a qué ha venido. Y su amigo el gordo también lo sabe. Pero las cosas han cambiado desde que saboreamos aquel delicioso almuerzo juntos, en compañía de Don Croce, hace siete días. Giuliano ha muerto. Usted es cómplice de un plan criminal encaminado a favorecer su huida. Ya no se me pide que trate a una escoria como usted como a un ser humano. Se están preparando unas confesiones que les aconsejo firmar.

En aquel momento entró en la estancia un oficial de *carabinieri* que le susurró algo al oído al inspector Velardi.

—Hágale pasar —dijo Velardi lacónicamente.

Era Don Croce, tan mal vestido como Michael le recordaba durante aquel famoso almuerzo. Su rostro de caoba mostraba la misma expresión impasible. Se acercó a Michael caminando como un pato y le abrazó. Después estrechó la mano de Peter Clemenza. Todavía de pie, se volvió hacia el inspector Velardi y le miró sin decir palabra. De su voluminosa humanidad emanaba como una especie de fuerza bruta, y su cara y sus ojos irradiaban poder.

—Estos dos hombres son amigos míos —dijo—. ¿Qué motivos puede usted tener para tratarles con esta descortesía?

Su voz no denotaba cólera ni emoción. Era una simple pregunta que exigía una respuesta concreta. La voz decía también que ningún hecho podía justificar la detención.

—Comparecerán ante el magistrado y él resolverá el asunto —contestó el inspector Velardi, encogiéndose de hombros.

Don Croce se acomodó en uno de los sillones que había junto al escritorio de Velardi y se enjugó la frente con un pañuelo.

—Por respeto a nuestra amistad —dijo en un tono de voz que no parecía encerrar ninguna amenaza—, llame al ministro Trezza y pregúntele su opinión acerca de este asunto. Me hará un gran favor.

El inspector Velardi sacudió la cabeza. Sus fríos ojos azules ardían de cólera.

—Nunca fuimos amigos —dijo—. Actuaba obedeciendo unas órdenes que ya no son vinculantes ahora que Giuliano ha muerto. Estos dos hombres comparecerán ante el magistrado. Y si estuviera en mi mano hacerlo, usted comparecería con ellos.

En aquel instante sonó el teléfono del escritorio de Velardi. Éste no contestó a la llamada, esperando la respuesta de Don Croce.

—Conteste al teléfono —le dijo Don Croce—. Será el ministro Trezza.

El inspector descolgó lentamente, sin dejar de mirar a Don Croce.

—*Pronto* —dijo, y permaneció escuchando durante unos cinco minutos—. Sí, señor ministro —dijo por fin, y colgó.

Después se hundió en su sillón y añadió, dirigiéndose a Michael y Peter—: Son libres de irse.

Don Croce se levantó y acompañó a Michael y Peter a la puerta del despacho, añadiendo un ademán protector como si fueran unas gallinas atrapadas en un patio. Después se dirigió al inspector Velardi:

—Le he tratado a usted con toda clase de cortesías durante este último año, a pesar de ser un forastero en mi Sicilia. Y, sin embargo, delante de mis amigos y de sus oficiales se ha conducido conmigo sin ningún respeto. Pero no soy hombre rencoroso. Espero que en un próximo futuro podamos cenar juntos y renovar nuestra amistad en términos más precisos.

Cinco días más tarde, el inspector Federico Velardi fue muerto a balazos, en pleno día, en la principal avenida de Palermo.

Dos días después de eso, Michael regresaba a casa. Hubo una gran fiesta familiar en la que estuvieron presentes su hermano Fredo, venido en avión desde Las Vegas, Connie con su marido Cario y el niño, Clemenza y su mujer, y Tom Hagen con la suya. Todos abrazaron a Michael, brindaron por él y elogiaron su buen aspecto. Nadie habló de sus tres años de exilio, nadie pareció fijarse en que tenía una mejilla hundida y nadie mencionó la muerte de Sonny. Fue una fiesta de bienvenida a casa como si hubiera estado estudiando fuera o regresase de unas largas vacaciones. Le sentaron a la derecha de su padre. Finalmente, estaba a salvo.

A la mañana siguiente, durmió hasta tarde, la primera vez que disfrutaba de un auténtico sueño reparador en tres años. Su madre le tenía preparado el desayuno y le dio un beso cuando se sentó a la mesa, en una insólita demostración de afecto. Era algo que sólo había hecho en otra ocasión, cuando él regresó de la guerra. Michael recordó que su madre también le besó entonces después de haberle servido el desayuno.

Al terminar la colación, se fue a la biblioteca, donde encontró a su padre aguardándole. Le sorprendió que Tom Hagen no estuviera presente, y entonces comprendió que el Don deseaba hablar a solas con él, sin testigos.

Don Corleone llenó ceremoniosamente dos copitas de anís y le ofreció una a Michael.

—Por nuestra sociedad —dijo.

—Gracias —respondió Michael, levantando su copa—. Tengo mucho que aprender.

—Sí, pero disponemos de mucho tiempo, y yo estoy aquí para enseñarte —contestó Don Corleone.

—Así será —dijo Michael—. Sin embargo, ¿no crees que primero tendríamos que aclarar el asunto de Giuliano?

El Don se dejó caer pesadamente en un sillón y se secó la boca, humedecida por el licor.

—Sí —dijo—, un caso muy triste. Yo esperaba que pudiera escapar. Sus padres eran buenos amigos míos.

—Yo nunca acabé de comprender lo que estaba ocurriendo —dijo Michael—, nunca entendí muy bien la cuestión. Tú me dijiste que confiara en Don Croce, pero Giuliano le odiaba. Pensaba que el hecho de que tuvieras el Testamento en tu poder impediría que mataran a Giuliano, pero le han matado de todos modos. Y ahora, cuando demos a conocer el Testamento a todos los periódicos, se tendrán que cortar ellos mismos el cuello.

Vio que su padre le miraba fríamente.

—Así es Sicilia —dijo el Don—. Siempre hay traición dentro de la traición.

—Don Croce y el Gobierno deben haber hecho un trato con Pisciotta —dijo Michael.

—Sin duda —repuso Don Corleone.

—¿Por qué lo hicieron? —preguntó Michael, todavía perplejo—. Tenemos el Testamento en que se demuestra que el Gobierno estaba confabulado con Giuliano. Cuando los periódicos publiquen lo que les vamos a entregar, el Gobierno italiano caerá. Es absurdo.

—El Testamento permanecerá oculto —dijo el Don, esbozando una leve sonrisa—. No lo vamos a divulgar.

Michael tardó un minuto largo en comprender lo que su padre había dicho y lo que ello significaba. Y, por primera vez en su vida, se enfureció con él.

—¿Significa eso que hemos estado colaborando con Don Croce durante todo este tiempo? —preguntó, palideciendo intensamente—. ¿Significa que yo estaba traicionando a Giuliano en lugar de ayudarle? ¿Y que mentí a sus padres? ¿Que tú traicionaste a tus amigos y condujiste a su hijo a la muerte?

¿Y que me utilizaste como a un tonto y como a un Judas? Por Dios, papá, Giuliano era un hombre bueno, un auténtico héroe para los pobres de Sicilia. Tenemos que dar a conocer el Testamento.

Su padre le dejó hablar, y después se levantó y le apoyó las manos en los hombros.

—Escúchame bien —dijo—. Todo estaba preparado para la huida de Giuliano. No hice ningún trato con Don Croce para traicionarle. El avión estaba esperando, Clemenza y sus hombres tenían instrucciones de ayudarte en todo lo que hiciera falta. Don Croce deseaba que Giuliano escapara, era lo más fácil. Pero Giuliano juró una *vendetta* contra él y se estuvo entreteniendo, con la esperanza de poder llevarla a cabo. Hubiera podido irse contigo a los pocos días, pero se quedó para intentarlo por última vez. Y eso le perdió.

Michael se apartó de su padre y se sentó en uno de los sillones tapizados de cuero.

—Hay alguna razón que te impide dar a conocer el Testamento —dijo—. Hiciste un trato.

— Sí —contestó Don Corleone—. Debes recordar que, cuando te hirieron con la bomba, comprendí que yo y mis amigos ya no podríamos protegerte por entero en Sicilia. Estabas expuesto a nuevos intentos de asesinato. Yo tenía que procurar por todos los medios que regresaras sano y salvo a casa. Y entonces hice un trato con Don Croce. Él te protegió y yo le prometí a cambio que convencería a Giuliano de que no diera a conocer el Testamento cuando llegara a Norteamérica.

Michael recordó con espanto la noche en que le reveló a Pisciotta que el Testamento se encontraba en lugar seguro en los Estados Unidos. En aquel momento, él firmó la sentencia de muerte de Giuliano.

—Estamos moralmente obligados con sus padres —dijo Michael, lanzando un suspiro—. Y con Justina. ¿Se encuentra bien?

—Sí —contestó el Don—. Está muy bien atendida. Tardará meses en superar lo ocurrido —hizo una pausa—. Pero es una chica muy inteligente y se desenvolverá muy bien aquí.

—Si no damos a conocer el Testamento, traicionaremos a su madre y a su padre —dijo Michael.

—No —replicó Don Corleone—, en los años que llevo aquí, en Norteamérica, he aprendido una cosa. Hay que ser razonable y negociar. ¿Qué se ganaría dando a conocer el Testamento? Es probable que cayera el Gobierno italiano, pero puede que no. El ministro Trezza sería destituido, pero ¿crees que le iban a castigar?

—Es el representante de un Gobierno que conspiró para asesinar a su propio pueblo —exclamó Michael indignado.

—¿Y qué? —dijo el Don, encogiéndose de hombros—. Déjame seguir: ¿Acaso crees que la divulgación del Testamento ayudará a los padres o a los amigos de Giuliano? El Gobierno les perseguiría, les metería en la cárcel, les acosaría de mil maneras. Y lo que es peor: Don Croce les incluiría en su lista negra. Déjales tranquilos en su vejez. Haré un trato con el Gobierno y con Don Croce para que les protejan. Y a ese fin, el hecho de que yo tenga el Testamento en mi poder será muy útil.

—Y también nos será útil a nosotros en caso de que lo necesitemos algún día en Sicilia —replicó Michael en tono sarcástico.

—Eso no puedo evitarlo —dijo su padre con una leve sonrisa.

—No sé —comentó Michael tras un largo silencio—, me parece indecoroso. Giuliano era un auténtico héroe y ahora ya es una leyenda. Debiéramos contribuir a honrar su memoria y no permitir que esa memoria se hunda en la derrota.

El Don hizo por primera vez un gesto de hastío. Volvió a llenarse la copita de anís e ingirió el contenido de un trago. Después apuntó con el dedo a Michael y le dijo:

—Tú querías aprender. Pues, ahora, escúchame bien. El primer deber de un hombre es conservar la propia vida. Después viene eso que todo el mundo llama el honor. El deshonor, tal como tú lo llamas, lo acepto de buen grado porque lo hice para salvar tu vida, tal como tú lo aceptaste una vez para salvar la mía. Sin la protección de Don Croce, de ningún modo hubieras podido salir vivo de Sicilia. Dejémoslo así. ¿Quieres ser un héroe como Giuliano, una leyenda? ¿Y estar muerto? Yo le estimaba por ser el hijo de mis queridos amigos, pero no le envidio la fama. Tú estás vivo y él ha muerto. Recuérdalo siempre y procura vivir no para convertirte en un héroe sino para conservar la vida. Con el tiempo, los héroes acaban pareciendo un poco insensatos.

—Giuliano no tenía otra alternativa —suspiró Michael de nuevo.

—Nosotros tenemos más suerte —contestó el Don.

Fue la primera lección que Michael recibió de su padre, y la que mejor se aprendió, porque en lo porvenir le permitiría adoptar terribles decisiones que antes jamás se hubiera atrevido a tomar, modificando con ello todo su concepto del honor y toda la reverencia que le inspiraba el heroísmo. Gracias a ella pudo sobrevivir, pero no fue dichoso. Porque, aunque su padre no envidiara a Giuliano, Michael sí le envidiaba.

30

La muerte de Giuliano sumió al pueblo de Sicilia en el abatimiento. Él había sido su defensor y su escudo contra los ricos y los nobles, los «amigos de los amigos» y el Gobierno de la Democracia Cristiana de Roma. Tras la desaparición de Giuliano, Don Croce Malo hizo pasar a toda la isla de Sicilia por su prensa de aceite y amasó una inmensa fortuna, estrujando tanto a los ricos como a los pobres. Cuando el Gobierno quiso construir unas presas para abaratar el agua, Don Croce hizo volar por los aires toda la pesada maquinaria destinada a su construcción. Al fin y al cabo, él tenía en sus manos todos los pozos de Sicilia, de modo que no le interesaban presas que abarataran el agua. Durante el gran auge de la construcción que trajo el término de la guerra, las conexiones y el persuasivo estilo negociador que le caracterizaba permitieron a Don Croce adquirir los mejores solares a bajo precio y revenderlos después a precios exorbitantes. Tornó bajo su protección personal todas las actividades comerciales de Sicilia. No se podía vender ni una sola alcachofa en los tenderetes del mercado de Palermo sin pagarle a Don Croce unos *centesimi*, los ricos no podían adquirir joyas para sus esposas ni caballos de carreras para sus hijos sin abonar una cuota a Don Croce. Con mano dura éste desalentó a los insensatos campesinos que deseaban reclamar las tierras no cultivadas de las propiedades del príncipe de Ollorto, acogiéndose a unas estúpidas leyes aprobadas por el Parlamento italiano. Y los sicilianos, oprimidos por Don Croce, la nobleza y el Gobierno de Roma, abandonaron toda esperanza.

En los dos años que siguieron a la muerte de Giuliano, quinientos sicilianos, casi todos ellos varones jóvenes, emprendieron el camino de la emigración. Se fueron a Inglaterra y se convirtieron allí en jardineros, heladeros y camareros de restaurante. Marcharon a Alemania, a hacer los trabajos más pesados; y a Suiza, a mantener limpio el país y fabricar relojes de cuco. Emigraron a Francia, a trabajar como pinches de cocina y a barrer en las fábricas de confección. Se fueron al Brasil, a talar árboles en la selva, y algunos optaron por los fríos inviernos de Escandinavia. Y, como es natural, hubo unos pocos afortunados, reclutados por Clemenza para servir a las órdenes de la familia Corleone en los Estados Unidos. Ésos fueron los que tuvieron más suerte. Y, de ese modo, Sicilia se convirtió en una tierra de viejos, de niños y de viudas producto de la *vendetta* económica. Las aldeas con sus casas de piedra ya no proporcionaban jornaleros para las fincas de los ricos y los ricos también se resentían de la situación. El único que prosperaba era Don Croce.

Gaspare *Aspanu* Pisciotta fue juzgado por sus crímenes como bandido y condenado a cadena perpetua en la cárcel de Ucciardone. Pero todos estaban de acuerdo en que se le concedería el indulto. Su único temor era que acabaran con él estando en la cárcel. En su condición de asesino de Giuliano, era un hombre marcado. Pero el indulto no llegaba. Entonces mandó decir a Don Croce que revelaría todos los contactos que había mantenido la banda con Trezza y los acuerdos entre el nuevo primer ministro y Giuliano sobre la matanza de Portella delle Ginestre.

La mañana siguiente al acceso del ex ministro Trezza al cargo de primer ministro de Italia, Aspanu Pisciotta se levantó a las ocho. Disponía de una amplia celda llena de plantas y unos grandes bastidores para realizar los bordados que había aprendido a hacer durante su estancia en la cárcel. La brillante seda de los dibujos le tranquilizaba mucho el espíritu, porque ahora pensaba a menudo en su infancia con Turi Giuliano y en el amor que ambos se profesaban.

Pisciotta se preparó el café de la mañana y se lo bebió. Temía que le envenenaran y, por consiguiente, todo lo que había en aquella taza se lo había traído su familia. La comida de la cárcel se la daba a probar primero en pequeñas dosis al loro que tenía en una jaula. Y, para los casos de emergencia, guardaba en uno de los estantes, junto con las agujas y las telas para bordar, una enorme botella de aceite de oliva. Pensaba que, bebiéndosela entera, contrarrestaría los efectos del veneno o podría vomitarlo. No temía ningún otro tipo de violencia porque estaba muy bien guardado. Sólo se acercaban a la puerta de su celda los visitantes que él autorizaba, ya que nunca le permitían salir. Esperó pacientemente a que el loro comiera y digiriera la comida y después desayunó con buen apetito.

Hector Adonis abandonó su apartamento de Palermo y tomó el tranvía, para dirigirse a la cárcel de Ucciardone. El sol de febrero ya calentaba demasiado, a pesar de ser las primeras horas de la mañana, y lamentó haberse puesto el traje negro y la corbata. De todos modos, pensó que la ocasión le exigía vestir correctamente. Tocó el importante papel que guardaba en el bolsillo interior de la chaqueta, hundido hasta el mismo fondo.

Mientras atravesaba la ciudad, sintió que el espectro de Giuliano le acompañaba. Recordó la mañana en que vio volar por los aires un tranvía lleno de *carabinieri*, una de las acciones de represalia de Giuliano por el hecho de que hubieran encerrado a sus padres en aquella cárcel. Volvió a preguntarse cómo era posible que aquel bondadoso muchacho a quien había enseñado a leer los clásicos hubiera cometido un acto tan espantoso. Ahora, aunque los muros de los edificios estaban limpios, él seguía viendo, en su imaginación, las atrevidas pintadas en rojo de «Viva Giuliano» que tan a menudo los ensuciaban antes. En fin, su ahijado no había vivido. Sin embargo, lo que más le dolía a Adonis era que lo hubiera asesinado su amigo de la infancia. Por eso se alegró mucho de que le encomendaran la tarea de entregar la nota que llevaba en el bolsillo. La nota se la había enviado Don Croce con instrucciones muy precisas.

El tranvía se detuvo frente al alargado edificio de ladrillo de la prisión de Ucciardone, separado de la calle por un muro de piedra con un remate de alambre de púas. Unos guardias vigilaban la entrada y, a lo largo de todo el perímetro del muro, patrullaban agentes de policía fuertemente armados. Hector Adonis, con todos los necesarios documentos en la mano, entró en el recinto y, acompañado por un guardia especial, se dirigió a la farmacia de la cárcel. Allí le recibió el farmacéutico, un hombre apellidado Cuto. Cuto llevaba una inmaculada bata blanca sobre un traje de calle con corbata. Obedeciendo también a alguna sutil consideración psicológica, había decidido vestirse con especial esmero. Saludó cordialmente a Hector Adonis y ambos se sentaron a esperar.

—¿Ha estado tomando Aspanu su medicina con regularidad? —preguntó Hector Adonis.

Pisciotta tenía que tomar estreptomicina para la tuberculosis.

—Ya lo creo —contestó Cuto—. Cuida mucho su salud. Hasta ha dejado de fumar. He observado una cosa muy curiosa en nuestros presos. Cuando están libres, maltratan su salud, fuman demasiado, se emborrachan y fornican sin parar. No duermen lo necesario y no hacen suficiente ejercicio. Y después, cuando se tienen que pasar el resto de la vida en la cárcel, hacen flexiones, abandonan el tabaco, vigilan su dieta y son moderados en todas sus cosas.

—Quizá sea porque se les ofrecen menos oportunidades —dijo Hector Adonis.

—Oh, no, no —protestó Cuto—. Aquí en Ucciardone pueden tener todo lo que quieran. Los guardias son pobres y los presos, ricos; por consiguiente, es natural que el dinero cambie de manos. Aquí pueden entregarse a todos los vicios.

Adonis miró a su alrededor. Había en la farmacia estantes llenos de medicamentos y grandes armarios de madera de roble donde se guardaban las vendas y el instrumental médico de emergencia, ya que la farmacia hacía también las veces de sala de urgencias. En una pequeña habitación aparte, había incluso dos camas pulcramente preparadas.

—¿Tienen dificultades para conseguirle los medicamentos? —quiso saber Adonis.

—No, disponemos de un servicio especial. He entregado el nuevo frasco esta mañana. Con todos esos sellos especiales que ponen los americanos en los productos destinados a la exportación. Es un medicamento carísimo. Me extraña que las autoridades se tomen tantas molestias en conservarle la vida.

Ambos hombres se miraron sonriendo.

En su celda, Aspanu Pisciotta tomó el frasco de estreptomicina y rompió toda su serie de complicados sellos. Midió la dosis y se la tragó. En la décima de segundo durante la cual pudo pensar, le sorprendió el amargo sabor; después, su cuerpo se arqueó hacia atrás y se desplomó en el suelo. Su grito de dolor llevó al carcelero a entrar corriendo en la celda. Pisciotta estaba tratando de levantarse, luchando contra el espantoso dolor que le atenazaba el cuerpo. Mientras se acercaba tambaleándose al lugar en que guardaba la botella de aceite de oliva, notó una terrible sensación de aspereza en la garganta. Su cuerpo volvió a arquearse hacia atrás mientras le gritaba al guardia:

—Me han envenenado. Ayúdame, ayúdame.

Después, antes de volver a desplomarse, experimentó un terrible acceso de furia por el hecho de que finalmente Don Croce hubiera conseguido engañarle.

Los guardias que llevaban el cuerpo de Pisciotta entraron corriendo en la farmacia, gritando que el preso había sido envenenado. Cuto les dijo que lo tendieran en una de las camas del cuartito y le examinó. Después preparó rápidamente un vomitivo y se lo hizo tragar. A los guardias les pareció que estaba haciendo todo lo posible por salvar a Pisciotta. Sólo Hector Adonis sabía que el vomitivo era una débil solución que no podría servirle de nada a un moribundo. Adonis se acercó a la cama, sacó el papel que guardaba en el bolsillo interior de la chaqueta y lo mantuvo oculto en la palma de la mano. Después, con la excusa de ayudar al farmacéutico, deslizó subrepticiamente el papel en el interior de la camisa de Pisciotta, mientras contemplaba el hermoso semblante del joven. Parecía un rostro contraído por la pena, pero Adonis sabía que era una mueca provocada por un espantoso dolor. En su agonía, Pisciotta se había arrancado con los dientes una parte del bigotito. En aquel instante Hector Adonis rezó una plegaria por su alma y se sintió invadido por una tristeza infinita. Recordó que aquel hombre y su ahijado solían recorrer las colinas de Sicilia con los brazos enlazados, recitando los poemas de Roldán y Carlomagno.

La nota fue encontrada en el cadáver seis horas más tarde, demasiado temprano para que los periódicos la incluyeran en sus noticias sobre la muerte de Pisciotta y para que se pudiera comentar en toda Sicilia. El trozo de papel que Hector Adonis había deslizado en el interior de la camisa de Aspanu decía lo siguiente: ASÍ MUEREN TODOS LOS QUE TRAICIONAN A GIULIANO.

31

En Sicilia, a poco dinero que uno tenga, no entierra a sus seres queridos en el suelo. Eso se considera una derrota demasiado definitiva, y la tierra de Sicilia ya ha sido responsable de demasiadas indignidades. De ahí que los cementerios estén llenos de pequeños mausoleos de piedra y mármol, unas diminutas edificaciones llamadas *congregazioni*. Unas rejas de hierro protegen las entradas. Dentro están los nichos en los que se colocan los ataúdes, tras lo cual son sellados con cemento. Los que permanecen vacíos se reservan para otros miembros de la familia.

Hector Adonis eligió un hermoso domingo, poco después de la muerte de Pisciotta, para visitar el cementerio de Montelepre. Allí se iba a reunir con Don Croce para rezar ante la tumba de Turi Giuliano. Y puesto que ambos tenían asuntos que discutir, ¿qué mejor lugar para llegar a una coincidencia de pareceres sin vanidad, para el perdón de las pasadas ofensas y para la discreción?

¿Y qué mejor lugar para felicitar a un colega por un trabajo bien hecho? Don Croce se había visto obligado a eliminar a Pisciotta porque tenía la lengua demasiado larga y demasiado buena la memoria. Y eligió a Hector Adonis para dirigir con mano maestra el plan. La nota dejada en el cadáver fue una de las más ingeniosas ocurrencias del Don. Por una parte, satisfacía a Adonis, y por otra, se hacía pasar un asesinato político por un acto de justicia romántica. Frente a la verja del cementerio, Hector Adonis contempló cómo el chófer y los guardaespaldas ayudaban a Don Croce a descender del automóvil. La circunferencia del Don se había ensanchado enormemente en el transcurso de un año y el creciente volumen de su cuerpo parecía correr parejas con el inmenso poder que estaba adquiriendo.

Los dos hombres cruzaron juntos la verja. Adonis levantó los ojos hacia el arco que la coronaba. En la estructura de hierro forjado podía leerse un mensaje muy apto para deudos satisfechos: HEMOS SIDO COMO VOSOTROS - Y VOSOTROS SEREIS COMO NOSOTROS.

Adonis sonrió ante aquel sarcástico desafío. Giuliano nunca hubiera sido capaz de semejante crueldad; en cambio, eso era exactamente lo que Pisciotta hubiera gritado desde su tumba.

Hector Adonis ya no sentía hacia Pisciotta el amargo odio que había experimentado al morir Giuliano. Se había vengado. Ahora los recordaba a los dos jugando, de niños, y más tarde, convirtiéndose juntos en forajidos. Don Croce y sus guardaespaldas se movían en grupo, sosteniéndose unos a otros en el pedregoso camino; el chófer llevaba un enorme ramo de flores que depositó ante la reja de la *congregazione* que albergaba los restos de Giuliano. Don Croce arregló remilgadamente las flores y después contempló la pequeña fotografía de Giuliano, fijada a la pared de piedra. Sus guardaespaldas la estaban sosteniendo para evitar que cayera.

Don Croce se irguió.

—Era un muchacho muy valiente —dijo—. Todos hemos querido a Turi Giuliano. Pero, ¿cómo podíamos vivir con él? El quería cambiar el mundo, ponerlo todo del revés. Amaba al hombre y, ¿quién mató a más hombres que él? Creía en Dios y secuestró a un cardenal.

Hector Adonis estudió la fotografía. La habían tomado cuando Giuliano contaba apenas diecisiete años, en el apogeo de su hermosura, junto al Mediterráneo. Su rostro poseía una dulzura que enamoraba y nadie le hubiera creído capaz de ordenar mil asesinatos y de enviar mil almas al infierno.

Ah, Sicilia, Sicilia, pensó, destruyes a tus mejores hombres y los llevas a la tumba. Brotan de tu tierra niños más bellos que los ángeles y se convierten en demonios. El mal florece en este suelo como las cañas y las chumberas. Y, sin embargo, ¿por qué había acudido allí Don Croce a poner flores en la tumba de Giuliano?

—Ah —exclamó el Don—, si yo tuviera un hijo como Turi Giuliano, qué imperio no dejaría en sus manos. Quién sabe los triunfos que hubiera alcanzado.

Hector Adonis esbozó una sonrisa. Don Croce era sin duda un gran hombre, pero no tenía el menor sentido histórico. Don Croce tenía mil hijos que prolongarían su dominio, heredarían su astucia, saquearían Sicilia y corromperían Roma. Y él, Hector Adonis, eminente profesor de Literatura en la Universidad de Palermo, era uno de ellos.

Hector Adonis y Don Croce se volvieron para marcharse. Vieron delante del cementerio una larga hilera de carros, todos ellos con escenas pintadas en vivos colores de las leyendas de Turi Giuliano y Aspanu Pisciotta: el robo a la duquesa, la gran matanza de jefes de la Mafia, el asesinato de Turi por parte de Aspanu. Y a Hector Adonis le pareció que lo sabía todo. Que Don Croce sería olvidado a pesar de su grandeza y que Turi Giuliano permanecería vivo. Que la leyenda de Giuliano se agigantaría y algunos creerían que no había muerto sino que seguía vagando por los montes y algún día regresaría para liberar a Sicilia de sus cadenas y de su miseria. En millares de polvorientas aldeas, los niños que aún no habían nacido rezarían por el alma y la resurrección de Giuliano.

Y Aspanu Pisciotta, con su perspicacia, ¿quién había de decir que, sin prestar atención cuando Hector Adonis recitaba las leyendas de Carlomagno, Roldán y Oliveros, habría de seguir el camino contrario? De haber permanecido fiel, Pisciotta hubiera sido olvidado y el único protagonista de la leyenda hubiera sido Giuliano. En cambio, por el hecho de haber cometido aquel horrendo crimen, ocuparía para siempre un lugar al lado de su querido Turi.

Pisciotta sería enterrado en aquel mismo cementerio. Ambos contemplarían eternamente sus queridas montañas, aquellas mismas montañas que custodiaban el esqueleto de Aníbal y en las que a ellos les había parecido oír el poderoso sonido del cuerno de Roldán al morir luchando contra los sarracenos. Turi Giuliano y Aspanu Pisciotta habían muerto jóvenes, pero seguirían viviendo, si no para siempre, sí mucho más que Don Croce o que él mismo, el profesor Hector Adonis.

Los dos hombres, el uno enorme y el otro minúsculo, abandonaron juntos el cementerio. Las verdes cintas de los huertos en bancales circundaban las laderas de las montañas, las blancas rocas fulguraban al sol y un diminuto halcón rojo siciliano descendió hacia ellos siguiendo la trayectoria de un luminoso rayo del astro rey.

El siciliano de Mario Puzo
se terminó de imprimir en mayo de 2019
en los talleres de
Impresora Tauro, S.A. de C.V.
Av. Año de Juárez 343, col. Granjas San Antonio,
Ciudad de México